者簡介

·費茲傑羅

Francis Scott Key Fitzgerald (1896–1940)

費茲傑羅是不是美國最偉大的作家或許猶可爭論，但說他是最貼近「美國夢」本質的作家應無疑義。從一鳴驚人、揮霍度日到聲勢日下、精神與家庭崩解，從輝煌燦爛到沉淪黯淡，最後抱著未完成的遺稿與榮光再現的夢想猝逝，他的一生正映現了二十世紀初美國的發展，及脆弱如浮世泡影的美國夢。沒有人比他更擅於以華麗的修辭來描繪浮華的空洞與夢想的虛幻，以及個人在其中的掙扎。其中《大亨小傳》也許是最能體現他技巧與風格、最精煉無瑕的傑作，而《夜未央》卻是最貼近他生命的告白之作，真誠訴說著終將失去的一切，以及洞悉這點卻仍堅持作夢的勇氣與溫柔。就算經歷了多少折磨與幻滅，浪漫的費茲傑羅始終沒有放棄對文學、對人世的愛，而也正是這種無悔的愛讓費茲傑羅的作品百年來能不斷打動無數人心、屹立不搖於經典之列。

譯者簡介

劉霽

大學念中文系，研究所赴英研讀文學與電影，以讀小說看電影為本分。創立一人出版社，總是把創作、翻譯與出版混為一談。譯有《影迷》、《再見，柏林》、《柏林最後列車》、《冬之夢—費茲傑羅短篇傑作選》、《富家子—費茲傑羅短篇傑作選2》。

design by 小子
www.facebook.com/godkidlla
www.flickr.com/gokidlla

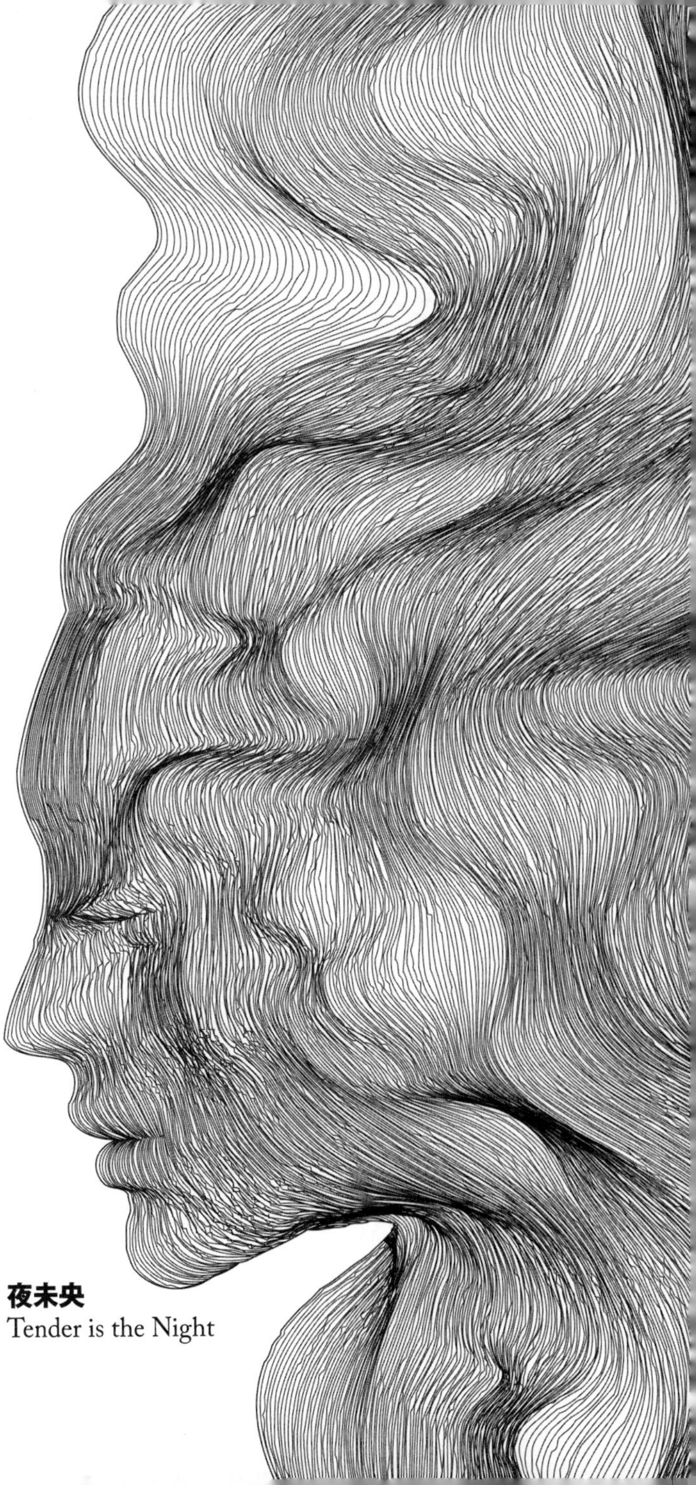

夜未央

Tender is the Night

《夜未央》中譯本序

陳榮彬（台大台文所兼任助理教授／《塵世樂園》譯者）

先說一個故事。曾把費茲傑羅小說《The Great Gatsby》翻譯成《了不起的蓋茨比》的大陸翻譯家巫寧坤放棄了他在芝加哥大學的英美文學博士學位，於一九五一年返國到北京燕京大學任教。豈料才剛剛返國，就因為當時政治氛圍流行自我檢討與互相批判，某位學生拿出一本他被人借走的《The Great Gatsby》英文小說，指控那是一本「下流壞書」，說他「腐蝕新中國青年，居心何在？」豈料此一罪名讓他二十幾年都無法翻身，費茲傑羅如果地下有知，應該也會感到啼笑皆非。所幸，巫教授並未對那本小說心懷芥蒂，因此中譯本《了不起的蓋茨比》才能夠於一九八二年問世。

一九四九年之前的舊中國並沒有人譯介費茲傑羅，從上述故事我們更可以看出「新中國」對他的小說多所批判，當然更沒有人敢碰，所以基本上中國大陸的讀者一直要到一九八〇年代以後才逐漸有機會看到費氏小說作品陸續被譯成中文，值得注意的是他的名字向來是被翻譯成「菲茨杰拉德」。至於在台灣，據現有資料看來，最早的小說中譯本是譯者黃淑慎（生平不詳）把《The Great Gatsby》翻譯成《永恆之戀》（作者名被翻譯成「費吉拉」），由正中書局於一九六二年出版——我個人的猜測，可能是因為白先勇與王文興等小說家所創辦的《現代文學》於前一年五月推出了「費茲哲羅專輯」，除了有編輯部所編譯的作家小傳，還收錄了陳若曦等人翻譯的三篇短篇故事〈Winter Dreams〉、〈The Baby Party〉與〈The Lost Decade〉。而這多少也反映了美國在一九六〇年代又開始重讀費茲傑羅小說作品的風潮。

美國新聞處資助成立的香港今日世界出版社對於費氏作品譯介也有一定貢獻。據《The Great Gatsby》譯本《大亨小傳》（一九七一年由今日世界出版）譯者喬志高（本名高克毅）先生所言，鼓勵他動手翻譯的人是該出版社的主事者李如桐與另一位翻譯家林以亮（本名宋淇），「大亨小傳」這四個字甚至就是宋淇想出來的——個人認為這個譯名比「永恆之戀」、「長島之戀」、「燈綠夢渺」、「了不起的蓋茨比」、「大人物蓋茨比」還有王潤華的「大哉蓋世比」都還要簡潔有力。到了一九八〇年，今日世界又推出由另一知名譯者湯新楣（本名湯象，上海聖約翰大學歷史系畢業，曾當過中央通訊社記者，後來在香港當《讀者文摘》中文版資深編輯）翻譯的《Tender Is the Night》譯本《夜未央》，只不過這個譯名是沿用政大英語系教授陳蒼多於一九七六年推出的最早一個中譯本（遠景出版社）。至於中國大陸最早的《Tender Is the Night》譯本，則是於一九八七年由陝西人民出版社推出的《夜色溫柔》（由王寧與顧明棟兩位知名學者合翻），往後雖然各家出版社也陸續推出其他譯本，但書名都是「夜色溫柔」。

根據我個人翻譯費氏第一本小說《This Side of Paradise》（即《塵世樂園》）的經驗，他的英文雖然有很多長句，讀起來有時覺得太過文謅謅，而且措辭華麗，修飾用的形容詞與副詞甚多，但是之所以能夠成為小說大家，原因之一在於他的語言往往能跳脫既有用法，充滿新意。姑且舉《Tender Is the Night》開篇第一章第一段的一句簡單描述文字：「Deferential palms cool its flushed façade, and before it stretches a short dazzling beach.」棕櫚不是人，何以能「Deferential」（恭敬）？旅館也不是人，何以它的門面（façade）可以跟人臉一樣「flushed」（泛紅）？這種有趣的擬人式描寫在《Tender Is the Night》裡面俯拾可見，對於譯者來講，要翻得通順達意，又必須保留原文的趣味性，實為一大挑戰。劉霽的這個譯本掌握並且克服了此一難處，把這句話翻譯成「畢恭畢敬的棕櫚葉庇蔭著旅館泛紅的門面，短短一塊晃亮的沙灘伸展於前。」他沒有把「cool」直譯為「使之涼爽」的涵義，而是轉化為「庇蔭」，可說是一妙招。

另一個例子出現在第六章，也就是女主角妮可．戴佛出現時的描述。妮可跟費氏筆下女主角一樣總是那樣楚楚可憐，喜歡裝無辜（不過，身有痼疾的她的確也令人同情），他是這樣描寫妮可的：「Her face was hard, almost stern, save for the soft gleam of piteous doubt that looked from her green eyes.」這句話的難處在於怎樣翻譯綠色眼眸裡面所散發出的「soft gleam of piteous doubt」，既要把意思完整表達出來，而且要翻譯得流暢，有韻律感，且看本書譯者怎樣展現其功力：「她神情凝重，近乎嚴厲，只有那雙綠色眼眸透出惹人憐惜的疑惑幽光。」特別令人讚賞的是「疑惑幽光」這四個字。

《Tender Is the Night》是費氏五本小說（最後一本《The Last Tycoon》尚未完成他就辭世了）中被翻譯頻率僅次於《The Great Gatsby》的，僅僅在中國大陸，從一九八七到二〇〇一年之間就有十二個譯本；但是，目前在台灣仍於市面上通行的中譯本並不多，湯新楣的譯本更是已經絕版，劉霽的這個最新譯本或可稍稍彌補此一缺憾。《The Great Gatsby》或許是費氏最有名的一本作品，但是光從《Tender Is the Night》耗時八、九年才創作完成，過程中不斷改寫這一點看來，它絕對是費氏小說藝術的顛峰之作。而且，他自己從一九三〇年代開始一蹶不振，人生際遇似乎就跟這本小說的主角迪克．戴佛一樣，令人不勝噓唏。我想，心理醫生迪克像一面鏡子，反映出歷盡滄桑的費茲傑羅——又或者費氏多希望自己也可以是一個心理醫生，像迪克醫好妮可那樣把妻子賽妲（Zelda）的病醫好？這是一本充滿自傳興味的小說，值得讀者細細咀嚼品嚐。

已在你身旁！夜色正溫柔……
……但此處黯淡無明
只有和風拂起一絲天光
穿過幽深綠蔭與曲折苔徑

——濟慈，〈夜鶯頌〉

BOOK 1

1.

在明媚的法國蔚藍海岸，約略位於馬賽和義大利邊境的中間，矗立著一座宏偉、堂皇、玫瑰色的旅館。畢恭畢敬的棕櫚葉庇蔭著旅館泛紅的門面，一塊亮晃晃的短沙灘伸展於前。最近這間旅館成了名流顯要的避暑勝地；十年前，每逢四月英國客人北上後，這裡可就幾乎杳無人煙了。而現在，附近則是小屋林立。不過，這故事開始時，只有十幾間老式的別墅，其腐朽的圓頂有如睡蓮散布在古斯國際酒店和五哩外的坎城之間那茂密的松林中。

旅館和那塊黃褐色禮拜毯般的明亮沙灘渾然一體。清晨時分，坎城的遠影、粉乳色的老舊碉堡，及橫亙義大利邊界的紫紅色阿爾卑斯山，全都倒映在水面上，隨著清澈淺灘中水草送上的一波波漣漪而震顫。不到八點，一名身著藍色浴袍的男子來到海灘，邊往自己身上潑著沁涼的海水，邊打著哆嗦喘著氣，在水中胡亂折騰了一會兒。他離去後，接下來一個小時沙灘和海灣都寂靜無聲。商船在海平面上悄悄西行，雜役在旅館庭院中叫嚷，露水在松葉上漸漸乾涸。一小時後，就可開始聽見汽車喇叭聲，從分隔濱海地區和法國普羅旺斯的摩爾山脈那蜿蜒於山腳的公路上傳來。

離海一哩遠處，灰撲撲的白楊取代了松樹，一座孤伶伶的火車站座落於此。一九二五年六月的一個早晨，一輛維多利亞轎車就從此處載著一名婦女和其女兒來到古斯國際酒店。作母親的那張臉龐貌美猶存，只是斷斷續續的細紋很快就將蔓生；她的表情既沉著又精明，卻不會令人感到不快。不過，人們的目光很快就會轉移到她女兒身上——她粉紅色的雙掌彷若有魔力，雙頰綻放著美麗的光采，就像孩童晚上洗完冷水澡後泛起的動人紅潤。她的髮際緩緩斜上細緻的額頭，秀髮如盾形徽章鑲在額上，一頭髮絲迸發出淡黃與金色的曲垂、波浪與捲飾。她的眼睛明亮、碩大、清澈、水靈、光芒萬丈；她臉蛋上的色澤自然真實，心臟年輕有勁的鼓動讓血色幾乎要湧上表皮。她的體態巧妙徘徊在脫離童稚的邊緣——她快滿十八歲了，幾近發育成熟，但身上那份純真仍在。

當海天連成一條炎熱細線浮現在她們腳下，那母親開口說：

「我有預感我們不會喜歡這地方。」

「反正我想回家。」女孩回答。

她們兩人皆語氣輕快，但顯然漫無目標，並為此感到厭倦——況且，也不是隨便一個目標就行。她們要的是極度強烈的刺激，這並非為了喚醒疲乏的神經，而是像得了獎準備放假的學童一般，身上懷著一種渴望。

「我們待個三天，然後就回家。我馬上發電報去訂船票。」

到了旅館，女孩辦理入住，法語道地但略顯平板，像在背書一樣。她們在一樓房間安頓後，女孩踏進落地窗前的耀眼陽光，幾步來到盤據酒店門面的石砌陽台。她步行的時候就像個芭蕾舞者，臀部一點也不放鬆，在窄小的背後緊緊繃起。戶外炙熱的光線幾乎連她的影子都要削去，於是她退卻了——陽光亮得叫人睜不開眼。五十碼外的地中海在毒辣的陽光下，漸漸褪去了色彩；欄杆下方，一輛破舊的別克轎車在酒店車道上受煎熬。

確實，整片區域只有海灘上有動靜。三個英國保母坐在那兒編織毛衣和襪子，樣式皆是耗時費工的維多利亞時期風格，包括四零年代、六零年代和八零年代的圖樣；她們邊織邊說長道短，一本正經的語氣有如在念咒。近海處，有十幾個人躲在條紋傘下，任由他們的十多名孩子在淺灘追逐不怕人的魚群，或光溜溜地躺在大太陽下，一身椰子油閃閃發亮。

蘿絲瑪麗來到海灘上時，一個十二歲的男孩跑過她身邊，歡欣鼓舞地叫嚷著，一頭鑽進海裡。她感受到陌生面孔逼人的審視，於是脫去浴袍跟著跳進海中。她悶著頭漂浮了幾碼，發現水很淺，便搖搖晃晃站起身，拖著千斤重似的兩條纖腿，迎著海水阻力，奮力前行。走到水深齊胸處，她回望岸上：一個戴單片鏡，穿緊身褲，挺著毛茸茸胸脯，噁心肚臍眼深陷的禿頭男子，正目不轉睛地盯著她。發現蘿絲瑪麗回瞪，男子便摘下單片鏡，往那滑稽的胸毛裡一塞，抬起手中不知名的瓶子替自己倒了一杯。

蘿絲瑪麗臉貼著水，游起細碎的四拍自由式，朝外海浮台而去。海水湧向她，溫柔地將她從炎熱空氣中拉進自己的懷抱，滲入她的髮絲，鑽進她身體的角落。她在其中一再翻轉、擁抱、打滾。抵達浮台時她已上氣不接下氣，一個渾身曬得黝黑卻一口白牙的女子俯瞰著她。蘿絲瑪麗突然意識到自己裸露的肌膚如此蒼白，於是仰身回游向岸。一離水，拿著酒瓶的多毛男子就朝她開口：

「我說呀……那個浮台外面有鯊魚喔。」難以確認他的國籍，但說的英語帶有慢吞吞的牛津腔調。「牠們昨天吞了兩個來自胡安灣艦隊的英國水手。」

「天哪！」蘿絲瑪麗驚呼。

「牠們是被艦隊的垃圾引來的。」

他呆滯的目光表明純粹是想警告她一下，接著又扭扭捏捏地退了兩步，給自己再倒了一杯。談話間，周遭的注意力微微轉向了她，蘿絲瑪麗有自覺，但並不反感，只忙著找地方坐。顯而易見，每個家庭皆將陽傘前緊連的一小塊沙灘據為己有。不過各領地間還是往來拜訪，言語交換頻繁，有種群體的氛圍，讓人不敢貿然擅闖。再遠一點，散布著碎石和海草遺骸的沙灘上，坐了膚色和她同樣白皙的一群人。他們撐的不是大型海灘傘，而是小的攜帶式陽傘，且他們明顯跟這裡更加格格不入。蘿絲瑪麗在深淺膚色兩群人間找了塊空地，將浴袍鋪在沙地上。

她就這麼躺下，先是聽到說話聲，接著感覺到他們的腳步繞過她的身軀，身影掠過她和烈日之間。一條好奇的狗朝她脖子噴著溫暖有勁的鼻息；她可以感覺到皮膚在高溫下微微發燙，聽見退浪細小無力的嘩嘩聲。不一會兒，她開始分辨出不同人的說話聲，並聽明白有個被戲稱為「那北方佬」的人昨晚在坎城綁架了一個咖啡店的服務生，揚言要將他鋸成兩段。提起這故事的是位穿著全套晚禮服的白髮女子，那身裝扮顯然是前晚的遺跡，冠狀頭飾還嵌在頂上，還有一朵垂頭喪氣的蘭花在肩頭奄奄一息。蘿絲瑪麗對她和其同伴隱隱生出一股嫌惡，於是轉過身去。

另一面離她最近處，有名年輕女子躺在傘蔭下，正在一本平攤於沙地的簿子上列清單。她的泳衣已從肩上褪去，橘褐色的紅潤背部襯著一串乳白色的珍珠，在陽光下閃閃發亮。她的面目嚴峻、美麗又楚楚可憐。她跟蘿絲瑪麗四目相接，但沒有聚焦。在她身後是個頭戴騎師帽，身穿紅條紋泳褲的英俊男子；再過去則是蘿絲瑪麗在浮台上見過的女子，此時也回望、注意到了她；然後是位有張長臉，一頭雄獅般金髮的男子，他穿著藍色泳褲，沒戴帽子，正非常嚴肅地跟一位明顯是拉丁人，身穿黑色泳褲的年輕男性說話；兩人邊聊邊撥弄著沙地上的細碎海草。她心想他們多半是美國人，但有些地方又不像她最近結識的美國人。

過了一陣子，她察覺那個戴騎師帽的男子正給那群人上演一齣無聲的小戲：他煞有介事地撥弄著一根耙子，表面上在清除碎石，那張嚴肅的臉暗地裡卻在進行某種神祕難解的戲仿。到後來臉上最細微的一絲牽動都變得妙趣橫生，使得他不管說些什麼都會引起哄堂大笑。就連那些遠得聽不清楚的人，好比她自己，全都伸長了耳朵。到了最後，沙灘上唯一不為所動的人就只有那名戴珍珠項鍊的年輕女子。或許出於身為女主人的矜持，每傳來一陣歡呼喝采，她的回應就是更湊近面前的清單一些。

那個戴單片鏡持酒瓶的男子冷不防從天而降，對著蘿絲瑪麗說話。

「你游泳游得好極了。」

她客套了幾句。

「真的很棒。我叫坎皮恩。我們那兒有位女士說上禮拜在索倫托見過你，而且知道你是誰，很想跟你認識認識。」

蘿絲瑪麗按捺著性子，掃了四周一眼，瞧見那群沒怎麼曬黑的人正殷殷期盼。她心不甘情不願地起身，朝他們走了過去。

「這是亞伯拉罕太太、麥奇斯科太太、麥奇斯科先生、鄧佛瑞先生……」

「我們認得你。」穿晚禮服的女人開口，「你是蘿絲瑪麗・霍伊特，我在索倫托就認出你了，還跟酒店的服務生確認過。我們全都覺得你的演出太精采了，想知道你為何沒回美國再拍部好看的電影。」

他們毫無必要地為了她挪動位置。那位認出她的女人雖然有猶太姓氏，但並非猶太人。

她是那種「老頑童」，不受閱歷影響，很愛跟後輩打成一片。

「我們是想警告你，小心別第一天就曬傷了。」她興致勃勃地繼續說：「因為**你的**皮膚可是很寶貴的。不過這海灘上似乎有一大堆莫名其妙的規矩，我們也不知道你會不會在乎。」

2.

「我們猜想你說不定也在戲裡參了一角。」麥奇斯科太太說。她是個外表漂亮、目光苛刻的年輕女士，身上帶有一種咄咄逼人的氣勢。「我們不清楚誰有參與這場戲，誰沒有。我丈夫曾特別善待一個男的，結果他竟然是這場戲裡的重要角色——根本是第二男主角了。」

「戲？」蘿絲瑪麗一知半解地問：「什麼戲？」

「親愛的，我們也**不知道**。」亞伯拉罕太太邊說邊抖著一身肉咯咯地笑，「我們沒有參與，只是觀眾罷了。」

鄧佛瑞先生，一個滿頭淡黃色亂髮、有點娘娘腔的年輕男子，此時開口：「亞伯拉罕大媽本身就是一齣戲了。」坎皮恩對他搖了搖單片鏡，說道：「喂，羅亞，話別亂說。」蘿絲瑪麗不自在地望著他們所有人，心想母親有跟著來就好了。她不喜歡這些人，特別是跟海灘另一頭引起她興趣的那群人比較之下，更加如此。她母親謙遜卻紮實的社交才能總是能讓她們迅速斷然地擺脫不愉快的情境。但蘿絲瑪麗成為名人才不過六個月，年少養成的法式禮儀和後來習得的美式民主作風有時會讓她茫然失措，陷入眼前這種尷尬的局面。

麥奇斯科先生是個瘦骨嶙峋，紅紅的臉上滿是雀斑的三十歲男子。他對這什麼「戲劇」的話題提不起興趣，先前一直望著大海——現在迅速瞥了一眼妻子之後，將目光轉向蘿絲瑪麗，盛氣凌人地問道：

「來很久了嗎？」

「今天剛到。」

「喔。」

他顯然感覺已徹底轉移話題，於是輪番望著其他人。

「打算待一整個夏天嗎？」麥奇斯科太太天真地問：「要是留下來就能看到整齣戲的發展了。」

「老天爺，薇奧蕾，別再聊這話題行不行！」她的丈夫咆哮：「換個新笑話啦，真是的！」

麥奇斯科太太斜身向亞伯拉罕太太低語，不過聲音眾人皆聽得見。

「他緊張了。」

「我哪裡緊張了。」麥奇斯科先生反駁：「我可是一點也不覺得。」

他的怒火顯而易見——臉上泛起一股灰紅色的血氣，讓他所有的說詞都失去了作用。突然間，他隱約意識到自己的處境，於是起身入水。他的妻子尾隨其後，蘿絲瑪麗也跟上去。

麥奇斯科先生深吸了口氣，一頭栽進淺水區，雙臂僵硬地拍打起地中海的海水，看上去是想游自由式。一口氣耗盡後，他抬頭環顧，表情驚訝地發現海岸仍近在眼前。

「我還沒學會換氣。一直弄不太清楚他們是怎麼換氣的。」他以探詢的眼神看著蘿絲瑪麗。

「我想是在水下吐氣，」她解釋：「然後每划四下就側頭換氣。」

「對我來說換氣是最難的。我們到浮台那邊吧？」

那個獅鬃髮型的男子四肢平攤躺在浮台上，任浮台隨水波來回擺盪。麥奇斯科太太伸手搭向浮台時，浮台猛地一傾撞上她的胳膊，那名男子趕緊起身將她拉了上來。

「不好意思，打中你了吧。」他的聲音緩慢且羞澀。他有張蘿絲瑪麗見過最哀怨的面孔：印地安人的高顴骨、寬闊的上唇，及深陷的暗金色大眼。他說話時只掀動一側的嘴角，好似希望語句能迂迴地傳到麥奇斯科太太耳中。不一會兒，他一躍入水，頎長的身軀一動不動向岸邊潛去。

蘿絲瑪麗和麥奇斯科太太望著他。待入水的勢頭已盡，只見他猛然扭了兩下，一雙細瘦的大腿揚出水面，接著便完全不見蹤影，身後幾乎連一點水花都沒激起。

「他是個游泳好手。」蘿絲瑪麗說。

麥奇斯科太太回應之強烈出人意料。

「嗯，也是個蹩腳的音樂家。」她轉向她的丈夫，見他接連試了三次才好不容易爬上浮台，一站穩就想來番手舞足蹈，好彌補先前的糗態，結果卻只是又一陣踉蹌。「我剛說艾貝・諾斯或許是個游泳好手，但卻是個蹩腳的音樂家。」

「是啊。」麥奇斯科勉強附和。顯然他妻子的世界是由他開創，而其中容許的自由並不多。

「安塞爾[1]才是一流的。」麥奇斯科太太語帶挑戰地轉向蘿絲瑪麗。「安塞爾和喬伊斯[2]。我想你在好萊塢大概沒怎麼聽過這些人，但我丈夫可率先在美國發表了《尤里西斯》的評論。」

「有根菸就好了。」麥奇斯科平靜地說：「眼前對我來說這比較重要。」

「他很有兩把刷子——你說對吧，亞伯特？」

她突然沉默。戴珍珠項鍊的女子下水加入了她兩個孩子的行列，此時艾貝・諾斯如一座

1 George Antheil（1900-59），美國前衛作曲家，二零年代同樣旅居巴黎。大膽於曲中嘗試融合各種發聲機械，包括警報器、喇叭、電鈴、飛機螺旋槳等等，也大力提倡作曲家為電影配樂。

2 James Joyce（1882-1941），愛爾蘭小說家，代表作《尤里西斯》。

火山島般從其中一名孩子身下浮出，將他高舉過肩。那孩子又怕又愛地大叫，而那女子一派美麗祥和地在旁看著，不露一絲笑容。

「那是他的老婆嗎？」蘿絲瑪麗問。

「不是，那是戴佛太太。他們不住在這旅館。」她的雙眼如鏡頭般一動不動地盯著那名女子的臉。過了一會兒，她猛然轉向蘿絲瑪麗。

「你以前出過國嗎？」

「有——我在巴黎念過書。」

「哦！那你大概清楚，如果想在這裡過得盡興，最重要的是要認識一些真正的法國名門。這些人能有什麼用？」她左肩朝岸上撇了撇。「他們只會成群結隊老是黏在一起。當然囉，我們有介紹信，法國最優秀的藝術家與作家我們全都在巴黎結識了。這大有好處。」

「想必是如此。」

「話說，我丈夫就要完成他的第一本小說了。」

蘿絲瑪麗說：「哦，是嗎？」她什麼也沒多想，只想著她母親在這酷暑中是否已進入夢鄉。

「概念接近《尤里西斯》，」麥奇斯科太太繼續說：「只不過我丈夫將原本的二十四小時延伸成了一百年。他讓一個落魄的法國貴族老人置身於機械時代，形成對比……」

「哎，老天爺，薇奧蕾，別到處跟人說書的內容。」麥奇斯科抗議：「我不想書還沒出版就弄得人盡皆知。」

蘿絲瑪麗游回岸上，將浴袍披在已然發痛的肩頭，再次躺於陽光下。戴騎師帽的男子手持酒瓶和幾只玻璃杯，穿梭在一頂頂陽傘間；沒多久，他和朋友們的興致越來越高昂，彼此也越靠越近，最後他們的陽傘連成了一片，人也全都聚到了傘下──她推測是有人要離開了，而這是海灘上的最後一杯。就連孩子們都知道那邊的傘下洋溢著興奮之情，紛紛轉身張望──在蘿絲瑪麗看來，這一切都源自那個戴騎師帽的男子。

正午全面支配了天空與大海──即便五哩外的坎城那白色輪廓也幻化成一片看似清新涼爽的海市蜃樓。一艘如知更鳥胸脯般亮紅色的帆船拖著一條浪線，從遠處較深暗的海面駛來。整片廣闊的海岸除了那些濾去陽光的遮傘下，其餘各處看上去都了無生息；傘下的繽紛色彩及嘈雜私語間，持續散發著某種生機。

坎皮恩走近，站在離她幾呎外；蘿絲瑪麗閉上眼睛，假裝沉睡。接著她半睜開眼，望見兩條模糊不清的柱子，原來是一雙人腿。那男的想擠進一片沙色的雲影，但雲已在炎熱浩渺的天空中飄逸無蹤。蘿絲瑪麗真的睡著了。

蘿絲瑪麗汗流浹背地醒來，發現海灘上已空蕩蕩，只剩那位戴騎師帽的男子正在收摺最後一把傘。正當蘿絲瑪麗躺在那兒眨著眼，他走近說：

「我正打算要在離開前叫醒你。別一下子就曬得太過頭才好。」

「謝謝。」蘿絲瑪麗低頭看向自己一雙通紅的腿。

「天哪！」

她笑得爽朗，好引他搭話，但迪克．戴佛已提著一頂帳篷和一把海灘傘，走向等在一旁的車輛。於是她下水洗去一身汗。他又折了回來，將耙子、鏟子和篩子收攏整齊，塞進一塊岩石的縫隙中。隨後他掃視了一下海灘，看是否有遺漏什麼。

「你知道幾點了嗎？」蘿絲瑪麗問。

「一點半左右。」

他們暫時一同眺望著海景。

「這時間還不算壞。」迪克．戴佛說：「這還不是一天中最難以忍受的時刻。」

他看著她，有一瞬間，她活在他雙眼那明亮湛藍的世界中，熱情洋溢，自信滿懷。隨後他扛起最後一件雜物，朝他的車而去；蘿絲瑪麗也離水上岸，抖開浴袍，走回酒店。

3.

她們進入餐廳時已將近兩點。光與影構成的繁複花紋隨著外頭松樹的搖曳，在無人的餐桌上來回擺動。兩名侍者邊疊著盤子，邊用義大利語大聲交談，見她們進來便不作聲，為她們端上已顯無味的午間套餐。

「我在海灘上一見鍾情了。」蘿絲瑪麗說。

「跟誰？」

「先是跟一群看起來很不錯的人。然後是一個男人。」

「你有跟他說話嗎？」

「只說了幾句。很英俊，有淡紅色的頭髮。」她狼吞虎嚥。「不過他已結婚了——通常都是這樣。」

母親是她最好的朋友，且盡其所能地引導她，這在影劇界不算罕見，但比較特別的是愛兒希．史畢爾斯並非想藉此彌補自身的挫敗。她對人生沒什麼悲情或怨尤——兩次美滿的婚姻，兩度守寡，每一次都更加深她發自內心的堅忍淡泊。她的丈夫一位是騎兵軍官，另一位是陸軍軍醫，兩人都遺留了一些東西給她，而她打算完完整整地傳承給蘿絲瑪麗。她對蘿絲瑪麗毫不縱容，造就了她的堅毅——同時也不遺餘力地在蘿絲瑪麗身上培養著一種理想主義，這種理想主義目前還以她自身為典範，並透過她的眼睛去看這世界。因此當蘿絲瑪麗還是個「單純」的孩子時，就受到母親及自身雙重盔甲的保護——使她對所有的淺薄、浮誇和庸俗都有一種早熟的不信任。然而，隨著蘿絲瑪麗在電影界乍然走紅，史畢爾斯太太感覺是該讓她精神上斷奶了；若是這多少有些巨大、苛刻、令人喘不過氣的理想主義能將焦點從她身上轉移至其他事物，她會很樂見。

「那你喜歡這地方囉？」她問。

「如果我們能認識那些人，或許就有趣了。另外還有一批人，但他們不怎麼樣。他們認出我了——不管走到哪，每個人都看過《掌上明珠》。」

史畢爾斯太太等著那自尊自大的情緒消退，然後以實事求是的語氣說：「這倒提醒了我，你什麼時候要去見厄爾．布雷迪？」

「我想或許可以今天下午去——只要你休息夠了。」

「你去吧——我不去了。」

「那我們就等明天再去。」

「我想要你一個人去。路程並不遠——你又不是不會說法文。」

「媽媽——我不是還有些事要做嗎？」

「喔，好吧，那就之後再去——但得在我們離開前。」

「好的，媽媽。」

美國旅客身處寧靜的異國他鄉，常會突然感到百無聊賴，而午餐過後的她們都沉浸在這種感覺中。沒有興奮的事物刺激她們，沒有聲音在屋外呼喚她們，沒有零星的思緒突然受其他心靈的啟發而冒出來。少了紐約帝國的喧囂，她們只感覺生活停滯不前。

「我們就待三天吧，媽媽。」回到房間後蘿絲瑪麗說。外面一陣微風吹得熱氣四竄，穿枝過葉，將陣陣熱浪透過百葉窗送進房內。

「你在海灘愛上的那個男人呢？」

「親愛的媽媽，除了你，我誰都不愛。」

蘿絲瑪麗來到大廳，向酒店老闆打聽火車的情況。穿著淺棕色卡其服的門房懶洋洋地靠在櫃檯邊，直愣愣盯著她，隨後才突然想起他該有的職業禮儀。她搭上巴士，跟兩名態度殷勤的服務生同車前往火車站。他們畢恭畢敬的沉默讓她尷尬，很想敦促他們：「來，說說話呀，自在點，我不會介意的。」

頭等車廂中空氣沉悶；鐵路公司鮮明的廣告牌——亞爾的嘉德水道橋、奧朗日的古羅馬劇場、夏慕尼的冬季運動——比外頭漫長靜滯的大海更有生氣。不像美國的火車皆全神貫注地朝自身轟轟烈烈的命運奔馳，對另一個世界不那麼快速又氣喘吁吁的人們嗤之以鼻，這輛火車跟它所穿越的土地是融為一體的。其吐息揚起了棕櫚葉上的塵土，煤渣混進了花園裡的乾肥。蘿絲瑪麗確信只要身子探出車窗，就能伸手摘下鮮花。

坎城站外有十幾名司機在各自的計程車裡打盹。濱海步道上的賭場、時髦商店、高級酒店對著夏日的大海，彷佛都戴上了空洞無表情的鐵面具。很難想像這裡也有所謂的「社交旺季」，而多少受流行風潮牽引的蘿絲瑪麗不免變得有些不自在，好似她對廢棄過時的事物展現出了某種不健康的喜好；好似有人正感納悶，她為何要在前後兩個冬季的狂歡間，在這死氣沉沉的淡季來到這兒，而棄北方生氣蓬勃的真實世界不顧。

她拿著一瓶椰子油走出雜貨店時，瞧見一個沙發靠墊抱了滿懷的女人穿過她面前，往街道另一頭的停車場走去。她認出是戴佛太太。一條矮長的黑狗衝著她吠叫，打著瞌睡的司機一下驚醒。她坐進車中，美麗的臉龐僵硬、自制，雙眼勇敢且警覺地直視著前方的虛空。她穿著亮紅色洋裝，棕色雙腿裸露在外，一頭濃密的暗金色頭髮有如鬆獅犬。

火車還要再等半小時，於是蘿絲瑪麗坐進海濱大道上的聯盟咖啡館。行道樹將婆娑綠影拋灑在咖啡館桌上，一支管弦樂隊正對著想像中的各國遊客演奏尼斯嘉年華歌和去年的美國流行曲。她替母親買了《時代雜誌》及《週六晚郵刊》，邊喝著檸檬水邊翻閱，讀到了一個俄羅斯公主的傳記，發現上世紀九零年代的陳規舊俗還比法國報紙的頭條更真實、更貼近。正是同樣的感覺讓她在酒店時鬱悶不已——她習於見到一塊大陸上最鮮明的怪異特質被報刊渲染成喜劇或悲劇，又沒有受過自行提煉出事物本質的訓練，於是乎開始覺得法國的生活既空虛又陳腐。聽著管弦樂隊的憂傷曲調讓這種感覺更變本加厲，使她回想起雜技團中為特技人員演奏的淒楚配樂。她很高興回到古斯酒店。

隔天她的肩膀曬得太厲害，無法游泳，於是和母親包了輛車——中間還經過一番討價還價，因為蘿絲瑪麗已建立了對法國金錢的價值判斷——沿蔚藍海岸這多條河流匯聚的三角洲兜風。司機看上去有如恐怖伊凡時期的俄國沙皇，並自作主張當起了嚮導，於是那些輝煌的名字——坎城、尼斯、蒙地卡羅——開始從沉眠的偽裝下散發出光芒，喃喃訴說著古老帝王駕臨宴客或辭世，訴說著印度王公向英國芭蕾舞女拋擲寶石，訴說著俄國王子一連幾個星期將此地化作波羅的海那已然不再、滿是魚子醬香氣的黃昏。已歇業的書店和雜貨店，使沿海一路尤其瀰漫著俄羅斯的氣息。十年前，當旺季於四月結束，東正教教堂便大門深鎖，他們偏愛的甜香檳也被封藏，等待他們重返。「我們下季便會回來。」他們這麼說。但這話說得太早，因為他們再也不曾復返。

黃昏時驅車回酒店令人心曠神怡，下方的大海色彩神祕多端，有如孩童時期的瑪瑙和紅玉珠子般，綠如青奶，藍如洗衣水，暗紅如酒。經過在自家門口用餐的人們，聽見鄉間酒館的葡萄藤後傳來自動鋼琴猛烈的琴音，無不讓人愉快。當他們駛離濱海黃金大道，穿過逐漸陰暗的樹林邊緣往古斯酒店而去，將夾道樹木一棵棵拋在後方綠影中時，明月已高懸在渡槽的遺跡上了……

旅館後方的山丘某處正在舉辦舞會，蘿絲瑪麗隔著蚊帳上朦朧的月光側耳聆聽那樂音，意識到左近之處同樣洋溢著歡樂之情，讓她不由得想起海灘上那群挺不賴的人。她心想或許明早也能遇上他們，但他們明顯自成一個小團體，一旦他們的陽傘、竹蓆、犬隻、孩童皆安排定位，那塊海灘就等於是被圈圍起來了。她決計無論如何都不要將最後兩個早晨浪費在另一批人身上。

4.

她這問題迎刃而解。麥奇斯科夫婦還沒現身，她剛平鋪浴袍，兩個男的——那個戴騎師帽的男子，和高個金髮、愛把服務生鋸成兩段的男子——離開所屬團體，朝她走來。

「早安。」迪克．戴佛說。他頓了一下。「呃……不管曬不曬黑，你昨天怎麼沒再露面呢？我們都很擔心你。」

她坐起身，以愉快的微笑歡迎他們的打擾。

「我們還在想，」迪克．戴佛說：「不知道你今早願不願意加入我們。我們還到屋裡拿了食物跟飲料，所以這可是實實在在的邀請。」

他看起來親切迷人——聲音裡允諾會好好照顧她，而且一會兒後就會為她開啟一個全新的世界，展現一連串無窮無盡的雄偉可能。他巧妙地在介紹時不提及她的名字，接著讓她不費力氣明白每個人都知道她是誰，但皆尊重她私生活的完整無犯——自蘿絲瑪麗成名以來，這種好意她只在同行專業人士身上得見。

妮可．戴佛正在看一本烹調馬里蘭雞的食譜書，其棕色背脊在珍珠項鍊下延展。蘿絲瑪麗猜她大約二十四歲——她的臉可以用傳統的美麗來形容，但給人一種是先以大於實物的尺寸塑造的印象，帶有剛硬的輪廓和線條；那五官、鮮明的眉毛跟膚色，及所有能跟氣質與脾性相聯繫的部分，彷佛都是以一種羅丹式的意圖揑塑，然後再朝著美麗的方向精雕細琢，直至任何一個閃失都會無可彌補地削弱其力量與質感為止。雕塑家在那張嘴上更是放手一搏——弧線可比雜誌封面上愛神邱比特的弓，卻也不掩其他部位的特質。

「你會在這裡待很久嗎？」妮可問。她的聲音低沉，近乎粗啞。

突然間，蘿絲瑪麗的腦海閃過這個可能性：她們或許可以再待一個星期。

「不會很久。」她含糊地回答：「我們在國外好一陣子了——三月在西西里登陸，之後一直慢慢往北走。我去年一月拍片時得了肺炎，一直在休養。」

「天哪！怎麼會這樣？」

「嗯，是游泳造成的。」蘿絲瑪麗不太願意過分曝露私事。「有天我剛好染上了感冒卻沒察覺，他們要拍一個我跳進威尼斯運河的鏡頭。那個場景非常貴，所以整個早上我都得一跳再跳。母親找了個醫生在現場，但於事無補——我還是得了肺炎。」她沒等他們開口就斷然改變了話題。「你們喜歡這裡嗎……這地方？」

「他們非喜歡不可。」艾貝・諾斯緩緩地說：「這是他們創造的。」他慢慢轉動高貴的頭顱，目光親切而仰慕地落在戴佛夫婦身上。

「哦，是嗎？」

「這只是這間旅館第二次在夏季營業。」妮可解釋：「我們說服古斯保留一名廚師、一名侍者和一名僕役——結果收入還過得去，今年甚至更好了。」

「可是你們沒住在旅館裡。」

「我們在塔姆那兒蓋了間屋子。」

「據傳的理論是，」迪克邊說邊調整陽傘，遮去蘿絲瑪麗肩上的一塊陽光。「北邊所有的渡假勝地，像是多維爾，都被不怕冷的俄國人和英國人揀走了，而我們美國人有半數來自熱帶氣候——因此我們開始往這裡跑。」

貌似拉丁人的年輕男子一直翻閱著《紐約先驅報》。

「哎，這些人是哪國的呀？」他突然問，並以稍微帶點法國腔調的英語讀道：「『登記入住沃韋皇宮酒店的有潘德利·佛拉斯柯先生、波尼斯夫人』——我可沒有誇張——『柯琳娜·梅東卡、帕許夫人、賽拉芬·圖立歐、瑪麗亞·阿瑪利亞·羅多·梅斯、摩伊絲·托波、帕拉格里斯夫人、阿波索·亞歷山大、尤蘭達·尤斯法格魯和吉內維瓦·德·摩姆斯！』最吸引我的是這個——吉內維瓦·德·摩姆斯。跑到沃韋去看這吉內維瓦·德·摩姆斯一眼也值了。」

他突然毛毛躁躁地起身，猛地伸了個懶腰。他比戴佛或諾斯年輕幾歲，個子高、身材結實，但除了集中在肩膀及上臂幾處隆起的肌肉外，過於削瘦。乍看之下他也算英俊，但臉上總有一絲隱約的嫌惡，折損了那雙棕色眼眸所射出的銳利精光。不過人們之後就算忘了那張不甘無趣的嘴，和因煩躁無益的痛苦而皺紋滿布的年輕額頭，卻還是不會忘記那對眼睛。

「我們上禮拜在關於美國人的新聞中也發現了一些怪有趣的。」妮可說：「伊芙琳·歐依斯特（原文意譯為牡蠣）太太，還有……那個誰來著？」

「還有S·佛萊許（原文意譯為血肉）先生。」戴佛說著也站起身，拿起耙子開始認真清除沙地裡的小石子。

「喔，對……S·血肉……不覺得毛骨悚然嗎？」

單獨跟妮可相處時一片沉寂——蘿絲瑪麗發現甚至比跟自己母親在一起時還更靜。艾貝・諾斯和那個法國人巴本正在談論摩洛哥，而妮可抄完食譜後做起了針線活。蘿絲瑪麗檢視著他們帶來的配備——四把大型陽傘搭成了一個遮陽棚，一座活動更衣室、一匹充氣的橡皮馬，以及蘿絲瑪麗從沒見過的新鮮玩意兒，出自大戰後第一波湧現的奢侈品，而他們或許正是第一手買主。她推測他們是上流人士，儘管母親從小就告誡她要小心這些懶惰鬼，此刻她卻不這麼覺得。即便他們完全靜止不動，如同這個早晨般志得意滿，她仍感覺到一種目的、一種對什麼的努力、一種方向、一種創造的行為，與她以前所認知的截然不同。她未成熟的心智沒有擅加揣測他們彼此之間的關係，只關心他們如何看待自己——但她可以感受到之間有些美好的相互關係連繫著，讓她心想：他們似乎過得很愉快。

她依序看著三個男人，暫時將他們據為己有。三人各有俊美之處，但全都具有一種特殊的溫文爾雅；她感覺那是他們生命的一部分，無論過去將來，而不是權宜手段，更完全不像演員那樣行禮如儀。她還察覺一種廣泛的細緻周到，不同於導演們那種粗獷豪邁、稱兄道弟的作風，而導演向來是她生活中的知識分子代表。演員和導演——這些是她少數認識的男性，此外就是去年秋天她在耶魯大學舞會遇見的一群參差雜駁、難以區辨，光想著要一見鍾情的大學男孩。

這三人皆不同。巴本比較沒那麼有教養，也比較多疑和愛嘲諷；他的應對刻板，甚至流於敷衍。艾貝．諾斯在靦腆的表面之下有著強烈的幽默感，讓她既覺有趣又感困惑。她生性嚴肅，不相信自己會讓他留下什麼了不得的印象。

但迪克．戴佛──他完美無瑕。她默默地仰慕著他。他的膚色曬得棕中帶紅，連汗毛也不例外──薄薄一層從胳膊滾生到雙手。眼眸是明亮、冷冽的藍色。他的鼻子有點尖，因此一望即知他是在看誰或對誰講話──這實在是讓人受寵若驚，畢竟有誰會好好看著我們？匆匆落在我們身上的目光，不是好奇就是無感，再無其他了。他的聲音有些微的愛爾蘭音調蕩漾其中，令整個世界為之著迷；然而她能感受到他身上有嚴酷的一面，有其自律和自制，這些同樣屬於她的美德。哦，她選擇了他，而此時抬起頭的妮可看出了她的選擇，並聽見一聲輕嘆，嘆他已為人夫。

接近中午的時候，麥奇斯科夫婦、亞伯拉罕太太、鄧佛瑞先生及坎皮恩閣下來到海灘上。他們拿了一把新的陽傘，立起來的時候瞟了戴佛夫婦一眼，然後帶著滿足的神情鑽進傘下──除了麥奇斯科先生以外，他仍不屑地站在傘外。迪克耙地時經過他們身旁，現在回到了自己的傘前。

「那兩個年輕人正一塊兒讀禮儀手冊呢。」他低聲說。

「打算躋身上流社會呀。」艾貝說。

瑪莉．諾斯──那個蘿絲瑪麗第一天在浮台見到，曬得很黑的年輕女子──剛游完泳回來，以帶著一絲俏皮的笑容說道：

「原來不抖翁跟不抖婆到了。」

「他們可是這位仁兄的朋友。」妮可提醒她，手指著艾貝。「他為什麼不去跟他們聊聊？你不覺得他們挺迷人的嗎？」

「我想他們是挺迷人。」艾貝同意。「只是沒有迷到我罷了。」

「話說回來，我**總**覺得今年夏天海灘上的人實在太多了。」妮可直言：「這可是**我們的**海灘，是迪克從石子堆中清理出來的。」她想了一下，隨後壓低聲音，不讓坐在後方另一頂傘下的三名保母聽見。「不過，他們還是比去年夏天的那些英國人好一點，那些人老是在喊：『海好藍啊！天好白啊！小娜莉的鼻子好紅啊！』」

蘿絲瑪麗心想她可不願成為妮可的敵人。

「可你沒瞧見他們打架。」妮可繼續說：「在你來的前一天，那個結了婚的男人，名字聽起來像汽油或牛油品牌的那個……」

「麥奇斯科？」

「對——他們起了口角，太太朝他臉上扔了把沙子。於是他二話不說就坐到了她身上，拿她的臉往沙裡磨蹭。我們都……嚇壞了。後來我要迪克勸解。」

「我想，」迪克．戴佛出神地凝視著草蓆，說道：「我過去邀他們共進晚餐吧。」

「千萬不要。」妮可立刻回他。

「我覺得會是件好事。他們人都在這兒了——我們該調適一下自己。」

「我們調適得很好。」她笑著堅持。「我可不希望自己的鼻子被按到沙裡磨。我是個兇狠強悍的女人。」她向蘿絲瑪麗解釋。接著提高嗓門喊：「孩子們，換上你們的泳衣！」

蘿絲瑪麗感覺這次游泳會成為她這輩子最具代表性的一次，往後只要提起游泳，這次的記憶就會浮現。整群人同時朝水邊前進，在被迫長時間肢體不動後，每個人都躍躍欲試，迫不及待從炎熱投身清涼，有如品嘗熱辣的咖哩配上冰鎮的白葡萄酒。戴佛一家的日常生活安排得一如古老文明世界，手邊的東西皆要物盡其用，每次情境的轉換都得賦予最完整的意義；而她並不知道等會兒將有另一次轉換，從游泳時的全神貫注轉換為普羅旺斯地區午餐時的喋喋不休。不過她再次感受到迪克正對她呵護備至，而她樂於將這終於發生的舉動當作命令般回應。

妮可將一直在縫製的那件奇怪服裝遞給丈夫。他進了更衣棚，沒一會兒穿著一條黑色蕾絲的透明泳褲現身，引起一片譁然。仔細一看才發現那其實是用肉色布料做襯裡。

「唷，這是在耍什麼娘娘腔！」麥奇斯科先生輕蔑地驚呼——隨後迅速轉向鄧佛瑞先生和坎皮恩先生，補了句：「喔，請見諒。」

蘿絲瑪麗對這件泳褲感到樂不可支。天真的她對戴佛夫婦這種昂貴的簡樸由衷欣賞，沒有意識到其複雜和造作，沒意識到這全是從世界各市場的流行中精挑細選、重質不重量的結果；而其舉止上的單純亦是如此，那幼兒般的祥和及友善，對簡單美德的注重，皆是與諸神拚命討價還價的一部分，背後都經歷了一番她猜也猜不到的掙扎。此時此刻，戴佛夫婦表面看上去正代表了一個階層最極致的進化，因此多數人在他們身旁都會相形見絀──實際上，一種質變已然開始，而蘿絲瑪麗對此尚無所覺。

他們喝著雪利酒、吃著餅乾時，蘿絲瑪麗跟他們站在一塊兒。迪克．戴佛以冰冷的藍眼睛望著她；那張親切、有力的嘴深思熟慮、慎重其事地說道：

「我好久沒見過像你這樣，看上去真正青春洋溢的女孩子了。」

事後蘿絲瑪麗在母親的膝上哭了又哭。

「我愛他，媽媽。我無可救藥地愛上他了……我從沒想到自己會對任何人有這種感覺。可他已經結婚了，而我也喜歡他的老婆……一切根本毫無希望。啊，我是這麼愛他！」

「我倒挺想見見他。」

「他老婆邀我們星期五共進晚餐。」

「如果你墜入愛河，應該會感到快樂才是。你應該要笑。」

蘿絲瑪麗抬起頭，美麗的臉蛋微微一顫，笑了。母親對她總是有巨大的影響力。

5.

蘿絲瑪麗極其悶悶不樂地前往蒙地卡羅。車駛上崎嶇的山丘，來到拉蒂爾比，當地有座正在重建的高蒙電影製片廠。當她將留了訊息的名片送進去，站在柵欄大門口等待回音時，眼前所見一如身處在好萊塢。近期某部片遺留的詭異廢墟、破敗的印度街景、紙板製的大鯨魚、龐然巨樹上結著大小如籃球的櫻桃，奇特地各據一方，好似淡莧菜、含羞草、栓皮櫟或矮松般土生土長於此。片場裡還有個快餐棚和兩座穀倉形狀的攝影棚，以及遍布各處，一群群耐心等待、滿懷希望、塗脂抹粉的面孔。

十分鐘後，一個髮色如金絲雀羽毛的年輕男子匆匆趕到大門口。

「請進，霍伊特小姐。布雷迪先生正在拍攝現場，但他急著想見見你。很抱歉讓你久候，但你知道這兒有些法國女孩呀，不擇手段都想鑽進來……」

片場經理打開攝影棚白牆上的一扇小門，蘿絲瑪麗頓時湧上一陣愉快的熟悉感，並跟著他進入昏暗之中。朦朧光線下四處人影綽綽，向她轉過一張張蒼白的臉，有如煉獄中的幽靈望著一名生人經過。聽得見人們低聲細語，以及貌似遠方傳來，一架小風琴輕柔的顫音。繞過了幾個布景聚集的角落，他們來到白晃晃一片的拍攝現場，那兒有位法國男演員——他襯衫的前襟、衣領、袖口全都染上了鮮豔的粉紅色——和一位美國女演員面對面，一動不動地站著。他們目光頑強地死盯著對方，好似已維持相同的姿勢數個小時；而這麼長一段時間卻什麼也沒發生，沒人移動半分。一組燈發出猛烈的嘶嘶聲後熄滅，隨即又復亮；遠處有鐵鎚哀怨地輕敲著，彷彿在懇求進入不知名的地方；一張青臉出現在頂上炫目的燈光間，朝更上方的黑暗處不清不楚地喊了些什麼。接著蘿絲瑪麗跟前一道聲音劃破了沉默。

「寶貝，絲襪別脱，不然再十雙都不夠你穿。那套衣服可要十五英鎊。」

說話者後退幾步，撞上了蘿絲瑪麗，片場經理趕緊說：「嘿，厄爾——這位是霍伊特小姐。」

他們初次見面。布雷迪聰明伶俐、渾身是勁，握起她的手時，她發現他將她從頭到腳打量了一遍。她認得這種舉動，感覺熟悉自在，不過也總會讓她對做出這種舉動的人產生些許優越感。如果她自身是種資產，那身為擁有者的她就有權善用與生俱來的各種優勢。

「我就料到你這幾天會來。」布雷迪說。以私底下的交談而言聲音有點過於強勢，還拖著一絲傲慢的倫敦腔。「旅途愉快嗎？」

「愉快，但我們很高興就要回家了。」

「不——不——不！」他連聲反對。「多待一陣子吧……我想跟你聊聊。我跟你說，你那部片可真厲害……就是那部《掌上明珠》。我在巴黎看的。看完我立刻發電報到西岸問你簽約了沒。」

「我當時剛好有約……真抱歉。」

「老天，多棒的電影呀！」

蘿絲瑪麗不想傻傻地笑著表示同意，於是皺了皺眉。

「沒人會希望被觀眾想起時永遠就只有那一千零一部片子。」

「當然——說得沒錯。你有什麼計畫？」

「母親認為我需要休息。等回去後，我們大概會跟第一國家電影公司簽約，不然就是繼續跟明星電影公司合作。」

「我們是指誰？」

「我的母親。生意上的事由她決定。我少不了她。」

他再次將她徹底打量了一番，在此同時，蘿絲瑪麗心中對他產生了某種情感。這並不是喜愛，完全不同於今天早上在海灘上對那個男人不由自主的仰慕。這只是一拍即合。他想得到她，而在純潔的少女情懷作用下，她泰然自若地考慮降服。然而她知道，離開他半小時後，她就會忘了他——一如在電影中接過吻的男演員。

「你們住哪兒？」布雷迪問。「喔，對，住古斯酒店。嗯，我今年的計畫也都排定了，但我寫給你的那封信依然有效。從康妮．塔爾梅奇[3]還在扮童女開始，你就是所有女星中我最想合作的。」

「我也有同感。你為什麼不回好萊塢呢？」

「我受不了那鬼地方。我在這裡如魚得水。等拍完這個鏡頭，我帶你四處逛逛。」

他踏進場景中，開始輕聲細語地和法國男演員交談。

五分鐘過去——布雷迪還在說話，法國人不時點點頭，將重心從這腳挪到那腳。突然間，布雷迪停了下來，往燈光處喊了幾句，驚得光線夾著嗡嗡聲大亮起來。蘿絲瑪麗現在彷彿又置身於洛杉磯的喧囂。她無所畏懼地穿行在薄隔板搭起的城市中，渴望回到那裡。拍攝結束後布雷迪會懷著什麼情緒來找她，她可以領會，但不想真的見到，於是帶著一股依然籠罩於身的魔力，離開了片場。現在她知道這裡有座製片廠，地中海的世界也不再那麼沉寂了。她喜歡街上的行人，並在前往火車站的路上替自己買了雙平底涼鞋。

母親很高興她完全照吩咐辦事，但仍然想放她飛得越遠越好。史畢爾斯太太看上去精力充沛，實際上卻已筋疲力盡；送終確實耗人心神，而她已送了兩次。

6.

午餐時喝的玫瑰酒讓妮可・戴佛感覺很舒服，她環抱著雙臂，肩頭的假山茶花幾乎貼上臉頰，走向屋外那座沒有一根雜草的美麗花園。花園一頭和房子相連，從此一路鋪展，兩側是古老的鄉村，最後一邊則緊鄰岩架層疊入海的懸崖。

與村莊相隔的圍牆邊滿是塵土，只見蜿蜒的藤蔓、檸檬樹與桉樹，及隨手留下的獨輪推車。推車只放置了一陣子，但已經深陷小徑，荒廢且略微腐朽。總是讓妮可感到些許驚奇的是，只要轉個方向，過了一個牡丹花圃，就會進入一塊蔥鬱涼爽的地帶，那裡葉子與花瓣皆因柔潤的水氣而捲曲。

她的脖子上繫了一條淡紫色圍巾，即便是無色陽光照耀，卻仍在上至臉龐，下至移動的步伐四周都投射出一片淡紫色的陰影。她神情凝重，近乎嚴厲，只有那雙綠色眼眸透出惹人憐惜的疑惑幽光。原本金色的頭髮已經變深，但如今二十四歲的她比起十八歲時更加漂亮，那時她本人還不如頭髮明亮。

沿著白色界石有條花朵繁盛、迷濛如霧的步道。她順著走，來到一塊可以眺望大海的空

3 Constance Talmadge（1893-1973），一九二零年代好萊塢喜劇紅星。

地。那兒的無花果樹上懸著幾只熄滅的提燈，還有張大桌、幾把藤椅，及義大利西恩納來的巨型陽傘，全都集中在一棵龐大松樹下；這是花園裡最大的一棵樹。她在那兒停留了一會兒，心不在焉地望著叢生的旱金蓮和糾纏其下的鳶尾花，好似有人隨手撒下了一把種子就開始原地蔓生；同時聽著屋裡傳來孩童爭吵的抱怨與指責聲。當這些聲音隨夏日微風散去，她繼續前行，夾道開滿千變萬化、簇擁如粉色雲團的牡丹花，黑色和棕色的鬱金香，以及紫紅莖幹、花朵如糖果店櫥窗中的糖果花一般晶瑩剔透的嬌嫩玫瑰——最後，色彩的樂章彷彿濃烈到無以復加，於是在半空中戛然而止，眼前潮濕的台階通往下方五英呎處。

這裡有一口水井，周圍鋪著木板，即便是最晴朗的日子也顯得濕滑。她步上另一頭的階梯，進入菜園。她走得挺快；她喜歡活動，雖然有時給人一種安詳的感覺，既沉靜又惹人遐想。這是因為她不善言詞，也不相信言詞，於是在這世上她寧願保持沉默，只適時貢獻一些刻板得接近乏味的文雅笑話。不過有時當陌生人在少言寡語的她面前開始變得不自在，她會抓住一個話題口若懸河、滔滔不絕起來，連她自己都要大吃一驚——隨後將話題拉回，驟然間，近乎膽怯地收口，像隻順服的獵犬，恰如其分地完成了任務，還遊刃有餘。

她站在菜園朦朧的綠光中，此時迪克穿越她前方的小徑，走向他的工作室。妮可默不作聲等他通過後，繼續往前穿越一排排將化作沙拉的蔬菜，來到一個小型動物園，裡面幾隻鴿子、兔子和一隻鸚鵡七嘴八舌無禮地衝著她亂叫。她步下另一個突出的岩架，來到一道低矮彎曲的牆前，俯瞰七百英呎下的地中海。

她正立足於塔姆這古老的山村。這棟別墅及其庭院是由一排毗連懸崖的農舍改建而成——有五間小屋被併作大宅，四間被拆除成為了花園。外牆則沒有動，所以從下面的公路遠望，很難從一整片紫灰色的城鎮中辨別出別墅所在。

妮可站在那兒俯瞰了地中海一會兒，但無事可做，就連那雙不知疲倦的手也無所適從。不久，迪克走出他的單間工作室，手裡拿著望遠鏡，望著東邊坎城的方向。妮可隨即潛進了他的視線範圍，於是他又回到屋裡，拿著一個傳聲筒出來。他有很多機械小玩意兒。

「妮可，」他喊道：「我忘了跟你說，為了廣結善緣，我邀請了亞伯拉罕太太，就是那個白頭髮的女人。」

「我早猜到。真是太過分了。」

她的回應輕而易舉就傳到迪克耳中，似乎貶低了他傳聲筒的價值，於是她提高嗓門喊道：「你聽得見嗎？」

「聽得見。」他放下傳聲筒，然後又固執地舉起來。「我還會多邀請幾個人。我準備請那兩個年輕人。」

「好吧。」她心平氣和地同意。

「我要辦個真正**糟糕**的派對。我說真的。我要辦個有爭執、有挑逗的派對，讓男人帶著受傷的心情回家，女人昏倒在化妝室裡。你等著瞧吧。」

他返回工作室；妮可看出他已然處於一種最特殊的情緒中，那種會席捲每個人的興奮，以及無可避免隨之而來、專屬個人的憂鬱；他從沒表現出這種憂鬱，但她猜得到。而這種對事物的興奮之情強烈到遠超越事物本身的重要性，讓他在人際關係上無往不利。除了幾個意志堅定和天性多疑的人之外，所有人都會對他產生一種難以自持、不加批判的迷戀。而當他體認到其間造成了多少揮霍浪費，反作用便隨之而來。他有時會驚愕地回頭看著自己一手促成的縱情狂歡，有如一位將軍凝視著為滿足自己毫無人性的嗜血而下令的大屠殺。

但能被接納進入迪克．戴佛的世界，哪怕只是一會兒，也是段非凡的經歷：人們相信他特地為他們保留了位置；他懂得賞識他們命運中引以為傲的獨特之處，就算早已被深埋在多年的妥協底下。他以細膩的關心，和迅速反射到只能以結果來驗證的殷勤動作，很快贏得每個人的心。接著，唯恐剛綻放的情誼就此凋謝，他毫無顧忌地敞開他那歡樂世界的大門。只要他們完全投入其中，他們的福祉就是他的當務之急；但只要對其廣博包容有一絲懷疑，他就會從眼前憑空消失，言談舉止也幾乎不會留下任何值得一提的記憶。

晚間八點三十分，他出來迎接第一批賓客。他的外套帶點講究、帶點自信地披在手上，有如鬥牛士的斗篷。跟蘿絲瑪麗及其母親打過招呼後，他照自己獨特的慣例，等候她們先開口，好似讓她們在新環境中重新熟悉自己的聲音。

回到蘿絲瑪麗這邊——值得一提的是，在費了一番工夫登上塔姆，呼吸到更新鮮的空氣後，她們母女倆滿心讚嘆地環顧四周。正如同不凡之人在不經意的表情變化間會透露出其個人特質，這棟黛安娜別墅也會在偶然現形於背景的女僕或打不開的軟木塞此類細微的瑕疵間，突然劃破其精心營造的完美。夜的喧囂隨著頭一批賓客來到，白日家常悄然隱沒，獨留戴佛家的孩子和女家教仍在露台上用晚餐。

「真漂亮的花園啊！」史畢爾斯太太驚呼。

「這是妮可的花園。」迪克說：「她就是不肯放手——成天叨唸個不停，擔心各種病蟲害。我看她總有天會染上什麼百粉病、蠅糞病或晚疫病。」他食指決然地指向蘿絲瑪麗，以好似在掩飾父親般關懷的輕鬆語氣說：「話說前頭，可不許推辭——我要送你一頂適合海灘戴的帽子。」

他領著她們從花園登上露台，並給自己倒了杯雞尾酒。厄爾．布雷迪來了，看見蘿絲瑪麗很是驚訝。他的態度比起在片場時溫和許多，彷彿一進大門就戴上了另一副面具。蘿絲瑪麗即刻將他與迪克．戴佛做比較，並一面倒傾向後者。相較之下，厄爾．布雷迪似乎略顯粗俗、缺乏教養；儘管，她再次對他產生一種觸電般的感覺。

他語氣親密地跟結束戶外晚餐剛起身的孩子們說話。

「哈囉，拉尼爾，唱首歌來聽吧？你跟桃普希願意唱首歌給我聽嗎？」

「要唱什麼呢？」小男孩同意，口音帶有在法國長大的美國孩子那種奇怪的平板語調。

「唱那首〈我的朋友皮埃羅〉吧。」

兄妹倆自然地比肩而立，甜美嘹亮的歌聲在晚空中飛揚。

「月光照耀下
好友皮埃羅
麻煩借支筆
讓我寫個字
蠟燭已熄滅
再無火光見
看上帝情面
請為我開門。」4

歌聲停息，孩子們面有得色，微笑著靜靜佇立，臉龐在夕陽餘暉下泛著紅光。蘿絲瑪麗心想，此時黛安娜別墅就是世界的中心了。在這種場合肯定會有令人難以忘懷的事發生。聽到大門噹啷開啟，其餘賓客一同抵達時，她變得更加雀躍不已——麥奇斯科夫婦、亞伯拉罕太太、鄧佛瑞先生、坎皮恩先生走上了露台。

蘿絲瑪麗大失所望——她迅速望向迪克，好似要為這不倫不類的聚會討個解釋。但他的表情沒有任何不尋常之處。他得意洋洋地迎接這批新到的客人，對他們無窮且未知的可能抱有明顯的敬意。她對他萬分信任，以至於當下就接受了麥奇斯科夫婦在場的合理性，好像她原本就一直預期會見到他們似的。

「我在巴黎見過你。」麥奇斯科對偕妻子隨後而至的艾貝．諾斯說：「我見過你兩次。」

「是的，我記得。」

「是在哪裡呢？」麥奇斯科不肯見好就收，緊接著問。

「嗯，我想想……」艾貝對遊戲感到厭煩。「我想不起來了。」

交談就此打住，蘿絲瑪麗直覺認為應該有人出來打圓場，但迪克看來沒打算拆散這群遲

4 法語民謠，原文為法文。書中背景多在法國，話語中常直引法語，將用不同字體標示，後文亦同。

來賓客形成的圈子，甚至也不去挫挫麥奇斯科太太周身那目空一切的氣焰。他沒去解決這交際上的問題，因為知道目前這無關緊要，而且會自行解決。他要將新意保留給更能發揮功效之處，等待能讓他的客人們更加賓至如歸的關鍵時刻。

蘿絲瑪麗站在湯米·巴本旁邊——他滿臉不屑，似乎受了什麼刺激。他明早就要離開了。

「回家嗎？」

「家？我沒有家。我要去打仗。」

「打什麼仗？」

「打什麼仗？隨便什麼仗。最近沒看報紙，不過我想總會有的——這世界向來不缺戰爭。」

「你難道不在乎為何而戰嗎？」

「一點也不在乎——只要待遇好就行了。當我厭倦的時候，就來看看戴佛夫婦，因為這樣一來，我知道自己不出幾星期就會想去打仗了。」

蘿絲瑪麗為之一僵。

「你喜歡戴佛夫妻吧。」她提醒他。

「當然——尤其是戴佛太太——但他們總讓我想去打仗。」

她玩味著這番話，卻一頭霧水。換作是她，會想永遠待在戴佛夫婦身邊。

「你是半個美國人吧。」她說，好像這樣問題就解決了。

「我也是半個法國人，而且是在英國受的教育，從十八歲起我已經穿過八個國家的軍服了。但我希望你不要誤會我不喜歡戴佛夫婦——我很喜歡他們，特別是妮可。」

「有誰會不喜歡呢？」她直接了當地說。

她感覺與他有隔閡。他話中的弦外之音令她反感，尖酸的挖苦也益發激起她對戴佛夫婦的仰慕之情。她很高興用餐時不會跟他坐在一起，而朝花園中的餐桌移動時，她仍在琢磨「特別是妮可」這話的含義。

有片刻，她和迪克．戴佛在小徑上並肩而行。在他渾身強悍俐落的光芒照耀下，周遭一切皆為之黯淡，徒然烘托著他的無所不知。這一年來，漫長得彷彿永恆，她賺了錢，出了名，來往者非富即貴，而這些人跟醫師遺孀及孤女過去在巴黎酒店公寓時結交的對象相比，也不過就是看上去更有錢有勢一些而已。蘿絲瑪麗是個浪漫的人，而她的職業在這方面並沒有提供多少令人滿意的機會。母親期盼她事業有成，也不會容許她以虛假的替代品當作隨手可得的樂子；蘿絲瑪麗實際上也早已超越這層次——她身在電影，但心不在。所以當她在母親臉上瞧見對迪克．戴佛的認可，就代表他是「貨真價實的對象」了；也意味她得以放膽盡情追求。

「我剛才一直在看你。」他說，而她知道他是說真的。「我們越來越喜歡你了。」

「我頭一次見到你時就愛上你了。」她輕聲說。

他假裝沒聽見，好似這全然是出於禮貌的恭維。

「新朋友，」他煞有其事地說：「相處起來往往比老朋友更愉快。」

她不太明白這話的意思，卻發現自己已來到餐桌旁，桌子映襯著昏黃暮色中逐漸鮮明起來的燈光。瞧見迪克請母親在他右手邊入座時，她內心不禁蕩漾起一陣歡快的旋律。她自己則坐在路易斯・坎皮恩和布雷迪之間。

情緒滿溢的她轉向布雷迪，打算吐露幾句心裡話。但一提起迪克，他眼中就閃過一絲冷漠，讓她明白他拒絕扮演慈祥父親的角色。而當他試圖攬起她的手時，她也同樣堅定地回絕，於是他們聊著本行，或毋寧是她聽他聊著本行。她禮貌的目光從沒移開過他的臉，但明顯心不在焉，讓她感覺他肯定看出了端倪。她斷斷續續捕捉著他語句中的意旨，再下意識地自行填補，如同鐘敲了一半才開始計數，未數到的頭幾下鐘聲就徒有節奏縈繞心頭了。

7.

趁話語暫歇，蘿絲瑪麗轉頭朝餐桌另一端望去，見妮可坐在湯米・巴本和艾貝・諾斯中間，鬆獅犬般的頭髮在燭光中如泡沫湧動。蘿絲瑪麗聽著，深受那話不多卻圓潤清脆的聲音吸引：

「可憐的傢伙。」妮可高聲說：「你幹嘛想把他鋸成兩半呢？」

「當然是想看看服務生的肚子裡有什麼囉。你不想知道服務生肚裡都藏些什麼嗎？」

「老菜單。」妮可笑了笑說：「碎碗碟、小費、鉛筆頭。」

「說得沒錯——但問題是要用科學方法證明。當然用鋸琴可以洗滌任何汙穢噁心之處。」

「你打算邊動手術邊演奏嗎？」湯米詢問。

「我們還沒到那地步，尖叫聲就嚇壞我們了。我們還以為他可能有什麼器官破裂了哩。」

「聽起來真怪。」妮可說：「一個音樂家要用另一個音樂家的鋸琴去……」

他們已上桌半小時，可以感覺到一種變化悄悄產生——人們一個接一個拋開了成見、焦慮、懷疑等等，現在他們只拿出最好的一面，專心做戴佛家的嘉賓。誰顯得不夠友好或興味索然似乎都會讓戴佛夫婦臉上無光，於是所有人都盡力迎合。見此情景，蘿絲瑪麗對每個人都有了好感——除了麥奇斯科，他怎麼樣就是跟其他人不同調。這倒不是出於惡意，他只是決心要用紅酒來維持初到時自得其樂的好心情。他仰靠椅背，一邊坐的是厄爾．布雷迪，他對布雷迪發表了幾句關於電影的尖刻評論；另一邊是亞伯拉罕太太，他對她則一言不發，只以滿臉挖苦嘲諷的神色瞅著斜對角的迪克．戴佛，偶爾試圖越過餐桌攀談時才暫時收斂。

「你跟范布倫·登比是朋友吧?」他說。

「我恐怕不認識他。」

「我還以為你是他朋友。」他憤然堅持。

當登比先生的話題無以為繼，他便嘗試其他同樣不著邊際的題材，但迪克每次那畢恭畢敬的專注似乎反倒讓他無所適從。於是片刻尷尬的沉默之後，他原先打斷的談話就會撇開他逕自接續下去。他試著插進其他人的談話中，但那就像不斷在跟手早已抽走的空手套握手一般——所以到了最後，他露出處在一群孩子間悉聽尊便的無奈神情，將注意力全轉到了香檳上。

蘿絲瑪麗不時環視餐桌，熱切渴望他人盡歡，彷彿他們都是她未來的乾子女。一盞高雅桌燈的光線穿過一盆辣石竹花，灑落在亞伯拉罕太太的臉龐，那張臉受凱歌香檳恰到好處的薰陶，滿溢著活力、寬容，與青少年般的善意。她旁邊坐的是羅亞·鄧佛瑞先生，女孩般的清秀面孔在夜晚的享樂世界中，顯得沒那麼令人驚奇。再來是薇奧蕾·麥奇斯科，她的美麗已然展露無遺，不再因為有個野心勃勃卻一事無成的丈夫，而苦於要釐清自己那曖昧不明的身分。

然後就是迪克，他忙著接續其他人各式各樣的話題，深深沉浸在自己的派對中。

接著是她的母親，永遠的完美無瑕。

巴本正跟她母親說話，談吐優雅自如，令蘿絲瑪麗對他再次產生了好感。再過去是妮可。蘿絲瑪麗突然間對她有了全新的認識，發現她是自己所見過最漂亮的人。那張臉是聖徒的臉龐，是維京人的聖母，臉上散發的光芒穿透在燭火下飛舞的輕巧微塵，高懸松樹的酒紅色提燈更為其添上一抹紅暈。她如入定般一動不動。

艾貝．諾斯正在跟她聊自己的道德原則：「我當然有，」他堅持，「……人活著不能沒有道德原則。我的原則是反對獵巫。每當有人要焚巫，我就會勃然大怒。」蘿絲瑪麗從布雷迪那兒聽說他是個作曲家，一鳴驚人、意氣風發地出道後，已有七年沒作出曲子。

鄰座是坎皮恩，他設法抑制住自己惹眼的柔弱氣質，甚至對左近的人表現出某種無私的慈愛。再隔壁是瑪莉．諾斯，一臉歡快，讓人無法不對著那明亮如鏡的牙齒報以微笑——那相離的雙唇四周形成了一個代表欣喜的美妙小圈。

最後是布雷迪，隨著時間推移，他的精力越來越投注於真正的交際，而非粗暴地一再重申自己的心智健全，同時為了維護這份健全而對他人的缺陷敬而遠之。

蘿絲瑪麗就像是自柏納特夫人[5]書中的險惡大地走出的孩子般，純潔地懷抱著信念，堅信

5 Frances Hodgson Burnett（1849-1924），英裔作家，以童話故事聞名。

自己回到了家，脱離了蠻荒地帶可笑淫猥、不可預期的種種。夜空中螢火蟲飛舞，懸崖某個低遠處的岩架傳來狗的吠聲。餐桌好似機械活動舞台般朝天空略微抬升了一些，讓圍繞桌旁的人們有種遺世獨立、共同置身於蒼茫宇宙的感覺，靠著桌上僅存的食物果腹，依著眼前遺留的燈火取暖。麥奇斯科太太壓著嗓子的一聲怪笑，也彷佛是個信號，提醒著他們已然與世隔絕。戴佛夫婦突然間開始熱情洋溢、笑逐顏開，好像是要彌補這些已盡享尊寵、備受禮遇的賓客，減緩他們對遠拋身後的故土或許還存有的懷念。有段時間他們似乎在跟桌邊的每個人說話，既似個別又似對著全體，向大家確保他們的友好、他們的情誼。一時間，眾人的臉紛紛仰對著他們，有如仰望著聖誕樹的貧童。接著一切戛然而止——賓客被大膽拉抬到歡樂宴飲的層次之上，進入罕有的感傷氛圍，只是他們還沒來得及放肆品味，甚至還沒完全意識到其存在，那一刻就結束了。

不過炎熱甜美的南方所散發的魔力已然沁入他們心田——夜色輕柔的撫觸及低遠處地中海幽魅的沖刷聲——那股魔力遺留下這些，與戴佛夫婦融合為一體。蘿絲瑪麗看著妮可將一個她母親曾大力讚賞的黃色晚宴包強塞給她，口中邊說：「我認為東西該屬於真正喜歡的人，」邊順手將能找到的黃色物品都掃進了包裡，一枝鉛筆、一條口紅、一本小筆記本。「因為這樣才相配。」

妮可突然消失無蹤，沒多久蘿絲瑪麗注意到迪克也不知去向。賓客或是在花園中任意漫步，或是慢慢往露台晃蕩過去。

「你想上廁所嗎？」薇奧蕾・麥奇斯科問蘿絲瑪麗。

此刻並不想。

「我想上。」麥奇斯科太太堅持。如此心直口快的女人拖著她的祕密往屋裡走去，蘿絲瑪麗在背後不以為然地目送。厄爾・布雷迪提議下去海堤走走，但她覺得等迪克・戴佛再度現身，該是她跟他相處的好機會，所以百般拖延，聽著麥奇斯科和巴本爭論。

「你為什麼要跟蘇維埃打仗呢？」麥奇斯科說：「這不是人類有史以來最偉大的實驗嗎？還有里夫人[6]？在我看來，為正義的一方而戰更英勇。」

「你怎麼知道哪邊是正義的一方？」巴本冷冷地問。

「哎……聰明人自然都知道呀。」

「你是共產主義者嗎？」

6 居住在北非摩洛哥境內里夫山區的柏柏爾族人，一九二一年他們擊敗西班牙占領軍，成立里夫共和國，但一九二六年遭西班牙和法國聯軍弭平。

「我是社會主義者。」麥奇斯科說，「我同情俄羅斯。」

「好，我是個軍人。」巴本和氣地回覆：「我的職責就是殺人。跟里夫人打仗是因為我是個歐洲人，跟共產黨打仗是因為他們想奪走我的財產。」

「都是些小鼻子小眼睛的藉口。」麥奇斯科環顧四周，想找個可以幫腔的，但沒有成功。他搞不清楚自己要反對巴本什麼，既不是對方單純的邏輯思考，也不是他複雜的軍事訓練。麥奇斯科知道觀念是什麼，隨著心智成熟，他能分辨的各式觀念也逐步增加。但面對一個他視為「傻瓜」的人，不具備任何他所能辨識的觀念，卻又無法令他自覺優越的人，他只好驟然斷定巴本是個古舊世界的過時產物——也因此，一無是處。麥奇斯科跟美國上流階層的接觸經驗，讓他對他們猶疑笨拙的勢利、對他們的樂於無知及刻意粗魯皆深有所感。這一切都承襲自英國人，卻完全忽略了英國人的庸俗與粗野背後的目的性，而直接拿來套用在一塊只消丁點知識和禮儀，就能獲得比其他地方更多東西的土地上——此種態度在一九零零年前後的「哈佛作風」中達到極致。他認為巴本正屬於那一類，而酒醉讓他將敬畏之情輕率地拋諸腦後——這才招致了眼前的窘境。

蘿絲瑪麗隱隱為麥奇斯科感到羞愧，她等著，表面平靜但內心波濤洶湧，等著迪克．戴佛回來。她跟巴本、麥奇斯科、艾貝同守著冷清的餐桌，從椅上眺望著通往露台，桃金孃與蕨類植物蓊鬱夾道的小徑。見到母親倚著一扇透光門所顯現的側影，她頓時滿心愛慕，正打算上前時，麥奇斯科太太從屋裡慌忙跑了出來。

她激動不已。靜默之中，她拉了張椅子坐下，兩眼發直，嘴唇打顫，大家都看得出她有滿腹新聞，於是當她丈夫理所當然地問道：「怎麼了，薇？」所有目光都轉向了她。

「親愛的……」她終於開口，然後對著蘿絲瑪麗，「親愛的……沒什麼。我真的不好說。」

「在座都是朋友。」艾貝說。

「哎，我在樓上撞見一個場面，各位……」

她神祕地搖搖頭，剛好及時打住，因為湯米此時起身，客氣卻嚴厲地對她說：

「對屋裡發生的事我們不宜說三道四。」

8.

薇奧蕾重重喘了口氣，努力換上另一副表情。

迪克終於現身，憑著敏銳的直覺，他將巴本及麥奇斯科夫婦分開，並變得對文學一竅不通又滿腹疑惑，抓著麥奇斯科直問——從而給了麥奇斯科求之不得的片刻優越感。其他人幫迪克提燈上露台——誰不樂意幫忙提著燈穿過黑暗呢[7]？蘿絲瑪麗也伸手相助，同時耐心地回應羅亞．鄧佛瑞對好萊塢源源不絕的好奇。

現在——她心想——我爭取到和他單獨相處的時間了。他一定也心知肚明，因為他遵循的法則與母親教導的類似。

蘿絲瑪麗想得沒錯——不久他就將她帶離露台其他人，兩人單獨在一起，離開屋子朝靠海的圍牆走去。沿途階梯零散錯落，她一路或受牽引或受攙扶。

他們眺望著地中海。下方遠處，從勒蘭群島開出的最後一班遊船漂過海灣，猶如在空中自在飄蕩的國慶日氣球。船在黑色島嶼間擺渡，輕輕分開黝暗的潮水。

「我明白為什麼你說起母親會那樣了。」他說：「我覺得她對你的態度真不錯。她有一種在美國很少見的智慧。」

「我媽媽很完美。」她虔誠地說。

「我跟她聊到了一個計畫——她跟我說你們倆在法國要待多久都看你。」

是看**你**，蘿絲瑪麗差點大聲說出口。

「所以，既然這裡差不多要結束了……」

「結束？」她問。

「嗯，結束了……這裡的夏天結束了。上星期妮可的姊姊走了，明天湯米．巴本也會離開，艾貝和瑪莉．諾斯星期一走。或許我們這個夏天還會有更多樂子，但眼前的歡樂就要結束了。我要痛快地了斷，不想感傷地拖著——所以我才會舉辦這個派對。我要說的是……妮可和我準備北上巴黎，送艾貝．諾斯回美國……不知道你有沒有興趣同行。」

「我媽怎麼說？」

「她似乎認為挺不賴。但她自己並不想去，希望你一個人去。」

「我長大後就沒回過巴黎了。」蘿絲瑪麗說：「很樂意跟你們一起回去看看。」

「那太好了。」他的聲音突然變得冷硬如金屬，是她的錯覺嗎？「話說從你踏上海灘那一刻開始，我們就十分興奮。那股活力，我們都相信那是種專業展現——尤其是妮可。那種活力是不會因任何個人或團體消耗殆盡的。」

她的直覺高聲提醒，他正慢慢將話題從她身上轉往妮可，於是自行踩下剎車，以同樣冷靜的語氣說：

7 此句呼應《哈姆雷特》的劇中劇〈捕鼠器〉結尾對燈火的呼喚，暗示麥奇斯科太太適才所目睹不可告人之事。

「我也想多認識你們所有人——尤其是你。我跟你說過，第一次見到你時我就愛上你了。」

她如此直言是對的。可是天地的空闊讓他靜下了心，驅散了引他帶她到這兒的衝動，並讓他意識到這太過明顯的訴求，以及在未經排練的場景與不熟悉的台詞中所耗費的心力。

他現在試圖讓她想回屋內，不過很困難，而他也並不想失去她。他愉快地跟她開玩笑時，她只感覺輕風徐徐。

「你並不知道自己要什麼。去問問你的母親吧。」

她受傷了。她摸了摸他，感覺他如同牧師長袍般光滑的深色外套。她看似就要跪下——以這般姿勢做出了最後一搏。

「我覺得你是我見過最好的人——除了我媽以外。」

「你有顆浪漫的心。」

他的笑聲一路伴著他們登上露台，他在那兒將她交給了妮可……

時光匆匆到了散席的時刻，戴佛夫婦協助所有人迅速離開。戴佛家那輛寬敞的伊索塔轎車上載了湯米．巴本和其行李——他要在酒店過夜，以便趕搭早班火車——以及亞伯拉罕太太、麥奇斯科夫婦、坎皮恩。厄爾．布雷迪要回蒙地卡羅，順道送蘿絲瑪麗和她母親一程，而羅亞．鄧佛瑞也搭上了便車，因為戴佛家的車已經擠滿了。花園裡，提燈依舊在他們用過餐的餐桌上方閃耀，戴佛夫婦並肩站在大門口；妮可容光煥發，風采填滿了夜色，而迪克喚著每個人的姓名，一一道別。大夥乘車離去，獨留他倆守著自己的宅邸，在蘿絲瑪麗眼裡看來別有一番惆悵。她再次納悶起麥奇斯科太太在浴室究竟看見了什麼。

9.

這是個平靜黝黑的夜晚，夜色彷彿懸在一顆黯淡孤星的吊籃中。前頭汽車的喇叭聲在凝重的空氣中顯得滯悶。布雷迪的司機開得很慢；每到轉彎處，另一輛車的尾燈不時閃現——接著便不見蹤影。但十分鐘後那輛車又出現眼前，停靠在路邊。布雷迪的司機在後方放慢車速，但那輛車隨即開始緩緩前行，布雷迪他們還是超了過去。他們超過的一瞬間，聽到沉寂的轎車後方傳來一陣模糊的嘈雜，並瞧見戴佛家的司機咧著嘴直笑。他們繼續行駛，快速穿越不斷交替的暗影與薄夜，最終衝下一連串雲霄飛車式的陡坡，抵達巍峨的古斯酒店。

蘿絲瑪麗半夢半醒地假寐了三小時，隨後張大眼睛躺著，於月光中浮沉。撩人的黑暗籠罩下，她快速窮盡了未來或將促成一吻的種種演變，但那一吻本身卻如同電影中的吻般模糊。這是她生平頭一次有失眠的跡象，她刻意在床上變換姿勢，試著以她母親的觀點思索問題。在此過程中，她常有超乎自身經驗的敏銳，連過去一些漫不經心的談話都能回想起來。

蘿絲瑪麗從小在必須工作的觀念下長大。史畢爾斯太太將兩位亡夫留下的微薄資產都花在女兒的教育上，等女兒到了亭亭玉立、秀髮如雲的十六歲，便趕忙將她帶到艾克斯萊班，不等通名報姓便徑直闖入一間正在那兒休養的美國製片人的套房。製片人前往紐約時，她們也隨行。蘿絲瑪麗因此通過了選拔。隨著接踵而至的成功和相對較穩定的前景，讓史畢爾斯太太今晚放心地以默許暗示：

「養大你是讓你獨立自主，不是要特地去嫁人的。現在你找到了頭一個值得挑戰的男人，還是個不錯的男人——儘管放手去追，不管發生什麼都當作個經驗。傷了自己或傷了他都無妨——不論怎樣都毀不了你，因為你在經濟上是個男孩，不是個女孩。」

除了讚嘆母親的盡善盡美，蘿絲瑪麗從不多想，因此這終於剪斷臍帶似的舉動令她夜不成眠。天空泛起魚肚白，幽光透入落地長窗，她起身步出露台，赤腳下傳來一股溫暖。空氣中傳來神祕的喧囂，一隻心懷不軌、耀武揚威的鳥兒在網球場上方的樹叢中規律地啼叫不休。酒店後方的環形車道響起一陣腳步聲，先是踩在泥土路面的聲音，再來是碎石步道、水泥階梯，隨後又依原路離去。墨色海水的另一頭，那座高聳、黑暗的丘影之上，住著戴佛一家人。她想著那對夫婦同在一起，聽見他們仍隱約在唱著歌，其聲有如繚繞的煙霧，有如迴蕩的讚歌，久遠而遙不可及。他們的孩子身在夢鄉，他們的大門在夜裡緊閉。

她進屋套上輕便睡袍及涼鞋，再次走出落地窗，沿著連綿的長露台往前門去。她走得很快，因為發覺其他客房裡都散發著沉睡的氣味，杳無聲息。她瞧見正門入口的寬敞白色階梯上坐了個人影，於是停下腳步——隨即看出那是路易斯．坎皮恩，而且他正在哭泣。

他哭得兇且靜，身體有如女人哭泣時一樣抖動。此時她腦海不禁閃過去年演過的一場戲，於是走上前輕觸他的肩頭。他低呼了一聲，才認出是她。

「怎麼了？」她的目光筆直友善，而非帶著強烈好奇的睨視。「我能幫上什麼忙嗎？」

「沒人能幫我。我很清楚。只能怪我自己不好。向來如此。」

「什麼事……要跟我說說看嗎？」

他望著她想了想。

「不了。」他決定。「等你長大點，就會知道人要為愛受何等折磨。那種痛苦呀。冷酷無情、少不更事都好過為愛煎熬。我以前碰過這種事，但從沒像這次……那麼突然……本來一切都好好的。」

在逐漸亮起的晨光中，他的臉顯得可憎。她絲毫沒有洩漏這突如其來、不明所以的反感，神色沒有一絲閃爍，連最細微的肌肉牽動也沒有。但敏感的坎皮恩還是察覺了，並十分突兀地改變了話題。

「艾貝．諾斯人在這裡。」

「咦，他不是住戴佛家嗎！」

「是，但他跑來了……你不知道發生了什麼事嗎？」

上方兩層樓的一扇百葉窗突然開啟，爆出響亮的英國口音：

「**別聊了行不行啊！**」

蘿絲瑪麗和路易斯．坎皮恩乖乖下了階梯，在通往海灘那條路旁邊的一張板凳坐下。

「你完全不知道發生了什麼事？親愛的，實在是太離奇了……」他現在來勁了，刻意賣著關子。「我從沒見過這麼突然的事——我向來避開暴戾的人——他們總是讓我心煩意亂，有時幾天都下不了床。」

他得意地看著她，而她完全不懂他在說什麼。

「親愛的，」他驟然開口。手放上她大腿的同時，整個身體也靠了過去，以顯示這並非只是手上不安分的亂抓——他是如此篤定。「將要有一場決鬥了。」

「什……麼？」

「一場決鬥，用……用什麼武器還不清楚。」

「誰要決鬥？」

「我會跟你從頭說起。」他深吸了一口氣，然後一副好似是她不好，但他並不介懷的語氣說道：「當然，你當時在另一輛車上。這個嘛，某方面而言你很幸運——我就至少要少活兩年了，那麼突如其來。」

「到底怎麼回事？」她追問。

「我不清楚怎麼起頭的。先是她開始講起……」

「誰？」

「薇奧蕾．麥奇斯科。」他壓低聲音，彷彿凳子下躲著人。「可是別提起戴佛夫婦，因為他威脅誰提起就要誰好看。」

「誰威脅？」

「湯米．巴本，所以千萬別說我有提到他們。無論如何，我們沒有人搞得清楚薇奧蕾究竟要說什麼，因為他一直打斷她，然後她的丈夫介入了，因此呢，親愛的，我們就有了場決鬥。就在今早——五點鐘——也就是一小時後。」想到自己的悲傷，他突然嘆了口氣。「還真希望決鬥的是我。既然人生已無牽掛，倒不如一死了之。」他閉上嘴，身子隨著憂愁來回擺動。

樓上的鐵製百葉窗再度開啟，同樣的英國口音說道：

「**我說真的，立刻閉嘴**。」

在此同時，看上去有點心神不寧的艾貝・諾斯從旅館裡走了出來，瞥見他們的身影襯著海面上的白色天光。蘿絲瑪麗沒等他開口便先搖頭示警，三人移到更遠處的另一張凳子。蘿絲瑪麗看出艾貝有點酒意。

「**你們**不睡覺在幹嘛？」他盤問。

「我剛起來。」她笑起來，不過想起樓上那聲音，趕緊打住。

「被夜鶯吵醒的吧。」艾貝提出，接著又重複：「八成是夜鶯吵醒的。這位縫紉愛好者跟你說發生了什麼事嗎？」

坎皮恩一板正經地說：

「我所知的全是親耳聽聞。」

他起身迅速走開；艾貝在蘿絲瑪麗身旁坐下。

「你為什麼對他這麼壞呢？」

「我有嗎？」他驚訝地問：「他在這附近哭了一整個早上耶。」

「嗯，也許他有什麼傷心事。」

「也許吧。」

「決鬥是怎麼回事？誰要決鬥？我就覺得那輛車上有點古怪。是真的嗎？」

「是很瘋狂，但看來是真的。」

10.

風波從厄爾・布雷迪的車經過停在路旁的戴佛家車子那時開始——艾貝的陳述不帶情感地帶出那嘈雜的夜晚——薇奧蕾・麥奇斯科將她對戴佛夫婦的發現講給亞伯拉罕太太聽——她上了他們家的樓，並在樓上碰見讓她難以忘懷的場面。但湯米有如戴佛家的看門狗。實際上牠既有感召力又令人敬畏——但這其實是他們之間共通的，而戴佛這對夫妻對這些朋友來說，比他們多數人意識到的都還更重要。當然要做到這點需要一定程度的犧牲——他們有時看上去不過就是芭蕾舞劇中稍顯迷人的角色，值得注目的程度不超過芭蕾舞本身，可事情不只如此——你還是得知曉其中的故事才行。不論如何，湯米是迪克引介給妮可的，而當麥奇斯科太太不斷暗示她的故事時，他出言制止，說道：

「麥奇斯科太太，請別再說戴佛太太的事了。」

「我又不是在跟你說。」她反駁。

「我想最好別再提到他們。」

「他們有那麼神聖嗎？」

「別提他們。講點別的。」

他坐在坎皮恩旁邊的兩個小座位之一。坎皮恩跟我轉述了事情經過。

「唷，你還挺霸道的嘛。」薇奧蕾回嘴。

你也知道深夜在車中的談話會是什麼樣，有的人竊竊私語，有的人則在宴會後就什麼都懶得管，或是意興闌珊，或是呼呼大睡。所以呢，在車停下來，巴本以撼動眾人、騎兵似的嗓音咆哮前，沒人知道發生了什麼事。

「你想下車講個清楚嗎……我們離酒店只有一哩，你可以走回去，或者我拖你回去。**你給我閉上嘴，叫你老婆也閉上嘴！**」

「耍流氓啊。」麥奇斯科說：「你知道自己比我壯。但我可不怕你——有種就來決鬥……」

這下他失算了，因為身為法國人的湯米只是傾過身，輕拍了他一下，隨後司機便開動車子繼續前行。你們就是這時候超過他們的。接著女人們都開腔了，直到車子抵達旅館情形仍是如此。

湯米撥了電話給坎城的某人，請他做助手；而麥奇斯科說不要坎皮恩做助手，坎皮恩自己也沒什麼興致，所以打了電話給我，什麼也沒說，只叫我立刻趕來。薇奧蕾·麥奇斯科幾乎崩潰，亞伯拉罕太太送她回房，餵她吃了顆安眠藥，她便在床上舒舒服服地睡著了。我到了之後力勸湯米，但他非要對方道歉不可，而麥奇斯科也挺倔地死都不肯道歉。

艾貝說完後，蘿絲瑪麗若有所思地問：

「戴佛夫婦知道這跟他們有關嗎？」

「不知道……他們永遠也不會知道這跟他們有關。那個該死的坎皮恩根本不該告訴你，不過既然說了……我跟司機說過，要是他敢多嘴，我就會拿那把老鋸琴給他嘗嘗。這是兩個男人之間的爭鬥——湯米需要的是場痛快的戰爭。」

「希望戴佛夫婦不會發現真相。」蘿絲瑪麗說。

艾貝瞄了瞄手錶。

「我得上樓去看看麥奇斯科……要一起來嗎？他覺得有點孤立無援……我打賭他還沒睡。」

蘿絲瑪麗腦中閃過那個神經緊張、混亂不安的人整夜絕望無眠的景象。在憐憫與厭惡之間掙扎了一陣子之後，她答應同行，渾身充滿朝氣、蹦蹦跳跳地跟著艾貝上樓。

麥奇斯科坐在床上，儘管手上還拿著一杯香檳，但酒精帶起的鬥志已煙消雲散。他看上去羸弱、氣惱、蒼白，顯然整晚都在喝酒寫東西。他茫然地瞪著艾貝和蘿絲瑪麗，問道：

「時候到了？」

「沒有，還有半個鐘頭。」

桌上覆滿一張張的紙，他費勁將其拼湊成一封長信；最後幾頁的字跡碩大難辨。在電燈逐漸黯淡的微弱光線下，他潦草地在信尾簽上名，塞進信封，交給了艾貝。「給我老婆的。」

「你最好去把頭浸浸冷水。」艾貝建議。

「你這麼覺得？」麥奇斯科懷疑地問：「我可不想太過清醒。」

「哎，你現在看上去一團糟。」

麥奇斯科順從地走進浴室。

「我留下了一堆爛攤子。」他高聲說：「我不知道薇奧蕾要怎樣回美國。我沒有買任何保險，從沒想到要買。」

「別瞎說，一小時後你會在這裡吃早餐的。」

「當然，我知道。」他滿頭濕漉漉地回來，有如初次相見般望著蘿絲瑪麗。陡然間他淚水盈眶。「我沒能寫完我的小說。這是最讓我痛心的。你不喜歡我，」他對蘿絲瑪麗說：

「但這也沒辦法。我基本上還是個文人。」他發出含糊的洩氣聲，無助地搖著頭。「我這輩子犯過很多錯……非常多。但我一直是最頂尖的……在某些方面……」

他不說了，抽著一根已熄滅的香菸。

「我喜歡你。」蘿絲瑪麗說：「但我認為你不該跟人決鬥。」

「對，我應該試著揍他一頓，可現在為時已晚。我讓自己捲入了不該找的麻煩。我的脾氣太暴躁了……」他緊盯著艾貝，彷彿期望這番話受到挑戰。隨後他慘笑了一聲，舉起冰冷的菸屁股往嘴裡放。他的呼吸越來越急促。

「麻煩在於決鬥是我自己提議的……要是薇奧蕾能閉上嘴，這事早解決了。當然，即便是現在，我也可以一走了之，或坐下來對整件事一笑置之……但如此一來，薇奧蕾大概會一輩子看不起我。」

「她不會的，」蘿絲瑪麗說：「她會更敬重你。」

「不……你不了解薇奧蕾。她占上風時是非常冷酷的。我們結婚十二年了，曾有個七歲的小女兒，而她不幸過世，之後的情況你想也知道。我們倆都有點不安於室，都只是逢場作戲，但還是漸漸疏遠了……她今晚在外頭就喊我懦夫。」

蘿絲瑪麗無言以對，沒作聲。

「好了，我們會設法盡可能將傷害減到最低。」艾貝說。他打開一個皮盒。「這是巴本決鬥用的手槍——我借來好讓你熟悉一下。他都放在行李箱裡帶著走。」他將這古老的武器拿在手中掂了掂分量。蘿絲瑪麗不安地驚呼了一聲，麥奇斯科則焦慮地望著手槍。

「嗯……看來至少不是拿著四五手槍對射。」他說。

「我不知道。」艾貝無情地說：「據說長槍管會比較好瞄準。」

「距離呢？」麥奇斯科問。

「我問過了。如果要置對方於死地，就取八步；如果只想傷人，那就二十步；如果只是為了捍衛名譽，就四十步。他的助手同意我提的四十步。」

「那好。」

「普希金的小說裡有場精彩的決鬥。」艾貝回想起，「雙方都站在懸崖邊，所以只要被打中就必死無疑。」

這對麥奇斯科來說似乎非常遙遠而空泛，他只是盯著艾貝說：「什麼？」

「你要不要去泡泡水，提提神？」

「不……不了，我游不了泳。」他嘆氣。「我看不出這有什麼意義。」他無助地說：「我看不出為何要這麼做。」

這是他平生幹出的頭一件事。實際上，對他這類人而言，感官世界並不存在，而一旦面對到具體的現實，他的驚愕無以復加。

「我們還是走吧。」艾貝說，看出他有點萎靡不振。

「好吧。」他吞下一大口白蘭地，將扁酒瓶塞進口袋，以略顯兇狠的語氣說：「若我殺了他會怎麼樣……他們會把我丟進監獄嗎？」

「我會送你去義大利邊界。」

他瞥了蘿絲瑪麗一眼——隨後帶著歉意對艾貝說：

「出發前，我有件事想跟你單獨談談。」

「我希望你們兩個都別受傷。」蘿絲瑪麗說：「我覺得這很蠢，你們該想辦法阻止才對。」

11.

她在樓下空蕩蕩的大廳中遇見坎皮恩。

「我瞧見你上樓。」他興奮地說：「他還好吧？決鬥是什麼時候？」

「我不知道。」她討厭他把決鬥說得跟馬戲似的，麥奇斯科則像可悲的小丑。

「你會跟我一起去嗎？」他詢問，一副已預訂好坐位的樣子。「我已跟旅館租了車。」

「我不想去。」

「為什麼？我想去了準會折壽幾年，可是說什麼我也不會錯過。我們可以遠遠地看。」

「怎麼不叫鄧佛瑞先生跟你一道去？」

他的單片鏡掉了下來，只是這次沒有胸毛可以藏——他挺直身子。

「我再也不想見到他了。」

「唔，我恐怕沒辦法去。我媽會不高興。」

蘿絲瑪麗進房時，史畢爾斯太太迷迷糊糊醒來，喚她道：

「你去哪了？」

「我只是睡不著。你繼續睡吧，媽媽。」

「來我房間。」聽見她在床上坐起身，蘿絲瑪麗走進房間，告訴她發生了何事。

「你何不去看看？」史畢爾斯太太建議：「你不必走太近，說不定事後還可以幫上忙。」

蘿絲瑪麗不喜歡自己袖手旁觀的樣子，因此遲疑不決。史畢爾斯太太的意識猶在半夢半醒間徘徊，回想起作醫師妻子時，那些夜間死難的急電。「我希望你能主動出去走走，做點什麼，別管我——你之前替雷尼做的宣傳作秀可比這難多了。」

蘿絲瑪麗還是不明白為什麼該去，不過仍舊聽從了那明確可靠的聲音，這聲音在她十二歲時送她進入巴黎奧德翁劇院的舞台入口，並於她復返後熱情相迎。

在台階上見到艾貝與麥奇斯科駕車離去時，她以為自己逃過一劫——但不一會兒，旅館的車就轉過了牆角。路易斯．坎皮恩愉快地高聲一呼，將她拉上了車。

「我躲在那兒，怕他們不讓我們跟去。我還帶了攝影機，你瞧。」

她無奈地笑了。他實在太要不得，以至於反而不顯惡劣，只是缺乏人性了。

「不知道麥奇斯科太太為何不喜歡戴佛夫婦？」她說：「他們對她很好呀。」

「哦，不是這樣的。是她目睹了什麼事。因為巴本的關係，我們一直沒搞清楚她究竟看見了什麼。」

「如此說來你那麼傷心不是為了這個囉。」

「噢，不是，」他說，聲音有些哽住，「是我們回到旅館後發生的另一件事。但現在我不在乎了……完全置之腦後。」

他們跟著另一輛車沿海岸東行，穿過聳立著新賭場骨架的胡安萊潘。此時已過四點，灰藍天空下，第一艘漁船正吱吱嘎嘎地駛入藍綠色的海。隨後他們轉離大道，進入了偏鄉。

「是高爾夫球場，」坎皮恩高聲說：「肯定就在那兒。」

他說對了。艾貝的車在他們前方停下，此時東方泛起紅黃粉彩，預示著酷熱的一天即將到來。蘿絲瑪麗和坎皮恩吩咐旅館的車轉進松樹叢，躲在林蔭下，緊鄰曝曬得褪色的球道。艾貝和麥奇斯科在球道上走來走去，後者每隔一段時間就抬頭張望，像隻東嗅西聞的兔子。不久，遠處一個開球區出現了兩個人影，是巴本和他的法國助手——後者腋下挾著槍盒。

麥奇斯科有點膽怯，溜到艾貝身後喝了一大口白蘭地，邊喉嚨發嗆邊往前走，差點直接走到對方那裡去。艾貝攔住他，走向前去和那位法國人交談。太陽從地平線升起。

坎皮恩一把抓住蘿絲瑪麗的手臂。

「我承受不了，」他尖著嗓子說，聲音幾乎聽不見，「太刺激了，會讓我……」

「放手。」蘿絲瑪麗斷然說道，並低聲以法文胡亂祈禱了一遍。

決鬥雙方面對面，巴本的袖子高高捲起，雙眼在日光下不停閃爍，但他將手掌抹在褲縫上的動作卻顯得從容不迫。麥奇斯科有白蘭地壯膽，噘起嘴吹了聲口哨，長鼻子漫不經心地東指西指，直到艾貝捏著一條手帕走向前。法籍助手站在那兒，臉別向一旁。蘿絲瑪麗萬分憐憫地屏住呼吸，同時對巴本恨得咬牙切齒；隨後：

「一……二……三！」艾貝聲音緊張地數道。

兩人同時開槍。麥奇斯科搖晃了一下，但重新穩住身子。兩槍都沒命中。

「好，夠了！」艾貝嚷道。

決鬥雙方走近，人人都臉帶詢問地望著巴本。

「我得聲明我並不滿意。」

「什麼？你當然滿意了，」艾貝不耐地說：「只是你不知道而已。」

「你的當事人拒絕再來一槍嗎？」

「該死的正是如此，湯米。是你堅持要決鬥，而我的當事人也照辦了。」

湯米輕蔑地笑了。

「這距離太可笑。」他說：「我不習慣這種鬧劇——你的當事人得記住這裡可不是美國。」

「嘲笑美國是沒用的。」艾貝有點嚴厲地說。接著又以較為安撫的語氣說：「這事已經鬧夠了，湯米。」他們短暫談了一會兒——然後巴本點點頭，向他的對手冷冷鞠了個躬。

「不握手？」法國醫師提醒。

「他們原本就認識。」艾貝說。

他轉向麥奇斯科。

「來，我們走吧。」

他們大步離去時，麥奇斯科喜不自勝地抓著艾貝的手臂。

「等等！」艾貝說：「湯米的槍要還回去。他或許還會用到。」

麥奇斯科遞過槍。

「去他的，」他兇狠地說：「跟他說他可以……」

「要跟他說你想再來一槍嗎？」

「哎，我辦到了。」他們繼續往前走時，麥奇斯科嚷道：「而且幹得相當好，對吧？我沒有退縮。」

「你醉得很。」艾貝直率地說。

「不，我沒醉。」

「好吧，你沒醉。」

「就算我喝了一、兩杯又有什麼差別？」

隨著自信心膨脹，他不滿地盯著艾貝。

「有什麼差別？」他重複。

「要是你看不出來，那多說也無益。」

「你不知道戰時每個人無時無刻都醉醺醺的嗎？」

「好啦，算了吧。」

但事情還沒有落幕。他們後方的石楠叢中傳來急切的腳步聲，那名醫生走近他們身旁。「不好意思，先生，」他喘著氣說：「兩位可以幫忙支付我的費用嗎？當然只是醫療照顧的部分。巴本先生只有一張千元法郎大鈔，找不開。而另一位則將錢包留在家裡了。」

「這種事還真不能相信法國人。」艾貝說，然後問醫生：「多少錢？」

「讓我來付。」麥奇斯科說。

「不，讓我來。我們當時都冒著同樣的風險。」

艾貝付錢給醫生的同時，麥奇斯科突然轉進灌木叢，吐了起來。隨後，比先前更加蒼白的他昂首闊步，穿越玫瑰色的晨曦，與艾貝朝車子走去。

坎皮恩仰躺在灌木叢中喘氣，成了這場對決中唯一的受害者。此時蘿絲瑪麗突然歇斯底里地邊笑邊不斷用涼鞋踢他，直到他跳起身為止——對她來說，現在唯一重要的只有幾小時後她就會在海灘上見到那個人了，而那人她在心裡仍以「戴佛夫婦」稱之。

12.

他們在佛桑餐廳等妮可，一共六個人：蘿絲瑪麗、諾斯夫婦、迪克．戴佛及兩名年輕的法國音樂家。他們觀察著餐廳裡的其他食客，看他們是否從容自在——迪克說美國男人沒一個稱得上沉著從容，除了他自己，於是他們想找個例子反駁。情況不太樂觀——每一個進入餐廳的男人十分鐘內無不開始抓耳撓腮。

「我們實在該繼續蓄留上過蠟的鬍髭。」艾貝說：「儘管如此，迪克並不是唯一從容自在的男人……」

「哎，我明明就是。」

「……但他可能是唯一既清醒又自在的男人。」

一位穿著體面的美國人連同兩名女子進入餐廳，兩個女人毫不忸怩地撲向一張桌子，在桌旁手舞足蹈。突然間，男的察覺有人在看他，於是抽搐似的舉起手，整理著領帶上不存在的隆起。另一批未就座的賓客中，有個男的不斷用手掌拍著自己刮得乾乾淨淨的腮幫子，他的同伴則機械化地將一支已熄滅的雪茄殘蒂舉起又放下。較幸運的人用手指撥弄著眼鏡及臉部毛髮，臉上無裝備的則撫摩著光禿的嘴唇，甚或猛拉著自己的耳垂。

一位名聲顯赫的將軍進入餐廳，艾貝憑仗此人在西點軍校第一年的訓練——在那裡的頭一年沒有學生能退學，而經過了那一年，也沒有人能完全遺忘——和迪克賭了五美金。

將軍雙手在身旁自然下垂，等候帶位。有一刻他的手臂如要跳躍般突然向後擺，迪克發出一聲：「啊！」以為他耐不住性子了。可是將軍終究回復原姿態，讓他們又鬆了口氣——眼看這煎熬接近尾聲，侍者替他拉開了椅子……

常勝將軍此時帶著一絲焦躁猛然抬手，搔了搔那頭乾淨整齊的灰髮。

「看吧，」迪克洋洋得意地說：「我是唯一一個。」

蘿絲瑪麗對此深信不疑，而迪克意識到自己有了前所未有的忠實聽眾，於是將這幫人組織成一個歡樂無比的團體，使得蘿絲瑪麗對所有不在他們那桌的人都感到不屑一顧。他們來到巴黎已經兩天，但實際上仍有如在海灘的遮陽傘下。每當蘿絲瑪麗對周遭環境感到不太適應時——一如前晚在侍衛軍團[8]的舞會，蘿絲瑪麗就有點不知所措，畢竟她連好萊塢梅菲爾酒店的派對都還沒參加過——此時迪克就會在附近耍起他的小花招，選擇性地跟幾個人打打招呼——戴佛夫婦似乎交遊廣闊，但對方跟他們總彷彿很久沒見面了，不免要驚呼：「哎呀，你們都躲到哪裡去啦？」——然後用一兩句尖酸刻薄的嘲諷作為最後殺手鐧，將局外人溫柔卻長久地排除，藉此重新建立自己這群友人的團結。不久後連蘿絲瑪麗也似乎曾在某些可悲的過去結識了那些人，隨後看清了他們，拒絕他們，將他們拋諸腦後。

8 俄國十月革命後流亡到法國的沙皇宮廷年輕侍衛組成之團體。

他們自成的團體絕大多數是美國人，但有時卻一點也不像美國人。他則是將他們在多年妥協下已然模糊難辨的原始面貌還給他們。

餐廳裡煙霧迷漫、烏漆抹黑，自助餐桌上豐盛的生鮮香味撲鼻，妮可天藍色的洋裝此時悄然飄入，有如外頭走失的一片天氣。她從他們眼中瞧見自己有多美，於是報以滿懷感激的燦爛笑容。他們有一陣子全都規規矩矩，溫文有禮。後來感到厭倦了，便開始嬉鬧挖苦起來，最後又做出了一大堆計畫。他們嘲笑著事後也記不清的事物——笑個不停，男士們也喝乾了三瓶紅酒。同桌三位女性代表了美國生活的巨大變遷。妮可是一位白手起家的美國資本家及利普・魏森菲家族一位伯爵的孫女。瑪莉・諾斯是個裱糊壁紙的短期工人之女，也是泰勒總統的後裔[9]。蘿絲瑪麗則出身中產中的中產階級，被母親一把拋上了好萊塢未知的高處。她們彼此相似且不同於眾多美國女性的地方，在於她們都樂於在一個男性的世界中生存——她們透過男人來保持自身的個性，而非與其對抗。她們三個都有機會成為出色的交際花或賢慧的妻子，這兩極之間決定的因素不是出身，而是更大的機遇——能否找到一個如意郎君。

蘿絲瑪麗覺得這午餐會是個令人愉快的聚會，更好的是只有七個人，這差不多是一個好團體的上限。也或許因為她是這群體裡的新人，發揮了一種催化劑的作用，促使大家拋開了對彼此的陳舊矜持。聚會解散後，一名侍者指引蘿絲瑪麗進入法國餐廳皆有的漆黑後堂，在那兒藉著昏暗的橘色燈泡查找電話號碼，撥電話到法美電影公司。當然，他們有《掌上明珠》的拷貝——目前不在手邊，不過這星期稍晚可以在聖天使街三百四十一號為她放映——請洽克勞德先生。

半隔開的電話間正對衣帽間。蘿絲瑪麗掛上聽筒時，聽見一排大衣的另一頭，離她不到五呎遠處，有兩個人竊竊私語。

「……所以你愛我嗎？」

「喔，當然**愛**！」

是妮可的聲音——蘿絲瑪麗在電話間門口躊躇——接著她聽見迪克說：

「我好想要你……我們現在就回旅館。」妮可輕輕嬌喘了一聲。這些話蘿絲瑪麗一時完全意會不過來——但那聲調則不然，其中包含的巨大私密性令她悸動。

「我要你。」

「我四點鐘會回旅館。」

聲音漸遠，蘿絲瑪麗屏息站著。她起初甚至感到震驚——過去見他們對彼此的態度並沒有那麼如膠似漆，而是更淡泊些。現在一股強烈的情感洶湧而上，刻骨銘心又無以名之。她

9 John Tyler，美國第十任總統。

不清楚自己是喜歡還是厭惡，只知道深受打動。這使她回到餐廳時覺得極其孤獨，但回想起來又覺感動，妮可充滿熱情的那句「喔，當然愛！」在她腦海迴蕩不已。她撞見的那一幕所具有的特殊情調猶在眼前，但不管相距多遠，她的胃告訴她用不著擔心——她並不像演出電影中某些愛情場景時那樣覺得反胃。

雖然離得遠，她現在仍無可挽回地捲進其中了，於是跟妮可一同逛街時，她比妮可本人還在意那幽會之約。她以一種新的角度審視妮可，估量她的魅力。她無疑是蘿絲瑪麗遇過最有魅力的女人——冷酷、忠貞不二，還帶有某種難以捉摸的特質，這點蘿絲瑪麗以她母親中產階級的角度看來，跟她對金錢的態度有關。蘿絲瑪麗花的是自己賺來的錢——她之所以能在歐洲，是因為她在一月的某天跳進水池六次，體溫從華氏九十九度飆升到一百零三度，直到她母親出面制止為止。

在妮可協助下，蘿絲瑪麗用自己的錢買了兩件洋裝、兩頂帽子、四雙鞋子。妮可照著長達兩頁的清單採購，另外還買了幾件櫥窗展示的物品。凡是她喜歡卻不可能用上的東西，便買來當禮物送給朋友。她買了彩色串珠、海灘摺墊、人造花、蜂蜜、客床、包包、圍巾、愛情鳥、娃娃屋裡的小物，及三碼蝦子色的新布料。她還買了一打泳衣、一條橡皮鱷魚、一副黃金和象牙製的旅行用棋、給艾貝的麻布大手帕、兩件愛馬仕的羚羊皮夾克，一件翠鳥藍，一件火棘紅——她買這許多東西和高級交際花在買內衣和珠寶完全不同，後者畢竟是在買職業裝備和保險，而妮可購物的角度則截然相異。她是眾多智慧與勞動的結晶。為了她，火車從芝加哥啟程，橫越廣闊的大陸來到加州；口香糖工廠濃煙滾滾，工廠裡的輸送帶一節節延伸；男人在缸裡攪拌牙膏，從銅製大桶中汲取漱口水；女人於八月將番茄迅速裝罐，或聖誕夜在廉價雜貨店狼狽打工；混血的印地安人在巴西咖啡園中賣力苦幹，發明新型拖拉機的夢想家專利被奪走——這些均是為妮可奉獻的部分人士，而隨著整個系統搖搖擺擺、浩浩蕩蕩地前進，也鼓動了她如此大規模採購的狂熱，一如在蔓延大火前堅守崗位的消防員其臉上泛起的紅光。她展示了非常簡單的原則，其中還包含了自毀的成分，但她展示得如此精準，以至於過程中所顯現的優雅風範，讓當下的蘿絲瑪麗都想試著仿效。

將近四點，妮可站在一家商店中，肩頭立著一隻愛情鳥，難得打開了話匣子。

「唔，要是你那天沒跳進池子裡會怎樣……我有時會想這類的事。大戰爆發前我們住在柏林……當時我十三歲，母親尚未過世。我的姊姊準備去參加宮廷舞會，有三位王公貴族排定要與她共舞，內侍官都安排好一切了。臨行前半小時她感到側身疼痛，並發起高燒。醫師診斷是盲腸炎，應該立即動手術。但母親已經打定計畫，所以寶貝孩子還是去了舞會，在晚禮服下綁個冰袋，一直跳到半夜兩點。隔天清晨七點動了手術。」

所以，還是嚴厲點好；有教養的人都對自己很嚴厲。但已經四點了，蘿絲瑪麗不斷想到迪克正在旅館等著妮可。她得趕快去，不能讓他枯等。她一直想：「你怎麼還不去呢？」驀然又轉念：「要是你不想去，不如讓我去吧。」妮可又跑到另一家店給她倆買了花飾，還買了一件要送給瑪莉・諾斯。之後她才似乎想了起來，突然心不在焉地招了輛計程車。

「再見，」妮可說：「我們逛得挺開心，對吧？」

「非常開心。」蘿絲瑪麗說。這比她想像得還要困難，看著妮可搭車遠去，她整個人暗自抗議不已。

13.

迪克繞過護牆的拐角，踩在棧板上沿著壕溝繼續前行。他來到一座潛望鏡前，藉鏡觀看了一會兒；接著登上台階，隔著胸牆往外張望。前方黯淡的天空下是博蒙阿梅爾鎮，左側是蒂耶普瓦勒那悲慘的山丘。迪克用望遠鏡凝視這些地方，喉嚨因憂傷而一緊。

他繼續沿戰壕前進，發現其他人正在下道護牆邊等他。他滿腔澎湃，亟欲傳達給他們，讓他們瞭解這一切，儘管實際上艾貝・諾斯才真的上過戰場，而他沒有。

「這地方在那年夏天，每呎土地要葬送二十條人命。」他跟蘿絲瑪麗說。她順從地往那片略顯光禿的綠野望去，上面僅有幾株栽種六年的矮樹。那天下午要是迪克說他們正遭受砲擊，她也會深信不疑。她的愛現在終於到了悶悶不樂、萬念俱灰的程度。她不知道如何是好——亟欲跟母親談談。

「那之後還有很多人死去，而我們很快也都會死。」艾貝安慰地說。

蘿絲瑪麗緊張地等著迪克繼續說下去。

「瞧見那條小溪沒……我們兩分鐘就可以走到，英軍卻花了一個月……一整個帝國慢慢往前走，前仆後繼。而另一個帝國則慢慢往後退，一天退個幾吋，屍橫遍野有如百萬方血淋淋的地毯。這一輩的歐洲人絕不會再幹這種事了。」

「唔，可是他們才剛撤出土耳其，」艾貝說：「而在摩洛哥……」

「那不一樣。這種西線戰事可不能再來一次，很長一段時間都不行。年輕小夥子以為他們可以，但其實辦不到。他們可以再打一次首度馬恩河戰役，但打不了這個。這需要信仰、多年的富足、巨大的信心及嚴明的階層關係才能做到。俄羅斯跟義大利人在這戰線上都不怎樣。你必須具備心靈情感上的全副武裝，其根源要比你能記憶得還更久遠。你得記得聖誕節、印有王儲和其未婚妻的明信片、瓦朗斯的小咖啡館、菩提樹下大街的啤酒花園、市政廳的婚禮、去看德比年度賽馬、祖父的絡腮鬍。」

「這種戰法是格蘭特將軍[10]在六五年的彼得斯堡之役發明的。」

「不，他才沒有……他只是發明了大屠殺。發明這種戰法的是路易斯・卡羅[11]、儒勒・凡爾納[12]、寫下《水精靈》（Undine）的作者、玩滾球的鄉村執事、馬賽的教母、在符騰堡和威斯特伐利亞的後巷遭誘姦的女孩。當然啦，這是場愛的戰役——有一個世紀中產階級的愛情都葬送在此。這是最後一場愛情之戰。」

「你想把這場戰爭交付給D・H・勞倫斯[13]呀。」艾貝說。

「我美麗、可愛、安全的世界全都在此隨著高度易爆的愛情風暴而灰飛煙滅了。」迪克持續悲嘆。「你說對不對，蘿絲瑪麗？」

「我不知道。」她一臉嚴肅地回答：「你什麼都懂。」

他倆落於其他人之後。忽然一陣土塊和碎石如雨落在他們身上，艾貝在下道護牆邊大喊：「戰爭的幽魂又附上我身了。我身後有俄亥俄州百年的愛情，要把這道戰壕炸平。」他的頭探出壕堤。「你們已經死了……難道不懂規則嗎？那可是手榴彈。」

蘿絲瑪麗大笑。迪克抓起一把石子準備還擊，隨後又放下。

「我不能在這裡兒戲。」他帶點歉意地說：「雖說銀鍊折斷，金罐破裂[14]，然而像我這樣老派的浪漫主義者還是無法釋懷。」

「我也是個浪漫主義者。」

他們走出修復整齊的戰壕，迎面是紐芬蘭陣亡將士紀念碑。蘿絲瑪麗讀著碑文，淚水突然奪眶而出。如同大多數女人，她喜歡有人引領她的感受，喜歡迪克告訴她什麼東西可笑，什麼東西可悲。但她最想要他知道的，是她有多愛他，如今這份愛打亂了一切，如今她在戰場上穿行有如置身於驚心動魄的夢境中。

之後他們驅車返往亞眠。稀疏暖雨落在新生的矮小樹木與草叢上，他們途經大批堆疊如葬禮柴堆的廢棄物，有分類好的未爆彈、彈殼、炸彈、手榴彈，及各式裝備，如鋼盔、刺刀、槍托、腐爛的皮革，全都遺棄在此地六年了。車轉過一個彎，陡然出現白色墓頂成群的大片墓地。迪克吩咐司機停車。

10 Ulysses S. Grant（1822-85），美國南北戰爭時期北軍總司令，後為美國第十八任總統。

11 Lewis Carroll（1832-98），英國作家，代表作為《愛麗絲夢遊仙境》。

12 Jules Verne（1828-1905），法國作家，代表作為《海底兩萬哩》。

13 David Herbert Lawrence（1885-1930），英國作家，代表作為《查泰萊夫人的情人》。

14 出自《聖經・傳道書》。

「那女孩在這兒——還拿著她的花圈。」

他們看著他下車走向那女孩，女孩手裡拿著花圈，遲疑地站在墓園門口。她的計程車等在一旁。她是他們今早曾在火車上遇到的紅髮田納西女孩，從諾克斯維爾來此，要在兄長的墳前獻花。她臉上掛著苦惱的淚水。

「陸軍部肯定給了我錯的號碼。」她抽噎地說：「墳上是另一個人的名字。我從兩點開始就在找，可這裡有這麼多座墓。」

「如果我是你，就不會看名字，直接把花放在隨便一座墓前。」迪克建議。

「你覺得我應該這樣做？」

「我想他會希望你這麼做。」

天色漸暗，雨勢也越來越急。她將花圈留在進門第一座墳上，並接受迪克的提議將計程車打發走，跟他們同車返回亞眠。

蘿絲瑪麗聽到這段不幸又潸然淚下——總之這是淚汪汪的一天，但她感覺自己學到了一些東西，雖然具體而言是什麼她並不清楚。往後回想起來，這天下午的時光她是快樂的——是那種平靜無事的日子，當時看來似乎只是過去和未來樂趣之間的過渡，最終卻成了真正的樂趣所在。

亞眠是個充滿舊日回響的紫色城鎮，戰爭的哀傷仍揮之不去，如同某些火車站：巴黎的北站和倫敦的滑鐵盧車站。白天裡，這種城鎮讓人洩氣，二十年前的小電車穿過大教堂前方灰色的鵝卵石廣場，就連天氣似乎也有著過去的特質，如同老照片般褪色黯淡。但入夜後，法國生活最稱人心意的部分又全都活靈活現起來——活潑奔放的妓女、咖啡館裡哇啦哇啦爭論不休的男人、頭貼著頭朝廉價宜人的不知名處晃蕩而去的情侶。他們坐在一座大拱廊中等待火車，拱廊的高度足以釋放裊裊上升的煙霧、話語和音樂。管弦樂隊親切地演奏起〈是的，我們沒有香蕉〉——他們紛紛鼓掌，因為指揮看起來如此自得。田納西女孩也忘了她的憂傷，開心起來，甚至開始熱情地擠眉弄眼與搔首弄姿，挑逗起迪克跟艾貝。他們倆也溫和地逗弄她。

後來，他們搭上前往巴黎的火車，留下那一小撮一小撮的符騰堡人、普魯士衛兵、阿爾卑斯山輕騎兵、曼徹斯特工人和前伊頓公學學生在暖雨下追逐那無窮的逸樂。他們吃著車站餐廳所做，夾有義大利香腸及貝爾佩斯乳酪的三明治，喝著薄酒萊葡萄酒。妮可心不在焉，不斷咬著嘴唇，重讀迪克帶來的戰場導覽——確實，他已將整件事快速研究了一遍，並如往常加以簡化，直到跟他自己的派對不無相似之處為止。

14.

抵達巴黎時，妮可太過勞累，無法照原訂計畫去看裝飾藝術博覽會的壯麗燈火。他們將她留在喬治國王酒店，而隨著她消失在大廳燈光照耀下重疊交錯的玻璃門之間，蘿絲瑪麗心頭的壓迫感也為之消解。妮可是種力量——未必像她母親那般親善或可預測——是種捉摸不定的力量。蘿絲瑪麗有點怕她。

十一點時，她跟迪克、諾斯夫婦坐在塞納河上新開的一家水上咖啡館中。橋上燈火將河水照得閃閃發光，彷彿懷抱著多輪冷月。蘿絲瑪麗和母親同住巴黎時，有時星期天會搭著小汽船上溯到敍雷訥，一路暢談未來的計畫。她們沒什麼錢，但史畢爾斯太太對蘿絲瑪麗的美貌信心滿滿，為她灌輸了諸多雄心壯志，同時也甘願將錢都押在女兒的「優勢」上；蘿絲瑪麗則等事業起步後，再回過頭來報答她的母親……

自從來到巴黎，艾貝・諾斯周身就覆著一層薄薄的酒氣，雙眼也因陽光及葡萄酒而滿布血絲。蘿絲瑪麗這才察覺他總是到處停下來喝一杯，不禁好奇瑪莉・諾斯對此有何感受。瑪莉很文靜，文靜到除了頻繁的笑聲外，蘿絲瑪利對她所知並不多。她喜歡將一頭黑色直髮往後梳，任其如瀑布般自然垂落——不時會有幾縷散落的髮絲輕快地斜掠過太陽穴，要到快遮住眼睛時，她才會把頭一甩，讓其柔順地歸回原位。

「我們今天早點回去睡吧，艾貝，等你喝完這杯。」瑪莉的聲音輕柔，但隱含一絲焦慮。「你不會想在船上被人用水澆醒吧。」

「現在也挺晚了。」迪克說：「乾脆大家一起走吧。」

艾貝高貴的尊容上顯現某種倔強，並堅決地說道：

「噯，不行。」他神色凝重地頓了一下。「哎，不行，還早。咱們再來一瓶香檳。」

「我不喝了。」迪克說。

「我是為蘿絲瑪麗點的。她是個天生的酒鬼——浴室裡老擺著一瓶琴酒什麼的——她母親跟我說的。」

他將頭一瓶裡剩下的香檳全倒進蘿絲瑪麗杯中。她在巴黎的第一天就因為喝下好幾夸脫的檸檬汽水弄得自己很不舒服，之後就再沒跟他們一起喝過什麼；但現在她卻舉起香檳喝了起來。

「這是怎麼回事？」迪克驚呼：「你說你不喝酒的。」

「我沒說永遠不喝。」

「你母親沒意見？」

「我就只喝這一杯。」她感覺有此必要。迪克也喝酒，雖然喝得不多，但他喝，而這或許會讓她更接近他一點，為她多添一項技能應付所需。她喝得很急，嗆了一下，隨後說：

「除此之外，昨天是我的生日……我十八歲了。」

「你怎麼沒告訴我們？」他們全憤慨地說。

「我知道你們會小題大作，找一大堆麻煩。」她將香檳飲盡。「所以這就算是慶祝吧。」

「這哪能算數。」迪克跟她保證：「明天的晚餐才是你的慶生會，別忘了。十八歲……哎，這可是極其重要的年紀呀。」

「我向來認為未滿十八歲之前，一切都無關緊要。」瑪莉說。

「說得對。」艾貝同意：「過了十八歲其實也一樣。」

「艾貝覺得在他上船前一切都無關緊要。」瑪莉說：「這次他真的把到紐約後的所有事都計畫好了。」她的語氣好似已然厭倦說一些對她而言不再有意義的事了，彷彿她和丈夫在現實中依循或未能依循的人生路徑，都已不過是一種想望。

「他會在美國寫曲，而我會到慕尼黑從事歌唱工作，所以等我們再次團聚，將無往不利。」

「那太好了。」蘿絲瑪麗附和，感到香檳的酒意。

「在此同時，給蘿絲瑪麗再嘗點香檳，然後她就更能合理解釋自己淋巴腺的活動了。這些淋巴腺要滿十八歲才會開始運作。」

迪克對艾貝寬容地笑了笑，他愛這傢伙，同時也早對他不抱任何希望：「這在醫學上並不正確，我們也該走了。」艾貝聽出其中些許憐香惜玉之意，於是隨口說道：

「我有預感，早在你的科學巨著完成前，我的新曲子就會搶先登上百老匯了。」

「但願如此。」迪克平心靜氣地說：「但願如此。說不定我甚至還會放棄你所謂的『科學巨著』。」

「噢，迪克！」瑪莉的聲音帶著訝異，帶著震驚。蘿絲瑪麗之前從沒見過迪克的臉如此面無表情；她感覺這宣告意義重大，讓她不禁也想跟瑪莉一同驚呼：「噢，迪克！」

但迪克突然再度展露笑容，補充一句：「……放棄這本，改寫另一本。」說著從桌前起身。

「可是，迪克，先別走，我想知道……」

「我改天會告訴你。晚安，艾貝。晚安，瑪莉。」

「晚安，親愛的迪克。」瑪莉微笑得好似會完全樂於坐在這近乎空蕩蕩的船上。她是個勇敢、樂觀的女人，一路追隨著丈夫，不斷改變自己成為這種或那種人，卻無法引他稍微偏離去路，有時候還會沮喪地察覺自己的方向有如受到嚴加看管的祕密，深深埋藏在他心裡。

然而，仍有一股幸運的氛圍纏繞在她周身，彷彿她是某種吉祥物……

15.

「你要放棄的是什麼？」蘿絲瑪麗在計程車上面對迪克認真地詢問。

「沒什麼重要的。」

「你是科學家嗎？」

「我是個醫生。」

「哦——哦！」她高興地微笑。「我父親也是個醫生。那你為什麼不……」她住嘴。

「沒什麼不能說的。我並沒有在事業巔峰時幹出什麼不光彩的事，因而躲到蔚藍海岸來。我只是沒在執業罷了。很難講，說不定我哪天又會重操舊業。」

蘿絲瑪麗默默將臉湊上去索吻。他望了她一會兒，彷彿不明所以，接著攬她入懷，臉頰摩娑著她臉頰的柔嫩處，然後又低頭望了她許久。

「多麼可愛的孩子呀。」他嚴肅地說。

她仰頭對著他嫣然一笑，雙手因襲地玩弄著他外套的翻領。「我愛上你跟妮可了。實際上，那是我的祕密——我甚至不能跟別人談到你們，因為我不想再有其他人知道你們有多麼美好了。我說真的——我愛你和妮可——千真萬確。」

——這種話他聽過太多次了——就連用字遣詞都大同小異。

突然她迎向他，穿越他雙眼的焦點之後，那份稚氣消失了，於是他屏住氣息吻她，彷彿她根本無所謂年紀。之後她仰靠在他的臂彎中，嘆了口氣。

「我已經決定放棄你了。」她說。

迪克吃了一驚——難道他說過什麼，暗示她擁有他任何一部分？

「那可真過分，」他故作輕鬆地說：「我才正要開始感興趣哩。」

「我是如此愛你……」彷彿已歷經多年。現在她落下幾滴淚。「我是如此如此如此愛你。」

他本應哈哈一笑，卻聽見自己這麼說：「你不只漂亮，不知怎的還氣宇非凡。做的每件事，比如假裝陷入愛河或佯作嬌羞，無不讓人信服。」

在計程車這黑暗的洞穴中，盈滿蘿絲瑪麗跟妮可一同買的香水味。她再度挨近，緊纏著他。他吻她，但不覺享受。他知道有激情存在，卻沒在她的眼眸或嘴唇上發現其影蹤，只在她的氣息中聞到淡淡的香檳味。她拚命摟得更緊，他再一次吻她，卻為她親吻時的天真無邪，為她四唇交接瞬間那一瞥的目光投向了他身後，投入了夜的黑暗、世界的黑暗，而感到心冷。她還不知道燦爛火花是起於內心的；唯有當她領會這一點，徹底融入萬有的激情中時，他才能毫無疑慮或悔恨地占有她。

她的旅館房間在他們的斜對面，較接近電梯。走到房門口時，她突然說：

「我知道你不愛我——我也不奢求。但你說我應該要告訴你生日的事。那好，我說了，現在就當作我的生日禮物，我要你陪我進房一分鐘，我有話跟你說。就一分鐘。」

他們進了房，他關上門，蘿絲瑪麗挨著他站，但沒有碰他。夜已汲取了她臉上的血色——她蒼白無比，恍若一朵舞後遭人遺棄的白康乃馨。

「你笑的時候……」他已恢復慈父般的態度，或許是因為妮可就無聲地在附近。「我總以為會看到你掉乳牙後留下的缺口。」

但太遲了——她貼上他，發出絕望的低語。

「占有我。」

「占有你什麼？」

他驚愕得僵住了。

「來吧，」她低聲說：「喔，拜託來吧，不管人們是怎麼做的就照做吧。我不在乎自己喜不喜歡——從沒指望會喜歡——我向來討厭想這種事，但現在不會了。我要你這麼做。」

她對自己感到震驚——從沒想到自己會講出這種話。她正在搬演十年修女生活間讀過、見過、夢過的場景。她頓時明白這是自己扮演過最重要的角色，於是更加熱情地投入其中。

「我們不該這樣，」迪克仔細斟酌。「是香檳在作祟吧？我們就忘了這事吧。」

「不行，就是現在。我要你**現在**就動手，占有我，指引我，我完全屬於你，心甘情願。」

「首先，你有想過這會對妮可造成多大傷害嗎？」

「她不會知道……這跟她不會有任何關係。」

他繼續溫和地說著。

「再則，我愛妮可，這是事實。」

「但你可以愛不止一個人，沒錯吧？像我愛我媽，我也愛你……更愛些。我愛你多一些。」

「……第四，你並沒有愛上我，但事後你或許會，而那會讓你的生活陷入一團亂。」

「不，我保證從此不會再跟你相見。我會跟母親立刻回美國去。」

他不予理會。她那青春鮮嫩的嘴唇過分鮮明地浮現在他腦海。他換了種語氣。

「你只是一時心血來潮。」

「喔，拜託，就算有了小孩我也不在乎。我可以跟電影公司裡的一個女孩一樣去墨西哥。啊，這跟我所想像的完全不同——過去他們認認真真親吻我時，我總覺得討厭。」他看出她仍以為這事勢在必行。「他們有些長著一副大板牙，但你完全不同，而且俊美。我希望你這麼做。」

「我相信你以為人們不知什麼道理就是會親吻，而你希望我也吻你。」

「哎，別逗我……我不是小孩子。我知道你並不愛我。」她突然變得卑微平靜。「我也沒那麼高的奢望。我知道自己在你眼中肯定微不足道。」

「胡說。但你在我眼中實在太年輕了。」他內心又暗自補了一句：「……有那麼多的東西要教你。」

蘿絲瑪麗呼吸急促地等待著，直到迪克說：「最後，人生不可能事事都如你意。」她的臉龐因沮喪和失望而下垂，迪克不假思索地說：「我們只能就這麼……」他止住話，跟著她來到床前，在哭泣的她身旁坐下。他突然感到迷惘，非關這件事的道德，因為從任何角度來看這事都是完全不可能的。他就僅僅是迷惘，一時他平日的優雅風度及處變不驚的抗壓能力都不見了。

「我就知道你不會肯。」她嗚咽著，「明知希望渺茫。」

他站起身。

「晚安，孩子。這是個該死的錯誤。咱們都就此忘了吧。」他丟了兩句醫院的套語讓她早點上床睡覺。「將來有那麼多人會愛上你，或許完整無缺地迎接你的初戀才好，不管生理或情感上皆是。這是過時的觀念了，是不是？」她抬頭看他朝房門口邁了一步，注視著他卻完全不清楚他腦袋裡在想些什麼，只見他以慢動作又跨出一步，轉身再次回望，而她有一瞬間想抓住他一口口吃下肚，渴望他的嘴、他的耳、他的衣領，想要環抱著他、吞沒掉他。她見他的手落在門把上，於是死了心，頹然倒在床上。門關上後，她起身走到鏡前，開始邊梳頭邊微微抽噎。蘿絲瑪麗梳了一百五十下，一如往常，接著再梳一百五十下。她梳到胳膊疼了，便換隻手繼續梳下去……

16.

她醒來時冷靜而羞愧。看見鏡中自己的美貌並沒有讓她安心，只是勾起昨日的傷痛，而由她母親轉寄，去年秋天曾帶她參加耶魯舞會的男孩寫來的一封信，宣稱他人來到了巴黎，也於事無補——一切似乎都很遙遠。她離開房間，要去接受跟戴佛夫婦會面的痛苦折磨，心頭沉沉擔負著雙重的煩惱。但當她跟妮可碰面，一同到處試穿衣服時，就像妮可一般，這些全都給藏進了一個堅不可破的殼之中。不過，當妮可評論到一個神經質的女店員時說：「大多數人設想別人對他們的感覺，要比實際上更極端得多——都以為其他人對他們的看法只會在大好或大壞兩極間擺盪。」這話讓蘿絲瑪麗略感安慰。若是昨日情感洋溢的蘿絲瑪麗聽來，這話或許不太中聽；但今日她只希望盡力大事化小，於是熱烈地贊同。她欽羡妮可的美貌與智慧，同時人生中頭一次感到嫉妒。就在離開古斯酒店之前，她母親曾隨口說道妮可是個大美人，語氣雖漫不經心，蘿絲瑪麗卻知道隱含其中的意味深長，分明暗示蘿絲瑪麗比不上。蘿絲瑪麗對此並不介懷，她也是最近才有機會體認自己還算漂亮；因此，她的美似乎並不完全是與生俱來，而是後天習得的，就如同她的法語。儘管如此，在計程車上她仍審視著妮可，拿自己和她比較。那副迷人的身軀，那張時而緊閉、時而帶著期待對世界微啟的精緻嘴唇，皆蘊含著引發浪漫愛情的種種潛力。妮可自少女時期就是個美人，之後皮膚緊繃在她高高的顴骨上時，她仍是個美人——基本的輪廓已經在那兒了。她本有著撒克遜人的淡金色頭髮，有如一片雲，掩蓋了她的姿色；但現在髮色變深了，整個人出落得更美麗。

「我們在那兒住過。」蘿絲瑪麗突然指著聖佩雷斯街上的一棟建築說。

「這就奇了，因為我十二歲時，我媽、貝比和我曾在那兒度過一個冬天。」她指著正對面的一間旅館說。兩幢房子昏暗的門面瞪視著她們，喚起少女時期的灰色記憶。

「我們剛在加州森林湖區蓋了房子，得節省用錢。」妮可繼續說：「至少貝比、我和女家教得節省，我媽則到處旅行。」

「我們當時也很節省。」蘿絲瑪麗說，心知這詞對她們來說意義大不相同。

「我媽總是很謹慎地說那是間小旅館……」妮可快速拋出她那迷人的淺笑，「……我是指不說那是間『廉價』旅館。如果有任何時髦朋友問我們的地址，我們絕不會說：『我們住在貧民區一間骯髒的小窩裡，有自來水就很高興了。』……我們會說：『我們住在一間小旅館裡。』好似所有大旅館對我們來說都太吵雜和俗氣了。當然朋友們總是會識破，並大肆宣揚，但我媽總是說這顯示我們在歐洲熟門熟路。當然了，她的確很熟，畢竟她是德國出生的公民。不過她母親是美國人，而她是在芝加哥長大，所以她更接近美國人而非歐洲人。」

兩分鐘後，她們就要跟其他人會合。在盧森堡公園對面的基納梅街下計程車時，蘿絲瑪麗再次打起精神。他們在諾斯高聳於綠蔭之上，內部已然清空的公寓裡吃午餐。這天對蘿絲瑪麗來說似乎與前日有所不同——她與他面對面時，彼此的目光如鳥翼般輕輕掠過。之後一切都沒事了，萬事美好，她心知他開始對她動情了。她狂喜不已，感覺情緒如暖流在體內汩汩湧動。一種冷靜、明確的信心在心中逐漸加深昂揚。她幾乎沒正眼看過迪克，但知道一切安好。

午餐後，戴佛夫婦、諾斯夫婦、蘿絲瑪麗一同前往法美電影公司，跟柯利斯．克雷會合。他是蘿絲瑪麗在紐黑文的年輕男友，接到她的電話而來。他是喬治亞州人，帶有在北方受教育的南方人那種特別中規中矩，甚至墨守成規的觀念。去年冬天她覺得他很有吸引力——兩人還在從紐黑文到紐約的車裡牽過手；如今他在她眼中卻已不存在了。

來到放映室，她坐在柯利斯．克雷和迪克中間，放映師將一卷卷《掌上明珠》底片架好，一位法籍主管則在她跟前轉來轉去，努力擠出幾句美國俚語。「是的，老弟，」放映機出問題時他說：「我可沒皮條。」隨後燈光熄滅，只聽見卡嗒一聲及影片轉動的噪音，她終於和迪克單獨在一起了。他們在半暗不明中互相凝視。

「親愛的蘿絲瑪麗，」他低語。他們倆的肩頭相依。妮可在邊座不安地動了動，艾貝則不自主地咳嗽擤鼻子；後來大家統統坐定了，影片開始放映。

銀幕上的她——一年前的女學生，一頭波浪僵硬地披散在背後，有如古希臘塔納格拉陶俑的硬髮；銀幕上的她——**如此**青春無邪——她母親悉心呵護的產物；銀幕上的她——體現出女孩這物種所有的稚氣，剪著新的紙板娃娃打發那空虛蕩漾的春心。她還記得穿著那身戲服的感覺，在鮮亮的絲綢下只覺特別煥然一新。

寶貝女兒。真是個勇敢的小可愛，可不是？吃盡了苦頭，可不是？哦哦哦—哦哦哦—可人，最可人的小東西，可愛得過頭了，可不是？在她小小的拳頭前，放蕩與腐敗的力量都要滾到一邊去；還不只如此，連命運的腳步都要停下來，必然也成了未必，三段論、辯證法、一切理性都要退讓。女人會忘了家中的髒碗盤只顧哭泣，就連片中都有個女人哭了那麼久，差點要偷走蘿絲瑪麗的風采。她在耗費巨資的場景中到處哭不停，在鄧肯．菲弗風格的餐廳、在航空站、在只閃過兩個鏡頭的快艇比賽中、在地鐵上，以及最後在浴室裡。但最終蘿絲瑪麗還是勝出了。她優雅的性格，她面對世俗侵擾時的勇氣與堅毅，蘿絲瑪麗用一張尚未變得像面具的臉表現得淋漓盡致——整排的觀眾都不時為她影片中的表現而傾心動容。影片中場休息時，燈光亮起，一陣熱烈的喝采之後，迪克真誠地對她說：「我簡直看得目瞪口呆。你一定會成為戲劇界最棒的女演員。」

接著繼續放映《掌上明珠》：現在好日子來了，最後是一個蘿絲瑪麗和雙親團聚的美好鏡頭，其中流露的戀父情結如此明顯，讓迪克替所有心理學家為這種罪惡的傷感而皺眉。畫面消失，燈光亮起，時候到了。

「我還安排了一件事，」蘿絲瑪麗向大家宣布：「我替迪克安排了一場試鏡。」

「安排了什麼？」

「試鏡，他們現在就可以進行。」

一片可怕的沉默——接著諾斯夫婦忍不住咯咯地笑開。蘿絲瑪麗眼看迪克明白了她的意思，臉先是愛爾蘭人般抽搐了一下；她頓時意識到自己打出王牌時犯了點錯誤，但仍沒想到問題根本就出在那張牌上。

「我不要試鏡。」迪克堅決地說。隨後，看清了整個局面，他泰然自若地接著說：「蘿絲瑪麗，我很失望。拍戲對女人來說是個不錯的事業——但我的老天，他們可不能拍我。我是個只沉浸在自己世界裡的陳腐科學家呀。」

妮可和瑪莉嘲諷地慫恿他把握機會；她們揶揄他，同時都因為沒受邀而略感惱怒。不過迪克以對演員有些刻薄的評論結束了這個話題：「這好比要最強悍的衛兵去看守空空如也的大門，」他說：「或許是因為那空虛太不可告人了。」

蘿絲瑪麗、迪克及柯利斯・克雷共搭一輛計程車——柯利斯順路回去，迪克則要帶蘿絲瑪麗去參加一個茶會。妮可和諾斯夫婦未同行，因為艾貝還有些留到最後一刻還未辦的事得完成。在計程車上，蘿絲瑪麗埋怨迪克。

「我原本想，要是試鏡結果不錯，我可以帶到加州去。然後如果他們喜歡，或許你就有機會成為我片子裡的男主角。」

他感動莫名。「這麼想真是太貼心了，但我寧願看**你**演。你應是我見過最美好的景致了。」

「那是部很棒的片子。」柯利斯說：「我看過四次了。我知道紐黑文有個男的看了十幾次——他有次還老遠跑到哈特福德去看。我帶蘿絲瑪麗到紐黑文的時候，他害羞到不敢見她。你能相信嗎？這小妮子讓他們全都拜倒了。」

迪克和蘿絲瑪麗面面相覷，想要獨處，但柯利斯不解風情。

「你們要去哪我送你們吧。」他提議：「我住在魯特西亞酒店。」

「我們送你吧。」迪克說。

「我送你們比較方便。一點也不麻煩的。」

「我想還是我們送你比較好。」

「可是……」柯利斯開口，不過終於理解了情勢，於是開始跟蘿絲瑪麗討論何時會再見面。最後，他這隱然無足輕重卻又礙眼的第三者離去。車子突然不作美地在迪克提供的地址停下。他深吸了一口氣。

「要進去嗎？」

「我無所謂，」蘿絲瑪麗說：「你想怎樣我都照辦。」

他考慮了一下。

「我可能非進去一趟不可——她想跟我一個需要錢的朋友買幾張畫。」

蘿絲瑪麗順了順一時惹人遐思的凌亂頭髮。

「我們就待五分鐘。」他決定。「你不會喜歡這些人的。」

她以為他們都是些呆板愚昧的人，或是些粗魯的醉鬼，不然就是死纏爛打、令人厭煩，或任何戴佛夫婦避而遠之的類型。她完全沒料到所見所聞會留下如此深刻的印象。

17.

房子是紳士路上雷茨樞機主教府邸的主體結構改建而成，但進了門卻沒有任何過去的痕跡，也沒有蘿絲瑪麗熟悉的現代情調。那磚石外牆包覆的似乎是未來，於是跨過門檻（如果那可以稱為門檻的話），走進藍鋼、鍍金白銀和無數古怪的斜面鏡組成的長廊，感受到的是觸電般的震驚，一種絕對不安的經驗，反常得有如拿燕麥粥配大麻當早餐。所造成的效果和裝飾藝術博覽會完全不同——因為人是身在**其中**，而非置身事外。蘿絲瑪麗有一種進入布景之中、超然物外的虛浮感，她猜在場的其他人也都有這種感覺。

屋內大約有三十人，多半是女人，全都像是露意莎・奧爾柯特[15]或塞居夫人[16]筆下的人物；她們在這場景中走動，小心翼翼、一絲不苟，直如用手撿起鋒利的碎玻璃一般。不論以個人或群體而言，都不能說他們掌控了這個環境，就如同人可以擁有但無法掌控一件藝術品。不管有多深奧難解，沒人知道這房間的意義何在，因為它正漸漸演變成其他事物，什麼都像就是不像個房間；存在其中就像在高度光滑的移動扶梯上行走般困難，除非帶著前述徒手撿拾碎玻璃的謹慎特質，否則絕不可能成功——而這特質也界定與限制了在場大多數的人。

這些人分為兩類。一類是浪擲了整整春夏兩季的英美人士，而他們現在所作所為全都出於神經質的奇想。他們在某些時刻會安安靜靜、無精打采，隨後猛然陷入爭吵、崩潰和相互勾引。另一類人可以稱之為剝削者，全都是些白吃白喝的食客，相較之下他們是清醒、認真的一群人，有生活目標而無暇打混。在那環境之中這些人最能保持穩定，而除了屋內新奇的燈光效果之外，要說這裡有什麼情調，全都來自他們。

這科學怪人般的屋子一口吞進迪克和蘿絲瑪麗——立即將兩人分開，而蘿絲瑪麗突然發現自己是個虛假的小人物，一張嘴天花亂墜猛唱高調，同時希望能有個指揮來引導。不過房裡如此人聲鼎沸，讓她不覺得自己的言行比起他人有什麼失當之處。此外，她受的訓練產生了效果，在一連串半軍事化的轉身、移動、行進之後，她發現自己表面上是在和一個端正、機靈、有張可愛男孩臉蛋的女孩子說話，但實際上心思全被斜對面四呎外某種類似青銅梯子的凳子上那幾個人的談話所吸引。

有三名年輕女性坐在長凳上，全都高挑纖瘦，小小的頭如模特兒般修剪齊整，說話時頭部在合身的黑色套裝上優雅擺動，有點像枝長梗的花朵，也有點像頸部展開的眼鏡蛇。

「哦，他們很會擺排場。」其中一位以低沉洪亮的聲音說：「簡直是巴黎最厲害的——這我不會否認。可是話說回來……」她嘆了口氣，「他一再重複那些老話——什麼『最老的居民等著被耗子咬。』這種話你只會笑一次。」

15 Louisa M. Alcott（1832-88），美國作家，代表作為《小婦人》。
16 Madame de Ségur（1799-1874），法國作家，以兒童文學聞名。

「我比較喜歡生活更有波瀾起伏的人，」另一個人說：「而且我不喜歡他太太。」

「我對他們或跟在他們身邊的人向來不怎麼感興趣。唔，比如說，那個完全泡在酒裡的諾斯先生？」

「他不算，」頭一個女孩說：「但你得承認，現在說的這批人可能是你見過最有魅力的。」

蘿絲瑪麗這才意會到她們在聊的是戴佛夫婦，身體隨著憤慨逐漸緊繃。但這個正在跟她說話，身著硬挺藍襯衫搭配灰套裝、明亮藍眼眸、紅潤臉頰，簡直像海報裡走出來的女孩開始自吹自擂了。她拚命掃除兩人之間的隔閡，唯恐蘿絲瑪麗不能好好看清她，除到後來她只剩下薄薄一層脆弱的幽默感遮掩自己，而蘿絲瑪麗則心存厭惡地將她看個透澈。

「可以跟你共進午餐嗎？或者晚餐？不然後天午餐？」這女孩懇求。蘿絲瑪麗四處張望尋找迪克，發現他跟女主人在一起，從進門開始他就一直在跟她說話。蘿絲瑪麗跟他四目相接，他輕輕點了點頭；同時那三位眼鏡蛇女也注意到她了，長長的脖子朝她伸去，品頭論足的目光緊黏著她。她毫不示弱地回視，表明聽見了她們的談話。接著她以剛跟迪克學來、禮貌但明確的告別之詞擺脫眼前糾纏不休的女孩，來到他身邊。女主人是另一個高挑富裕的美國女孩，仗著國家繁榮，無憂無慮地到處遊山玩水。她正向迪克問起無數關於古斯國際酒店的問題，顯然想去那兒，即使迪克百般不情願她仍鍥而不捨地追問。蘿絲瑪麗的出現提醒了她，身為女主人不該如此強人所難，於是環顧四周說道：「有遇見什麼有趣的人嗎？見過那位……」她目光搜索著可能會引起蘿絲瑪利興趣的男性，但迪克說他們得走了。他們立即離開，跨過來自未來的短門檻，突然面對屋外屬於過去的石砌門面。

「是不是很可怕？」

「很可怕。」她順從地附和。

「蘿絲瑪麗？」

她低語：「怎麼？」聲音帶著怯畏。

「我感覺很過意不去。」

她抖著身軀，發出痛苦的啜泣聲。「你有手帕嗎？」她的聲音打顫。但沒多少時間哭了，現在成了戀人，他倆貪婪地把握快速流逝的一分一秒。只見計程車窗外青綠色和乳白色的薄暮漸漸淡去，烈焰紅、瓦斯藍、鬼火綠的招牌開始在無聲的雨中迷濛閃爍。時間接近六點，街上人來人往，小酒館燈火通明，一片粉色壯麗的協和廣場也隨著車轉北向而從眼前劃過。

他倆終於四目相望，呢喃著咒語般的名字。兩個名字在空中輕輕飄蕩，比其他字詞、其他姓名更加緩慢地消逝，比心中的樂音更加悠揚。

「我不知道昨晚是怎麼了，」蘿絲瑪麗說：「是那杯香檳嗎？我從來沒有那樣過。」

「你只不過說你愛我。」

「我的確愛你……這我無法改變。」該是蘿絲瑪麗哭的時候了，於是她用手帕捂著哭。

「恐怕我也愛上你了，」迪克說：「這可不是什麼值得慶賀的事。」

再次輕喚著名字——然後好似被計程車猛然一甩，兩人倒在了一塊兒。她的胸脯緊緊貼著他，新鮮溫潤的嘴唇為兩人共享。他們帶著近乎痛苦的慰藉，不思不看，只顧著呼吸與探索彼此。兩人都處於微留疲憊感的灰色溫柔鄉裡，神經有如一束束鋼琴弦般鬆弛下來，又突然如藤椅般劈啪作響。如此生嫩柔弱的神經勢必要和其他神經相連結，唇對唇、胸貼胸……

他們仍處在戀愛中較快樂的階段。兩人對彼此充滿了勇敢的想像、美好的幻夢，於是雙方靈犀好似相通，使得與其他人的關係再也無足輕重。他們倆走到這一步似乎都懷抱著超乎尋常的天真，彷彿是一連串純粹的偶然驅使他們在一起，如此多的偶然讓他們最終不得不推斷兩人是命中註定。他們是清清白白地走到這裡，或表面看來是如此，而非僅是好奇嘗鮮、偷偷摸摸的私通。

不過對迪克來說，那段心路很短暫，還沒到酒店就有了轉折。

「這不會有結果的，」他說，心裡有點慌，「我愛上了你，但這改變不了我昨晚說的話。」

「這不重要了。我只是要你愛我——如果你愛我，一切都不成問題。」

「不幸的是我確實愛你。但千萬不能讓妮可知道——連一絲懷疑都不行。妮可和我非得繼續在一起不可。某種程度上，這已不只是想不想的問題了。」

「再吻我一次。」

他吻了她，但隨即分開。

「絕不能讓妮可受苦——她愛我，我也愛她——你明白的。」

她的確明白——不傷人，這種事她明白得很。她知道戴佛夫婦彼此相愛，她一開始就是這麼設想的。不過她原以為他倆之間的關係已經多少冷卻了，其實有點像她和她母親之間的愛。當人能為外人付出那麼多精力，不就代表內心缺乏強烈的情感？

「而我指的愛，」他說，猜到了她的心思，「活生生的愛——複雜得難以言傳。那場瘋狂的決鬥也是因此而起的。」

「你怎麼知道決鬥的事？我以為會瞞住你。」

「你想艾貝能保守祕密嗎？」他以尖刻嘲諷的語氣說：「把祕密拿到電台廣播、拿到小報刊登都好，可千萬不能跟一天喝超過三、四杯酒的人說呀。」

她笑著同意，仍依偎著他。

「所以你懂我跟妮可的關係很複雜。她不是很堅強——看來堅強，其實不然。而這會讓事情更一團糟。」

「噢，先別說這些！現在先吻我——愛我。我會愛你且絕不讓妮可發現。」

「你這小寶貝兒。」

他們回到酒店，蘿絲瑪麗走在他後面一點，好愛慕他、崇拜他。他的腳步機敏，好似剛幹完什麼了不起的大事，趕著去跟其他人會合。組織私密的狂歡，監管富麗堂皇的幸福。他戴著無懈可擊的帽子，手持沉甸甸的手杖與黃色的手套。她想著今夜跟他在一起，他們會度過多麼愉快的時光呀。

他們上樓——共有五段樓梯。在第一段樓梯平台，兩人駐足接吻；在下一個平台她吻得小心翼翼，到了第三個更加小心。再往上——尚有兩個平台——她半途停下，蜻蜓點水地與他吻別。在他慫恿下，她又陪他往下走到前一個平台待了一會兒——然後往上再往上。最後告別時兩人伸長了手，沿樓梯扶手的對角線相握，接著指尖漸漸滑開。迪克折回樓下為晚上做些安排。蘿絲瑪麗跑回房間寫信給母親；她有點良心不安，因為她根本一點也不想念母親。

18.

雖然戴佛夫婦對系統性的時尚潮流其實無感，不過他們又太過敏銳，無法拋開時下的韻律與節奏——迪克的派對一言以蔽之就是刺激，而在陣陣刺激間不時有機會呼吸到夜晚清新的空氣更是難能可貴。

那晚的派對以鬧劇的速度行進。他們原是十二個人，後成了十六個人，四人一車緊跟著一輛飛快的奧德賽轎車穿越巴黎市。一切都計畫好了。人們好似變魔術般突然現身加入他們，如同專家、甚至嚮導般伴他們度過一段夜晚，然後離去，由他人接替，所以每個人都顯得生氣勃勃，彷彿已為他們養精蓄銳了一整天。蘿絲瑪麗很欣賞這與好萊塢的派對有多麼不同，不論後者的規模有多盛大奢華。在許許多多的娛樂中，還有一輛波斯沙王的座車。迪克從哪裡弄來的，暗中塞了多少錢，全都無關緊要。蘿絲瑪麗僅僅將其當作新層次的奇聞異事來接受，過去兩年她的生活中充滿了這類事物。那輛車是在美國以特製底盤打造，方向盤和水箱都是銀製的。車身內部鑲嵌了無數閃亮的飾品，等車下星期運抵德黑蘭，宮廷珠寶匠就會換上真正的寶石。車子後排只有一個真正的座位，因為沙王理當獨乘，於是他們輪流上座，其他人則坐在鋪著貂皮的汽車地板上。

可是迪克無所不在。蘿絲瑪麗跟一直隨身攜帶的母親肖像保證，從來沒見過如那晚的迪克這般好、這般盡善盡美的人。她拿他跟艾貝謹慎稱之為「韓格斯特少校與霍沙先生[17]」的兩個英國人相比，與北歐王儲相比，與剛從俄國回來的小說家相比，與絕望又風趣的艾貝相比，與中途加入就不走的柯利斯・克雷相比——覺得沒有一個比得上。整個活動背後的那份熱情、那份無私令她陶醉；他技巧地帶動諸多各形各色的人，這些人個個都很被動，都像步兵營仰賴口糧般仰賴人的關注，而他做來卻顯得不費吹灰之力，還有餘裕將部分最富個性的自我與每個人分享。

——後來她猶記得那些自己感覺最快樂的時刻。頭一刻是她和迪克共舞時，她感覺自己燦爛鮮亮的美貌貼著他高大強壯的身軀，有如在歡樂的夢境裡翱翔般翩翩起舞——他領著她四處兜轉，巧妙地讓她好似一捧鮮豔的花束、一塊珍貴的織布展示在五十對眼睛前。有一刻他們根本沒在跳舞，只是緊緊地摟在一起。凌晨某個時分，他倆獨處一方，她汗濕抹粉的年輕身軀拖著一團舊衣料迎向他，依偎著不動，就這麼將他人的帽子和披肩壓在身後……

她笑得最開心的時刻是稍晚，那時只剩下六個人，最棒的六人，當晚最高貴的倖存者，站在麗池酒店昏暗的前廳，跟夜間門房說潘興將軍[18]就在門外，要來點魚子醬和香檳。「他容不得半點怠慢。每個人、每把槍都要聽從他的指揮。」驚慌的服務生一個個不知從何處冒出來，在大廳擺好一張桌子，此時艾貝扮演潘興將軍走了進來，服務生們全都立正站好，含糊不清、斷斷續續地對他唱著能記得的戰爭歌曲。惡作劇洩了底，服務生們含怒撇下他們不理不睬，於是他們又搭起捕捉服務生的陷阱——一個用大廳所有家具堆成的巨大怪異裝置，運作起來就像戈德堡[19]漫畫裡的詭異機器。艾貝對它懷疑地搖了搖頭。

「或許最好偷把鋸琴來……」

「夠了。」瑪莉插話：「艾貝開始提起這個的時候，就是該回家了。」她焦急地跟蘿絲瑪麗商量：

「我得把艾貝弄回家。他要銜接船的火車十一點開。這至關緊要——我感覺他整個前途就取決於能不能趕上那班車了，但我每次跟他說，他就一定要唱反調。」

「我來試著勸勸他。」蘿絲瑪麗自告奮勇。

「你願意？」瑪莉不大相信地說：「也許你能勸得動他。」

隨後迪克走到蘿絲瑪麗跟前：

「妮可跟我要回去了，要跟我們一起走嗎？」

17 傳說中於西元五世紀領導最早一批盎格魯撒克遜人定居不列顛群島的傳奇兄弟檔。

18 John Joseph Pershing（1860-1948），美軍歷史上軍階最高的人，一戰時擔任歐洲美國遠征軍總司令。

19 Rube Goldberg（1883-1970），美國漫畫家，以畫了諸多極其複雜卻專做簡單小事的裝置而聞名。

在似亮未亮的天色中，她的臉因疲憊而顯蒼白，白天雙頰紅潤之處現在浮現兩塊暗斑。

「我還不能走。」她說：「我答應瑪莉．諾斯要陪著他們——不然艾貝永遠不會上床睡覺。或許你可以想點辦法。」

「你不知道對這種人你是無能為力的嗎？」他勸告：「如果艾貝是我大學室友，頭一次喝醉，那就不同了。但現在是一點辦法也沒有。」

「唔，我還是得留下。他說只要我們跟他去一趟中央市場，他就上床睡覺。」她近乎反抗地說。

他飛快地親了親她的肘彎。

「別讓蘿絲瑪麗單獨回家，」他們離開時，妮可對瑪莉喊道：「我們要對她母親負責。」

——後來蘿絲瑪麗、諾斯夫婦、一位來自紐華克的玩具娃娃發聲器製造商、無所不在的柯利斯，和一位身材高大、衣著華麗、名叫喬治．馬兒保的印度石油商，都乘上了一輛市場貨運馬車，高坐在數千根胡蘿蔔之上兜風。蘿蔔根鬚上的泥土在黑暗中散發著甜美芳香，蘿絲瑪麗坐在蘿蔔堆的高處，街上路燈稀疏，長長的暗影籠罩下她幾乎看不見其他人。他們傳來的聲音遙遠，彷彿體驗到的跟她相差甚遠，既不同又遙不可及，因為她的心與迪克同在，懊悔自己跟諾斯夫婦來到這裡，恨不得自己是在旅館，而他正在對面房間熟睡，或者在這傾瀉而下的溫暖夜色中，他就在這裡，就在她身邊。

「別上來，」她對柯利斯喊道：「胡蘿蔔會滾散掉。」她朝艾貝扔了根蘿蔔，他正坐在車夫旁邊，直僵僵地像個老頭……

之後，在天光大亮下她終於踏上歸途，此時鴿子已經在聖敍爾比斯教堂上空翱翔了。所有人不由自主笑了起來，因為他們知道這一夜還沒結束，而街上的人卻都誤以為這是個晴朗炎熱的早晨。

「我終於參加過一次瘋狂派對了，」蘿絲瑪麗心想，「但迪克不在就沒意思。」

她感覺有點受到背叛，有點哀傷，但此刻一個移動的物體闖入眼簾。那是一棵盛開的巨大七葉樹，綁在一輛長長的卡車上，往香榭大道而去，整棵樹笑得枝葉亂顫——好似一個可愛的人雖處於不堪的境地，卻仍滿懷信心，美麗如常。蘿絲瑪麗出神地望著那棵樹，不自覺地感同身受，開心地一起笑了起來，頃刻間一切都顯得無限美好。

19.

艾貝是十一點從聖拉札爾火車站啟程——他獨自站在骯髒的玻璃圓頂下，那圓頂是上世紀七零年代水晶宮時期的遺跡；他的手隱隱發灰，是二十四小時沒睡才會有的顏色；他把手插在大衣口袋裡，隱藏打著顫的手指。他沒戴帽子，頭髮顯而易見只有上層往後梳，較低處的髮絲則向兩側橫飛。簡直認不出他就是兩星期前在古斯酒店海灘上游泳的那個人。

他來早了，僅動著眼珠左右巡視；動用身體其他任何部位都會讓他的神經失去控制。看起來很新的行李從他身旁掠過；隨即，幾個準備出發、矮小黝黑的乘客呼喊道：「朱—爾斯—唷—呼！」聲音粗礪刺耳。

正當他手裡緊握口袋裡那疊濕軟的千元法郎鈔票，考慮是否有時間到餐室喝一杯時，搖擺不定的目光瞥見妮可的身影出現在樓梯口。他望著她——與人們赴約卻尚未發現等候之人時的情形相若，她臉上細微的表情也不經意透露出她的心思。她皺著眉，想著她的孩子，但與其說是志得意滿地念著他們，不如說是像母獸在點數幼獸——像隻貓用爪掌在確認小貓咪。

她看見艾貝時，那神情就從臉上消失了。清晨的天色暗淡，艾貝的身影顯得淒涼，紅褐色的臉上掛著兩個黑眼圈。他們在一張長凳上坐下。

「是你要我來我才來的。」妮可辯解。艾貝似乎已忘了為何叫她來，妮可則相當安然地望著往來的旅客。

「那位將是你船上的頭號美人——一堆男人來送行的那個——你看得出她為什麼要買那

件衣服嗎？」妮可說得越來越快。「你看得出為何其他人不買，只有環遊世界的頭號美人要買嗎？明白嗎？不明白？醒醒吧！那是件有來歷的衣服——那上等的料子訴說著故事，而環遊世界的人裡總有人會寂寞得想聽聽看。」

說到這裡她打住了，她話已經說得太多；而艾貝從她那一板正經的臉上卻很難看出她有開過口。他費勁地挺起身子，姿勢看上去好像要起立，其實只是坐正。

「那天下午你們帶我去的那個好玩的舞會……記得吧，在聖吉納維夫教堂……」他開口。

「我記得。挺有趣的，對吧？」

「我不覺得有趣。我這次見到你們一點樂趣也沒有。我對你們兩個都感到厭倦了，不過這沒顯現出來，因為你們更厭倦我……你懂我的意思。要是我夠熱情的話，早就去結識新朋友了。」

妮可拿絲絨手套甩他，手套上有塊粗糙的絨毛。

「把場面弄得這麼不愉快也太傻了點，艾貝。無論如何，你不是認真的。我不明白你為何要這麼自暴自棄。」

艾貝想了想，努力克制不要咳嗽或擤鼻子。

「我大概是覺得太無聊了；然後還要這麼大老遠跑回去重新來過。」

男人往往可以在女人面前扮演無助的孩子，不過一旦真感覺自己是個無助的孩子，那就幾乎不可能會成功。

「這不是藉口。」妮可乾脆地說。

艾貝感覺一分鐘比一分鐘難過——除了令人不快、全然神經質的言論，他想不到其他話可以說。妮可認為自己該採取的正確姿態就是端坐，兩眼直視前方，雙手置於大腿上。兩人間一時無言——各自都亟欲逃離對方，呼吸的空氣僅限於自己前方那片不為對方所見的藍天。他們不像情人，沒有過去可念；不像夫妻，沒有未來可言；但直到這天早上，除了迪克之外，艾貝一直是妮可最喜歡的人——而他已經心情沉重、滿腔恐懼地愛了她多年。

「厭倦女人的世界了。」他突然大聲冒出這麼一句。

「那你何不創造一個屬於自己的世界？」

「也厭倦朋友了。不過就是些逢迎拍馬的人。」

妮可恨不得能讓車站時鐘的分針加速，只是，「你同意嗎？」他追問。

「我是個女人，我的職責是將事物維繫在一起。」

「我的職責則是拆散它們。」

「你喝醉的時候，拆散的只有你自己，沒有別的。」她說，語氣冷淡下來，並帶著恐懼及心虛。車站裡人聲鼎沸，但沒有一個她認識的人。過了一會兒，她的目光慶幸地落在一個高挑的女孩身上，她頂著頭盔般稻草色的黃髮，正往郵筒裡投信。

「我得去跟那個女孩打聲招呼，艾貝，艾貝，醒醒！你這傻瓜！」

艾貝耐心地目送著她。那女子吃驚地轉過身跟妮可打招呼，艾貝認出自己曾在巴黎某處見過她。他趁妮可不在，對著手帕一陣猛咳，並大聲擤鼻子。早上天氣漸暖，他的內衣浸滿汗水。他的手指顫抖得厲害，用了四根火柴才點著香菸；看來他非得到餐室喝一杯不可，但妮可馬上回來了。

「真是自討沒趣。」她帶著冷冷的幽默感說：「先是求我去找她，然後又擺起好大的架子，看著我那副神情好像我是什麼爛貨似的。」她說得激動，笑了笑，高高舉起兩根手指揮舞。「寧可讓人主動來找你。」

艾貝因菸咳了一下後，說道：

「問題是清醒的時候你不想見任何人，酒醉時則沒人想見你。」

「誰，我嗎？」妮可又笑了；不知怎的，先前的相遇讓她開心了起來。

「不……指我自己。」

「那是你一廂情願的想法。我喜歡人，很多人……我喜歡……」

蘿絲瑪麗和瑪莉·諾斯出現了，慢慢走著找尋艾貝，妮可粗聲高喊：「嘿！嗨！嘿！」

邊笑著揮舞她替艾貝買的那包手帕。

他們站在那兒，自成一個不舒服的小團體，艾貝巨大的存在讓他們備感壓迫：他像艘大型帆船的殘骸橫陳在他們之間，以其存在抑制著自身的缺陷和放縱、狹隘和痛苦。他們都察覺到他身上流露出的莊嚴肅穆，以及他那殘缺不全、發人深省、已為人所超越的成就。但她們對他殘存的意志感到惶恐，那曾是生存的意志，如今卻成了求死的意志。

迪克．戴佛來了，帶著美好燦爛的表象，讓三個女人猴子似的發出如釋重負的歡呼一擁而上，攀附在他肩頭、在他美麗的帽頂、或在他手杖的金杖頭上。現在，她們可以暫時忽視艾貝那龐大可憎的身軀。迪克迅速看清並悄悄掌控住局面，他讓他們不再局限於自身，而是放眼車站，清楚展現其美妙之處。附近有些美國人在話別，聲音好比水嘩啦啦流入一個老舊大浴缸。他們站在車站中，背對著巴黎，看上去彷彿都感同身受地朝向大海微微傾身，已然經歷一場巨大的變化，原子重新排列組合，形成新的主要分子，讓人改頭換面、煥然一新。

這些闊綽的美國人蜂擁穿越車站，來到月台，一張張真誠新鮮的面容，有的聰明、有的體貼、有的魯莽、有的令人擔憂。偶爾一張英國臉孔出現在他們中間，看上去刺眼突兀。當月台上的美國人一多，對他們純潔和富裕的第一印象便漸漸消散於模糊的種族陰影之後，將他們自己和其觀察者的視線都遮蔽住了。

妮可抓住迪克的手臂驚呼：「快看！」迪克及時轉身，正好瞧見不到半分鐘之內發生的事。兩節車廂外臥鋪的入口處，一個觸目的景象從諸多音調高昂的告別聲中跳了出來。那位妮可曾去搭訕，髮型像頭盔的年輕女子動作怪異地閃身，從正跟她談話的男子身邊彈開，一隻手瘋狂地在提包裡掏著；隨即，兩聲左輪槍響劃破月台滯悶的空氣。在此同時，火車頭發出尖銳的汽笛聲，列車啟動，瞬間將槍聲淹沒於無意義的噪音。艾貝探出車窗再次揮手，對發生的事一無所知。但就在人群湧上之前，已經有人看見槍響產生的效果，見到目標倒坐在月台上。

彷彿過了百年，列車才停下；妮可、瑪莉和蘿絲瑪麗在外圍等待，迪克則奮力擠進人群。過了五分鐘他才回頭找她們——此時群眾已分為兩批，一批尾隨躺在擔架上的男子，另一批跟著那個夾在兩名心煩意亂的警察之間，臉色蒼白但步伐堅定的女孩。

「是瑪莉亞．瓦利斯。」迪克匆匆說：「她開槍打的是個英國人——他們好不容易才查出他的身分，因為子彈剛好打穿了他的證件。」他們隨著人群左搖右擺，快步從火車旁離開。「我打聽到他們要把她帶去哪個派出所了，我要去一趟……」

「可是她的姊姊就住巴黎，」妮可反對：「為何不打電話給她？真是奇怪，都沒人想到。她嫁了一個法國人，肯定比我們更能幫上忙。」

迪克遲疑一下，搖搖頭，邁步往前走。

「等等！」妮可在他身後喊道：「這太傻了——你能幫上什麼忙——就憑你那口法語？」

「我至少可以看著，別讓他們太過分。」

「他們肯定不會放過她的。」妮可尖刻地跟他保證：「她確實開槍打了那男人。最好的辦法就是馬上打電話給勞拉——她會比我們有用得多。」

迪克不置可否——同時也是想在蘿絲瑪麗面前表現一下。

「你等著。」妮可堅決地說，然後匆匆走向電話亭。

「事情一旦落到妮可手上，」他以親暱卻帶著嘲諷的語氣說：「就沒有置喙的餘地了。」

那天早上他還是首次望著蘿絲瑪麗。他們交換目光，試圖辨識前一天的餘情。有一會兒，彼此都覺得對方虛幻不真實——隨後悠緩暖和的愛之曲調再次揚起。

「你喜歡幫助每個人，是吧？」蘿絲瑪麗說。

「我只是裝作喜歡。」

「我媽也喜歡幫助人——當然她不像你能幫那麼多人。」她嘆了口氣。「有時我覺得自己是世上最自私的人。」

迪克對她提起母親首次感覺不快，而非有趣。他想掃除她母親的影子，想讓蘿絲瑪麗別再持續將這段感情建立在母親的照看之下。但他明白這種衝動是失控的表現——要是他鬆懈了，就算只有一下子，蘿絲瑪麗對他的慾望會釀成何種結果?他不無驚惶地看出這段感情正陷入瓶頸；它不能靜止不動，不是向前就是退後；他頭一遭意識到真正的主導權其實在蘿絲瑪麗手上。

他還沒想出應對的方法，妮可就回來了。

「我找到勞拉了。她還沒聽到消息，聲音越說越微弱，之後又大聲起來——好像快要暈倒，然後又重新振作精神。她說她就知道今天早上會出事。」

「瑪莉亞應該進佳吉列夫芭蕾舞團，」為了讓大家平靜下來，迪克語調輕柔地說：「她有絕佳的舞台感——韻律感更不用說了。我們往後有誰看到列車啟動，腦袋裡不會聽見幾聲槍響呢？」

他們跌跌撞撞地步下寬闊的鋼製階梯。「我為那可憐的男人感到遺憾，」妮可說：「怪不得她跟我說話時樣子那麼怪——她正準備要開槍。」

她笑了起來，蘿絲瑪麗也跟著笑，但她倆都感到不寒而慄，都深深希望迪克對此事發表一點道德上的評論，不要把問題留給她們。這個願望並非完全出於意識，尤其是蘿絲瑪麗，她已習於這類事件的彈殼碎片從腦袋旁呼嘯而過。不過那股震撼同樣在她心中逐步累積。而迪克眼下被自己新近意識到的情感弄得心神不寧，無暇將局面轉化為假日的輕鬆模式，於是女人們若有所失，隱約陷入悶悶不樂之中。

接著，好像什麼都沒發生似的，戴佛夫婦和朋友們徜徉於街頭。

可是一切都發生了——艾貝走了，瑪莉下午即將啟程前往薩爾茨堡，巴黎的美好時光也就此告終。抑或是那兩聲槍響，那結束了天知道是什麼見不得人之事的衝擊，為這一切畫下了句點。那槍聲已然進入他們所有人的生命：暴力的回響尾隨他們來到人行道，等計程車時，兩名行李搬運工在一旁做案情分析。

「你有瞧見那把左輪嗎？非常小，美極了——簡直像玩具。」

「但威力可不小！」另一名搬運工睿智地說：「你有看見他的上衣嗎？血流得讓人以為在打仗呢。」

20.

他們下車的廣場上一團汽車廢氣懸浮空中，在七月的驕陽下慢慢蒸騰。這很可怕——不像純粹的熱氣，不會讓人覺得可到鄉下避避，而只感到滿街都瀰漫著同樣混濁窒人的氣體。他們在盧森堡公園對面的露天餐廳吃午飯，期間蘿絲瑪麗生理痛，感覺焦躁、滿心不耐、意興闌珊——她在車站譴責自己自私正是出於剛萌生的同樣情緒。

迪克對這劇烈的變化一無所覺；他怏怏不樂，隨之而來的自我膨脹讓他暫時對周遭發生的事盲目不察，也剝奪了他那長久以來源源不絕、下判斷時所仰賴的想像力。

瑪莉．諾斯在一位義大利歌唱老師的陪同下離開。這位教師同他們喝了杯咖啡，然後帶她去搭火車。她走後，蘿絲瑪麗也起身，準備前往電影公司赴約，「要去見幾個高層。」

「哦，對了……」她開口：「……如果柯利斯．克雷，就是那個南方小子……要是他來時你們還在這裡，就跟他說我等不了了，請他明天打電話給我。」

早先的騷亂讓她太過漫不經心了，自以為享有孩子般的特權，結果卻是讓戴佛夫婦想起對自己孩子獨一無二的愛——蘿絲瑪麗通過妮可身邊時碰了個尖銳的釘子：「你最好留話給服務生，」妮可的聲音嚴峻平板，「我們馬上就要走了。」

蘿絲瑪麗明白了，不帶怒氣地接受。

「那就算了吧。再見，親愛的兩位。」

迪克要服務生結帳；夫婦倆放鬆下來，嘴上叼著牙籤。

「接下來……」兩人不約而同開口。

他見她嘴上閃過一絲不悅，短暫得只有他會注意到，他大可裝作沒瞧見。妮可在想什麼？蘿絲瑪麗是他過去幾年來「特別照顧」的十來個人之一，這些人還包括一個法國馬戲團小丑、艾貝和瑪莉・諾斯夫婦、一對舞者、一名作家、一名畫家、大木偶劇院的女喜劇演員、俄羅斯芭蕾舞團一個半瘋半癲的男同性戀、一個頗有前途且曾受他們資助一年的米蘭男高音。妮可很清楚他透過這些人多麼深切地體現了他的興趣和熱情；而她也心知肚明，婚後除了生孩子那段時間，迪克沒有一晚不是與她共度。另一方面，他身上有種討人喜歡的特質，無法就這麼任其埋沒——凡擁有這種特質的人都得持續發揮，甚至不斷去結識對他們毫無利用之處的人。

現在迪克硬起心腸，任時間流逝，沒有擺出任何親暱的姿態，也不像以往對他倆的相守一再表示受寵若驚。

來自南方的柯利斯・克雷鑽過排列緊密的桌子，漫不經心地跟戴佛夫婦打招呼。這種招呼方式總是讓迪克感到訝異——相識的人就光跟他們說聲：「嗨！」，或只問候他們其中一人。他對人如此熱情，以至於心灰意冷時他寧可避不露面；有人竟能在他面前如此明目張膽地散漫隨便，實是對他人生信條的挑戰。

柯利斯沒意識到自己的隨便，還煞有其事地宣告到來：「我大概來晚了吧——小妞已經跑啦。」迪克得奮力扭絞住自己，才能原諒他沒有先向妮可致意。

妮可幾乎是隨即起身離開，留他跟柯利斯同坐，飲盡最後一杯葡萄酒。他對柯利斯還算喜歡——柯利斯屬於「戰後」的一代，比他十年前在紐黑文認識的多數南方人都要更好相處。迪克饒富興味地邊聽他說話，邊慢慢地、慎重地填充菸斗。午後，孩童和保母們悠悠踱進盧森堡公園；這是迪克數月來首次任憑一天中的這段時間從自己手中溜走。

突然間他的血液一冷，他意會到柯利斯私密的獨白究竟在說什麼了。

「……她並不像你或許以為的那麼冷酷。我承認自己很長一段時間也以為她很冷酷。可是復活節她從紐約前往芝加哥時，和我的一個朋友陷入一場窘境——那男的叫希利斯，她在紐黑文時覺得這傢伙很瘋——她那時和我表妹同在一個車廂，但她想要和希利斯獨處，於是下午我表妹就到我們車廂來玩牌。好啦，過了大約兩個小時，我們回去看看，只見蘿絲瑪麗和比爾·希利斯站在連通廊道中跟列車員爭吵——蘿絲瑪麗蒼白得跟床單似的。看來他們鎖上了廂門，還拉下了簾子，而且我猜列車員來敲門查票時一定正打得火熱，一開始還以為是我們在鬧他們，不肯開門，等到開了門，列車員已相當火大了。他問希利斯那是不是他的車廂，且他和蘿絲瑪麗既然敢鎖門是不是夫妻，希利斯暴跳如雷地解釋他們之間沒什麼見不得人的事。他說列車員侮辱了蘿絲瑪麗，要跟他討個公道，但那列車員也不好惹——說真的，我是費了九牛二虎之力才擺平這事。」

迪克想像著每個細節，甚至妒忌起那兩人在過道上共同遭遇的不幸，他感覺自己內心產生了變化。只需要一個第三者的影像，即便是已然消失的第三者，介入他和蘿絲瑪麗的關係，就能讓他失去鎮定，帶來一波波的痛楚、悲戚、慾望、絕望。一幕幕鮮明的景象湧現：撫著蘿絲瑪麗臉頰的手、越來越急促的喘息、外表所見白熱化的激情、內部神聖私密的暖流。

——你不介意我把簾子拉下來吧？

——請便，這裡太亮了。

柯利斯·克雷現在講到了耶魯大學兄弟會內部的政治，聲調沒變，強調的語氣也沒變。迪克推測他愛上了蘿絲瑪麗，但是以一種迪克無法理解的奇特方式。希利斯的事對他的情感似乎沒有造成任何影響，反而讓他高興地確信蘿絲瑪麗也有「人性」。

「骷髏會裡有一群很棒的人。」他說：「事實上，每個會裡都有。紐黑文現在太大了，很遺憾有些人無法加入。」

——介意我把簾子拉下來嗎？

——請便，這裡太亮了。

……迪克穿過巴黎前往他的銀行——要開張支票。他望著櫃檯一排職員，考慮要把支票交給哪位核可。開票時他全神貫注於肢體動作，仔細檢視鋼筆，在玻璃檯面的高桌上奮力書寫。他一度抬起呆滯的目光望向郵務部門，然後再次提起精神將注意力放在手頭的工作上。

他還是無法決定要將支票交給誰，那排職員中誰最不會猜到他身陷的不幸處境，還有誰最不太可能開口。其中有溫文爾雅的紐約人佩蘭，曾邀他到美國俱樂部共進午餐；有西班牙人卡薩蘇斯，他常跟此人聊起一個共同的朋友，儘管他與那朋友已有十幾年沒來往了；還有穆蕭斯，總是會問他要提妻子或自己帳戶的錢。

他在存根上填好金額，在下方畫了兩條線之後，決定找皮爾斯，此人年輕且只需要稍微敷衍一下即可。裝裝樣子通常比看人裝模作樣簡單些。

他先到郵務櫃檯——服務他的女子正用胸脯抵住一張差點從檯面滑落的紙。他心想女人運用身體的方式跟男人真是大不相同。他將信拿到一旁拆開：有跟一家德國公司訂購十七本精神病學書籍的帳單、布倫塔諾書店的帳單；有他父親自水牛城寫來的信，字跡一年比一年難以辨認；還有湯米．巴本寄的一張明信片，上面蓋的是菲茲的郵戳，還寫了段風趣的話；也有蘇黎世醫師的來信，皆是德文；坎城水泥工所開的一份有爭議的帳單、一個家具製造商的帳單、巴爾的摩一家醫學期刊出版社的來信、雜七雜八的通知、一個剛嶄露頭角的畫家之畫展邀請函；此外還有三封妮可的信、一封託他轉交給蘿絲瑪麗的信。

——介意我把簾子拉下來嗎？

他走向皮爾斯，可是他正忙著應付一個女人。迪克以餘光掃了一下，看來只能將支票交給隔鄰的卡薩蘇斯，他正空閒。

「你好嗎，戴佛？」卡薩蘇斯一派和藹可親。他站起身，小鬍子隨著笑容綻放。「我們前幾天還聊到費瑟史東，我就想到了你——他現在到加州去了。」

迪克睜大雙眼，身子微微前傾。

「在**加州**？」

「我聽說是這樣。」

迪克泰然自若地拿出支票，為讓卡薩蘇斯的注意力集中在上面，他將目光轉向皮爾斯的櫃檯。出於三年前皮爾斯和一個立陶宛伯爵夫人相好的老笑話而產生的默契，他跟皮爾斯友好地使了一會兒眼色。皮爾斯一直微笑以對。卡薩蘇斯核對過支票，再沒有理由留住他喜歡的迪克，只好起身，手裡拿著他的夾鼻眼鏡，重複道：「對，他在加州。」

在此同時，迪克瞧見位於成排櫃檯前端的佩蘭正在跟世界重量級拳王講話；從佩蘭眼角的一瞥間，迪克看出他原考慮喚他過去引介一下，但最後決定作罷。

先前他在玻璃桌前就逐漸累積的那股緊繃情緒阻擋了卡薩蘇斯多聊兩句的打算——他目不轉睛地盯著支票，研究再三，然後目光落在銀行員腦袋右側第一根大理石柱，好似那後面藏了什麼嚴重的問題，接著煞有介事地移動他的手杖、帽子和信件——他道了聲再見，走出銀行。他早就打點好門房，一出門計程車便急奔至道旁待命。

過去四十八小時發生的事讓他變得猶疑不定，甚至連自己想做什麼都不清楚；他在穆特站付了車資，下車朝電影公司的方向走，還沒抵達就先跨越馬路來到公司對面。他衣著考究，配飾精緻，一派儀表堂堂，卻仍像隻動物般受支配和驅使。他唯有推翻過去，推翻過去六年的努力，才能有尊嚴可言。他像塔金頓[20]筆下呆頭呆腦的青少年般匆匆繞著街區打轉，在視線遮蔽處更加快腳步，生怕蘿絲瑪麗走出電影公司時錯過了。這一帶很沉悶。他看見隔壁一塊招牌寫著：「千件襯衫」。櫥窗裡滿是襯衫，成堆的、配了領帶的、套在半身像上的、或是如次級品般裝飾在櫥窗地板上的「千件襯衫」——不信數數！兩旁則可見到「文具店」、「糕點舖」、「大特價」、「廣告」——及康斯坦斯．塔爾梅奇主演的《晨光早餐》；再遠一點還有些更陰鬱的招牌：「教會法衣」、「訃聞」和「葬儀」。生與死。

他知道自己正在做的事是他人生的轉捩點——這背離了過去的一切，甚至背離了他希望在蘿絲瑪麗身上產生的影響。蘿絲瑪麗一直將他視作正確的典範——而他出現徘徊於此街區就是種侵犯。但迪克非如此不可，這是某種內心深處現實的投射：他不得不踟躕或呆立於此，他的襯衫袖口貼合著手腕，外套袖口則如套筒閥門緊箍著襯衫袖子，衣領好似依著脖子形塑而成，一頭紅髮

20 Booth Tarkington（1869-1948），美國小說家和劇作家，作品多描寫中西部生活，代表作《The Magnificent Ambersons》、《Alice Adams》。

修剪得恰到好處，手裡拎著小公事包，一派風流時髦——就像曾有人發現自己必須披麻蒙灰站在費拉拉的教堂前深切懺悔一樣，迪克正在對尚未被遺忘、未被赦免、未被刪節之事表達敬意。

21.

鬧站了三刻鐘之後，他突然被迫跟人有了接觸。每當他不想見到任何人時很容易發生這種事。他有時過於提防自己曝露的不安，結果經常適得其反；就如一個演員扮演角色時刻意含蓄節制，會激起觀眾情感上的注意力，讓他們不由得往前伸長了脖子，同時也好似在招徠他人來自行填補他遺留下的空白。同樣地，我們很少同情那些需要和渴求我們憐憫的人——我們將同情保留給那些以其他方式讓我們行使憐憫之抽象功能的人。

所以迪克自己對隨後發生的事或許也做了同樣的分析。當他在聖天使街踱步時，一位臉龐瘦削的美國人前來搭訕。那人約三十歲上下，有種受過創傷的氣質，隱約的笑容中帶著一絲邪惡。迪克應請求借火給他，同時將他歸類到自小即察覺到的一種人——這種人成天在香菸店流連，一隻手臂擱在櫃檯上，望著進進出出的人們，打著天曉得什麼鬼主意。他這種人常跑修車廠，有些鬼鬼祟祟的交易在那兒私下進行，還流連於理髮鋪及劇院大廳——無論如何，迪克認為他就是會出沒在這些地方。有時這樣一張臉會出其不意地浮現在泰德[21]較為野蠻的漫畫中——孩提時期的迪克就常站立於這罪惡的模糊邊界地帶，不安地往裡覷視。

「老兄，喜歡巴黎嗎？」

沒等回答，那男子試圖讓腳步與迪克一致。「你從哪來的？」他以鼓勵的口吻問道。

「水牛城。」

「我來自聖安東尼奧——但大戰後就待在這裡。」

「你待過部隊？」

「**可不是**。八十四師——聽過嗎？」

男子稍微走在他前面一點，以根本是威脅的眼神盯著他。

「準備在巴黎待一陣子嗎，老兄？還是只是經過？」

「經過。」

「你住哪間旅館？」

迪克內心竊笑——這幫人打算當天晚上洗劫他的房間呀。他的心思清楚寫在臉上而不自覺。

21 Thomas A. Dorgan（1875-1928），美國漫畫家，以Tad為筆名，於報章上發表辛辣諷刺的連環漫畫而聞名。

「老兄，你這樣的體格不該怕我。這附近有很多混混專找美國遊客下手，但你不用怕我。」感覺厭煩了，迪克停下腳步，「我很好奇你怎麼有那麼多時間可以浪費。」

「我在巴黎做生意。」

「哪種生意？」

「賣報紙。」

其態度之嚇人和職業之溫和所形成的反差實在可笑——但男子趕忙修正：

「別擔心，我去年賺了不少錢——六法郎一份的《泰晤士周報》可以賣十到二十法郎。」

他從破舊的皮夾中拿出一張剪報，遞給現已比肩晃蕩的同路人看——上面的漫畫畫著大批美國人沿著跳板從一艘滿載黃金的輪船蜂擁而下。

「二十萬人——一個夏天可撒下一千萬。」

迪克的同伴小心翼翼地環顧一下四周。「電影呀。」他悄悄地說：「那兒有個美國電影公司，他們需要會說英語的人。我在等待機會。」

迪克迅速堅定地甩掉了他。

現在看來很明顯蘿絲瑪麗不是在他早先兜著街區打轉時溜掉，就是在他來到這一帶之前已經離開了。他走進街角的小酒館，買了個打電話的代幣，鑽進廚房和骯髒廁所之間的凹室，撥電話到喬治國王酒店。他感覺自己的呼吸忽快忽慢、時斷時續——但這症狀就跟其他事一樣，只讓他更沉溺於自己的情緒。他給了房間號碼，然後手持話筒站在那兒，眼睛盯著酒館內部；過了好長一陣子，一個陌生輕柔的聲音發出「喂」一聲。

「我是迪克……我非打電話給你不可。」

她沉吟了一下——接著鼓起勇氣，以與他感情相襯的聲調說：「我很高興你打來。」

「我到你的電影公司來找你……人就在帕西區你公司的對面。原本心想我們或許可以到森林公園轉轉。」

「喔，我只在那邊待了一下子！真抱歉。」一陣沉默。

「蘿絲瑪麗。」

「怎麼，迪克。」

「聽著，我對你有很不尋常的感覺。當一個孩子能讓一個中年男子心煩意亂……就麻煩了。」

「你不是中年人，迪克……你是世界上最年輕的人。」

「蘿絲瑪麗？」沉默無語中，他望著一個擺滿法國廉價穿腸毒藥的架子——一瓶瓶豪達白蘭地、聖詹姆士蘭姆、瑪莉白莎香甜酒、柳橙潘趣酒、安德列佛內特白酒、羅樹櫻桃酒及雅馬邑白蘭地。

「你一個人嗎？」

——**介意我把簾子拉下來嗎**？

「你覺得我會跟誰在一起？」

「我現在也是一個人。真希望是跟你在一起。」

沉默，接著是嘆息和答覆聲。「我也希望你就在身邊。」

電話號碼後面，旅館的房中，她就躺在那兒，周遭陣陣樂曲如泣如訴……

「雙人共飲茶，
我伴你左右，
你伴我左右，
天涯共此時。」

他想起她曬黑肌膚上所撲的粉。他親吻她的臉頰時，髮鬢處濕濕的。他腦海閃過落在他臉下的一張白淨臉龐，以及那肩膀的弧線。

「這是不可能的。」他喃喃自語。一分鐘後他踏上街道，朝著慕特車站，抑或是相反的方向前進，一手拿著他的小公事包，一手如持劍般持著金頭手杖。

蘿絲瑪麗回到桌前，將給母親的信寫完。

「……我只看了他一下，但心裡覺得他真英俊。我愛上他了（當然我**最愛的是迪克**，不過你懂我的意思）。他真的要執導那部片，而且馬上要啟程前往好萊塢了，我覺得我們也該一起走。柯利斯·克雷也來了。我不討厭他，但因為戴佛夫婦的緣故，跟他見面的機會並不多。戴佛夫婦真的是非同凡響，應是**我所認識最棒的人了**。今天感覺不太舒服，雖然不覺得**有必要**，還是吃了藥。我**可不打算**將**發生的事**一五一十告訴你，要等我見到你才說！！！所以收到這封信時，記得**發電報**、**電報**、**電報**！是你要北上還是我該跟戴佛夫婦一同南下？」

六點鐘，迪克撥電話給妮可。

「你有什麼特別的計畫嗎？」他問：「要不要過個安靜的晚上——先在旅館吃晚餐，然後去看齣戲？」

「你說呢？我都隨你。我剛剛打給蘿絲瑪麗，她正在自己房裡吃晚餐。我想這掃了大家的興，是吧？」

「對我沒影響。」他反駁：「親愛的，只要你不覺得累，我們就出去走走吧。不然我們南下後就要一整個星期都在納悶為何沒去看布雪的畫了。這總比胡思亂想要好……」

這是說漏了嘴，妮可隨即嚴厲地追問。

「胡思亂想什麼？」

「想瑪莉亞·瓦利斯的事。」

她同意去看戲。他倆之間有個不成文約定，絕不會累到對什麼都提不起勁，而他們發現這樣會讓白日大體而言更好過，讓夜晚更有序。當精神難免陷入不濟，他們就歸咎於他人的厭倦與疲憊。這對巴黎最光鮮亮麗的璧人出門前，輕輕敲了敲蘿絲瑪麗的房門。沒有回應。他們猜想她已經入睡，於是走進溫暖而喧囂的巴黎黑夜，在富凱餐廳的吧檯暗處點了苦艾酒與生啤酒。

22.

妮可醒得遲，喃喃夢囈了幾句，才分開糾結於睡意的長睫毛。迪克的床空著——過了一分鐘她才意識到自己是被客廳的敲門聲所吵醒。

「進來！」她喊，但沒人應聲，過了一會兒她披上睡袍前去開門。一名警察禮貌地打了招呼，踏進門內。

「艾夫罕·諾斯先生……他在嗎？」

「什麼？不……他去美國了。」

「請問他何時離開的，夫人？」

「昨天早上。」

他搖搖頭，並以更快的頻率對她晃了晃食指。

「他昨晚在巴黎。他在這裡登記入住，但他的房間沒人。他們跟我說最好來這間房問問。」

「這太奇怪了……我們昨天早上親眼看他上火車離去的。」

「就算是這樣，今天早上還是有人目擊他在這裡出現。甚至還見過他的身分證。你說呢？」

「我們什麼也不知道。」她驚愕地表示。

他想了想。這人英俊卻身飄異味。

「你昨晚完全沒有遇到他？」

「完全沒有。」

「我們逮捕了一名黑人。我們相信這次終於抓對人了。」

「我跟你保證，我完全不明白你在說什麼。如果是我們認識的那個艾伯罕・諾斯，呃，如果他昨晚在巴黎，我們也不知情。」

男子點點頭，抿著上唇，不疑有他卻深感失望。

「到底發生什麼事了？」妮可詢問。

他攤開雙掌，鼓起緊閉的嘴巴。他開始察覺她姿色迷人，眼睛對著她眨呀眨的。

「還能有什麼事，夫人？就是夏天常有的案子。艾夫罕・諾斯先生碰上搶劫，報了案。我們抓到了搶匪。艾夫罕先生應該要來指認並提出正式的告訴。」

妮可拉緊身上的睡袍，急忙將他打發走。滿頭霧水的她沐浴更衣。此時已過十點，她撥電話給蘿絲瑪麗，但無人接聽——接著她撥到旅館櫃檯，發現艾貝確實在今天早上六點半登記入住了，不過他的房間依然沒人。她在套房的客廳等待，希望會有迪克的消息；她正想放棄，決定出門時，櫃檯來電宣稱：

「有位克勞修先生找，是個黑人。」

「有什麼事？」她問。

「他說他認識您和醫師。他說有位佛里曼先生進了監牢，而佛里曼先生處處與人為善。他說這其中有些冤枉，希望在他自己被逮捕前能見一見諾斯先生。」

「我們對此一無所知。」妮可猛力掛上聽筒，徹底否認跟整件事有任何關係。艾貝離奇地重返，讓她徹底明白自己對他的放蕩有多麼厭倦。她將他拋諸腦後，離開旅館，恰好在裁縫那兒遇見蘿絲瑪麗，兩人一同到里沃利街買人造花和彩色串珠。她幫蘿絲瑪麗挑了顆鑽石送給母親，還挑了些圍巾跟新奇的菸盒帶回加州給工作上的夥伴。她也幫自己的兒子買了希臘和羅馬玩具兵，幾乎是一整支軍隊，花費超過一千法郎。她們倆再次顯現截然不同的花錢模式，而蘿絲瑪麗也再次對妮可的花錢方式感到嘆服。妮可確信花的錢都屬於她自己，蘿絲瑪麗則仍然覺得自己的錢是奇蹟般借來的，因此務必得精打細算。

在異國城市的陽光下撒錢是件樂事，健康的身軀源源不斷將紅潤血色送上她們的臉龐；她們自信滿滿地伸展著臂膀、雙手、雙腳和足踝，舉手投足都帶著讓男人著迷的女性風采。

待她們回到旅館瞧見了一身蓬勃朝氣的迪克，兩人一時都如同孩子般高興不已。

他剛接到艾貝打來一通沒頭沒腦的電話，看起來他一個上午都在東躲西藏。

「這真是我講過最莫名其妙的電話了。」

跟迪克講話的不只艾貝，還有其他十幾個人。這些閒雜人等在電話裡多半如此起頭：

「……想跟你說話的人現在上茶壺山[22]了，嗯，反正他是這麼說……什麼？」

「嘿，那個誰，閉上嘴……總之，他捲進某些臭……醜聞裡，不能回家。我個人認

22 指茶壺山醜聞案（Teapot Dome scandal）是美國哈定總統任內爆發的賄賂醜聞。水門事件發生之前，茶壺山醜聞案被視為美國政治歷史上最大和最轟動的醜聞案。

為……我個人認為他遇上了……」一陣打嗝聲響起，接下來談話便無疾而終。

電話中傳來另一個提議：

「我想你身為一個心理學家，對這個不論如何會有點興趣的。」這位來歷不明的仁兄發出這番宣言後就這麼一直掛在電話上，期間始終沒引起迪克不管是身為心理學家或其他任何身分的興趣。跟艾貝的談話則進行如下：

「喂。」

「嗯？」

「嗯，喂。」

「你哪位？」

「唔。」電話中爆出一陣訕笑。

「嗯，我找別人來聽電話。」

有時迪克可以聽見艾貝的聲音，伴隨著扭打、聽筒跌落、及遠方傳來的隻字片語，諸如：「不，我沒有，諾斯先生……」隨後一個魯莽而堅決的聲音說道：「如果你是諾斯先生的朋友，快來把他帶走吧。」

艾貝插話，態度莊嚴肅穆，毅然決然的口吻將其他聲音都壓了下去。

「迪克，我在蒙馬特發動了種族暴動，我要把佛里曼弄出監獄。要是一個來自哥本哈根、製鞋油的黑人……喂，你聽得見嗎……唔，聽著，如果有人來……」聽筒裡再度人聲嘈雜。

「你為何跑回巴黎來？」迪克質問。

「我到了埃夫勒，然後決定搭飛機回來，好跟聖敍爾皮斯教堂比比。我不是說自己打算帶另一間聖敍爾皮斯回巴黎。我說的甚至不是巴洛克風格！我指的是聖日爾曼風。要命，等等，我讓服務生來聽電話。」

「拜託不要。」

「聽著……瑪莉順利離開了嗎？」

「是的。」

「迪克，我要請你跟一位我今早在此地遇見的男士談談，他是海軍軍官之子，已遍訪過歐洲名醫。我來跟你說說他的事……」

迪克此時掛斷了電話——這樣也許有點絕情，但他要傷腦筋的事已經多到應接不暇了。

「艾貝以前人很好的。」妮可告訴蘿絲瑪麗：「好得不得了。很久以前——就是迪克跟我剛結婚那時候，如果你那時認識他就知道了。他會來跟我們一同住上好幾星期，而我們幾乎不會意識到他在屋裡。有時候他會彈琴——他有時會在書房彈一架裝了弱音器的鋼琴，跟它親熱個幾小時——迪克，你還記得那個女僕嗎？她還以為艾貝是鬼哩，那時艾貝幾次在門廳遇到她就對著她哞哞怪叫，有次害我們損失了一整套茶具——可是我們不在乎。」

如此有趣——如此久遠。蘿絲瑪麗羨慕他們的歡樂，想像著一種與她截然不同的悠閒生活。她不太知道悠閒的滋味，但跟從沒悠閒過的人一樣對此抱著敬意。她將之想成一種休養生息，卻沒發現戴佛夫婦過得遠不如她自己輕鬆愜意。

「是什麼讓他變成這樣的？」她問：「為什麼非要喝酒不可？」

妮可搖頭，不想多解釋，「如今有那麼多聰明人都垮掉了。」

「他們哪時不是如此了？」迪克問：「聰明人總遊走在邊緣，是因為他們不得不如此——有些人受不了，就放棄了。」

「一定有更深層的原因。」妮可堅守自己的看法；她也惱火迪克竟當著蘿絲瑪麗的面跟她唱反調。「有些藝術家，像是……唔，像是費爾南[23]似乎就沒有沉迷於酒精。為什麼就只有美國人要酗酒？」

這問題有太多答案，迪克決定相應不答，任勝利在妮可的耳中嗡嗡作響。他對她變得極其吹毛求疵。雖然他認為她是所見過最有魅力的人，雖然他從她身上得到了所需的一切，但他還是遠遠嗅到了火藥味，並且不知不覺地漸漸武裝起自己，變得越來越強硬。他不是習於任性而為的人，此時卻感覺自己相當有失風度，如此意氣用事，盲目地希望妮可猜測他袒護蘿絲瑪麗只是一時情緒激動。他無法確定——昨晚在劇院她還直指蘿絲瑪麗是個孩子。

三人在樓下共進午餐。用餐的地方鋪著地毯，侍者皆輕手輕腳，跟他們近來用餐之處那些踏著沉重快步端上美味佳餚的服務生有著天壤之別。這裡四處是美國家庭，相互張望並試圖攀談。

隔壁有一桌他們摸不清來歷的人。其中有位口若懸河、帶點祕書氣質、嘴上老掛著「能否請您再說一次」的年輕男子，還有二十多名女子圍繞著他。那些女人既不年輕又不算老，也不屬於某個特定的社會階層；可是這群人卻讓人感覺自成一團體，關係比起陪同丈夫參加專業會議而困在一起的妻子們更緊密。這肯定不是什麼一般的觀光團體。

出於直覺，迪克將已在舌上成形的刻薄譏諷吞了回去；他跟服務生打聽他們是什麼人。

「那些是陣亡將士的母親。」侍者解釋。

他們紛紛低聲但可聞地驚呼。蘿絲瑪麗眼泛淚光。

「年輕的那些或許是妻子。」妮可說。

迪克的視線越過酒杯再次望向她們。在她們快樂的面容上，在圍繞和瀰漫於這群人周遭

23 Fernand Léger（1881-1955），法國立體派畫家。

的莊嚴之中，他感受到老一輩美國人擁有的成熟風範。一時間，那些前來哀悼死者，憑弔無可挽回之事的肅穆女性，讓這屋子顯得美麗動人。此刻他彷彿再次坐於父親膝上，與莫斯比[24]並肩策馬，昔日死忠的追隨者們在身邊奮戰不懈。他幾乎是費盡心力才把心思拉回同桌的兩名女子身上，面對一個他所相信的嶄新世界。

——介意我把簾子拉下來嗎？

23.

艾貝·諾斯仍在麗池飯店的酒吧，他從早上九點開始就待在那兒。他來到這兒尋覓庇護所時，滿室窗戶洞開，巨大光束正忙著從如冒煙霧的地毯及椅墊上汲取塵埃。侍者急奔過走道，渾然而忘我，暫時別無旁騖地在純粹的空間中移動。吧檯正對面的女士座位區看起來非常小，難以想像到了下午竟能擠進那麼多人。

酒吧赫赫有名的特許經營人保羅還沒現身，倒是正在清點庫存的克勞德沒有絲毫大驚小怪，只是放下手邊工作，替艾貝調了杯提神飲料。艾貝坐在靠牆的一張長凳上。兩杯黃湯下肚後，開始感覺好些了——好到讓他起身到理髮廳刮了臉。他返回酒吧時，保羅已到——搭乘為他特製的車子，招搖地在卡布辛大道下了車。保羅很喜歡艾貝，上前來跟他聊了兩句。

「我原本今天早上該搭船回家的。」艾貝說：「其實應該是昨天早上，哎隨便啦。」

「那怎麼沒回去呢？」保羅問。

艾貝想了想，最後蹦出一個理由：「我正在讀《自由報》上的一篇連載，而下一期就要到巴黎了——所以若我上了船，就會錯過——那我就永遠讀不到了。」

「那肯定是個非常精彩的故事。」

「故事糟透了。」

保羅咯咯笑著起身，頓了一下，朝椅背傾身：

「諾斯先生，若你真想走，你有些朋友明天會搭法蘭西號離開——那位叫什麼的先生——跟瘦子皮爾森。那位……我會想起來的……就是高大、蓄新鬍的那位先生。」

「亞德利。」艾貝幫腔。

「對，亞德利先生。他們倆都要搭法蘭西號走。」

24 John Singleton Mosby（1833-1916），南北戰爭期間南軍騎兵司令，以神出鬼沒的快速突擊著稱，有「灰色魅影」的稱號。

他準備去忙自己的工作，但艾貝試圖拖住他，「可是我非得經過瑟堡不可，我的行李是從那兒走。」

「到紐約再去領就好了。」保羅邊說邊退開。

如此合理的建議漸漸深入艾貝的心房——他越來越渴望受到關心，抑或該說是延長自己逃避責任的狀態。

其他顧客此時也一個個晃進酒吧：先是一個艾貝曾在哪兒見過的高大丹麥人。丹麥人在房間另一側找了張椅子坐下，艾貝猜他會在那兒待上一整天，喝酒、吃午飯、聊天或讀報。他有股衝動想要跟他比比看誰待得久。到了十一點，大學男孩開始出現，他們步伐謹慎，以免背包勾在一塊兒。差不多就是這時候，他請侍者打電話給戴佛夫婦；等他跟他們取得聯繫，也就等於跟其他朋友都聯繫上了——他是很想拿多支電話同時打給所有人——不過結果也相去不遠。他的心思不時會回到自己應該去把佛里曼弄出監獄這事上，但隨即便將它當成夢魘通通拋諸腦後。

到了一點鐘，酒吧人滿為患；服務生在隨之而來的鼎沸人聲中忙進忙出，確認顧客的飲料和費用。

「那就是兩杯雞尾酒……再加一杯……兩杯馬丁尼和一杯……您沒點東西，夸特里先生……總共是三輪。一共是七十五法郎，夸特里先生。謝弗先生說由他買單——上次是您買的……就照您的吩咐……非常感謝。」

混亂中艾貝失去了座位，現在他搖搖晃晃地站著，主動跟一夥人攀談。一隻小㹴犬拖著繫繩在他腳邊亂竄，艾貝心平氣和地設法擺脫，並接受主人再三致歉。此時他受邀共進午餐，不過婉拒了。他解釋說時間已不早，而他等會兒還有事。稍後，他以酒鬼那一如囚犯或家僕的畢恭畢敬態度跟一位舊識道別，轉過身發現酒吧的熱鬧已如同開始時那般驟然地結束了。

對面的丹麥人和同伴點了午餐。艾貝有樣學樣也點了，但幾乎沒碰。後來，他只是坐在那兒，快樂地沉溺於過去。酒讓過往的樂事浮現眼前，彷彿仍是進行式，甚至投射到了未來，彷彿即將再次發生。

四點時，侍者來到他身旁：

「您想見一位名叫朱爾斯．彼得森的有色人士嗎？」

「老天！他怎麼找到我的？」

「我沒跟他說您在這裡。」

「到底是誰說的？」艾貝差點跌趴在自己的酒杯上，不過他強自鎮定。

「他說他已經跑遍所有的美國酒吧和旅館了。」

「跟他說我不在這兒……」侍者轉身時，艾貝又問：「他能進來這裡嗎？」

「我去問問。」

聽到詢問後保羅側頭掃了一眼，然後搖搖頭。接著他瞧見艾貝，走了過來。

「很抱歉，我無法答應。」

艾貝勉力起身，走到外面的康朋街。

24.

理查．戴佛拿著皮製小公事包走出第七分局——他在那兒留了張字條給瑪莉亞．瓦利斯，署名「迪克」，他跟妮可熱戀時書信上都簽這名字——前往他的襯衫裁縫處，那裡的店員對他殷勤備至，與他所花的錢不成比例。想到自己一派風度翩翩、家財萬貫的模樣，讓這些可憐的英國人滿懷期待，自己還要因一英吋之差要求裁縫修改袖子，都讓他不免有些難為情。之後，他來到克里雍飯店的酒吧，喝了一小杯咖啡及雙份琴酒。

他踏進飯店時，大廳顯得不自然的明亮，等他離開時才意會到這是因為外面天色已經暗了。這是個多風、紫茉莉色的夜晚，香榭麗舍大道落葉窸窣，蕭索狂亂。迪克轉進里沃利街，沿著拱廊穿過兩個街區，前往他的銀行取信。隨後他搭上計程車，車駛上香榭大道時雨點開始答答落下，而他心懷愛意獨坐車內。

回想兩點鐘在喬治國王酒店的走廊上，妮可的美較之蘿絲瑪麗的美，一如達文西筆下的女孩與插畫家筆下的女孩。迪克穿行雨中，如魔附身，又驚又懼，諸多男性的情慾在內心翻騰，眼前沒有一件事顯得單純。

蘿絲瑪麗懷著滿腔無人知曉的情緒開了房門。她現在有時是所謂的「狂野小東西」——整整二十四小時心神不寧，一心與混亂為伍；她的命運好似張拼圖——計算得失，衡量希望，將迪克、妮可、她母親、昨天遇見的導演一個個拿出來排列，就像數著串珠上一粒粒的珠子。

迪克敲門時她剛穿戴整齊，正望著雨，想起一些詩句，也想起比佛利山滿溢的溝渠。她一開門瞧見他不動如山，一如既往地神聖莊嚴，一如晚輩眼中常見的長輩，僵硬而死板。迪克見到她時無法避免地感到一陣失望，過了片刻才對她不經意的甜美笑容，那分毫無餘、含苞待放的軀體有所反應。他注意到地毯上有她從浴室門口一路而來的濕腳印。

「電視小姐。」他語氣中帶有自己都感覺不到的輕快。他將手套和公事包置於梳妝台，手杖倚著牆。他的下頦控制著圍繞嘴巴的痛苦線條，硬將其推上額頭和眼角，猶如不宜公開表露的恐懼。

「來坐我大腿上，靠近我一點。」他輕聲說：「讓我瞧瞧你漂亮的小嘴。」

她靠過去坐在他腿上，外面的雨聲此時慢了下來——滴答——滴滴答，她將嘴唇貼上自己所創造的俊冷面容。

她在他唇上吻了好幾下，臉龐湊上來時漸漸放大；他從沒見過如此燦爛奪目的肌膚，而美好的事物有時會喚起一個人至高至善的心念，此時他想起自己對妮可的責任，想起她就在走廊對面相隔兩道門之處所代表的意義。

「雨停了。」他說：「你瞧見屋頂上的太陽了嗎？」

蘿絲瑪麗站了起來，俯身對他說出最誠心的一句話：

「哦，我倆可真會演呀——你跟我。」

她走向梳妝台，剛把梳子插進頭髮，便響起了緩慢而持續的敲門聲。

他們嚇得僵在原地；敲門聲執意不停，蘿絲瑪麗突然間意識到門並沒有上鎖，於是隨手兩下梳完頭髮，朝迪克點點頭。迪克已迅速將他們剛坐在床上產生的皺紋撫平，朝門口走去。他以相當自然而不過分響亮的聲音說道：

「……如果你不怎麼想出去，我就去跟妮可說，我們就安安靜靜地度過最後一晚。」

這番預防措施純屬多餘，因為門外的人正陷於自顧不暇的處境，根本沒心思理會不相干的事。站在門外的是艾貝，過去二十四小時讓他老了好幾個月，身旁還跟著一位驚恐不安的黑人，艾貝介紹他是來自斯德哥爾摩的彼得森先生。

「他的處境非常糟，這都是我的錯。」艾貝說：「我們需要些忠告。」

「到我房間來。」迪克說。

艾貝堅持要蘿絲瑪麗一起來，他們穿過走廊來到戴佛夫婦的套房。朱爾斯・彼得森跟在後面，他是個矮小體面的黑人，一如美國邊境各州那些溫文儒雅的共和黨支持者。

看來這位彼得森是今早在蒙帕納斯所發生之糾紛的目擊證人；他已隨艾貝上警局，作證的確有個黑人從艾貝手中搶走一千法郎鈔票，而嫌犯的身分則成了本案關鍵。艾貝跟朱爾斯・彼得森在一名警員的陪同下回到小酒館，在太過匆忙草率的情況下指認了一名黑人為嫌犯，一小時後證實此人是在艾貝離開後才進入酒館的。警方又讓情況變得更加複雜，逮捕了知名的黑人餐館老闆佛里曼，而他只是在很早的時候進來同飲幾杯便離開了。至於真正的嫌犯，據其友人供稱，只是強取了五十法郎鈔票來付艾貝自己的酒錢，且不久前還有點鬼鬼祟祟地重返現場。

簡而言之，艾貝成功在一小時內就讓自己和居住在法國拉丁區的一名非裔歐洲人、三名非裔美國人的私人生活、良知和情感糾纏在一起。而解套之時遙遙無期，一整天都有陌生的黑人面孔從意想不到的地方、意想不到的角落冒出來，電話裡不斷傳來黑人的聲音。

艾貝成功避開了這些人，除了朱爾斯．彼得森。彼得森的處境有點像曾幫助過白人的友好印地安人。感覺受到出賣的黑人們要找的是彼得森而不是艾貝，彼得森則盡可能地想從艾貝身上尋求保護。

彼得森在斯德哥爾摩原本有間小鞋油製造廠，但生意失敗，現在僅存獨門鞋油配方及一小箱謀生工具；不過，他的新保護人早先承諾要協助他在凡爾賽重起爐灶。艾貝的前司機是當地的鞋匠，且他還先拿了兩百法郎給彼得森當頭款。

蘿絲瑪麗厭惡地聽著這連篇鬼話；她需要更強悍的幽默感才能欣賞這其中的荒誕不經。這小個頭男子和他的手提式工廠，他那雙時不時因驚恐而翻白、顯得不真誠的眼睛，及艾貝那副身形，那因憔悴細紋遍布而模糊難辨的面孔—這一切全都如同疾病讓她避而遠之。

「我只求一個機會。」彼得森以殖民國家特有之清晰卻又扭曲的語調說：「我的做法簡單，配方好到讓我被逐出了斯德哥爾摩，落得窮途潦倒，就因為我不願意出售。」

迪克禮貌地注視著他——興致升起又消散，他轉向艾貝說：「你先去找間旅館好好睡一覺。等你完全清醒了，彼得森先生會去找你。」

「難道你不覺得彼得森的處境很糟嗎？」艾貝抗議。

「我到走廊去等吧。」彼得森先生識相地說：「當著面或許不方便討論我的問題。」

他迅速行了個蹩腳的法式躬身禮後退出；艾貝如火車頭啟動般緩緩站起身。

「看來我今天不怎麼受歡迎。」

「恐怕很難說歡迎。」迪克勸他：「我的建議是離開這間飯店——如果你想，可以從酒吧離開。去尚博爾酒店，若需要人服侍就去美琪酒店。」

「可以跟你叨擾一杯嗎？」

「這兒什麼都沒有。」迪克撒謊。

艾貝無可奈何地跟蘿絲瑪麗握握手；他慢慢平復臉上的表情，握著她的手好長一段時間，想說些什麼卻言不成句。

「你是最……最……」

她為他感到難過，甚至對那雙髒手有些反感，但仍有教養地報以笑容，彷彿見到一個男人漫步於遲緩的夢境中對她來說稀鬆平常。人們常會對酒醉者展現出一種奇特的敬意，有點像原始民族對瘋人的那種敬意。尊敬，而非恐懼。一個肆無忌憚、為所欲為的人總有些讓人敬畏之處。當然事後，我們會要他為這一時的優越、一時的動人而付出代價。艾貝轉向迪克做最後的懇求。

「如果我找了間旅館，好好梳洗一番，睡個覺，並打發了這些塞內加爾人……我可以過來在壁爐邊共度夜晚嗎？」

迪克點點頭，以挖苦更甚於贊同的語氣說：「你對自己目前的能耐倒是挺有信心的嘛。」

「我敢說妮可若在，她一定會讓我回來。」

「好吧。」迪克走向行李箱架，拿了一個盒子放到房中間的桌上；盒中是數不清的字母卡。

「你想玩拼字遊戲就來吧。」

艾貝帶著生理上的反感注視著盒中物，好像有人要他把這當燕麥吃掉似的。

「什麼鬼拼字遊戲？難道我還沒受夠這些莫名其妙……」

「這是個安靜的遊戲。用這些字卡拼字——除了酒，任何字都行。」

「我打賭你會拼酒這個字。」艾貝將手插進字卡中。「如果我能拼出酒這個字，可以回來嗎？」

「你想玩拼字遊戲就可以回來。」

艾貝認命地搖搖頭。

「如果你是這樣想，那就沒辦法了——我終究只會礙事。」他責備地對迪克晃晃手指。「但別忘了喬治三世曾說過，如果格蘭特將軍喝醉了，希望他會去咬其他將領。」

他金色的眼角朝蘿絲瑪麗投以絕望的最後一瞥，然後走了出去。走廊上不見彼得森讓他鬆了口氣。感覺失落又無處可去的他，決定回去找保羅問清楚那艘船的名字。

25.

等他蹣跚步出房間後，迪克和蘿絲瑪麗迅速相擁。兩人隔著覆蓋於周身的巴黎微塵嗅聞著彼此：迪克鋼筆上的橡膠套、蘿絲瑪麗肩頸上的絲許溫熱香氣。一時半刻間迪克緊摟著這景況不放；先返回現實的是蘿絲瑪麗。

「我得走了，小夥子。」她說。

兩人瞇眼相望，慢慢分開，蘿絲瑪麗以幼時就學會的美妙方式退場，目前遇過的導演對她這方式都感覺無可挑剔。

她打開自己的房門，徑直走到書桌前——她剛想起自己將手錶留在了桌上。錶確實在那兒；順手戴上時，她低頭瞥了眼每日要寫給母親的信，在心中將最後一句結語完成。接著，慢慢地，她不用回過頭便意識到房內不止她一人。

在有人棲息的房間內充滿了各種不為人注意的反射物：上漆的木頭、多少拋過光的黃銅、象牙和銀製品，除此之外還有千百種能傳遞光影的物質，其光影如此微弱，讓人幾乎難以想像它們也屬於此範疇，像是畫框的上緣、鉛筆的筆尖、菸灰缸、水晶或瓷飾品；這些反射全體——既觸動同樣微妙的視覺反應，也呼應著我們潛意識中似乎難以割捨的片段聯想，就像玻璃工匠有時保留不規則的碎片所會產生的效果——或許可以解釋為何後來蘿絲瑪麗會神祕地形容，在未能確定前自己便「意識到」房內有其他人。但等她確定了，便如踩芭蕾舞步般迅速轉過身，瞧見一個死去的黑人四肢大張躺在她床上。

她「啊啊啊！」地驚呼，還沒戴好的錶砰一聲落在桌上，同時腦海閃過一個可笑的念頭：躺在那兒的是艾貝．諾斯。她隨即衝出房門，穿過走廊。

迪克正在收拾東西。他審視了當天戴的手套，然後扔進行李箱角落的髒手套堆。他將外套和背心掛起，將襯衫攤掛在另一個衣架上——這是他個人的小訣竅。「有一點點髒的襯衫可以穿，但皺巴巴的可不行。」妮可已經回來了，蘿絲瑪麗衝進房內時，她正將艾貝一個奇形怪狀的菸灰缸丟進垃圾桶裡。

「**迪克！迪克！**快來看！」

迪克小跑步穿過走廊來到她房間。他屈膝傾聽彼得森的心跳，檢查他的脈搏——軀體還有餘溫，那張生前含蓄而滿懷憂慮的臉，死後顯得猙獰而含恨；工具箱夾在一隻手臂下，但懸在床邊的那隻鞋幾乎沒上過油，鞋底也已磨穿。依法國法律，迪克無權觸碰屍體，但他稍微移動了下那條手臂想看清楚——綠色床罩上有處汙漬，下面的毛毯肯定也浸上了些許血跡。

迪克關上房門，站在那兒思量；他聽見走廊傳來小心翼翼的腳步聲，接著是妮可呼喚他的名字。他打開門低聲囑咐：「去把我們一張床上的床罩和墊毯拿來——別讓任何人瞧見。」隨後注意到她臉上緊張的神情，他隨即補充：「聽著，別為這事心煩意亂——只是些黑人的小糾紛。」

「我希望這事趕快結束。」

迪克抬起屍體，發覺屍體輕盈且營養不良。抬舉時他技巧地讓傷口的出血淨往男子的衣服裡流。他將屍體置於床邊，扯掉床罩和上層墊毯，然後將門打開一條小縫，凝神細聽——走廊另一端傳來碗盤的鏗鏘聲，伴隨著響亮傲慢的一聲：「多謝，夫人。」不過侍者往另一個方向的員工專用梯走去。迪克和妮可在走廊上迅速交換了床具；將換來的床罩鋪在蘿絲瑪麗床上後，迪克站在溫暖的暮光中冒著汗，前思後想。檢查過屍體之後，有幾點變得顯而易見：首先，頭一個對艾貝懷有敵意的異族人暗地追蹤這位友善的異族人，並在走廊找到了他，後者情急之下躲進蘿絲瑪麗的房間，卻還是遭到獵殺；再則，如果讓情況順其自然演變下去，蘿絲瑪麗不管跳進哪裡都洗不清汙名了——阿巴克爾案[25]大家都還記憶猶新呢。她的合約附有但書，就是有義務要嚴守「掌上明珠」的形象，不容有誤。

雖然穿著無袖汗衫，迪克仍不自覺慣性地做出捲袖子的動作，然後朝屍體彎下身去。他

25 Roscoe Arbuckle（1887-1933），默片時期的巨星，曾一度是好萊塢片酬最高的男演員，但一九二一年一位剛出道的女演員參加他舉辦的派對後過世，他先被控強暴與謀殺，後改控過失致死，經三審後無罪定讞，不過演藝事業也從此一蹶不振。

緊抓住死者外衣雙肩處，用腳跟踢開房門，快速將屍體拖至過道上一個看似合情合理的位置。隨後返回蘿絲瑪麗房間，將絨毛地毯上的皺摺撫平。接著他到自己的套房拿起電話，撥給飯店的老闆兼經理。

「馬克白嗎？我是戴佛醫師，有很要緊的事。我們現在這線路還算私密吧？」

好在他曾多下了些功夫，讓他和馬克白先生之間有根深蒂固的交情。迪克所到之處盡是浪擲人情，從來也沒想到回收，這回倒是派上了用場……

「我們出房間後發現了一個死掉的黑人……就在走廊……不，不，是個平民。且慢——我知道你不會希望有客人被屍體絆倒，所以才打給你。當然我得要求千萬別提到我的名字，我可不想因為發現了那具屍體，而得應付法國官僚的繁瑣程序。」

多麼為飯店著想呀！馬克白先生兩晚前曾親眼見識過戴佛醫師身上這種體貼用心的特質，因此對他的說法深信不疑。

馬克白先生沒一會兒便到場，再過不久一名警察也跟著出現。其間他趁空跟迪克耳語：「您放心，所有住客的姓名都會保密。您這番苦心我實在感激不盡。」

馬克白先生隨即採取了一個只能意會的步驟，不過其威力使得那名警察在不安與貪婪之間拚命捻著自己的鬍髭。他馬馬虎虎地做了筆記，再撥了通電話回警局。在此同時，遺體迅雷不及掩耳地被移送到這座世界頂級旅館的另一間房中，想必身為生意人的朱爾斯・彼得森也能夠體諒。

迪克回到自己的房間客廳。

「到底**怎麼**回事？」蘿絲瑪麗呼號：「難道在巴黎的美國人都隨時隨地見人就開槍的嗎？」

「看來狩獵季到了。」他回答：「妮可呢？」

「我想她在浴室裡。」

她敬愛他，因為他救了她——本可能伴隨此事而降臨的災禍已如預言般劃過她心頭；而她一直以狂烈的仰慕之情聆聽著他堅強、篤定、斯文的聲音擺平此事。可是當她在靈與肉的驅使下要投身於他之際，他的注意力已經轉到了另一件事上：他進入臥室，朝浴室走去。現在蘿絲瑪麗也聽見了，音量越來越大，一陣窮凶惡極的話語穿過房門的鎖孔和縫隙，席捲整個房間，帶來無以名狀的悚慄。

蘿絲瑪麗以為妮可在浴室跌倒弄傷了，於是跟在迪克身後。不過她張大眼睛目睹到的完全不是那麼回事。迪克隨即用肩膀將她往後頂，粗率地擋住她的視線。

妮可跪在澡盆邊，身子不斷左搖右擺。「是你！」她吼著：「——是你侵犯了我在世上僅有的隱私——用你那沾有鮮血的床單。我會為了你將它披在身上……雖然很可悲，但我不覺得羞恥。愚人節那天我們在蘇黎世湖辦了場派對，所有的傻瓜都到了，我本想披著床單出席，但他們不讓我……」

「控制一下自己！」

「……於是我就坐在浴室，他們拿了件罩袍給我，叫我穿上。我照做了，不然還能怎樣？」

「控制好自己，妮可！」

「我從沒指望你愛我——已經太遲了——只求別跑進浴室來，闖入我這唯一能保有隱私的地方，還拖著沾了鮮血的床單來要我清乾淨。」

「控制自己，站起來……」

蘿絲瑪麗退回客廳，聽見浴室門砰一聲關上，而她站在那兒直哆嗦：現在她知道薇奧蕾．麥奇斯科在黛安娜別墅的浴室瞧見什麼了。電話鈴響，她接起來發現是柯利斯．克雷找她找到了戴佛夫婦房間，寬慰地差點哭了出來。她要他上來陪著去拿帽子，因為她不敢單獨進自己的房間。

BOOK 2

1.

一九一七年春，理查·戴佛醫師首度來到蘇黎世，時年二十六，正是男子的盛年，確實也是單身漢最黃金的年歲。即便是大戰期間，對迪克來說也是美好時光——他已太珍貴，太多資本投資在他身上，到槍眼下送命實在太糟蹋。多年後他回頭看來，即使在這庇護之地，自己似乎也並沒有輕易躲過戰爭，但關於這點他一直無法完全確定——在一九一七年，他對此更是一笑置之，帶著歉意説戰爭和他完全沾不上邊。家鄉有關單位的指示是要他在蘇黎世完成學業，照既定計畫取得學位。

瑞士是個孤島，一面受戈里齊亞周遭的隆隆砲聲拍擊，另一面則被沿索姆河與埃納河的連綿烽火沖刷。罕見的是，瑞士各州惹人疑竇的陌生人似乎比病人還多，但一切都得靠臆測——在伯恩和日內瓦咖啡館裡交頭接耳的人既可能是鑽石銷售員，也可能是商務旅客。不過，沒有人會忽視在康士坦茨和納沙泰爾的明亮湖泊間交錯而過，滿載失明、缺腿之人或垂死身軀的長長列車。啤酒攤和商店櫥窗皆貼著鮮明的海報，描繪一九一四年瑞士人守衛邊界——激勵人心的老少男子在山巔上怒目俯視魅影似的法國人和德國人；其用意是安撫瑞士人的心，表明那具感染力的往日榮光並未遠去。隨著屠殺持續，海報日漸凋敝，當美國糊里糊塗參戰時，最驚愕的國家莫過於同為共和體制的瑞士了。

那時候戴佛醫師已經繞戰火邊緣走了一圈。他一九一四年取得羅德獎學金從康乃狄克到牛津大學進修，最後一年回到國內的約翰霍普金斯大學研習取得學位。一九一六年他設法前往維也納，滿心以為若不趕快去，偉大的佛洛依德終將死於飛機炸彈下。即便當時的維也納死氣沉沉，迪克仍張羅到足夠的煤炭和燃油，讓他得以安坐在達門史蒂夫街的房間裡，撰寫日後又自行銷毀的小冊子，但經過改寫，那後來成了他一九二零年在蘇黎世出版的著作之骨幹。

我們大多數人在生命中都有段最喜愛、最自豪的時期，而維也納時期正是迪克的最愛。其中一個原因是，他對自己的魅力尚無所知，不知道他在常人間投進和激起的情感其實並不尋常。他在紐黑文的最後一年，有人稱他「幸運迪克」——這稱號一直在他腦中徘徊不去。

「幸運迪克，你這大傢伙，」他會邊喃喃自語，邊繞著房內最後幾根柴火走，「你挖到寶了，老弟。在你來之前，沒人知道就在那兒。」

一九一七年初，煤越來越難取得，迪克燒了積存的近百本教科書當燃料；只是每次將書丟進火堆，他都帶著自信的竊笑——他對書的內容已滾瓜爛熟，如果值得一提，五年後他也能摘要轉述。只要必要，這情形不分時刻都有可能上演，同時他還會在肩上披上一條地毯，享受著學者的平靜安寧，這是萬籟中最近於天賜的祥和了——可是如後所述，這份平靜終將結束。

身體能暫時支撐下來，多虧了自己曾在紐黑文練過吊環，如今則是在多瑙河中冬泳。他跟大使館的二等祕書埃爾金合租一間公寓，有兩個不錯的女孩常來訪——但也僅只於此，沒什麼好說的，大使館也沒什麼值得一提的地方。跟艾德・埃爾金的接觸讓他首次對自己的心智能力產生了一絲懷疑；他感覺不出自己的思維與埃爾金有深刻的差異——埃爾金可以背出過去三十年耶魯大學足球隊所有四分衛的名字。

「……而幸運迪克不能像這些聰明人；他不能如此毫髮無傷，甚至該受些許摧殘。他要在生活本身尋求這些摧折，而非靠去染病、失戀或擁抱自卑感，儘管將破損處修建得更勝原架構還挺不錯的。」

他嘲笑自己的理論，稱其為似是而非的「美國論調」——他將所有不經大腦的空泛言論都歸為美國論調。不過他很清楚，人生毫髮無傷的代價就是不完整的缺憾。

「孩子，我能給你的最好祝福，」薩克萊[1]《玫瑰與指環》一書中的黑杖仙子如是說，「就是一點點的不幸。」

有些時候他會抱怨自己的理論：遴選日當天人人到處找皮特・李文斯頓，而他卻呆坐在更衣室裡，我有什麼辦法？本來以我認識的人那麼少，不可能會進伊萊休社[2]的，結果卻還上了。他如此優秀，應該換成我坐在更衣室才對。倘若當時我自認有機會被選上，或許我也會這麼做。但那幾個禮拜莫瑟老往我房間跑，我想我是心知肚明自己有機會的。或許我真該在淋浴時把社團胸章吞下肚，挑起一些矛盾才算罪有應得。

大學課堂後，他經常跟一位年輕的羅馬尼亞知識分子爭論這點，那人安慰他：「沒有證據顯示歌德或像榮格這種人，有現代所謂的『內心衝突』。你可不是浪漫主義哲學家——你是個科學家。記憶、體力、性格——尤其優秀的思辨能力才是重點。評判自己只會造成麻煩——我曾認識一個人，花了兩年功夫在鑽研犰狳的腦，滿心認為自己遲早會成為最精通犰狳大腦的人。我一直跟他爭論，說他並不是真正在拓展人類知識的疆界——這研究太任性了。果不其然，他將研究論文寄到醫學期刊時被拒絕了——他們才剛接受另一個人同樣題材的論文。」

迪克動身前往蘇黎世，身上的阿基里斯腱比一條蜈蚣少些，但卻抱著相當多的天真幻想——以為精力與健康永不衰竭，以為人性本善；還相信國家，相信邊疆地區世世代代母親低聲吟唱，哄騙小孩說木屋門外沒有野狼的謊言。取得學位後，他收到命令加入一個在奧布河畔巴爾鎮成立的神經醫學單位。

在法國的工作行政多過實務，讓他頗為厭煩。為彌補空虛，他抽空完成了那本簡短的教

1 William Makepeace Thackeray（1811-1863），英國維多利亞時期小說家，與狄更斯齊名，代表作《浮華世界》。

2 Elihu，耶魯大學的學生祕密社團，新進社員得經由學長遴選通過才能加入。

科書，並為下一本著作蒐集資料。一九一九年春天他退伍回到蘇黎世。

上述算是一點小傳，不足以讓人完全清楚故事主人翁有如在格利納的雜貨店無所事事的格蘭特[3]，正準備接受錯綜複雜的命運召喚。更何況驟然見到原本在認知中圓滑成熟的主人翁的年輕時肖像，訝然盯著那張激昂、瘦削、目光凌厲的陌生面孔，不免令人感到困惑。放心吧——迪克．戴佛的重要時刻現在才要展開。

2.

這是個潮濕的四月天，長長斜雲掛在埃比斯洪上空，流水在低處有氣無力地徘徊。蘇黎世跟美國城市沒什麼不同。兩天前抵達後迪克一直覺得少了些什麼，後來才領會那是他在法國局限的巷弄間所生的一種乏味感。而蘇黎世在城市本身以外還有許多可觀之處——目光沿著屋頂往上望去是叮鈴作響的牧牛草地，牧地一路向上延伸，形塑了整個山頭——因而，生活於此有如一直線向上通往明信片般的天堂。**此地**的阿爾卑斯山區是玩具和纜車、旋轉木馬和尖細鐘錶聲的家園，不是個有生命的實體，不像法國境內的山區遍地葡萄樹林立。

在薩爾茨堡時，迪克曾感覺那裡的音樂好似一整個世紀或買或借，移花接木而來；而在蘇黎世大學的實驗室裡輕巧地撥弄著一顆大腦的腦幹時，他也曾感覺自己像個玩具工匠，而非兩年前那個快步在霍普金斯大學古老紅磚建築間穿梭，不為門廊上那頗為諷刺的巨大基督像駐足的急驚風。

不過他仍決定在蘇黎世再待兩年，因為他並不輕視玩具製作的價值，那需要無比的精準、無比的耐性。

今日，他前往蘇黎世湖畔的多姆勒診所拜訪法蘭茨・桂格歐若維斯。兩人在電車站會合。法蘭茨是住院病理學家，天生隸屬華爾多教派，比迪克年長幾歲。他有卡利奧斯特羅[4]那種黝暗高貴的面容，與那雙聖潔的眼睛形成對比；他是桂格歐若維斯家族的第三代——在精神病學剛要從一直以來的蒙昧無知中萌芽時，其祖父曾指導過克瑞朴林[5]。他的個性高傲、熱情又溫順——老幻想自己是個催眠大師。要是家族相承的原始天賦能少發揮些，法蘭茨無疑會成為一個優秀的臨床醫師。

3 南北戰爭時期北軍司令格蘭特將軍參戰前曾蟄伏在家鄉格利納，幫忙打理家中開的雜貨店。

4 Count Alessandro di Cagliostro，義大利人Giuseppe Balsamo的別名，一生充滿傳奇，評價兩極，有人視之為江湖術士，也有人視其為神祕學者及冒險家。

5 Emil Kraepelin (1856~1926)，德國精神病理學的先驅，創造了影響深遠的精神病分類系統。

前往診所的途中，他說：「跟我說說你戰時的經歷。你跟其他人一樣變了嗎？你還是那張傻氣、不會老的美國臉孔，但我知道你並不傻，迪克。」

「我沒親眼目睹戰爭——你從我的信裡就該知道了吧，法蘭茨。」

「那無所謂——我們有些砲彈休克症的患者只不過是在遠處聽見空襲就發作了。還有一些光是讀報紙就不行了。」

「聽起來都是鬼扯。」

「或許吧，迪克。但是，我們是一間有錢人的診所——我們不用鬼扯這種字眼。說老實話，你是來看我還是看那個女孩？」

他們互相瞟了對方一眼；法蘭茨笑得詭異。

「最初那批信我當然看過。」他以談正經事的低沉嗓音說：「等情況開始轉變，我便不好意思再拆了。這真的已成為你的病例了。」

「那她好嗎？」迪克詢問。

「非常好，她由我主治，事實上，大部分的英國和美國病患都由我主治。他們稱呼我桂格里醫師。」

「容我解釋一下那女孩的事，」迪克說：「我只見過她一面，千真萬確。就是我去法國前來跟你道別那時。那是我頭一次穿上軍服，感覺像個冒牌貨——走到哪都有大兵跟你敬禮。」

「你今天怎麼沒穿？」

「嘿！我已經退伍三週了。我就是在這條路上碰見那個女孩的。跟你分開後，我沿這條路往你在湖邊的那棟房子走，去牽我的腳踏車。」

「……朝『松柏小築』走？」

「……那是個美好的夜晚，你知道……明月掛山頭……」

「克倫塞格山。」

「……我追上了一名護士和一名年輕女子。我沒想到那女孩是病患；我跟護士打聽電車時刻，然後我們並肩同行。那女孩大概是我見過最漂亮的了。」

「她仍是那麼漂亮。」

「她沒見過美軍制服，我們聊了聊，我也沒多想。」他看到一處熟悉的景色，嘴裡停了一下，然後接著說：「……只是，法蘭茨，我還不像你那麼鐵石心腸；看到如此美麗的一副身形，我不禁為其內在感到惋惜。絕對僅此而已……直到開始收到信。」

「這對她來說是再好不過的事了。」法藍茨誇張地說：「是最幸運的一種移情作用。這也是我為何在如此忙碌的日子也要親自來接你。我希望你在見她之前，先來我辦公室長談一番。事實上，我已差她到蘇黎世市區去辦事了。」他的聲音因興奮而緊繃。「老實說，我沒有派護士陪同，而是找了一個較不穩定的患者同去。對這宗由我自己親手處理，你意外協助的病例，我可是相當自豪。」

車沿著蘇黎世湖畔駛入一片肥沃的牧場及矮丘區，小屋尖頂散布其間。太陽在海一般的藍天中泅泳，突然間瑞士山谷最美不勝收之處盡現——悅耳的萬籟喧囂與潺潺低語，以及有益健康、振奮精神的清新氣息。

多勒姆教授的醫院由三棟老建築及兩棟新房組成，夾處於緩丘和湖岸之間。十年前成立時，這是第一所現代化的精神病院；外人乍看之下，不會察覺這是世間破碎、殘缺、危險心靈的收容所，儘管其中兩棟房子被滿是藤蔓、看上去不覺高大的牆包圍著。陽光下有些人在耙草；他們駛進院區後，路上不時可見護士在病患身旁揮舞著白旗。

法蘭茨領著迪克進入他的辦公室後，藉故離開了半小時。迪克獨自在屋內晃蕩，試著從法蘭茨桌上的雜物、從他的藏書、他父親和祖父的著作及藏書，以及瑞士人為表孝敬而在牆上懸掛的紫紅色巨型父親相片中，去重新建構這個人。房間裡煙氣瀰漫，他推開一扇落地窗，放進一束陽光。忽然間他的思緒轉向了那名病患，那個女孩。

八個月期間，他收到了她將近五十封來信。第一封語帶歉意，解釋她聽說過美國那邊的女孩會寫信給不認識的軍人。她從桂格里醫師那兒取得他的姓名跟地址，希望他不介意她偶爾捎些祝福的話來，諸如此類。

目前為止，信中的語氣還很容易辨識——襲自《長腿叔叔》（Daddy-Long-Legs）和《虛幻茉莉》（Molly-Make-Believe）這類在美國風靡一時，輕快活潑又感情用事的書信集。但相似之處僅止於此。

來信分為兩類，第一類大約到停戰時為止，標示了病情上的轉變；第二類則從停戰起一直到現在，內容完全正常，且展現出完全成熟的人格。在奧布河畔巴爾鎮最後那枯燥無味的幾個月，迪克變得熱切期盼第二類信的到來——不過就算從最初的那批信裡，他拼湊出的真相也比法蘭茨所猜想的還多。

我的上尉：

當初見到你穿著軍服感覺是如此帥氣。然後我心想自己才不在乎什麼法國人跟德國人。你也覺得我漂亮，但這種話我聽多了，忍受了很長一段時間。如果你再帶著那種可恥的態度前來，沒有一絲在我教養裡所認知的紳士風範，那就等著瞧吧。不過你似乎是比其他人文靜些，

（第二頁）

溫和得像隻大貓。我才剛開始喜歡有點娘的男孩。你是個娘娘腔嗎？是有這種人的。

請原諒這一切，這是我寫給你的第三封信，要嘛立即寄出，要嘛永遠不寄。我也常常想到月光，只要能離開這裡，我可以找到許多見證人。

（第三頁）

他們說你是個醫生，不過只要你是隻貓，那就不一樣了。我的頭好痛，所以請見諒這次散步就像聽一個帶隻白貓的普通人在說話，大概吧。我能說三種語言，加上英語是四種，如果你能在法國代為安排，我相信自己能在翻譯工作上有所幫助。我相信自己可以控制一切，只要像星期三那樣拿皮帶綁住每個人。今天是星期六，而

（第四頁）

你在遠方，或許已陣亡。

找天回來看我，我會一直待在這翠綠的山丘上。除非他們讓我寫信給我深愛的父親。請見諒。我今天不太對勁。感覺好一點時我會再寫信給你。

再會

妮可・華倫

一切請見諒

戴佛上尉：

我知道內省對像我這種高度神經質的人並不好，但我想讓你知道我的情況。去年或反正在芝加哥那時候，我嚴重到無法跟下人說話或走在大街上，我一直等人來跟我解釋。那是明白之人的職責。瞎子需要人牽引。可是沒有人願意跟我一五一十講清楚——他們的話都只講一半，而我已經被搞得糊里糊塗，無法拼湊出一個整體來。有個男人很好——他是個法國軍官，而且都明白。他給了我一朵花，說它「**又小又**

（第二頁）

沒沒無聞」。我們成了好朋友。後來他把花拿走了。我病得更嚴重，沒有人能跟我解釋。他們經常唱一首關於聖女貞德的歌給我聽，但那實在過分——只會把我弄哭，因為那時候我的腦袋根本沒有問題。他們也不斷提到運動，可是我那時並不想。於是有一天我到密西根大道上一走走了好幾英哩，後來他們開車在我後面跟著，但我不肯上

（第三頁）

車。最後他們將我拖上車，車上還有護士。那之後我開始全明白了，因為我可以感覺到其他人心裡在想什麼。所以你瞭解我的情況了。待在這裡聽醫生反覆叨唸我來此要擺脫的事物，

對我又能有什麼好處。因此我今天已寫信給父親，請他來接我走。很高興你對診察病人再把他們送回去這麼感興趣。那一定很好玩。

（第四頁）

還有另一封信是這樣：

你不妨跳過下一個病人，寫封信給我。他們剛寄了些唱片來，以免我忘了課業，而我把它們通通砸了，因此護士都不跟我說話。唱片是英文，護士也聽不懂。芝加哥的一名醫師說我是裝的，但他真正的意思是我是台強大的十二汽缸引擎，是他從未見過的。可是我當時顧著發脾氣，沒理會他說了些什麼，當我大發雷霆時通常不管他人說了什麼，如果我是個平凡女孩就不會這樣了。

你那天晚上說會教我彈樂器。嗯，我想這就是

（第二頁）

或應該是愛吧。無論如何，很高興你看診的興趣可以讓你保持忙碌。

屬於你的

妮可・華倫

還有其他信，無助的字裡行間潛藏著更陰鬱的曲調。

親愛的戴佛上尉：

我寫信給你因為我沒有其他人可以求助，而且如果連像我這樣的病人都看得出情況的荒誕，那你應該更一目瞭然。我滿是精神上的毛病，此外還完全心灰意冷又顏面盡失，或許正合他們的意。我的家人可恥地棄我於不顧，請求他們協助或憐憫是沒用的。我受夠了，假裝我腦袋的問題醫得好根本是糟蹋我的健康和浪費

（第二頁）

我的時間。

我現在身處一間看起來是半瘋人院的地方，全因為沒人肯告訴我任何實情。如果我早跟現在一樣知道情況，我應該承受得了，因為我相當堅強，但那些早該告訴我的人卻認為不宜跟我說明白。

（第三頁）

而現在，當我明白了且已為此付出這麼大的代價，他們卻還坐在那兒折磨人，說我該相

信自己過去所相信的一切。有個人尤其如此，但現在我都明白了。

我總是感到孤獨，朋友與家人都在老遠的大西洋彼岸，我只好半清醒地到處閒晃。如果你可以幫我弄到口譯員的工作（我會說流利的法語和德語，義大利語

（第四頁）

尚可，還有一點點西班牙語），或加入紅十字會的救護車隊，或當個護士，雖然還得受訓，但你絕不會後悔。

還有：

既然你不接受我對於事情的解釋，至少可以跟我說明你的想法，因為你有張慈善的貓臉，而不是這裡似乎很流行的那種滑稽面孔。桂格里醫師給了我一張你的快照，沒有你穿軍服時那麼帥氣，但看上去更年輕些。

我的上尉：

收到你的明信片很愉快。很高興你對開除護士這麼感興趣——哎，實際上我很清楚你的

意思。只不過從遇見你那一刻起，我就覺得你與眾不同。

親愛的上尉：

我今天冒出一個念頭，明天又冒出另一個。我的毛病真的就只是這樣，只不過多了點激烈的反抗跟不知分寸。我會欣然接受你推薦的任何精神科醫師。在這兒，他們躺在浴缸裡高唱〈在你自己的後院玩〉，好像我真有自己的

（第二頁）

後院可以去玩，或前後張望一下就可以找到希望似的。他們又在糖果店耍了一次這把戲，我差點拿秤錘砸那傢伙，但他們制住了我。

我不會再寫信給你。我太不穩定了。

接著一個月都沒來信，然後突然間有了轉變。

——我正慢慢恢復生氣……

——今天的花朵和雲彩……

——戰爭結束了，而我幾乎不知道有戰爭……

——你人真好！你那像白貓的臉孔後面一定有顆非常聰明的腦袋，只不過在桂格里醫師給我的相片上你看起來不像白貓……

——我今天到蘇黎世去，再次見到城市的感覺真怪呀。

——我們今天到了伯恩，那些鐘真不錯。

——我們今天爬得夠高，找到了日光蘭和火絨草……

之後信少了些，但他有信必覆。有一封是這麼寫：

我希望有人愛我，就像許久前還沒生病時男孩們對我那樣。不過，我猜大概還要過好幾年才能想那類的事。

可是當迪克的回信遲了，她就會焦慮得坐立難安——那焦慮就像戀愛中人，「或許我讓你感到厭煩了，」或者，「恐怕是嚇到你了吧，」又或，「晚上我一直想到你可能病了。」實際上，迪克是患了感冒。待痊癒後，隨之而來的疲憊讓他除了公事上的文書，其他通信全都擱下了。沒多久，對她的記憶也被奧布河畔巴爾鎮司令部一個來自威斯康辛州、鮮活亮麗的女接線生蓋過。她像海報女郎一樣有張紅唇，在官兵餐廳被下流地稱為「交換總機」。

法蘭茨志得意滿地回到辦公室。迪克認為他大概會是個不錯的臨床醫師，因為他訓誡護士或病人時鏗鏘有力、充滿抑揚頓挫的聲調，並非出自他的神經系統，而是出自沒有惡意的強烈自負。他真正的情緒更有條理，且不輕易外露。

「關於那個女孩，迪克，」他說：「當然，我想知道你的近況，也想跟你說說我自己的事，但先來談談那個女孩，因為我想跟你說這事好久了。」

他在檔案櫃裡找出一札文件，但翻了翻反而覺得礙事，於是擱在桌上，自行對迪克說起了故事。

3.

大約一年半前，多姆勒醫師和一位住在洛桑的美國紳士通了幾封語焉不詳的信，對方名叫德弗羅・華倫，來自芝加哥的華倫家族。兩人安排了會面，於是有一天華倫先生帶著他十六歲女兒妮可來到診所。她明顯不適，隨行的護士帶她到戶外走走，留華倫先生做心理諮商。

華倫是個英俊非凡的男子，看上去不到四十歲，各方面都是優秀美國人的典型，高大、壯碩、勻稱——「一個翩翩美男子」，多姆勒醫師對法蘭茨這麼形容。他那雙灰色大眼因為在日內瓦湖上划船而曬出血絲，而他身上有種特別的氣派，好似早已見多識廣。談話以德語進行，因為發現他曾在德國哥廷根大學受教。他神情緊張，而且此行顯然讓他非常激動。

「多姆勒醫師，我的女兒腦袋不太對勁。我為她請了許多專家及看護，她也接受過幾次療養，但情況變得越來越嚴重，我已無能為力，有人極力推薦我來找你。」

「好，」多姆勒醫師說：「請從頭說起，把事情一五一十都告訴我。」

「沒有什麼開頭，至少據我所知，她雙親的家族裡都沒有任何精神病史。妮可的母親在她十一歲時過世，在保母的協助下，我差不多是父兼母職……對她來說我既是父親又是母親。」

他說這些話的時候十分激動。多姆勒醫師瞧見他的眼角含淚，也初次注意到他的呼吸裡含有威士忌的氣味。

「小時候她真是個可愛的寶貝——每個人愛死她了，每個接觸到她的人都是。她聰明過人，整天都快快樂樂的。她喜歡閱讀、畫畫、跳舞、彈鋼琴——樣樣都喜歡。我老婆過去常說，我們的孩子裡她是唯一半夜不會哭鬧的。我還有個大一點的女兒及一個早逝的兒子，但妮可是……妮可是……妮可……」

他一時說不下去，多姆勒醫師幫忙搭腔。

「她原是個完全正常、聰明、快樂的孩子。」

「一點也沒錯。」

多姆勒醫師等著。華倫先生搖搖頭，長嘆一口氣，迅速朝多姆勒醫師瞥了一眼，然後再度望著地板。

「大約八個月，或許是六個月、還是十個月前……我試著弄清楚，可是總記不清她究竟是什麼時候開始做些奇奇怪怪的事——瘋狂的事。她姊姊是頭一個來跟我說的——因為妮可在我看來一直沒什麼異狀。」好像有人會怪罪他似的，他又匆忙加了一句：「……還是那個同樣可愛的小女孩。第一件事跟一個男僕有關。」

「是喔。」多姆勒醫師應和，點點他那顆可敬的頭，好似福爾摩斯般早料到會有個男僕，且就該在這節骨眼登場。

「我有個男僕……跟了我很多年……順道一提，他是瑞士人。」他抬起頭指望多姆勒醫師因為同胞之情而表示讚許。「而妮可對他有些瘋狂的想法。她認為他在勾引她——當然，那時候我相信她，於是讓他走人，但我現在知道那全是子虛烏有。」

「她說他做了些什麼？」

「這是頭一個問題——醫生無法讓她說出實情。她只是望著他們，好像他們理應知道他做了些什麼。不過她確實表示他對她做了某些下流的舉動——她沒讓我們有任何懷疑的空間。」

「我明白。」

「當然，我讀過有女人感到寂寞，幻想有男人躲在床下之類的，但妮可為什麼會需要這樣？大把年輕小伙子任她挑。我們之前在森林湖市——那是芝加哥附近的避暑勝地，我們在那兒有間屋子——她整天都跟男孩子出去打高爾夫或網球。其中有些對她還相當著迷。」

華倫對著乾癟老態的多姆勒醫師訴說時，後者的部分心思一直不時飄向芝加哥。他年輕時曾有機會去芝加哥擔任大學的研究員及講師，或許會在那兒致富，擁有自己的診所，而非只是間診所的小股東。可是當他想到憑自己那點淺薄的知識要投身那整個大地、那成片成片的麥田、那一望無際的大草原，便決定打退堂鼓。不過那段日子他對芝加哥也有些研究，對阿爾摩、帕默、菲爾德、克蘭、華倫、史威夫特、麥考密克及諸多世家名門都有所知悉，且從那之後就有不少該階層的芝加哥人和紐約人來找他問診。

「她的情況越來越惡化，」華倫繼續說：「她有過一次情緒失控之類的情形……說的話也越來越瘋狂。她姊姊把其中一些寫了下來……」他將一張摺疊多次的紙遞給醫生。「幾乎都是關於男人要侵犯她，認識的或街上的路人都有——任何人……」

他談到他們的驚慌與苦惱、這種情況下家人所經歷的恐懼、在美國徒勞無功的種種努力，最後談到因為相信換個環境會有所幫助，讓他冒險穿過潛艇封鎖，帶著女兒來到瑞士。

「……搭的是美國巡洋艦。」他帶著一絲驕傲特別強調：「是靠了點運氣才讓我打點妥當。而且，我得補一句，」他抱歉地微笑，「就像人們說的，錢可不是問題。」

「那當然。」多姆勒冷冷地附和。

他納悶此人為何對他撒謊，又隱瞞了什麼。抑或，如果他弄錯了，那自這穿著花呢套裝、一副運動員悠閒姿態躺坐在他椅子上的英俊男子身上滲出，進而瀰漫整個房間的虛偽又是什麼？屋外是個悲劇，在這二月天，幼鳥不知怎麼折翼了，而屋內的一切卻都太過空洞，空洞又錯誤。

「我現在想……想跟她談談……就幾分鐘。」多姆勒醫師用英語說，好似這會讓他更貼近華倫一些。

後來華倫留下女兒返回洛桑，過了幾天，多姆勒和法蘭茨在妮可的病例上寫下：

診斷：人格分裂。病情嚴重且日益惡化。病徵是畏懼男性，並非與生俱來……預後予以保留。

日子一天天過去，華倫承諾會再回來，他們越等卻越感事有蹊蹺。遲遲不見他的蹤影。兩週後多姆勒醫師寫信給他，還是音訊全無，於是他幹了件當時算是很「瘋狂」的事——直接打電話到威韋的大湖景酒店。從男僕口中得知華倫先生正在打包，準備乘船返美。一想到四十瑞士法郎的電話費將會出現在醫院帳本上，多姆勒醫師心頭就湧上瑞士禁衛隊的熱血，逼得華倫先生親自來接電話。

「你——非來——不可。你女兒的健康——全繫於此。我負不了責。」

「可是，聽著，醫生，那正是你的職責呀。我有急事得趕回家！」

多姆勒醫師不曾跟相距這麼遠的人講話，但他在電話中發出的最後通牒如此堅決，另一端痛苦掙扎的美國人還是屈服了。二度來到蘇黎世湖畔的半小時後，華倫崩潰了，細緻的肩膀隨著強烈的哽咽在合身的外套下不住顫抖，雙眼比日內瓦湖上的夕日還紅。而他們得知了可怕的真相。

「事情就這麼發生了，」他嘶啞地說：「我不知道……我不知道。

「她母親去世後，那時她還小，每天早上總是會爬進我的床，有時就睡在我床上。我為這小東西感到難過。哎，之後我們不論是坐車或搭火車到什麼地方，都會手牽著手。她總會唱歌給我聽。我們常說：『今天下午我們誰也別理會——就你跟我在一起——因為這個早上你是我的。』」他的聲音中帶著一絲心碎的自嘲，「人們經常說我們是多麼美好的一對父女——他們總為此拭淚。我們就像一對戀人……然後突然間，我們真成了戀人……事情發生十分鐘後，我真恨不得拿槍自盡……只不過我根本就是個該死沒藥救的人渣，沒膽量那麼做。」

「然後呢？」多姆勒醫生問，心裡再度想起芝加哥，以及三十年前來蘇黎世打量他的一位溫文蒼白、戴夾鼻眼鏡的男士。「這事有繼續下去嗎？」

「噢，沒有！她幾乎……她似乎當場僵住了。她只是說：『沒關係，沒關係，爹地。這沒什麼，沒關係的。』」

「沒有什麼後果嗎？」

「沒有。」他短促地抽噎了一聲，擤了幾下鼻子。「只不過現在後果可多了。」

故事結束，多姆勒醫師靠回那張中產階級扶手椅，厲聲自語道：「野蠻人！」——這是二十年來，他少數容許自己脫口的純世俗評語。然後他說：

「我要你到蘇黎世找間旅館過夜，明早再來見我。」

「然後呢？」

多姆勒醫師雙手一攤，伸展得足以抱起一隻小豬仔。

「芝加哥。」他建議。

4.

「於是我們才瞭解了情況。」法蘭茨說：「多姆勒跟華倫說要是他同意無限期遠離他的女兒，至少整整五年，我們就接這個病人。華倫歷經崩潰之後，主要在意的似乎是這件事會不會傳回美國。」

「我們為她規畫了一套日常作息，看結果怎樣。預後並不樂觀——你也知道，治癒率，就算是所謂的社交療法，在那年紀也是非常低。」

「最初那些信看來的確不妙。」

「很不妙——非常典型。我曾猶豫要不要讓那些信離開診所。後來心想，讓迪克知道我們還在這裡持續經營也好。你真好心，還回了信。」

迪克嘆氣。「她是如此美麗的女孩——她在信裡附了多張自己的快照。有一個月我沒什麼可做的，在信裡就只是說：『做個乖女孩，聽醫生的話。』」

「那就夠了——讓她有個外面的人可以牽掛。有陣子她一個人都沒有——只有一個似乎不太親的姊姊。此外，讀她的信對我們也有幫助——可藉此衡量她的狀況。」

「很高興幫上忙。」

「你現在知道怎麼回事了吧？她感覺自己是共犯——這無關緊要，只是我們要重新評估她性格根本的穩定性和強度。先是這打擊，接著她離家去讀寄宿學校，聽到女孩們之間的談話——因此純粹出於自我保護，生出自己並非共犯的想法——而從這裡開始便很容易落入一個妄想的世界，裡面所有的男人你越是喜歡他們、信任他們，他們就越邪惡……」

「她可曾直接展現出……這種恐懼？」

「沒有，事實上當她看上去似乎開始變得正常，那大約是十月。我們反而覺得為難。如果她是三十歲，我們就會讓她自行調整，但她這麼年輕，就怕她內心的偏差扭曲會更根深蒂固。所以多姆勒醫師坦白對她說：『你現在的責任就是照顧好自己。這絕不表示你失去了任何可能性——你的人生才剛剛開始。』諸如此類的話。她的頭腦真的很好，所以醫師給她看了一些佛洛伊德的文章，並不多，而她非常感興趣。老實說，我們在這兒把她當寶貝似的寵愛。不過她本身沉默寡言，」他吞吞吐吐地補充道：「我們在想，最近她自行從蘇黎世寄給你的信中有沒有提到什麼，可以顯示她的心理狀態和她對未來的計畫。」

迪克想了想。

「可以說有，也可以說沒有……你要的話我可以把信拿來。她似乎滿懷希望，也很正常地對生活充滿渴望——甚至有點過於浪漫。有時她提起『過去』，口氣就像坐過牢的人，但你永遠搞不清楚那指的是所犯的罪行或是牢獄生活，還是這整個經歷。終究，我也只是她生活中某種填補空虛的形象。」

「當然，我完全明白你的處境，並再次表示我們的感激。這就是為什麼我希望在你見到她之前先碰個面。」

迪克笑了。

「你以為她會飛撲到我身上嗎？」

「不，不是那樣。但我請你要非常謹慎小心。你對女人很有吸引力，迪克。」

「那上帝幫幫我吧！好，我會既溫柔又討厭──每次要去見她的時候我都會嚼大蒜、留滿臉鬍渣。我會嚇得她躲起來。」

「別嚼大蒜！」法蘭茨把他話當真了。「連累自己的事業划不來。不過你是半開玩笑的吧。」

「……我還可以有點一瘸一拐的。除此之外，我現在住的地方也沒有真正的浴缸。」

「你完全是在說笑了。」法蘭茨放心了──或至少擺出一副放心的樣子。「現在跟我說說你自己和你的計畫吧？」

「我只有一個計畫，法蘭茨，那就是成為一個傑出的心理學家──或許成為歷來最偉大的一個。」

法蘭茨愉快地笑了，但他看出迪克這次並不是開玩笑。

「那很好……非常美式作風。」他說：「對我們來說就比較難了。」他起身走到落地窗前。「我站在這兒，看著蘇黎世——蘇黎世大教堂的尖頂就在那兒，我的祖父就葬在那兒的地下墓穴。過了橋是我祖先拉瓦特[6]埋葬之處，他不願被葬在任何教堂裡。附近還有另一位祖先海因里希・裴斯泰洛齊[7]，以及其中一座阿爾弗雷德・埃舍爾[8]博士的雕像。除此之外，茨溫利[9]無所不在——我可是不斷面對著先賢先烈的神殿。」

「是的，我懂。」迪克起身。「我只是說大話。一切才剛要起步。大多數在法國的美國人都急著回家，我可不……只要我有到大學聽課，這一年都還可以領軍餉。就一個懂得培育未來偉人的泱泱大國來說，還算不錯吧？接著我會回家一個月探望父親，然後再回來——我已經收到工作邀約了。」

6 Johann Kaspar Lavater（1741-1801），瑞士詩人及面相學家，其著作影響了下述的裴斯泰洛齊。

7 Johann Heinrich Pestalozzi（1746-1827），瑞士教育家，大力推廣平民教育，奠定近代國民教育的基礎，被尊為「平民教育之父」。

8 Alfred Escher（1819-1882），蘇黎世工商鉅子及政治家，大力推動鐵路建設，被認為是現代瑞士的奠基者。

9 Huldrych Zwingli（1484-1531），宗教改革家，其影響力讓蘇黎世成為歐洲宗教改革時期的第二中心。

「在哪？」

「你們的對頭——因特拉肯的蓋斯勒診所。」

「千萬別去，」法蘭茨勸他：「他們一年內就換了十幾個年輕人。蓋斯勒自己有躁鬱症，診所是由他老婆和其情夫掌管——當然，這是機密你懂吧。」

「你原本要去美國的計畫呢？」迪克輕鬆地問：「我們原本可是說要去紐約為億萬富豪開一間最現代化的醫院。」

「那只是學生時期說說罷了。」

迪克跟法蘭茨、他的新婚妻子，及一隻帶有燒橡膠味的小狗共進晚餐，就在他們位於院區邊緣的小屋裡。他隱約覺得消沉，不是因為周遭樸實儉約的氣氛，也不是因為桂格歐若維斯夫人（他或許早已猜想到她是什麼樣的人），而是法蘭茨對突然限縮的眼界似乎如此甘之如飴。迪克對刻苦自持的界定有所不同——他可以將之視作一種達到目標的手段，甚至是一種本身即帶著榮耀的堅持，但刻意縮減生活以符合承襲而來的舊俗，則令他難以想像。法蘭茨和妻子在狹窄的家居空間裡迴旋轉身，舉手投足皆缺乏魅力與刺激。戰後待在法國的幾個月，以及頂著美國光環揮金如土的經驗，已經影響了迪克的人生觀。況且，男男女女都對他吹捧備至。或許就是直覺到這對一個認真的人並不是什麼好事，才驅使他回到了偉大瑞士鐘錶的重鎮。

他讓凱特．桂格歐若維斯感覺自己風情萬種，一方面則對瀰漫四周的花椰菜味道越來越坐立難安——同時也恨自己現在才知道何謂膚淺。

「老天爺，難道我其實跟其他人沒什麼兩樣？」——他時常半夜驚醒這樣想——「難道我跟其他人沒兩樣？」

這對社會主義者來說是個不足掛齒的問題，但對主要從事世上最特殊工作的那些人而言卻是個好問題。事實上，幾個月來他一直在跟年少時的種種做切割，對是否要為不再相信的事物犧牲奉獻也有了定論。置身於蘇黎世破曉前的死寂，街燈映照下凝望著陌生人的食品儲藏室，他常想著要做個好人，要慈善、要勇敢、要睿智，不過這一切都相當困難。如果有機會的話，他也希望為人所愛。

5.

中央大樓的迴廊在敞開的落地窗前一片明亮，只有紋飾牆的黑影與鐵椅的奇特投影滑落進劍蘭花圃。人影曳步穿梭在各房之間，其中一眼就能認出華倫小姐，當她瞧見他時，身影更見鮮明；她越過門檻時，臉上帶著房裡的最後一絲光線，一同來到屋外。她的步伐帶著韻律──那一整個星期她耳中一直迴蕩著歌聲，豔陽與野蔭的夏日之歌，隨著他的到來那歌聲變得如此嘹亮，她差點都要跟著唱起來了。

「你好，上尉，」她邊說，邊奮力將目光移開他的雙眼，彷彿兩人的視線早已糾纏在一塊。「我們就坐外面好嗎？」她站著不動，四下張望了一會兒。「這天氣簡直是夏天了。」

有位女子跟著她走了出來，是一個披著圍巾的矮胖婦人。妮可向迪克介紹：「這位是……」

法蘭茨藉故告退，迪克拉了三張椅子過來。

「美好的夜晚。」婦人說。

「很美好。」妮可附和；接著轉向迪克：「你會在這裡待很久嗎？」

「我會在蘇黎世待上一陣子，如果你是問這個。」

「這真是頭一個春夜。」婦人說。

「長住？」

「至少到七月。」

「我六月要離開。」

「這裡的六月很宜人。」婦人評論：「你應該待到六月結束，等七月真正熱起來的時候再離開。」

「你要去哪裡？」迪克問妮可。

「跟我姊姊去某個地方——希望是個有意思的地方，因為我已經失去了那麼多時間。不過他們也許會認為我應該先去個安靜的地方……或許是科莫。你何不也到科莫來？」

「科莫啊……」婦人開口。

屋裡的三重奏突然奏起蘇佩（Franz von Suppé）的〈輕騎兵序曲〉。妮可趁機起身，她的青春與美貌越來越觸動迪克，最後在他內心激起一股強烈如泉湧的情感。她一笑，那稚氣動人的笑容彷彿讓人瞧見全世界失落的青春。

「音樂太大聲，沒法說話……我們去走走吧。晚安，夫人。」

「晚安，晚安。」

他們走下兩層階梯來到小徑上——霎時一道陰影劃過。她挽住他的手臂。

「我姊姊從美國寄了些唱片給我。」她說：「你下次來我放給你聽——我知道有個地方可以放音樂，沒人會聽見。」

「那真好。」

「你聽過〈印度斯坦〉嗎？」她滿心期待地問：「我以前從沒聽過，但我很喜歡。我還有〈為何喚她們寶貝？〉和〈很高興我能使你哭泣〉。我想你在巴黎都隨著這些曲子跳過舞吧？」

「我沒去過巴黎。」

兩人走著，她身上原本乳白色的衣裳時灰時藍，再加上一頭至金髮絲，讓迪克目眩神迷——每當他轉向她，她總是帶著一抹淺笑；當他們走進一處路旁弧圈時，她的臉龐如同天使泛出光采。她感謝他所做的一切，好像他帶她去參加了某個派對似的；而隨著迪克越來越拿不準自己與她的關係，她的信心卻越漸高漲——全世界的興奮之情此時似乎都集於她一身。

「我沒有受到任何限制。」她說：「我會放兩首好歌給你聽，名叫〈直待牛群返家〉和〈再見，亞歷山大〉。」

過一個星期再度碰面時他遲到了，妮可在他從法蘭茨家步行前來的必經之路等候。她的頭髮挽在耳後，髮際輕拂著肩頭，讓臉蛋猶如剛從秀髮中浮現，彷彿她此時正好走出樹林來到皎潔月光下。她憑空而至，迪克真希望她沒有來歷，只是個迷途的女孩，不知何往，只知來自黑夜。他們前往她放留聲機的藏身處，繞過工作間，爬上一塊岩石，坐在一道矮牆後方，面對一望無際的滾滾夜色。

他們現在如置身美國，就算法藍茨視迪克為魅力難擋的情聖，也絕想不到他們倆已進展到這種地步了。他們如此遺憾，親愛的；他們在計程車上相會，甜心；他們都愛笑，並在印度斯坦相識，而不久後他們一定會起爭執，為了無人知曉也無人在意的事由——然而最後其中一人離去，獨留另一人哭泣，只感憂鬱，只覺悲戚。

淡淡的曲調將失落的時間和未來的希望連結在一起，繚繞於瓦萊州的夜空。樂曲間歇時，蟋蟀單調的唧鳴聲維繫住場面。過不久妮可停下唱盤，對他唱了起來。

「一枚銀幣
置於地面
看它滾啊滾
因為是圓的……」

她翕動的雙唇沒了氣息。迪克突然起身。

「怎麼了，你不喜歡？」

「當然喜歡。」

「這是我們家廚子教我的：

「女人永遠不知道

眼前的男人有多好

直到拒絕了他之後……」

「你喜歡嗎?」

她對他嫣然一笑,並確定那笑靨凝聚了她內心所有的情感,完整傳送給了他,深切期盼他哪怕是任何一點回應,好讓她確信他內心有著讚許的悸動。自柳樹林、自漆黑天地間溢出的甜蜜柔情一分一秒沁入她的心田。

她也站了起來,被留聲機絆了一下,一時之間倒在他身上,依偎在他圈起的臂彎裡。

「我還有一張唱片,」她說:「……你聽過〈再會,蕾蒂〉嗎?我猜你八成聽過。」

「老實說,你不明白……我什麼都沒聽過。」

什麼也沒懂過,什麼也沒聞過,什麼也沒嘗過,他本可這樣補充;只見過火熱密室中雙頰滾燙的女孩子。一九一四年他在紐黑文認識的那些年輕少女,她們親吻著男人,嘴裡邊說:「好啦!」,邊把手按在男人胸膛上推開。現在,眼前這個尚未得救的落難者卻為他帶來一整洲之精髓……

6.

他再見到她是五月份。在蘇黎世的午餐會如議事般戒慎恐懼，顯然按他的處事邏輯是該對這女孩敬而遠之；不過當鄰桌一個陌生人死盯著她看，炯炯目光賊亮亮地令人不安，他又轉身對那男子回以文雅的警告，制止了他的注視。

「只是個偷窺狂。」他愉快地解釋：「他只是在看你的衣服。你怎麼有這麼多衣服？」

「姊姊說我們很有錢，」她謙卑地表示：「自從祖母過世後。」

「情有可原。」

他比妮可年長夠多，懂得欣賞她那少女的虛榮和樂趣，欣賞她離開餐廳時會在門廊的鏡子前稍事停留，讓童叟無欺的水銀忠實映照出她的身影。他喜歡她如今發現自己既美麗又富有之後，雙手如和著樂音伸展的樣子。他確曾試圖讓她擺脫是他縫合了她破碎心靈之類的執念——樂於見她撇開他，自行建立起幸福與信心；麻煩在於，到了最後，妮可還是帶著一切來到他腳跟前，奉上獻祭的珍饈、禮拜的香花。

入夏的第一週，迪克又回到了蘇黎世。他已將他的小冊子及服役期間的研究整理出一個雛形，打算據此修訂成《精神科醫師的心理學》一書。他自認已找到了出版商，還接洽了一名窮學生幫忙校訂德文上的錯誤。法蘭茨認為這過於輕率魯莽，但迪克指出書的主題中肯而不帶敵意。

「這題材我現在再熟悉不過了。」他堅持：「我總覺得這沒有成為基礎知識是因為從沒受到實質的認可。這行的問題就是對心靈有點殘缺破碎的人特別有吸引力。在專業的高牆之內，靠臨床治療，靠所謂『實際的』東西來彌補自己——毋須掙扎就戰勝了。

「相反地，你是個好人，法蘭茨，命運在你出生前就為你挑好了職業。你最好感謝上帝自己沒什麼「扭曲」——我自己進精神科是因為同課堂一位牛津聖希爾達學院的女孩。或許是陳腔濫調，但我不希望幾杯啤酒下肚就任現有的想法溜掉。」

「好吧，」法蘭茨答道：「你是個美國人。你可以這麼做而不危及事業。我不喜歡這些空泛的理論。很快你就會開始寫一些《給門外漢的沉思》之類的小書了，簡單易懂到保證不必花腦筋。如果我父親還在世，他會瞪著你直嘀咕，迪克。他會抓著餐巾，這麼摺起來，然後捏著餐巾環，就是這個……」他舉起餐巾環，棕色木頭上刻著一顆公豬頭顱——「然後他會說：『嗯，我的看法是……』然後望著你，突然想：『這又有什麼用？』於是再哼了一聲便住口；跟著那頓晚餐便差不多完了。」

「我今天是孤軍奮戰，」迪克忿忿地說：「但明天就未必了。在那之後我也會像你父親一樣哼的一聲摺起餐巾。」

法蘭茨頓了一會兒。

「我們的病人如何了？」他問。

「我不知道。」

「唔，你現在應該要知道她的情況了。」

「我喜歡她。她很迷人。你想要我怎樣——將她撲倒在火絨草叢上嗎？」

「不是，我想你既然要投入學術論述，或許會有個想法。」

「……獻身於她嗎？」

法蘭茨對著廚房裡的妻子喚道：「老天爺！麻煩再給迪克拿杯啤酒來。」

「要是還得見多姆勒，我就不喝了。」

「我們認為最好有個計畫。四個星期過去——那女孩顯然愛上你了。如果是在外界，那不關我們的事，但在診所裡這事就跟我們利害攸關了。」

「我全聽多姆勒醫師的吩咐。」迪克同意。

但是他不大相信多姆勒在這事上能提供多少幫助；他自身就是其中無法預測的變數。在非自願的情況下，事情就落到了他手上。這讓他想起小時候的往事，那時屋裡每個人都在找失蹤的銀器櫃鑰匙，迪克心知他將鑰匙藏在母親上層抽屜的手帕底下；當時他體驗到一種事不關己的超然，而現在當他跟法蘭茨一道前往多姆勒教授的辦公室時，這種感覺再次浮現。

教授的臉在齊整的絡腮鬍下顯得俊秀，就像典雅老宅爬滿藤蔓的前廊，頓時讓他卸下了心防。迪克認識一些更有才華的人，但沒有一個在氣質風範上優於多姆勒。

——六個月後，他目睹多姆勒過世時依然抱有同樣的想法，前廊的燈光熄滅，如藤蔓的鬍鬚搔著硬挺的白領，那雙細眼前上演過的諸多戰役，如今都在柔弱細緻的眼皮下永遠沉寂——

「……早安，先生。」他畢恭畢敬地站著，有如重回軍中。

多姆勒教授交叉著沉穩的雙手。法蘭茨說話的口氣半像聯絡官，半像祕書，直到話語硬生生被上司打斷。

「我們已經有了些進展。」他溫和地說：「戴佛醫師，現在最能幫助我們的就是你了。」

被點到名，迪克承認：「這事我自己也還不太清楚。」

「你個人的反應我不管，」多姆勒說：「但我很在意當前這所謂的『移情作用』，」他迅速朝法蘭茨拋了個諷刺的眼神，後者也報以同樣的目光。「非得終止不可。妮可小姐現在的情況確實不錯，可是絕對承受不了可能被她視作悲劇的打擊。」

法蘭茨再次開口，不過多姆勒醫師示意他安靜。

「我知道你的處境很為難。」

「確實是。」

此時教授靠著椅背笑了起來，最後一聲笑結束前，那對銳利的灰色小眼睛閃著精光，他說：「也許你自己動真感情了。」

迪克意識到自己正步入圈套，也笑了。

「她是個美麗的女孩——任何人多少都會有些動心。我無意……」

法蘭茨又想開口——多姆勒再次阻止他，直接了當地對迪克發問：「你有想過要離開嗎？」

「我不能離開。」

多姆勒醫師轉向法蘭茨說：「那我們可以把華倫小姐送走。」

「你認為怎麼做最好就那麼做，多姆勒教授。」迪克讓步，「這確實是個難題。」

多姆勒教授像無腿之人撐著一對拐杖般撐起身子。

「不過這是個專業上的難題。」他平靜地喊道。

他嘆口氣坐回椅子，等待迴蕩房內的隆隆語音消散。迪克看出多姆勒已來到情緒的巔峰，而他不確定自己是否安然無恙地倖存。當喊聲平息，法蘭茨逮到了機會插話。

「戴佛醫師人品優秀，」他說：「我感覺他只需要弄清楚情況，便能妥善應付。在我看來，迪克可以在這裡跟我們合作，用不著有人離開。」

「你覺得呢？」多姆勒教授問迪克。

面對這種情況，迪克感覺焦躁難耐；同時在多姆勒發言後的沉默之中，他意識到這種毫無進展的狀態不可能無限期延續下去。突然間他和盤托出：

「我半是愛上她了——也曾想過是否要娶她。」

「嘖！嘖！」法蘭茨衝口而出。

「等等。」多姆勒警告他。法蘭茨不肯等，「什麼嘛！獻出下半輩子一手包辦做她的醫師兼看護——萬萬不可！我很清楚這些病例。二十次裡總有一次，一遇上壓力就玩完了——你最好別再見她！」

「你怎麼想？」多姆勒問迪克。

「當然，法蘭茨說得沒錯。」

7.

他們接近傍晚才討論完迪克該怎麼做——他必須親切友好，同時讓自己全身而退。當醫師們終於起身，迪克的目光落向窗外，外頭細雨紛飛——妮可正在雨中某處等待、期盼。不久後當他邊扣上油布雨衣的領口，拉低帽沿，邊往外走時，馬上就在大門屋簷下撞見了她。

「我知道有個新去處。」她說：「生病的時候，我不介意晚上跟其他人一同坐在裡面——他們說的話似乎沒什麼異樣。當然，現在我知道他們有病，而且……而且……」

「你很快就要離開了。」

「噢，是快了。我姊姊貝絲，不過人們總叫她貝比，她過幾個禮拜就要來接我去某個地方；之後我會回來待最後一個月。」

「姊姊？」

「哦，比我大不少。她二十四歲了——非常英國作風。她跟我姑姑住在倫敦。她跟一個英國男士訂過婚，不過對方遇害了——我從沒見過他。」

奮力穿過雨絲的朦朧夕照讓她的臉龐呈乳金色，閃耀著迪克從未見過的希望：高高的顴骨、略顯蒼白的肌膚、沉著而不焦躁的神情，再再讓人聯想到滿懷指望的初生之犢——其生命絕不只於做灰暗銀幕上一個青春的投影，而是要真正的成長；那張臉到了中年仍將美麗；到了晚年依然如此：基本的骨架和輪廓都在那裡了。

「你在看什麼？」

「我只是在想，你將會相當快樂。」

妮可嚇到了。「是嗎？好吧……反正情況不會再更糟了。」

她帶他來到隱蔽的柴房，盤腿坐在高爾夫鞋上，博柏利風衣緊裹著身，雙頰被濕冷的空氣刺得發紅。她嚴肅地回應他的凝視，欣賞他倚著木柱卻不完全靠在上面，那種帶點傲氣的姿態；望著他那張不時露出歡愉和嘲弄後，總是極力導正回認真嚴肅神情的臉。那部分的他似乎跟頭上的愛爾蘭紅髮很相配，卻也是她最不瞭解之處；她感到害怕，但又更渴望一探究竟——這是他較為男子氣概的一面。而其他部分，那受過教養的部分，彬彬有禮的目光中所流露的體貼，她一如大多數女性，二話不說地據為己有。

「這醫院至少有助於學習語言。」妮可說：「我跟兩個醫師説過法語，跟護士説德語，跟幾個女清潔工和一個病人説義大利語或類似的語言，還從另一個病人那兒學到許多西班牙語。」

「那很好。」

他試著擺點架子，但一時似乎找不到理由。

「……還有音樂。希望你不會以為我只對散拍音樂有興趣。我每天都練習——過去幾個月我還在蘇黎世修一門音樂史的課程。事實上，有時我全靠這些才得以支撐下去——靠著音樂和繪畫。」她突然俯身將鞋底一塊鬆脫的皮條捻下，隨後抬起頭，「我想把你現在的樣子畫下來。」

她提起自己的才藝以博得他讚許，這令他感到難過。

「我羨慕你。目前我除了工作，似乎對任何事都提不起興趣。」

「噢，我想這對男人來說無所謂。」她說得很快，「可是一個女孩子我認為應該要具備多項小才藝，可以傳給她的孩子們。」

「或許是吧。」迪克刻意冷淡地說。

妮可靜靜地坐著。迪克希望她開口，他就能輕鬆扮演掃興鬼的角色，但她現在沉默不語。

「你完全好了。」他說：「試著忘掉過去；未來一年左右別太勉強自己。回美國做個大家閨秀，談談戀愛——快快樂樂過日子。」

「我不能談戀愛。」那隻受損的鞋子從她坐的木柴上刮下一塊泥土。

「你當然行。」迪克堅持，「或許這一年不行，但遲早可以。」接著殘忍地補充：「你可以過正常的生活，擁有一屋子漂亮的小孩。這個年紀能完全復原就證明了差不多一切事物皆是精神失常的誘發因子。年輕女士，你將自立自強很久，久到你朋友都尖叫著被抬走了還輪不到你。」

——但她服下這難吃的苦藥、苛刻的提醒時，眼中卻流露出一絲痛苦。

「我知道自己會有很長一段時間不適合嫁人。」她謙卑地說。

迪克心煩意亂，無法再說下去。他望向外頭的田野，力圖回復自己的鐵石心腸。

「你沒問題的——這裡的每個人都相信你。哎，桂格里醫生是多麼以你為榮呀，他八成會……」

「我討厭桂格里醫生。」

「唔，你不該這樣。」

妮可的世界粉碎了，不過那只是個脆弱、才剛建立起來的世界；她的情感和本能還在其下掙扎。一個小時前她不是才在大門口等待，滿懷的希望就如同腰帶上盛開的花飾嗎？

……衣著為了他保持光鮮、鈕扣維持齊整、水仙花綻放——空氣依然平靜而甜美。

「能重拾人生樂趣也不錯。」她支支吾吾地說。有那麼一刻，她抱著孤注一擲的念頭，想跟他說自己是多麼富有，住的是什麼樣的大宅，而她實實在在是相當值錢的資產——有那麼一刻，她將自己變成了她那精於討價還價的商人祖父席德．華倫。但她克制了混淆一切價值的誘惑，將這些事都鎖進了屬於它們的維多利亞時代側室裡——即便自己已無所歸依，只剩下空虛和痛苦。

「我得回診所去。現在沒下雨了。」

迪克走在她身旁，感覺到她的悶悶不樂，想一飲劃過她臉頰的雨水。

「我有些新唱片，」她說：「等不及想放來聽。你知道……」

迪克打算那天晚餐後了結此事；他也想踹法蘭茨的屁股一腳，會蹚進這渾水，有部分也得怪他。他在大廳等候。他的目光受一頂貝雷帽吸引，它雖不像妮可的帽子因等他而淋濕了，不過覆於其下的腦袋最近才動過手術。帽子下還有一對張望的人眼，發現他並走了過來：

「您好，醫師。」

「您好，先生。」

「天氣真好。」

「是呀，好極了。」

「您現在待在這兒？」

「不，只待一天。」

「哦，好吧。那……再見了，先生。」

很高興自己跟人接觸後再次存活下來，戴貝雷帽的可憐人走開了。迪克繼續等。過不久一名護士下樓傳話給他。

「華倫小姐說請你原諒，醫師。她要躺一躺，今晚要在樓上用餐。」

護士等著他的回覆，半期待他會暗示華倫小姐的態度不太健康。

「噢，我明白了……」他嚥了嚥唾沫，定了定心跳。「希望她會覺得好一些。謝謝。」

他茫然又不滿。不管怎樣，至少他解脫了。

他留了張字條給法蘭茨推辭共進晚餐，然後穿過鄉野走到電車站。來到月台時，隨著春日餘暉將鐵軌和投幣機的玻璃鍍上了一層金色，他開始感到車站和醫院在時而向心時而離心間擺盪拉扯。他覺得害怕。聽見蘇黎世堅實的鵝卵石路面於鞋下再次卡答卡答作響，他才高興起來。

他預期隔天會有妮可的音訊，但隻字片語全無。不知她是不是病了，他於是打電話到診所去找法蘭茨。

「她昨天跟今天都有下樓吃午餐。」法蘭茨說：「她似乎有點心不在焉、神不守舍。事情進展如何？」

迪克試圖越過兩性間那阿爾卑斯山的深淵。

「我們還沒談到……至少我認為沒有。我試著疏遠，但就算有發生作用，我想也不足以改變她的態度。」

也許不能自誇一擊斃命，讓他的虛榮心受了點傷。

「從她對護士說的一些話看來，我想她是明白的。」

「那好。」

「這是最好的情況了。她看來沒有過度激動——只是有點神不守舍。」

「那就好。」

「迪克，早點來找我。」

8.

接著幾個星期，迪克諸事不順心。這段因病而起和如儀而終的情緣留下了苦澀金屬的味道。妮可的情感受到不公平地利用——要是最後發現被利用的其實是他自己的情感呢？他必然要暫時跟幸福絕緣——夢中他見到她走在診所的小徑上，手裡揮舞著她的寬邊草帽……

他有一次見到了她本人——走過皇宮酒店時，一輛豪華的勞斯萊斯彎進半月形的大門入口，兩名乘客在龐大的車身中顯得嬌小，推動她們的一百匹馬力也顯多餘。那是妮可和另一名年輕女子，迪克猜想是她的姊姊。妮可瞧見他，一時驚恐得闔不攏嘴。迪克推帽致意後便走過，然而片刻之間蘇黎世大教堂上所有的妖精似乎都在他周遭盤旋，嘈雜不休。他試著把心中所想全寫下來作為記錄，鉅細靡遺到她所面對的嚴肅生活規範，及在這個世界無可避免會有的壓力下「迫使」疾病復發的可能性——總的來說，這份記錄任何人都會覺得很有說服力，除了寫作者自己。

這番努力最大的價值是讓他再次明白自己的感情陷得有多深，此後他毅然決然尋覓解藥。其一是那個自奧布河畔巴爾鎮來的女接線生，她現正從尼斯到科布倫茨一路遊覽歐洲，亟欲找齊她在這此生難再的假期中所認識的每一個男人；其二是著手安排八月時搭乘政府的運輸艦返鄉；其三是隨即加緊校訂他今年秋天要在德語精神病學界發表的著作。

迪克對這本書已感厭膩；他現在想要做更基礎的工作；如果能取得交換研究員身分，他就有望面對大量的例行公事。

在此同時他也計畫寫本新書，書名為《以當代不同學派之術語診斷克瑞朴林前後一千五百宗病例據此試探神經官能症及精神病之統一暨實務性分類》——另外還有個響亮的副標——「附錄各細部觀點獨立產生之年表」。

光這書名譯成德文看來就像是部曠世鉅作。[10]

迪克慢慢騎著自行車進入蒙特勒，一有機會便遠眺尤根霍恩峰，沿岸旅館的小巷間不時閃現的湖光讓他目眩。他注意到一群群的英國人在四年之後重現，走在路上時眼中帶著偵探小說的猜疑，彷彿在這個可疑的國家他們隨時會被訓練有素的德國軍隊襲擊。這片山洪沖積而成的碎石丘到處是興建土木、朝氣勃發的景象。南行至伯恩和洛桑時，人們熱切地詢問迪克今年是否會有美國人來。「如果六月沒有，那八月呢？」

他身穿皮短褲、軍襯衫、登山鞋，背包裡裝著棉布衫和換洗內衣。到了格里昂纜車站，他將單車托運，在纜車站餐廳喝著啤酒，一邊看著小蟲般的纜車緩緩爬下八十度的斜坡。他的耳朵裡滿是血漬，這是在拉圖爾德佩勒時他自以為是任性的運動員而全速衝刺的結果。他要來酒精將外耳清乾淨，此時纜車滑降進站。他見單車裝載好了，便將背包扔進下層車廂，自己也跟著上車。

登山纜車是依一定的斜度搭建，角度就類似於一個不想被認出之人拉低的帽沿。見到水從車下的水箱排出，迪克對整個設計的巧妙佩服不已——一輛對向纜車此刻正在山頂裝水，一待放開煞車，便會藉著重力將重量減輕的車廂拉上去。這肯定曾是個了不起的創意。對面座位上，一對英國夫婦正在討論纜線。

「英國製造的總能維持五到六年。兩年前德國人低價搶標，你猜他們的纜線用了多久？」

「多久？」

「一年十個月。然後瑞士人將其賣給了義大利人。他們對纜線的檢驗並不嚴格。」

「可想而知若是有條纜線斷裂，瑞士就糟了。」

車掌關上門，撥了電話給另一頭的同事，纜車猛然一陣晃動便開始攀升，朝著翠綠小山上的一個定點而去。等車廂越過低矮的屋頂後，佛德州、瓦萊州、瑞士境內的薩沃伊和日內瓦的天空圍繞著乘客三百六十度展開。日內瓦湖因隆河冷冽的水流注入而冰涼，湖中央乃是西方世界真正

10 Ein Versuch die Neurosen und Psychosen gleichmässig und pragmatisch zu klassifizieren auf Grund der Untersuchung von fünfzehn hundert pre-Krapaelin und post-Krapaelin Fällen wie siz diagnostiziert sein würden in der Terminologie von den verschiedenen Schulen der Gegenwart--and another sonorous paragraph--Zusammen mit einer Chronologic solcher Subdivisionen der Meinung welche unabhängig entstanden sind.（編注：此為費茲傑羅於原作中自行翻譯收錄的德文譯名）

的中心。湖上漂浮著如船的天鵝，如天鵝的船，兩者皆在虛無縹緲的美景中忘乎所以。這是個晴朗的日子，陽光在青草湖岸及庫塞勒酒店的白色庭院上閃耀，照得庭院中的人連影子都沒有。

當西庸城堡和薩拉尼翁島上宮殿進入眼簾，迪克將視線轉回車廂內。纜車越過了湖岸最高一排房屋，兩旁花朵與枝葉叢生，不時迸發一片燦爛色彩。這是個軌道旁的花園，而車廂裡有告示：「請勿採花」。

儘管上山途中禁止採花，群花卻在他們經過時緊緊相隨——多蘿西．帕金斯玫瑰耐心地拂拭過每節車廂，隨著纜車的移動慢慢擺盪，最後終於撒手彈回原本的玫瑰叢中。這些枝椏一次又一次掠過纜車。

迪克前方的上層車廂中，一群英國人正站著對天幕驚嘆連連，此時突然一陣騷動——他們紛紛向兩旁讓出一條路給一對年輕男女，兩個年輕人邊道歉邊匆匆進入纜車的後車廂——也是迪克所在的車廂。年輕男子是拉丁人，有雙鹿標本似的大眼；女的是妮可。

兩位登山客費盡功夫後喘了一會兒；他們笑著將英國人擠到了角落，在位子上坐下，此時妮可說了聲：「**哈囉**。」她看上去美麗動人；迪克馬上察覺有些地方不一樣了，下一秒他便意識到是她那修剪精緻的髮型，剪得跟艾琳．卡斯特[11]一樣短，而且還燙捲。她穿著粉藍色毛線衣及白色網球裙——清新如五月初晨，不見任何一絲診所的氣息。

「噗！」她喘著氣，「哎唷——那個車掌。他們會在下一站逮捕我們的。這位是戴佛醫師，這位是馬莫拉伯爵。」

「真要命！」她摸了摸自己的新髮型，氣喘吁吁地說：「姊姊買了頭等車廂的票——這對她來說是原則問題。」她和馬莫拉互使了個眼色，高聲說道：「然後我們發現頭等車廂根本就是靈車後面放棺材的部分——全都圍著簾子以防下雨，所以什麼都看不到。可是姊姊非常講究身分……」妮可和馬莫拉又笑了起來，帶著年輕人的親密。

「你們要去哪裡？」迪克問。

「科鎮。你也是？」妮可看著他的服裝。「他們放在前面那輛自行車是你的？」

「對，我星期一會騎下山。」

「讓我坐在你的手把上好嗎？我是說真的——可以嗎？我想沒有比這更好玩的了。」

「可是我會抱你下山，」馬莫拉強烈抗議：「我會穿著溜冰鞋抱你——或者我把你扔下山，你會像羽毛般慢慢飄落。」

妮可喜形於色——能再次成為羽毛而非鉛錘，飄浮而非墜落。她本身就是場值得一看的

11 Irene Castle（1893-1969），二十世紀初期知名舞蹈家，身影遍及百老匯及默片。

嘉年華會——時而拘謹靦腆，時而裝腔作勢，時而擠眉弄眼、搔首弄姿——有時陰影罩身，舊患下的端莊自持流淌進她的指尖。迪克希望自己遠離她，深怕令她想起早已抛在身後的世界。他決定要住另一家旅館。

纜車中途暫停，懸在兩重藍天之間，沒坐過的人有些騷動。這只不過是上行車和下行車的車掌間一次神祕的交流而已。接著繼續一路向上越過林徑和峽谷，再爬上一座滿布水仙的小丘，從乘客到天空於此盡成一片水仙花色。在蒙特勒湖濱球場打網球的人現在只有針尖大小。空氣中有新的東西；新鮮生氣——這股新鮮生氣以音樂作為呈現，隨著纜車滑進格里昂站，他們聽見了酒店花園傳來的管弦樂音。

他們換乘登山火車時，液壓室傾洩而出的水聲蓋過了音樂聲。科鎮幾乎就在頭頂上，旅館無數的玻璃窗在夕陽中如烈焰燃燒。

不過這次攀爬的方式不同——由聲音宏亮的車頭推著乘客一圈圈盤旋而上；他們軋軋穿過低雲，斜傾的小火車頭噴出的煙霧讓迪可一時看不清妮可的臉；他們繞著一道不知何往的風而行，每繞一圈，旅館就變得更大一些。最後出乎大家意料地，他們抵達了，來到陽光普照的山頂。

到站後一片混亂，迪克背起背包，在月台邁開步伐前去取他的自行車，妮可跟在他身旁。

「你不跟我們住同一家旅館？」

「我在省錢。」

「那你要不要來跟我們共進晚餐？」一陣領取的行李混亂接踵而至。「這位是我姊姊——這位是蘇黎世的戴佛醫師。」

迪克對這名年約二十五，高挑自信的年輕女子欠了欠身。他斷定她既強勢又脆弱，因為她讓他想起其他擁有如花美唇卻戴著牙套的女人。

「我晚餐後來。」迪克承諾：「我得先熟悉一下環境。」

他騎著自行車離開，感覺到妮可的目光尾隨著他，感覺到她無可奈何的初戀，也感覺那情感在他內心翻騰。他沿坡往上騎了三百碼，來到另一家旅館，訂了一間房，沐浴時才回過神來發現自己有十分鐘腦袋一片空白，只感到一種醉後的興奮伴隨著尖銳嘈雜的人聲，這些無關緊要的聲音並不知道他被愛得有多深。

9.

她們正在等他，少了他只覺若有所失。他仍是難以預料的變數；華倫小姐和那位義大利青年臉上的期盼，跟妮可一樣顯而易見。酒店原以音響效果聞名的宴會廳現在清空了供人跳舞，不過仍有一小群上了年紀的英國女子旁觀，她們戴著領圈、染了髮、臉上搽著藕色的脂粉；還有一群上了年紀的美國女子，頭戴雪白假髮、身著黑衫、嘴唇塗成櫻桃紅。華倫小姐和馬莫拉坐在角落，妮可在他們斜對角四十碼外。迪克一到就聽見她的聲音：

「**你們聽得見嗎？我現在是用正常音量說話。**」

「一清二楚。」

「**哈囉，戴佛醫生。**」

「這是幹嘛？」

「你可知道舞池中央的人聽不到我說的話，但是你可以？」

「有個服務生告訴我們的。」華倫小姐說：「角落對著角落──就像無線電一樣。」

來到山上令人興奮，就像船入大海。不久馬莫拉的父母也來了，他們對華倫姊妹很恭敬──迪克推測他們的財富和米蘭一家銀行有關，而這家銀行又和華倫家的財富有關。可是貝比・華倫想跟迪克說話，她有股見異思遷、想接近所有新認識男子的衝動，彷彿被拴在一條沒有彈性的繫繩上，想著不妨盡快往繩子的末端去。她蹺起的二郎腿一換再換，有如坐立難安的高個兒處女。

「……妮可跟我說你曾照顧過她，而且對她的好轉幫助很大。我不能明白的是**我們**究竟該怎麼做——在療養院他們說得好含糊，只跟我說她應該保持輕鬆開朗。我知道馬莫拉一家在這裡，所以請提諾到纜車站接我們。結果發生什麼事你也看到了——妮可見到他的頭一件事就是要他一起在車廂兩側爬來爬去，兩個人都像發了瘋似的……」

「那完全正常，」迪克大笑，「我會說這是個好現象。他們倆是在互相炫耀。」

「但**我**怎麼知道？在蘇黎世，我還沒搞清楚狀況，她就幾乎是當著我的面把頭髮剪了，只因為《浮華世界》雜誌上的一張照片。」

「那沒關係。她是個精神分裂症患者——永遠會是個怪人。這你無法改變。」

「什麼？」

「就我剛剛說的——一個古怪的人。」

「這個嘛，誰能分辨什麼是古怪，什麼是瘋狂呢？」

「不會有什麼瘋狂的——妮可生氣勃勃又快快樂樂，你不需要擔心。」

貝比兩腿互換——她是百年前所有熱愛拜倫[12]、內心有所不滿的女性之縮影，甚且，儘管她和禁衛軍軍官有過一段悲劇戀情，卻仍然有些呆板和自憐。

12 George Gordon Byron（1788-1824），英國浪漫主義詩人。

「我不介意擔負責任，」她宣稱：「可是我摸不著頭緒。我們家族裡從來沒有過這種事——我們知道妮可受過些打擊，我判斷是跟一個男孩子有關，但我們並不真的清楚。父親說要是能查出是誰，一定開槍打死他。」

樂團正在演奏〈可憐的蝴蝶〉；年輕的馬莫拉和他母親在跳舞。他們所有人對這曲子都不熟悉。迪克一面聆聽，一面望著妮可的肩膀；她正與老馬莫拉聊天，老馬莫拉黑白夾雜的頭髮就像鋼琴鍵盤，而妮可的肩膀讓迪克聯想起小提琴的弧線，然後他想到那見不得人的事，那祕密。噢，蝴蝶……片刻化為永恆……

「其實**我**有個計畫，」貝比以帶著歉意的堅毅口吻繼續說：「你或許會覺得完全不切實際，不過他們說妮可將需要有人照顧個幾年。不知道你對芝加哥熟不熟……」

「不熟。」

「嗯，那裡分為北區和南區，兩邊相差甚遠。北區可稱得上新穎時髦，我們一直住在那邊，少說也有許多年了。不過很多老家族，老的芝加哥世家名門，你懂我意思吧，他們仍住在南區。芝加哥大學也在那邊。我的意思是，有些人會覺得那邊沉悶古板，但總之跟北區很不一樣。我不知道你能不能理解。」

他點頭。稍微集中精神後他能理解她說的話。

「當然，我們在那邊有很多人脈——我父親掌控了芝加哥大學裡某些職位與獎學金之類的，我在想要是我們帶妮可回家，讓她跟那群人混在一起——你看她那麼熱愛音樂，又會說那麼多種語言——就她的情況而言，若是愛上了某個優秀的醫師，豈不再好不過……」

迪克內心猛然一陣雀躍，華倫家要替妮可買個醫生——你有好醫生能介紹給我們嗎？既然他們有能力幫妮可買一個年輕優秀的醫師，那也就不必為她擔心了，他臉上喜色猶存。

「但上哪去找醫生呢？」他不自覺地問。

「機會到了肯定會有很多醫生自動跳出來。」

跳舞的人回到場邊，可是貝比迅速低語：

「我指的就是這種情況。現在妮可人呢——她不見了。是在樓上她房裡嗎？**我**該怎麼做？我從來搞不清楚這是不是無關緊要，還是應該去找她。」

「也許她只是想一個人靜靜——獨自生活的人慣於獨處。」他見華倫小姐沒在聽，便停住話。「我去四處看看。」

戶外一時籠罩在霧中，有如隔著窗簾的春景。生氣都聚集在旅館周遭。迪克經過幾扇地窖窗，瞧見餐廳雜役們坐在床鋪上，就著一升西班牙紅酒玩紙牌。接近步道時，星光開始穿過阿爾卑斯山脈高聳的白色山脊。俯瞰湖面的馬蹄形步道上，妮可的身影一動也不動地杵在兩根燈柱之間，他越過草皮悄悄走近。她轉過身面對他，臉上帶著一種「你終於來了」的表情，他霎時後悔來到這裡。

「你的姊姊在找你。」

「哦！」她已習慣受人看管，努力為自己辯解道：「有時候我會有點……有點受不了。我的生活向來很平靜。今晚的音樂太讓人難受，讓我想哭……」

「我瞭解。」

「今天真是非常刺激的一天。」

「我知道。」

「我並不想做什麼反社會的事——我已經給大家帶來夠多麻煩了。可是今晚我想透透氣。」

正如垂死之人突然想起自己忘了交代遺囑放在哪裡，迪克也驀然想到多姆勒及其背後陰魂不散的先輩們曾對妮可進行過「再教育」，也想到她將有好多事需要人指導。但他將這份明智保留在心裡，順從於迫在眼前的場面，說道：

「你是個好人——繼續相信你對自己的判斷就行了。」

「你喜歡我嗎？」

「當然。」

「那你會不會……」兩人朝著兩百碼外馬蹄形步道昏暗的盡頭慢慢踱去。「假如我沒有生病，你會不會……我的意思是，我這種女孩你有沒有可能……哦，算了，你知道我的意思。」

他現在騎虎難下，陷入龐大的非理性之中。她如此貼近，他感覺到自己呼吸的改變，但此時他的專業訓練再度伸出援手，搬出男孩的笑聲及老套的說辭：

「你在跟自己開玩笑，親愛的。我以前認識一個男的，他愛上了自己的看護……」這則軼事伴隨著他們的腳步聲持續下去。妮可忽然冒出一聲簡潔的芝加哥俚語打斷了他：「牛屁！」

「這話非常粗俗。」

「那又怎樣？」她火冒三丈。「你以為我一點常識都沒有……生病前我是沒有，但我現在有了。你是我所見過最有吸引力的男人，若我對此渾然不知，你一定認為我還在發瘋。好吧，是我不走運——可是別假裝**我不知道**——你我之間的事我一清二楚。」

迪克面臨格外不利的處境。他記得年長的華倫小姐說的話，芝加哥南區的知識農場裡那些可以收買的年輕醫生，於是他一時間硬起心腸。「你是個迷人的孩子，可是我不能談戀愛。」

「是你不給我機會。」

「**什麼！**」

話中的莽撞、所隱含的咄咄逼人，令他大吃一驚。除了無法無天，他想不到妮可．華倫應該得到什麼機會。

「現在就給我個機會吧。」

她貼近身，聲音漸低，沉入她的胸脯，緊身馬甲也繃上了心口。他感覺到年輕的嘴唇，感覺她的身軀依偎在越摟越緊的臂彎中，寬慰地舒了口氣。再也沒有任何計畫，只有迪克恣意調配著一些無法分解的混合物，原子緊緊結合無法分離；你可以將其全扔掉，但它們再也無法回復成原本的原子。他擁著她、嘗著她，她則越來越朝他懷裡彎身，自己的雙唇如獲新生，沉溺陷沒於愛裡，卻又覺得寬慰和勝利。此時他對自己的存在滿心感激，就算那存在不過是她水汪汪眼眸中的一個倒影。

「我的天啊，」他喘著氣說：「吻你真有意思。」

那只是說說，但妮可現在占了上風，並牢牢把握住；她故作風情地轉身走開，讓他的心如下午的纜車般懸在半空。她心想：好啦，給他點顏色瞧瞧，讓他知道自己有多自大；他能拿我怎樣；哦，太美妙了！我逮住他了，他是我的。現在按步驟是該閃人了，但這全都如此新鮮和甜美，她磨蹭著不走，想要盡情品味一切。

她突然打了個顫。兩千英呎下，只見蒙特勒和威韋的燈火宛如項鍊和手鐲，更遠處是有若朦朧垂墜的洛桑。下方某處傳來隱約的舞曲樂音。妮可現在清醒過來，異常冷靜，試著收拾自己孩子般的多愁善感，慎重的程度一如上完戰場後要買醉的男人。但她仍然害怕斜倚著馬蹄步道邊緣鐵欄杆，以其特有的姿態站在身旁的迪克；這促使她開口說：「我還記得自己站在花園裡等你……將自己像一籃花似的抱在懷裡。總之當時的感覺就是如此……我認為自己很甜美……等著將那籃花親手交給你。」

他在她的肩頭吐息，執拗地將她轉過身來；她吻了他好幾次，每回湊近臉就變大了些，手摟著他的肩膀。

「雨下大了。」

忽然間湖對面深紅色的山坡上傳來一聲轟隆；大砲對著挾帶冰雹的雲層開砲，想驅散它們。步道上的燈熄滅又亮起。接著暴風雨瞬間襲來，先是從天而降，再來從山上傾瀉而下，大聲沖刷著路面和石渠；隨之而來的是黝暗嚇人的天空、狂野無章的閃電及劈天裂地的雷鳴，同時蓬亂猙獰的雲層掠過旅館。山與湖都不見了——獨留旅館蜷伏在喧囂、混亂與黑暗之中。

此時迪克和妮可已回到旅館前廳，貝比．華倫和馬莫拉一家三口正在此焦急地等待他們。從水霧中走出來實在很刺激——門砰的關上，兩人站在那兒又笑又激動地打顫，風在耳邊吹，雨落在衣服上。舞廳裡樂隊正在演奏史特勞斯的圓舞曲，高亢而迷離。

……戴佛醫師要娶一個精神病患？怎麼會？哪裡起的頭？

「你要不要換過衣服再回來？」貝比．華倫仔細打量一番後問。

「我沒帶什麼可以替換的衣服，只有幾件短褲。」

他穿著借來的雨衣跋涉回自己的旅館時，喉頭不斷發出嘲弄的竊笑。

「**大好**機會……哦，可不是。我的老天呀！他們決定要買個醫生？好吧，不管他們在芝加哥找到什麼樣的人，最好別三心二意。」他對自己的刻薄覺得反感，暗自向妮可賠罪，想起她那前所未有稚嫩無比的雙唇，想起雨滴落在那柔光閃耀如瓷般的臉頰上，好似為他流下的淚水……暴風雨平息後的寂靜在半夜三點左右將他驚醒，他來到窗前。她的美攀上起伏的山坡，如鬼魅窸窸窣窣穿過窗簾，進入房內……

……隔天早上他登上兩千公尺高的羅什德內峰，頗感有趣地發現昨天的纜車車掌也利用休假來登山。

隨後迪克一路下到蒙特勒去游泳，並及時趕回旅館吃晚餐。有兩封短箋等著他。

「昨晚的事我並不覺得羞愧——那是我平生遇過最美好的事了，就算我再也見不到你，我的上尉，我依然會為此感到高興。」

這已足以讓他放寬心——多姆勒沉重的陰影逐漸退去，迪克打開第二個信封：

親愛的戴佛醫生：我打電話給你，可是你外出了。不知道能不能請你幫個大忙。有些意外事故讓我不得不回巴黎一趟，而我發現取道洛桑可以節省不少時間。既然你星期一要回蘇黎世，能否帶妮可同行？並順道將她送回療養院？這樣的請求會不會太過分？

貝絲・伊文・華倫
敬上

迪克火冒三丈——華倫小姐明知道他帶著自行車；然而她在箋裡的措詞卻令他無從拒絕。想把我們送作堆！好個親姊姊，好個有錢的華倫一家！

他錯了，貝比・華倫沒有這意圖。她用世俗的眼光審視過迪克，以崇英人士偏頗的準則衡量過他，發現他不夠格——儘管也發現他確實挺誘人。但對她而言他太「知識分子」了，於是將他歸類於自己曾在倫敦認識的那批窮酸又勢利的人——他太過勉強自己，不會是真材實料。她看不出如何能將他造就成理想中的上流人士。

除此之外，他還很難以駕馭——她見過他好幾次在她說話時心不在焉，露出人們視而不見的那種怪樣。她一向不喜歡妮可如孩子般自由散漫的態度，現在更顯然習慣性地認為她「無可救藥」；而不管怎麼説，戴佛醫師都不是那種她想像中能成為家族一分子的醫護人員。

她只是單純貪圖方便而想利用他。

可是她的要求卻讓迪克認為她別有用心。火車之旅可以是一件可怕、鬱悶或滑稽的事；可以是場試煉之旅；可以讓人預見另一場漫長的旅程，好比某天與某個朋友從一早就開始匆匆忙忙，直到兩人都意識到飢腸轆轆，共同用餐。然後到了下午，旅途漸漸黯淡失色，卻又在近尾聲時再次加速。迪克見妮可鬱鬱寡歡，感到難過；然而能回到唯一熟悉的家，對她來説也是種寬慰。他們那天沒有纏綿，但當他在蘇黎世湖畔那道淒涼的大門外與她分手，她轉過身望著他時，他知道從此她的問題將永遠為兩人所共有了。

10.

九月，戴佛醫師和貝比·華倫在蘇黎世茶敍。

「我認為這不明智，」她説：「我不確定自己真的瞭解你的動機。」

「別把事情弄得不愉快。」

「我畢竟是妮可的姊姊。」

「那不代表你有權刁難。」知道那麼多卻不能告訴她，讓迪克很惱火。「妮可是有錢，但不表示我就是圖謀不軌。」

「問題就在這兒，」貝比執意控訴：「妮可有錢。」

「她究竟有多少錢？」他問。

她嚇了一跳。他帶著冷笑繼續說：「你看這有多可笑？我寧願跟你們家的男人談……」

「一切都由我作主，」她堅持，「我們不是認為你圖謀不軌，而是不清楚你的底細。」

「我是個醫學博士，」他說：「我的父親是牧師，現已退休。我們家住水牛城，我的過去任憑調查。我大學念耶魯，畢業後拿牛津的羅德獎學金。我的曾祖父是北卡羅萊納州州長，我也是瘋狂安東尼．韋恩[13]的嫡系後裔。」

「誰是瘋狂安東尼．韋恩？」貝比懷疑地問。

「瘋狂安東尼．韋恩？」

「我覺得這事已經夠瘋狂了。」

13 Anthony Wayne（1745–1796），美國獨立戰爭時期的名將。

他絕望地搖搖頭，此時妮可正好來到酒店露台，四處張望尋找他們。

「他太瘋狂，以至於沒辦法像馬歇爾．菲爾德[14]那樣留下那麼多遺產。」他說。

「那很好……」

貝比是對的，而且她心知肚明。面對面，她的父親幾乎可以壓過任何牧師。他們是沒有頭銜的美國貴族——姓氏只要寫在旅館登記簿上，簽在介紹信上，遇到困難時報上，都可讓人的態度為之一變，而這種轉變反過來強化了她自身的階級意識。她是從英國人身上得悉這些事的，而英國人早以知之甚詳超過兩百年。但她不知道迪克兩度差點要把結婚這事直接甩在她臉上，一走了之。幸虧妮可這時找到了他們的桌子，光彩奪目地降臨，在九月的午後顯得白皙、亮麗、清新。

你好，律師先生。我們明天要去科莫一個星期，然後回蘇黎世。所以我希望你和姊姊解決此事，因為我有多少零用錢我們都無所謂。我們會在蘇黎世平靜地住上兩年，迪克的錢夠我們倆生活。不，貝比，我比你想得更實際——只需要些添置衣服和日用品的錢……什麼，那太多了——我們的資產真的能負擔這麼多？我知道自己怎麼也花不了的。你也有這麼多嗎？為什麼你還更多——是因為認為我無行為能力嗎？好吧，就讓我那份積少成多……不，迪克拒絕跟這事沾上任何關係。我得替我們兩個揮霍一下了……貝比，你對迪克的瞭解僅只是，只是……現在我該在哪裡簽名？哦，真抱歉。

……在一起不是既滑稽又寂寞嗎，迪克？無處可去只能互相廝守。我們就這樣相親相愛下去好嗎？噯，可是我愛得最深，我可以察覺你何時對我心不在焉，哪怕只是稍微一點點。我想能像其他人一樣，在床上伸手就能摸到你暖和地躺在我身邊，真是美好。

……麻煩你打個電話到醫院給我先生。是的，那本小書到處都在賣——他們想要以六種語言出版。我本來要做法文版的翻譯，但這些日子我感到很疲憊——我很怕跌倒，我又笨又重——像個壞掉站不直的不倒翁。冰冷的聽診器貼著我心口，我最強烈的感受是：「一點也不在乎。」——喔，那可憐的女人在醫院產下了心臟先天性缺陷的嬰孩，死了反倒更好。我們現在一家有三口人挺不錯的吧？

……那似乎不合理，迪克——我們有充分理由租大一點的公寓。為什麼只是華倫家的錢比戴佛家多，我們就要委屈自己，哦，謝謝你，服務生，不過我們改變心意了。這位英國牧師說你們歐維耶多這裡的葡萄酒很讚。從不銷往外地？怪不得我們從沒聽說過，畢竟我們熱愛葡萄酒。

湖泊陷於棕色泥土中，坡岸布滿如生在肚皮上的皺摺。攝影師將我的相片交來，我的頭髮在駛向卡布里島的遊船欄杆上飛揚。「再會，藍洞，」船夫唱著：「早日再來。」之後沿

14 Marshall Field（1834–1906），著名零售商與企業家，也是芝加哥的世家望族之一。

著義大利靴形海岸那炎熱而險惡的腿脛南行，風圍繞著詭異陰森的城堡颯颯作響，亡靈在那些山丘上俯視著我們。

……這艘船很不錯，我們一同在甲板上踱步。這個角落風很大，每次我們繞過，我都傾身向前頂著風，拉緊外套，寸步不離地跟著迪克。我們嘴裡胡亂唱著：

「喔——喔——喔——喔
除了我以外的火鶴，
喔——喔——喔——喔
除了我以外的火鶴……」

跟迪克在一起的生活真有趣——甲板躺椅上的人們看著我們，有個女人試著聽清楚我們在唱什麼。迪克唱膩了。那就獨自去吧，迪克。你一個人會以不同的步伐，親愛的，穿過更凝重的空氣，擠過椅子的陰影，越過煙囪的水霧。你會感覺自己的倒影在那些注視著你的目光中悄然前行。你不再與世隔絕；但我想要超脫俗塵，你非得先接觸它不可吧。

坐在這艘救生艇的欄柱上，我臨海眺望，任憑頭髮飄揚閃耀。我迎著天空紋風不動。這艘船是造來承載我的身軀，直奔青藍朦朧的未來的，我則是被虔誠雕刻於帆船船首的女神雅典娜。海水在公共廁所裡翻騰，瑪瑙綠的葉狀浪花在船尾變化萬千、嗚咽訴怨。

……那年我們旅行過許多地方——從烏魯姆魯灣到比斯克拉。我們在撒哈拉沙漠的邊緣遇上蝗災，司機好心地將牠們解釋成大黃蜂。夜幕低垂，陌生的守護神無所不在。噢，那可憐的阿爾及利亞裸體小舞孃。喧囂的夜晚充斥著塞內加爾的鼓聲、笛音、駱駝哀鳴，以及土著腳上踩著用舊輪胎做的鞋發出啪答啪答的聲響。

但是那時我又發病了——火車和海灘全都一個樣。所以他帶著我四處旅行，不過我的第二個孩子，小女兒桃普希出生後，一切再次黯淡下來。

……要是我能捎個口信給我丈夫就好了，他認為把我一個人拋在這兒，交到無能之輩的手上沒什麼問題。你跟我說我的孩子是黑皮膚——這太可笑、太卑劣了。我們到非洲只是去看提姆加德遺跡，因為我生活中的頭號興趣就是考古。我對自己一無所知又屢屢受人提醒這點已感到厭倦了。

……等我好起來，我要做個像你一樣的好人，迪克——倘若不太遲，我要研讀醫學。我們必須用我的錢買間屋子——我厭倦在出租公寓中等你了。你對蘇黎世也覺得膩，在這裡找不出時間寫作，而你說一個科學家不寫作就是承認自己不行了。我會檢視整個知識領域，找點什麼來理解個透澈，那麼要是我再度精神崩潰，就有樣東西可以倚靠了。你要幫助我，迪克，這樣我就不會那麼有罪惡感。我們會住在一處溫暖的海灘附近，可以一塊兒曬得黝黑又朝氣蓬勃。

……這將是迪克的工作室。噢，我們不約而同有了這個念頭。我們路過塔姆十幾次了，有次開上這兒，發現除了兩座馬廄，其他屋子都閒置著。我們是透過一個法國人進行交易，但海軍一發現美國人買下了部分山村，立刻派了特務上來。他們翻遍所有建物尋找火砲，最後貝比還得在巴黎的外交部找關係幫我們疏通。

夏天時沒人會來蔚藍海岸，所以我們預期接待少數幾個訪客，並且好好工作。這裡還有些法國人——上星期蜜絲婷瑰[15]發現這裡的旅館有營業，大感驚訝。畢卡索和《就是不親嘴》[16]編劇也在這裡。

……迪克，為什麼你登記時寫的是戴佛先生與夫人，而不是戴佛醫師與夫人？我只是好奇——這念頭閃過我腦海——你教導我工作至上，而我也相信你。你常說男人要見多識廣，一旦停止增長見識，他就跟凡夫俗子沒什麼區別了。重點是要在停止長進之前，先取得權力。如果你想要將事情弄個天翻地覆，沒關係，可是親愛的，你的妮可也得跟著一起倒立嗎？

……湯米說我沉默寡言。自從康復後，我首度跟迪克深夜暢談，我倆整晚坐在床上點著香菸，後來藍色晨曦一現，我們便趴進枕頭之中，不讓光線射進眼睛。我有時會唱歌，逗弄小動物，同時也有幾個朋友——好比說瑪莉。瑪莉跟我交談的時候，我們都沒有在聽對方說了什麼。談話是男人的事。當我講話時，會對自己說我或許就是迪克。我甚至已經把自己當作我的兒子，記著他是多麼聰明又多麼溫吞。有時候我是多姆勒醫師，有一次我甚至還成了某一面向的你，湯米・巴本。我想，湯米愛上我了，但愛得和緩、讓人安心。不過這就夠了，他和迪克已經開始彼此看不順眼。總而言之，一切都再好不過了。身邊都是喜歡我的朋友。同我的丈夫與兩個孩子身在這平靜的海灘。萬事美好——只要我能完成這該死的馬里蘭雞食譜的法文翻譯。腳趾在沙中感覺好溫暖。

「好，我來瞧瞧。有更多新人了——哦，那個女孩——是的。你說她像誰……沒有，我沒看過，我們這裡沒什麼機會看到美國的新片。蘿絲瑪麗什麼？好吧，我們這裡的七月要時髦起來了——對我來說倒挺怪的。是的，她很漂亮，可是這兒的人也太多了。」

15 Mistinguett（1875–1956），本名Jeanne Bourgeois，法國著名女歌星及演員，尤其在歌舞秀場紅極一時。

16 André Barde（1874–1945）於一九二五年編寫的歌舞喜劇，兩度被改拍成電影。

11.

八月，理查・戴佛醫師和愛兒希・史畢爾斯太太坐在聯盟咖啡館陰涼而塵土滿葉的樹蔭下。受烈日烘烤的地面讓雲母石也黯然失色，沿海岸吹來陣陣乾冷北風，滲透過伊斯特勒，搖動著港灣裡的漁船，零星的幾根桅杆指向寂寥的天空。

「我今早收到一封信，」史畢爾斯太太說：「那些黑鬼一定給你們帶來不少麻煩。不過蘿絲瑪麗說你對她多所照顧。」

「蘿絲瑪麗才該獲得表揚。事情挺可怕的——唯一不受影響的是艾貝・諾斯——他飛到勒阿弗爾去了——八成還不知道這件事。」

「很遺憾戴佛太太為此心煩意亂。」她謹慎地說。

蘿絲瑪麗在信上寫道：

妮可似乎瘋了。我不想跟他們一道回南方，因為我感覺迪克要操心的事已經夠多了。

「她現在沒事了。」他幾近不耐地說：「所以你們明天就走。船什麼時候開？」

「馬上。」

「老天，真捨不得你們離開。」

「我們很高興來到這裡。多虧了你，我們玩得很開心。你是蘿絲瑪麗頭一個在乎的男人。」

又一陣風繞著拉納普勒的斑岩丘陵打轉。空氣中有種暗示，天氣很快要轉變；不受時間束縛，繁茂繽紛的仲夏時光已然結束。

「蘿絲瑪麗迷戀過幾個人，可是她終究會把對象交給我……」史畢爾斯太太笑著說：「……剖析一番。」

「這麼說我過關了。」

「我沒什麼能做的。她在我見到你之前就愛上你了。我跟她說儘管去。」

他看出在史畢爾斯太太的計畫中，沒有為他或妮可做任何設想——也看出她的無道德意識源自於她自身的退隱。這是她的權利，是她埋葬自身情感的補償。女性為掙扎求生必得無所不用其極，而難以被安上如「殘酷無情」之類人為的罪名。只要愛與痛的交織在適當界線內進行，史畢爾斯太太就能以閹人般的超然和幽默旁觀。她甚至沒有考慮蘿絲瑪麗受傷害的可能——還是她確信自己的女兒不會受到傷害?

「如果你說的是真的，我想她沒受到什麼傷害。」他由始至終裝作自己仍能客觀思量蘿絲瑪麗的事。「她已經將這事拋到腦後了。只不過——人生中許多重要時刻都是從看似微不足道的事開始的。」

「這並不是微不足道，」史畢爾斯太太堅持：「你是頭一個男人——是她理想的對象。她在每封信裡都這麼說。」

「她太客氣了。」

「你和蘿絲瑪麗是我認識最客氣的兩個人，不過她說的是真心話。」

「我的客氣是裝腔作勢。」

這話部分屬實。迪克從他父親身上學到，南北戰爭後來到北方的南方青年有點刻意表現出的好禮貌。他經常利用這些禮貌，也同樣經常加以鄙視，因為這些禮貌不是在抗議自私自利本身是多麼可憎，而是在抗議那表面看起來有多令人不愉快。

「我愛上蘿絲瑪麗了，」他突然跟她說：「對你說這種話實在有點放肆。」

他感覺這情景似乎既古怪又鄭重，彷彿聯盟咖啡館裡的一桌一椅都會永遠記住。他已能感受到她從這幾片天空中遠去：海灘上，他只能想起她肩頭被曬傷的肌膚；在塔姆，穿過花園時他踩平她的足跡；而現在樂隊奏起尼斯嘉年華的樂曲，勾起去年已消逝的種種歡樂，隨之起舞的小撮人群中滿是她的翩翩身影。不到一百個小時她就掌握了世上所有的黑魔法，是使人目盲的顛茄、將體能轉化為精力的咖啡因、鎮定心神的曼德拉草。

費了番功夫，他再次接受自己和史畢爾斯太太一樣超然的假象。

「你和蘿絲瑪麗並不真的相像，」他說：「她從你身上得來的聰明才智全都融入到她的角色，融入到她面對世界的偽裝裡了。她並不思考；真正在內心深處她是個愛爾蘭人，浪漫、缺乏邏輯。」

史畢爾斯太太也清楚，蘿絲瑪麗在她柔弱的外表下，其實是匹年少氣盛的野馬，明顯是美國上尉軍醫霍伊特的遺傳。橫剖開來看，蘿絲瑪麗肯定有個碩大的心臟、肝臟和靈魂，全都緊緊塞在那美麗的軀殼中。

道別時，迪克才意識到愛兒希．史畢爾斯的十足風韻，意識到她對他而言不僅僅是蘿絲瑪麗最後一片難以割捨的殘影。他有可能造就蘿絲瑪麗——卻絕不可能造就她母親。如果說蘿絲瑪麗離開時穿戴的斗篷、馬靴和珠寶是他的餽贈，那看著她母親的優雅風範，知道這種風範肯定不是他所能激發，是個很好的對比。她有種好似在等待的神態，彷彿在等一個男人去完成某件比她更要緊的事，一場戰役或手術，期間絕不能催促或干擾。事情結束時，她會坐在某處的高腳椅上等候，翻著報紙，沒有焦急或不耐。

「再見——希望你們母女倆永遠記得，我跟妮可是多麼喜歡你們。」

回到黛安娜別墅，他走進自己的工作室，打開遮擋正午強光的百葉窗。他的兩張長桌上亂中有序地擱著著作的素材。第一卷論述精神病分類，獲得補助做小規模發行，頗有些成效，他正在洽談再版。第二卷預計是第一本小冊子《精神科醫師的心理學》的大幅擴充。如同許許多多的人，他已發現自己就只有那麼一、兩個創見——他那套德文版已發行到第五十刷的幾本小冊子中，實已含括他所能想到或理解的一切雛形。

但目前他對整件事感到不安。他悔恨自己在耶魯大學浪擲的歲月，不過最主要的，是他感到戴佛一家日漸奢侈的生活，和顯然隨之而來無法避免的炫耀排場之間有股矛盾。他想起那個羅馬尼亞朋友說的故事，關於一個人花費經年在研究犰狳的大腦，讓他不禁懷疑是否有耐性十足的德國人正坐在柏林和維也納的圖書館附近，冷酷無情地準備搶先他一步。他差不多決定要將著作在目前的情況下簡化，出版一本不附文獻資料、近十萬字的版本，作為後續更學術性的幾卷書的導論。

他在工作室中繞著傍晚的餘暉踱步，堅定了這個決定。依照新計畫，他在春天就可以完成。在他看來，像他這麼有幹勁的人一年來不斷受有增無減的疑慮纏擾，就表示計畫肯定有些缺失。

他將幾根當作紙鎮的鍍金金屬條置在一札札的筆記上，開始自行打掃起來，因為他不准傭人進入此處。他用清潔劑草草清理過盥洗室，修理好一塊屏風，並發了一份訂單給蘇黎世的一家出版社。接著他拿一盎司琴酒兌兩倍水，一飲而盡。

他見到妮可在花園裡。想到過不久必然要跟她照面，他感覺心頭一沉。在她跟前他必須保持完美的形象，不管是現在還是明天，下週還是明年。在巴黎她服藥淺眠那時，他曾整夜將她摟在懷裡；一大清早，在她還沒張皇失措地醒來之前，他便用溫柔呵護的言詞加以安撫，臉貼著她溫熱的髮香，看她再次進入夢鄉。在她清醒前，他便已在鄰房的電話上將一切安排妥當。蘿絲瑪麗要搬到另一間旅館。她要做「掌上明珠」，甚至不打算跟他們道別。旅館老闆馬克白先生則繼續非禮勿視、非禮勿聽、非禮勿言。迪克和妮可在成堆商品遺留的盒子與包裝紙間打包行李，中午便啟程前往蔚藍海岸。

然後反應發生。他們在臥鋪車廂安頓好後，迪克察覺妮可正等著它發生，而它來得又急又快，火車甚至還沒駛離巴黎環城線——他唯一的念頭便是趁列車速度還慢時跳下去，衝回去看看蘿絲瑪麗在哪裡，在做什麼。他翻開一本書，戴上夾鼻眼鏡埋頭讀，心知妮可正從車廂對面的枕頭上盯著他看。他讀不下去，假裝累了，閉上眼睛，但她仍望著他；而儘管她仍因為藥物殘留作用而半夢半醒，卻感到放心，甚至近乎快樂，因為他又屬於她了。

閉上眼睛更不好受，因為這帶來一種得而復失、得而復失的節奏；但為避免顯露不安，他就這麼躺著直到中午。午餐時情況好些——餐點一直都很不錯；在酒館、餐廳、臥車、小吃攤、飛機吃了上千頓午餐，集合起來肯定極其可觀。餐車侍者令人熟悉的匆忙、小瓶裝的葡萄酒和礦泉水、巴黎—里昂—地中海路線的美味佳餚，都給他們一切如昔的錯覺，但這大概是頭一遭他跟妮可是要離開，而非前往某處。他喝光了一整瓶葡萄酒，只差妮可的那一杯。他們聊著房子和孩子，可是一回到車廂，兩人便陷入沉默，如同在盧森堡公園對面的餐廳時那般相對無言。走出傷痛後，一步步追溯領我們至此的足跡似乎是必然。迪克流露少見的焦躁；妮可忽然說：

「就那樣丟下蘿絲瑪麗似乎太不應該——你想她不會有事吧？」

「當然。她無論在哪裡都可以照顧自己……」唯恐這話貶低了妮可這方面的能力，他補充道：「她畢竟是個演員，即便背後有母親在，自己也是得多留意。」

「她很迷人。」

「她是個孩子。」

「但還是很迷人。」

他們漫無目標地你一言我一語，互相順著對方的心意講。

「她沒有我想像中聰明。」迪克提出。

「她相當機靈了。」

「也還好——總有股乳臭未乾的味道。」

「她非常——非常漂亮，」妮可以超然又強調的口吻說：「我覺得她在電影裡表現很好。」

「是導演指導得好。仔細想想，其實並沒有什麼獨特之處。」

「我覺得有。看得出來她對男人會多麼有吸引力。」

他的心揪了一下。什麼男人？多少男人？

——介意我把簾子拉下來嗎？

——請便，這裡太亮了。

現在身在何處？跟誰在一起？

「不用幾年她看上去就會比你老十歲。」

「正好相反。有天晚上我在劇院節目單上替她畫了素描，我認為她會常保青春。」

他們倆夜晚都輾轉反側。過一、兩天迪克會試著排除蘿絲瑪麗的倩影，免得在他們之間夾纏不去，但眼下他沒有力氣這麼做。有時讓自己擺脫痛苦比揮棄快樂還難，如今他整個人被回憶所占據，無能為力，只能裝作若無其事。而因為他現在對妮可有些氣惱，所以裝起來更加困難，畢竟經過這些年，她應當能察覺自己過度緊繃的徵兆並加以防範。兩個星期內她兩度崩潰：先是在塔姆宴客的那晚，他發現她在臥房狂笑不已，並對麥奇斯科太太說她不能進浴室，因為鑰匙被扔到井裡去了。麥奇斯柯太太又驚又怒，雖然滿頭霧水，卻也大致猜到一二。迪克那時還不特別擔憂，因為事後妮可深感懊悔；她到古斯酒店登門致歉，不過麥奇斯科夫婦已然離去。

在巴黎的崩潰是另一回事，增添了頭一次崩潰的重要性。這可能預示了一個新的循環、病症的新發展。桃普希出生後，她舊疾復發很長一段時間，期間他經歷了不專業的痛苦，讓他不得不對她硬起心腸，將生病的妮可和健康的妮可截然一分為二。這使得他現在難以辨別專業上自我保護的超然態度和自己內心新生的冷漠。人不論是懷抱冷漠，或任令情感萎縮，都會慢慢變得空虛，到了這個程度他已學會對妮可視而不見，帶著消極的態度及情感上的忽視，違心地去伺候她。有人說創傷終會癒合，這是以皮膚的病理現象來做簡單的比擬，但個人的生命中可沒有這種事。受了創傷，傷口有時會縮到針刺大小，卻依然是傷。傷痛的痕跡更近似於缺了根手指，或瞎了隻眼睛。我們一年到頭或許也不會時時在意，可是一旦在意起來，誰也無能為力。

12.

他在花園裡碰見妮可，她雙臂高舉環抱著肩膀，灰色的眼眸直盯著他，目光中帶著孩童般銳利的探詢。

「我去了坎城，」他說：「遇上史畢爾斯太太。她明天就要走了，原本想來跟你道別，但我讓她打消了這念頭。」

「真遺憾。我倒想見見她。我挺喜歡她的。」

「你猜我還見到誰——巴塞洛繆・泰勒。」

「不會吧。」

「我絕不會認錯他那張臉，那老奸巨猾的傢伙。他在為西羅動物園勘查場地——他們明年就會南下來這裡了。我懷疑亞伯拉罕太太算是先遣人員。」

「我們來這裡的頭一個夏天，貝比還大發雷霆呢。」

「他們根本不在乎自己在什麼地方，所以我搞不懂他們為何不留在多維爾凍死算了。」

「我們能不能散布有霍亂之類的謠言？」

「我跟巴塞洛繆說有些物種在這裡跟蒼蠅一樣死得快——我告訴他討厭鬼的壽命就跟戰場上的機槍手一樣短。」

「少來。」

「我是沒這麼說，」他承認：「他很和藹可親。他和我在大街上握手，那肯定是很美好的景象。有如佛洛伊德跟麥凱萊斯特[17]的相會。」

17 Ward McAllister（1827–1895），紐約律師，遊走於社交圈，以名流及引領風潮者自居。

迪克不想說話——他想獨處，讓關於工作和未來的思緒能壓過對愛和今日的煩憂。妮可只是隱約又悲傷地知道這點，有點如小動物般怨恨他，卻又想在他的肩頭磨蹭。

「親愛的。」迪克輕聲說。

他走進屋裡，忘了原本打算做什麼，然後想起是要彈鋼琴。他吹著口哨坐下來，信手彈起：

「想像你在我膝頭
茶供雙人享，雙人共飲茶
我伴你左右，你伴我左右……」

樂聲中他忽然警覺，要是妮可聽見了，很快便會猜到這是在緬懷過去的兩個星期，於是趕緊隨便彈了個和弦後止住，起身離開。

想不出要去哪裡好。他環顧這間由妮可布置，用妮可祖父的錢買的房子。他只擁有自己那間工作室和其下那塊地皮。一年三千美金的收入加上出版品零星的版稅，他得支付自己的治裝費、個人開銷、酒窖支出以及拉尼爾的教育費（目前還僅限於保母的工資）。不管打算要做什麼，迪克都會計算自己該分攤多少錢。他過得相當儉省，獨自外出時搭三等艙，喝最便宜的酒，小心照料自己的衣服，有任何鋪張浪費便會懲罰自己，如此還算維持著經濟上的獨立。然而，從某個時候開始，這變得更加困難——一次又一次，他們得共同決定要如何運用妮可的錢。不用說，妮可想擁有他，希望他永遠停駐身邊，因此只要他稍有鬆懈都予以鼓勵，並不斷以各式各樣的方法讓他淹沒在源源不絕的商品和金錢之中。懸崖別墅這主意原本是某日他們天馬行空的幻想，現在卻成了典型的例證，可看出有多少力量在誘使他們脫離當初於蘇黎世所做的簡單安排。

「如果……豈不是很有趣嗎？」原本是這麼說；後來卻成了「等到……想必很有趣吧？」

其實並沒那麼有趣。他的工作跟妮可的問題攪和在一起；此外，她的收入近來快速激增，讓他的工作相形之下似乎無足輕重。而且，為了她的療養，多年來他一直裝作固守著家庭生活，如今他卻逐漸偏離了，且在這種不費力氣的停滯狀態下，佯裝變得更加艱難，畢竟他的一舉一動不可避免地會被放在顯微鏡下檢視。當迪克在鋼琴前不再能隨心所欲地彈奏時，就表示生活已被縮減到了某種程度。他在偌大的房間裡待了許久，聽著電子鐘的嗡嗡聲，聽著時間流逝。

十一月，浪濤漸黑，並越過堤防打上岸邊馬路——夏日生活的殘跡消失殆盡，海灘在北風和陰雨下顯得抑鬱淒涼。古斯酒店因整修及擴建停業，胡安萊潘夏季賭場的鷹架越搭越巨大嚇人。進到坎城或尼斯，迪克和妮可都會認識新面孔——樂團成員、餐館老闆、園藝愛好者、造船師傅——因為迪克買了一艘舊小艇——以及旅遊局的人員。他們很瞭解自家的傭人，也很用心在孩子的教育上。十二月，妮可似乎又好起來了，一個月來都沒有情緒緊張、雙唇緊抿、無故發笑、言詞費解的情形，於是他們前往瑞士阿爾卑斯山區過聖誕假期。

13.

進屋前，迪克先用便帽拍掉深藍色滑雪衣上的雪。大廳已經清空供茶點舞會使用，地板因二十年來釘鞋的踩踏而坑坑疤疤。寄宿在格施塔德附近學校的八十名美國青年正隨著〈別帶露露〉的歡樂曲調蹦蹦跳跳，或聽到查爾斯頓舞的開頭節拍響起便陷入瘋狂。這裡是年輕、單純、好揮霍之人的聚集地——最精銳的有錢人此刻都在聖莫里茨。貝比．華倫感覺來到這裡加入戴佛夫婦，自己可是做了很大的犧牲。

迪克在這輕歌曼舞的房間裡一眼就看到那兩姊妹——她們像是海報中人，穿著雪衣，氣勢逼人。妮可的雪衣是天藍色，貝比是磚紅色。有個年輕的英國人在跟她們說話，但她們沒在聽，只是直愣愣盯著那些跳舞的年輕人發呆。

見到迪克，妮可因雪而暖的臉龐更顯容光煥發。「他人呢？」

「他錯過了火車——我晚點再去接他。」迪克坐下，將一隻沉重的靴子蹺到膝上。「你們姊妹倆在一起真是非常顯眼。每隔一陣子我就忘了我們是一起的，看到你們都大感驚豔。」

貝比是個高挑貌美的女子，深深投入於自己接近三十的風華。具體表現在她從倫敦拉了兩個男人隨行，一個剛從劍橋畢業，一個又老又嚴厲，還帶有維多利亞時代的好色氣息。貝比有著某些老處女的脾性——她難以忍受觸碰，如果冷不防受到觸摸會嚇一大跳，而持續的接觸像是親吻和擁抱，則會穿透肌膚直接牽動她的意識中樞。她身軀的動作與姿態不多——反倒是會近乎老氣地跺腳和甩頭。她愛好領略那些從朋友們的災禍中所透露的死亡氣息——始終都堅信妮可的命運是場悲劇。

貝比帶來的那位年輕英國男子先前陪伴兩名女性乘滑雪車，坡道雖和緩，仍惹得她們驚嚇連連。迪克在一次過於炫耀的屈膝旋轉中扭傷腳踝，便輕鬆愉快地跟兒女在「親子坡道」上消磨，或跟一名俄國醫生在旅館裡喝克瓦斯淡啤酒。

「請開心點，迪克，」妮可慫恿他：「何不去認識幾個小美眉，下午跟她們一起跳跳舞？」

「我要跟她們說什麼？」

她低沉到近乎刺耳的嗓音提高了幾度，模仿楚楚可憐的嬌態，「就說：『小美眉，你真漂釀呀。』不然你還想說什麼？」

「我不喜歡小美眉。她們一身橄欖香皂和薄荷的味道。跟她們跳舞我感覺像是在推著嬰兒車。」

這是個危險的話題——他小心翼翼，甚至有些不自在，視線越過年輕少女的頭頂望向遠處。

「有很多正事要談。」貝比說：「首先，家鄉傳來消息——我們之前稱作車站的那塊地，鐵路公司原本只買了中間那部分，現在他們將其他部分也買下了，而那些地是母親所有。現在的問題是該怎麼投資這筆錢。」

那英國人裝作對話題轉向庸俗感到不耐，起身朝舞池中一名女孩走去。身為一輩子崇英的美國女子，貝比以狐疑的目光尾隨了他一會兒，然後輕蔑地繼續說：

「是一大筆錢。每人有三十萬。我會顧好自己的投資，可是妮可對證券一竅不通，我猜你也半斤八兩。」

「我得去接火車了。」迪克託詞迴避。

到了外面，他吸進潮濕的雪花；雪花在漸暗的天色下已經看不見了。三個孩子乘雪橇掠過，嘴裡用陌生的語言呼喊警告；他聽見他們在下一個轉彎處發出同樣的呼喊，再遠一點還可聽見雪橇鈴聲在黑暗中往山上而去。假日的車站閃爍著期待的光芒，男男女女等著新來到的男男女女，等到火車進站時，迪克也感染了這股氣氛，對法蘭茨·桂格歐若維斯假裝自己是從欲罷不能的玩樂中，特地抽出了半小時來接他。不過法蘭茨眼下心事重重，對迪克散播的任何情緒都無動於衷。「我也許可以抽一天到蘇黎世，」迪克曾寫道：「或者你可以設法到洛桑來。」結果法蘭茨竟直接來到了格施塔德。

他四十歲了，健康成熟的外表之上自有一套八面玲瓏的客套，不過他還是在稍嫌單調安穩的環境中最感自在，在那裡他可以盡情鄙視那些精神崩潰、受他再教育的有錢人。他的家學淵源本可以讓他享有更廣闊的世界，但他似乎刻意選擇養謙處卑，從他在伴侶的選擇上就可看出這一點。到了飯店，貝比．華倫迅速將他打量了一番，找不出任何她所尊敬的表徵，就是特權階級用來辨識彼此的那些微妙德行或禮節，此後便以二等的態度對待他。妮可則向來有點怕他。迪克喜歡他，就像喜歡所有的朋友那樣毫無保留。

晚上他們搭乘作用一如威尼斯貢多拉的小雪橇，滑下山到村莊裡過夜。他們的目的地是間附有瑞士老酒吧的旅館，酒吧是全木製，充滿回音，屋內滿是時鐘、酒桶、酒杯和鹿角。一夥夥人圍坐長桌旁，混雜成一場龐大的宴會，全都在吃起司火鍋——類似威爾斯乾酪，但特別難以消化，搭配香料熱紅酒會比較好下肚。

大房間裡好快活；年輕的英國人這麼評論，迪克承認沒其他字眼好說了。嗆辣又勁道十足的葡萄酒讓他放鬆，假裝來自九零黃金年代、在鋼琴前高歌輕快老調的灰髮男子，以及隨著繚繞煙霧充斥屋裡的年輕聲音和亮麗服飾，這一切再次將世界完整拼湊起來。一時之間，他感覺他們如在一艘船上，陸地就在眼前；所有女孩的臉上都流露同樣天真的期待，期待著眼前局勢及夜晚所蘊含的可能性。他張望著看那個特別的女孩是否在場，有種感覺她就在他們後面的那張桌子——隨後他忘了她，編了套胡言亂語想讓同夥人開心。

「我得跟你談談，」法蘭茨用英語說：「我只能在這裡待二十四小時。」

「我就猜你心裡有事。」

「我有個計畫——妙不可言。」他的手落在迪克的膝上，「這計畫會讓我們兩個都功成名就。」

「哦？」

「迪克——有間診所可以讓我們共同經營——楚格湖畔的那間老診所布勞恩。除了少數幾處地方，其他設備都是最新的。布勞恩病了——他想去奧地利，大概是安享晚年吧。這是個千載難逢的機會呀。你和我——多好的拍檔！先別開口，等我說完。」

從貝比眼中閃爍的精光，迪克知道她正在聽。

「我們得要聯手頂下這診所。不會對你造成太大束縛的——你會有個據點、一間研究室、一個醫療中心。你可以在天氣好的時候駐院，為期不超過半年。冬天你可以到法國或美國去，根據最新的臨床經驗寫你的書。」他壓低音量，「而且對你家人的療養也好，醫院的環境與規律就在左近。」迪克的表情並不以為然，因此法蘭茨用舌頭飛快舔了舔嘴唇，拋下這說法。「我們可以合夥。我做執行經理，你做理論專家、傑出顧問等等之類的。我有自知之明——知道自己沒你那種天分。但我有我的長處，人們都認為我很能幹，我完全能掌握最新的醫療方法。有時一連幾個月，我都是那間老診所的實際負責人。多姆勒教授也說這計畫極好，建議我放手去做。他說他會長命百歲，一直工作到最後一刻。」

在驟下判斷之前，迪克先預想著未來的願景。

「財務方面呢？」他問。

法蘭茨的下巴、眉毛、前額一閃即逝的皺紋、雙手、雙肘、肩膀全都同時揚起，他收緊雙腿肌肉，褲管撐得鼓脹，心臟被推上喉頭，話音像被擠進口腔上壁。

「這就是問題所在！錢！」他哀嘆：「我的錢不多。開價是美金二十萬。重新……裝修……」他遲疑地玩味用詞，「……這步驟，你也會同意是必要的，要再花費兩萬美金。但那診所是座金礦——我跟你說，我還沒看到帳簿，不過投資二十二萬美金，我們保證可回收……」

貝比聽得如此好奇，迪克乾脆將她拉進談話中。

「依你的經驗，貝比，」他詢問：「你有沒有發現當一個歐洲人**非常**急於見一個美國人時，毫無例外都跟錢有關？」

「是什麼事？」她故作天真地說。

「這位年輕講師認為我和他應該聯手做番大事業，想辦法招徠美國那些精神崩潰的人。」

法蘭茨瞪著貝比乾著急，迪克繼續說：

「不過我們是什麼人呀，法蘭茨？你背著響亮的姓氏，我寫過兩本教科書，這就夠吸引人了嗎？況且我也沒那麼多錢——連十分之一都沒有。」法蘭茨冷笑。「說老實話，我真沒有。妮可與貝比都富可敵國，但我一分錢也還沒弄到手。」

他們現在全都在聆聽——迪克不知坐他身後桌的那女孩是否也在聽，這想法令他著迷。他決定讓貝比代為發言，就如人們常讓女性對她們無權掌控的事大放厥詞一樣。貝比忽然化身成她的祖父，沉著謹慎。

「我認為你該仔細考慮這項提議，迪克。我不完全瞭解桂格里醫師說的事——但在我看來——」

他身後的女孩前傾探入一圈煙霧，從地上拾起某物。妮可的臉隔桌與他相對——她暫且悠然安適、自成姿態的美貌湧進他對她的愛意之中，挑起永恆的呵護之情。

「考慮看看，迪克。」法蘭茨興奮地強調：「一個人要寫精神病學的書，理當有實際的臨床接觸。榮格寫書，布魯勒寫書，佛洛伊德寫書，福勒爾寫書，阿德勒寫書[18]——他們同時也都跟精神失常的人保持接觸。」

「迪克有我，」妮可笑著說：「我的精神失常應該足夠一個人研究了。」

「那不一樣。」法蘭茨小心翼翼地說。

貝比尋思要是妮可住在一間診所旁，自己總會比較安心。

「我們得慎重考慮。」她說。

雖然對她的自以為是感到有趣，但迪克並不想助長。

「這決定對我事關重大，貝比。」他溫和地說：「你真好心，想替我買間診所。」

意識到自己在多管閒事，貝比連忙抽手：

「當然，這完全是你的事。」

「這麼重要的事要花幾個星期才能做出決定。我不確定自己會不會喜歡和妮可到蘇黎世定居這構想……」他轉向法蘭茨，先發制人：「……我知道，蘇黎世有瓦斯、自來水和電燈——我也在那兒住過三年。」

18 所提皆為著名心理學家，依序為Carl Jung、Eugen Bleuler、Sigmund Freud、Auguste-Henri Forel、Alfred Adler。

「我讓你好好考慮，」法蘭茨說：「我有信心……」

百來雙五磅重的靴子開始大踏步朝門口走，他們也加入推擠的人群中。屋外沁涼月光下，迪克瞧見那女孩將她的雪橇繫在前頭一輛雪車上。他們擠上自己的雪車，馬匹在鞭子清脆的聲響中奮力向前，迎向黝暗夜色。一個個爭先恐後狂奔的身影掠過他們，雪橇上的年輕人互相推擠，落在柔軟雪地上的便氣喘吁吁地追著馬跑，最後不是筋疲力竭地倒在雪橇上，就是哀號自己被拋棄了。兩旁原野靜謐宜人，人馬行經之處天高地闊。鄉間少雜音，他們彷彿全都重回遠古，側耳聆聽著茫茫雪地裡的狼嚎。

到了薩嫩，他們湧進市政廳的舞會，裡面擠滿了牧牛人、旅館僕役、店鋪老闆、滑雪教練、嚮導、遊客、農民。在外面感受過萬物有神的野性後，進入這溫暖密閉的地方，猶如重新掛上一些荒誕又令人難忘的騎士名銜，其鏗鏘有力好似戰時帶刺軍靴的踏步，也好似足球釘鞋踩在更衣室的水泥地板上。有人唱著傳統約德爾調，那熟悉的韻律讓迪克最初頗覺浪漫的場面為之失色。一開始他以為是因為自己將那女孩趕出腦海，後來想到是因為貝比之前說的話：「我們得慎重考慮……」及其背後的潛台詞：「你是屬於我們的，你遲早得承認。繼續裝作獨立自主很可笑。」

多年來迪克一直克制自己不要對人心懷怨恨——自從在耶魯頭一年讀到一篇關於「心理衛生」的熱門文章後便如此。現在他對貝比大動肝火，一面試圖將火氣憋在肚裡，一面對她那有錢人的冷酷傲慢感到憎惡。還要再過幾百年，這些新興女強人才會理解，男人唯一的弱點就是自尊心，那就像蛋頭人一樣脆弱，經不起一點折騰——雖然其中有些女人對此在口頭上還算謹慎。戴佛醫生的職業是整理另一種蛋的破碎外殼，這讓他對破損深感畏懼。可是——

「有人實在禮貌過頭了。」他在返回格施塔德的平穩雪車上說。

「嗯，我倒覺得那樣挺不錯。」貝比說。

「不，才不好，」他對著那團莫名的毛皮堅持道：「以禮相待就是承認每個人都很嬌弱，得戴著手套小心呵護。而人與人的尊重呢——你不會隨便稱呼一個人懦夫或騙子，但如果你一輩子都在顧慮他人的感受，迎合他們的虛榮心，最後就無法分辨他們究竟有哪些地方**值得**尊重了。」

「我想美國人相當注重禮貌。」年長的英國人說。

「我想是吧，」迪克說：「我父親信奉的禮節是從先開槍後道歉的時代承襲下來的。人手一槍——哦，你們歐洲人從十八世紀開始，日常生活中就不帶槍了吧……」

「並不盡然，也許……」

「還真**不盡然**。真不是如此。」

「迪克，你的禮貌向來優雅得體。」貝比打圓場說。

兩個女人的目光帶著憂慮，越過各式毛皮大衣望著他。那名年輕的英國人摸不著頭緒

——他是把屋簷和陽台當船上索具，老在其間跳來跳去的那類人——回旅館的一路上都在說一個荒誕不經的故事，講自己跟最好的朋友較量共同熱愛的拳擊，彼此互毆了一個小時，而且一直都手下留情。迪克開起玩笑來。

「所以他每揍你一下，你就認為他是個更好的朋友？」

「我會更敬重他。」

「我搞不懂這前提。你和你最好的朋友為了件小事打架……」

「如果你不懂，我也沒辦法跟你解釋。」年輕英國人冷冷地說。

——只要我開始說出心裡話，就會得到這種下場，迪克對自己說。

他對逗弄那年輕人感到慚愧，心知這故事的荒誕在於其態度幼稚，卻結合老練的敍事手法。狂歡作樂的興致濃厚，他們隨人群進入燒烤店，突尼西亞籍的酒保隨著對位旋律操控著燈光照明，而高掛溜冰場上空、凝視著大玻璃窗的明月儼然提供了另一旋律。如此光線下，迪克發現那女孩無精打采，令人乏味——他將目光從她身上移開，轉而欣賞黑暗，欣賞菸頭在紅色燈光下轉為銀綠色，欣賞酒吧大門開闔之間白色光帶劃過跳舞的人。

「現在，告訴我，法蘭茨，」他詰問：「你認為喝了一整晚啤酒後，還能回去說服病人自己品格高尚嗎？你不覺得他們會把你看作酒囊飯袋嗎？」

「我要去睡了。」妮可宣告。迪克送她到電梯門口。

「我本該跟你一道走，但我得跟法蘭茨表明自己無意做執業醫生。」

妮可走進電梯。

「貝比見多識廣。」她若有所思地說。

「貝比是個……」

電梯門刷的闔上——面對著機械的嗡嗡聲，迪克在心裡把話說完：「……貝比是個淺薄自私的女人。」

不過兩天後，與法蘭茨乘雪車前往車站時，迪克坦承自己對此事頗感興趣。

「我們開始原地打轉了，」他承認：「這樣揮霍度日，無可避免會有一連串的壓力，而妮可是受不了的。蔚藍海岸夏日的田園風情也全都逐漸變調——明年夏天就會變成旺季了。」

他們經過青翠的草地，維也納華爾茲的樂聲震耳欲聾，許多山區學校的旗幟在淺藍色天空下飄揚。

「……希望我們能辦到，法蘭茨。若要做，我也只想跟你合作……」

再見了，格施塔德！再見，新鮮的面孔、冷香的花朵、黑暗中的雪花。再見，格施塔德，再見！

14.

做了個關於戰爭的長夢後，迪克於清晨五點醒來，走到窗前，眺望著楚格湖。他的夢境一開頭陰沉莊嚴：身著海軍藍制服的隊伍跟在樂隊後方穿過一個幽暗的廣場，樂隊演奏著普羅高菲夫《三橘之戀》歌劇組曲的第二樂章。過一會兒出現了消防車，此乃災難的象徵；接著是急救站裡的傷殘者掀起了一場可怕的暴動。他打開床頭燈，將夢境詳細記錄下來，結尾半諷刺地加了句：「非戰鬥人員的砲彈休克症。」

他坐在床沿，感覺房間、屋子和夜晚都同樣空虛。妮可在隔壁房間呢喃著什麼淒涼的話語，他為她在睡夢中感受到的任何孤寂而難過。對他而言，時間停滯不前，然後每隔幾年便加速猛衝，像是影片快速回轉；但對妮可而言，歲月隨著時鐘、月曆、生日悄悄溜走，徒留美貌易逝的傷感與日俱增。

即便是在楚格湖畔這過去的一年半，對她來說似乎也是虛度光陰，季節交替只顯現在路上的工人身上——五月膚色轉紅，七月棕褐，九月黝黑，到了春天又變白。她成功熬過第一次發病，懷著新希望存活下來，滿心期待；然而除了迪克，她的存在沒有任何依靠，就算是養育孩子，她也只能溫柔地假裝在愛著一對受教的孤兒。她喜歡的人多半叛逆，讓她心神不寧，有害無益——她在他們身上尋找著讓他們能獨立自主、富創造力或堅毅刻苦的生命力，可是徒勞無功——因為他們的祕訣都深埋在早已遺忘的童年掙扎中。他們較感興趣的都是妮可勻稱嫵媚的外貌，她疾病的另一面。她擁有著不願被人占有的迪克，生活只覺孤寂。

他曾多次嘗試放手不再掌控她，卻都不成功。他們共有過許多美好時光、不眠之夜的情話綿綿，可是每當他轉身回歸自我，總徒留她瞪著一無所有的雙手，咒罵不絕，卻心知這只是希望他會盡快回到身邊。

他使勁抹平枕頭，躺下，像日本人那樣將後頸靠在枕上以減緩血液循環，又睡了一會兒。之後，當他刮鬍子時，妮可起床到處走動，突兀、簡潔地對著孩子和傭人發出命令。拉尼爾進來看父親刮鬍子——住在精神病診所旁讓他對父親培養出非凡的信任與欽佩，同時對其他大多數成年人則過分冷淡；病人在他眼中不是怪裡怪氣，就是萎靡不振、唯唯諾諾到毫無個性的傢伙。他是個帥氣、有前途的男孩，迪克花了很多時間在他身上，兩人的關係就像慈愛卻嚴格的長官與畢恭畢敬的士兵。

「為什麼，」拉尼爾問：「你刮鬍子的時候，總是會留下一點泡沫在頭髮上？」

迪克小心地張開塗滿肥皂的嘴唇回答：「我一直找不出原因，自己也很納悶。我想是因為修鬢角的時候食指沾到了肥皂沫，但最後怎麼會跑到頭上就不清楚了。」

「我明天要來看個仔細。」

「這是你早餐前唯一的問題嗎？」

「這不算是個問題。」

「你說了算。」

半小時後迪克出發前往辦公大樓。他三十八歲——仍不肯蓄鬍，卻比在蔚藍海岸時更具有醫生的氣息。他現在已在這診所駐院十八個月——診所設備之完善肯定是歐洲數一數二。這裡就像多姆勒診所一樣現代化——不再是黑暗陰森的獨棟建築，而是一個小又分散，但卻貌似完整的村落——迪克和妮可在格調方面著力甚深，因此整個院區顯得美輪美奐，每個途經蘇黎世的心理學家都不免要來參觀一下。如果再加間球僮房，簡直就是一所鄉村俱樂部了。薔薇屋和櫸木屋是供那些心靈永遠陷入黑暗的病患居住，以小灌木叢和主建築隔開，是經過偽裝的要塞。其後是大片菜園，負責耕種的有部分是病人。施行勞動療法的工作坊有三間，設置於同一個屋簷下，戴佛醫師就從這裡開始他的晨間巡察。木作工坊滿室陽光，散發著鋸屑和陳年老木的芬芳，總有五、六個人在裡頭敲打、刨鋸、唧唧作響——這些人皆一言不發，在他經過時也只從工作中抬一抬嚴肅的雙眼。他本身也是個優秀的木工，會花點時間以平靜、私人、感興趣的聲音和他們聊聊某些工具的效能。隔鄰是書本裝訂作坊，是為那些心思最多變，卻未必最有機會康復的病患而設。最後一間是珠飾、織品和銅器作坊，這裡病人臉上的表情都像才剛深深嘆過一口氣，放下了某件無從解決的麻煩事一樣——不過他們的嘆息只是標示了另一輪無休無止的推論就此開始，其推論並非如普通人是線性，而是原地打轉。轉呀轉呀轉。沒完沒了地轉。可是他們手邊的材料色彩鮮豔，讓陌生人一時有種錯覺，以為一切正常，就像在幼稚園裡。戴佛醫師進來時，這些病人面露喜色。他們多數喜歡他甚於桂格歐若維斯醫師。見過大世面的毫無例外都較喜歡他。有少數幾個人認為他忽視了他們，或認為他並不單純，抑或他裝模作樣。他們的反應跟迪克在日常生活中所招致的反應沒什麼不同，只是這裡的人精神扭曲反常。

有名英國女子總是跟他聊起她認為專屬於她的話題。

「我們今晚有音樂聽嗎？」

「我不知道，」他回答：「我還沒見到拉迪斯勞醫師。昨晚薩克斯太太和隆史崔特先生給我們演奏的音樂你可喜歡？」

「馬馬虎虎。」

「我覺得很不錯——尤其是蕭邦。」

「我覺得馬馬虎虎。」

「你什麼時候要親自為我們演奏？」

她聳聳肩，對這問題感到高興，幾年來都是如此。

「有機會。不過我的演奏也馬馬虎虎。」

他們知道她根本不會演奏樂器——她有兩個姊姊，都是出色的音樂家，但她們童年在一起時，她連識譜都沒能學會。

迪克接著從工作坊前往薔薇屋和櫸木屋。外觀上，這兩棟屋子和其他房屋一樣賞心悅目；妮可依照須隱藏格柵和欄杆以及家具不可移動的需求基礎，設計了裝潢及家具。她發揮了極大的想像力——需面對的問題本身彌補了她原本缺乏的創造特質——訪客若未經提點，萬萬想不到一扇窗子上輕盈、優美的金屬蕾絲花邊其實是條硬實堅固的拴鍊尾端，這些反映了現代鋼管結構潮流的物件比愛德華時代厚重的產物還更結實——即便是鐵器尾端的花樣，及看似隨興的裝飾與配件，都跟摩天大樓的鋼樑般不可或缺。她孜孜不倦的雙眼讓每個房間都發揮了最大的效用。受到恭維時，她直率地稱自己是鋼管師傅。

對那些腦袋正常的人來說，這兩間屋子裡似乎怪事層出不窮。戴佛醫師在男病患住的薔薇屋裡便常常樂不可支——這裡有個奇怪的小曝露狂認為若他能一絲不掛、不受攔阻地從星形廣場走到協和廣場，很多問題就會迎刃而解；而迪克心想，或許他還真的沒錯。

他最有趣的病例在主樓。患者是一名三十歲的女性，已入院六個月；她是個美國畫家，之前長居巴黎。他們對她的病史並不十分清楚。一名遠親偶然發現她完全陷入瘋狂，先是讓她進入巴黎近郊一間主要提供吸毒跟酗酒旅客的收容院，經過一段時間成效不彰的療養後，設法將她送到了瑞士。入院時，她美得不可方物——如今卻渾身瘡腫，苦不堪言。所有的血液檢測都驗不出原因，只好勉強將問題歸為神經性濕疹。兩個月以來她都臥病在床，如同被禁錮在鐵處女刑具之中。她在自己特殊的幻覺界線之內顯得條理分明，甚至聰穎過人。

她是尤其屬於他的病人。在她著魔般過分激動時，他是唯一能「有點辦法」的醫生。幾星期前的某個晚上，再度被經歷多次的失眠折磨時，法蘭茨成功用催眠讓她獲得幾小時必要的休息，但之後就再也沒成功過。迪克不太信任催眠這手法，也很少使用，因為他知道自己無法隨時喚起施行催眠的情緒——他曾對妮可嘗試過一次，卻換來她輕蔑的嘲笑。

二十號病房的女子在他進來時看不見他——她雙眼四周腫得太過厲害。她的聲音圓潤有力、深沉帶顫。

「這會持續多久？要到永遠嗎？」

「不會很久的。拉迪斯勞醫師跟我說有幾處已完全復原了。」

「如果知道自己究竟做了什麼要受這種罪，我還比較能坦然接受。」

「把事情覆上神祕色彩不是好辦法——照我們的理解，這是神經方面的症狀，跟羞愧臉紅有關——你小的時候會不會很容易臉紅？」

她面朝天花板躺著。

「自從換牙長大之後，就沒什麼事會讓我臉紅了。」

「你沒犯過什麼小惡小錯嗎？」

「我沒什麼可以責備自己的。」

「那你很幸運。」

女病人想了一下；她的聲音穿過纏著繃帶的臉，幽怨如地下傳來的曲調：

「我承擔著這時代向男人挑起戰爭的女性之命運。」

「令你大為驚訝的是，這就跟所有的戰爭沒兩樣。」他順著她那鄭重其事的措辭回答。

「就跟所有的戰爭沒兩樣。」她想了想。「你選擇有勝算的戰場，不然就只能慘勝，或者被糟蹋摧毀——成為斷壁殘垣發出的幽靈般回聲。」

「你沒被糟蹋，也沒被摧毀，」他對她說：「你確定自己投入的是一場真實的戰爭？」

「你看看我！」她怒吼。

「你受了很多苦，但很多女人在誤把自己當作男人前，同樣吃盡了苦頭。」這逐漸演變成一場爭論，他於是退讓。「無論如何，你千萬別把單一挫折當作是最終的失敗。」

她冷笑，「說得好聽。」這話自那痛苦的軀殼發出，令他感到慚愧。

「我們想弄清楚讓你來到這裡的真正原因……」他開口，但被她打斷。

「我在這裡是作為某種象徵。我以為你或許會知道是什麼。」

「你病了。」他機械式地說。

「那我幾乎要找到的是什麼？」

「更嚴重的病。」

「就這樣？」

「就這樣。」他厭惡地聽見自己在說謊，但此時此刻問題之廣也只能濃縮成一句謊言。「在那之外，有的只是困惑與混亂。我不會對你說教——我們太清楚你身體所承受的痛楚，但只有面對每一天的問題，不管那看來有多瑣碎多無聊，你才能讓事情重回正軌。在那之後……也許你能再次去探索……」

他放慢下來，以防說出那無可避免的結論：「……人類意識的邊界。」藝術家必須探索的邊界並不適合她，永遠不適合。她天性纖細——最終或許會在某種平靜的神祕主義中找到安寧。探索是給那些有著一定程度農夫血氣，那些腿粗腳健，每吋肉體和精神都能把苦頭當乾糧吃的人。

——不適合你，他差點說出口。這對你來說太艱辛了。

然而在她極其莊嚴的痛苦之前，他毫無保留地寄予愛憐，幾近性慾。他想將她摟進懷裡，就像他常摟著妮可那樣，甚至擁抱她的錯誤，將其當作是她的一部分深深擁入懷中。橘色光線穿過拉下的百葉窗，她的身軀如大理石棺躺在床上，臉上瘢痕累累，話語探詢著疾病背後的虛空，找到的只是縹緲的抽象概念。

他起身時，眼淚如滾燙熔岩濺進她的繃帶。

「這是有意義的。」她低聲說：「其中肯定有什麼意義。」

他彎身親吻她的額頭。

「我們都要好好保重。」他說。

離開她的房間後，他吩咐護士進去照料。還有其他病人要視察：有個十五歲的美國女孩，是在童年就該盡情玩樂的概念下撫養長大——他來巡察是因為她剛用指甲刀把頭髮全剪了。對她實在沒什麼辦法——家族有精神病史，她的過去也沒什麼穩定的東西可以依靠。她父親是平凡認真的人，努力保護一家神經質的子女免於生活中各種麻煩，結果只是阻礙了他們培養應變能力，去適應生活中無可避免的意外。迪克沒什麼話好說：「海倫，如果你有疑問，一定要問護士，你得學習接受建議。答應我你會這麼做。」

腦袋有病的人能做什麼承諾？他接著去察看一位虛弱的高加索流亡人士，他被牢牢綁在吊床上，再浸入熱療池中；然後是某個葡萄牙將軍的三千金，她們幾乎難以察覺地漸漸陷入麻痺性痴呆。他又走進隔壁房間，跟一個精神崩潰的心理醫師說他病情好多了，一直在好轉，而那人試著從他臉上辨識出明確的證據，因為唯有透過戴佛醫師嗓音的共鳴中所能找到、或找不到的保證，他才能跟真實世界建立一點聯繫。之後迪克開除了一名偷懶的護理人員，此時已是午飯時間。

15.

跟病人共餐是件他提不起興致的例行公事。這聚會當然不包含薔薇屋或櫸木屋的病人，乍看之下十足平常，但其上總是籠罩著一層沉重的憂鬱。在座的醫生持續你一言我一語地交談著，但多數病人彷彿因為晨間的勞動而筋疲力盡，或被同桌的人弄得無精打采，皆沉默寡言，只是盯著盤子吃飯。

午餐結束後，迪克回到他的別墅。妮可在客廳，神情古怪。

「讀讀那個。」

他將信打開。是一位最近出院的女士所寄，不過院方對她的復原情況一直抱持懷疑態度。信上直接了當指控他誘惑她的女兒，她女兒在她病情嚴重時曾隨侍身旁。她猜想戴佛太太會很樂意知道這事，並認清自己丈夫的「真面目」。

迪克將信再讀了一遍。雖然是用簡明扼要的英文寫成，卻仍看得出是個瘋子的手筆。就那麼一次，他曾讓那輕佻的棕髮小女孩一同乘車到蘇黎世，這還是出於她的請求，而且傍晚便將她帶回了診所。他以漫不經心、近乎遷就的方式吻了她一下。後來，她想讓關係更進一步，但他沒興趣，隨後或許也因為如此，女孩變得不喜歡他，並將母親帶走了。

「這封信胡言亂語，」他說：「我跟那女孩沒有任何關係。我根本就不喜歡她。」

「是啊，我也努力這麼想。」妮可說。

「你不會真的相信吧？」

「我就一直坐在這兒。」

他聲音一沉，語帶責備，同時在她身旁坐下。

「真是荒謬。這可是一封精神病患寫來的信。」

「我也曾是個精神病患。」

他站起身，語氣更顯權威。

「我們別再胡鬧了，妮可。去把孩子們找來，準備出發。」

上了車，迪克駕駛，他們沿著湖岸小岬角走，陽光跟湖水映在擋風玻璃上，車子穿過如瀑布般灑下的綠蔭。這是迪克的車，一台雷諾小車，小到除了孩子們，其他人全都擠得探出車外，保母則坐在後座兩個孩子中間如桅杆般聳立。他們對這條路瞭若指掌——清楚哪裡會聞到松針和爐火黑煙的味道。高掛的太陽面目依稀，光線朝著孩子們的草帽猛烈照射。

妮可一言不發；迪克對她僵直的目光感到不安。他在她身邊經常感到孤寂，更屢屢對她陣陣突如其來、專門保留給他聽的個人宣洩感到疲倦，「我好似這……我又更好似那……」可是今天下午他反倒樂於聽她時而喋喋不休一陣子，讓他能稍微一窺她的想法。當她退回自己的內心，關上了心門，這種情況總是最危險。

保母在楚格下了車。戴佛一家通過多輛如龐然巨獸的壓路機讓開的道路，朝市集而去。迪克停好車，妮可望著他沒有動彈，於是他說：「來吧，親愛的。」她突然咧嘴露出可怕的笑容，他的胃一緊，但裝作沒看見，重複道：「快來吧，孩子們也好下車。」

「哦，我會下車的。」她回答，這話像是摘自她內心自動生成的某個故事，快得他意會不過來。「別擔心，我會下車……」

「那就來呀。」

他跟她並肩而行時，她把頭撇開，但臉上笑容仍時隱時現，既輕蔑又冷傲。只有當拉尼爾跟她說了幾次話後，她才設法將注意力定在某樣事物上，那是一座木偶戲台，同時她也轉過身駐足凝望。

迪克努力思考該怎麼做。他對她抱持的雙重觀點——丈夫的和心理醫師的——令他的應對能力日益癱瘓。這六年來她已多次帶著他越過那道界線，藉由激起感情上的憐憫，或是一連串天馬行空、毫無來由的奇思妙想使他卸下心防，因此唯有在事過境遷、緊繃的情緒舒緩後，他才恍然大悟，她又成功戰勝了他的理智。

他們和桃普希討論著偶劇——那木偶是否就是他們去年在坎城看到的那個——確認後，一家人繼續沿夾道的露天攤位往前走。置於天鵝絨襯衣上的女子軟帽，一一攤開代表瑞士各州的鮮豔裙子，在漆成藍橘色的推車及各式陳列前也顯得拘謹。耳邊傳來豔舞表演叮噹、嗚咽的樂音。

妮可極其突然地跑了起來，突然得讓迪克一時沒反應過來。他看見前方遠處她的黃色洋裝在人群中穿梭，有如一道現實與虛幻之間的赭黃色縫線，他追了上去。她暗自跑，他暗自追。炎熱的午後因她的逃跑變得刺眼可怖，他連孩子們都給忘了；他隨即折返跑回他們身邊，拉著他們的臂膀東轉西轉，目光掃過一個個攤子。

「女士，」他朝著白色摸彩輪後面一名年輕女子喊道：「我把孩子留在你那裡兩分鐘好嗎？情況緊急——我給你十法郎。」

「沒問題。」

他領著孩子走進攤位。「現在——乖乖跟這位好心小姐待在一起。」

「好。」

他又飛奔而去，但已經不見她蹤影。他繞著旋轉木馬兜圈，直到察覺自己是跟在旁邊跑，望的永遠是同一匹木馬。他擠進小吃攤的人群裡，隨後想起妮可的一項嗜好，於是掀起算命攤的篷幕一角往內窺探。一個單調的聲音招呼道：「我是尼羅河畔排行第七的女子所生的第七個女兒……請進，先生……」

他放下篷幕，一路朝湖畔的市集邊緣跑，有座小摩天輪在天空下慢慢轉動。他在那兒找到了她。

她獨自坐在暫時升到最高點的座艙裡，隨著座艙下降，他瞧見她在狂笑。他悄悄退回人群中，群眾在摩天輪轉起下一輪時注意到妮可極度歇斯底里。

「快看！」

「瞧那英國女人！」

她再次落下——這次摩天輪和其音樂都慢了下來，十幾個人圍著她的座艙，全都受她的笑聲感染，露出同情的傻笑。不過當妮可一見到迪克，笑聲戛然而止——她作勢要溜走，但他一把抓住她的手臂，拽著她走開。

「你為什麼要那樣失控？」

「你很清楚為什麼。」

「不，我不清楚。」

「太可笑了——放開我——這是在侮辱我的智力。你別以為我沒瞧見那女孩看你的眼神——那黑黑的小女孩。噢，真是荒唐——一個孩子，不超過十五歲。你以為我看不出來？」

「在這裡停一下，別說話。」

他們在一張桌前坐下，她的眼神滿是猜忌，手在視線前揮來揮去，好似受到遮擋。「我想喝一杯……我要一杯白蘭地。」

「你不能喝白蘭地——要喝就喝黑啤酒。」

「我為什麼不能喝白蘭地？」

「我們不談這個。聽我說——關於那女孩的事是個錯覺，你明白這個詞的意思嗎？」

「每當我看見你不想讓我見到的事，都是錯覺。」

他有種罪惡感，就如同在那種我們被控有罪的噩夢裡，我們也自覺無可抵賴地確實犯了罪，可是一醒過來就發現根本沒這種事。他閃躲著她的目光。

「我把孩子託給了一個攤子上的吉普賽女人，我們得去接他們。」

「你以為自己是誰？」她質問：「斯文加利[19]嗎？」

十五分鐘前他們還是個美滿家庭。現在隨著他不情願地用肩膀將她逼入角落，他赫然覺得他們所有人，大人小孩，皆不過是個危險的偶然。

「我們回家。」

「回家！」她縱聲大吼，音調高處甚至有些顫抖嘶啞，「然後坐在那裡想著我們全都在腐爛，孩子們的骨灰在我打開的每個盒子裡腐爛？太噁心了！」

他近乎放心地看出這番言詞讓她吐盡了怨氣，而敏感程度已深入皮下的妮可也看出他面露退讓之色。她自己的表情也緩和下來，哀求道：「幫幫我，幫幫我，迪克！」

一股痛苦襲捲而來。如此美好的一個人卻不能站立，只能懸掛著，掛在他的身上，真令人難過。某種程度上這無可厚非：男人就是要照顧女人，好比具體的衍樑與抽象的概念、支柱與對數；但不知怎的，迪克和妮可已然合而為一，彼此平等，而非對立與互補；她也是迪克，是他乾涸的骨髓。他不能眼睜睜看著她崩潰而不聞不問。他的直覺一如他的溫柔與憐憫，正一點一滴流失——他只能採取現代典型的做法，強行介入——他會從蘇黎世請個護士來，今晚接手看管她。

19 英國作家George du Maurier的小說《Trilby》中的虛構人物，以催眠將女主角轉變為優秀的歌手，並進而在背後操控她。

「你**可以**幫我。」

她那甜蜜的蠻橫牽引著他身不由己。「你以前幫過我——現在也可以幫我。」

「我只能用同樣的老方法幫你。」

「總有人能幫我。」

「或許吧。最能幫你的是你自己。我們去找孩子們吧。」

有白色輪盤的摸彩攤為數不少，迪克詢問第一個攤位時碰了釘子，一陣錯愕。妮可目露兇光站在一旁，拒絕承認自己的孩子，將他們視為這完整世界的一部分而憎恨，她只想讓這世界天翻地覆。不久，迪克找到了他們，一群婦女圍在身邊把他們當精緻商品似的興高采烈檢視著，還有些鄉下小孩也直盯著他們看。

「謝謝，先生，啊，先生真是太慷慨了。很樂意效勞，先生、太太，再見了，小傢伙。」

他們打道回府，熱烈的憂傷淋在他們身上；車子因他們共同的憂慮與苦惱而沉重，孩子們失望地抿著嘴。悲哀現出其可怕、黝暗的陌生色彩。到了楚格附近，妮可拚了命重述她之前講過的一則評論，說離馬路有段距離的一棟朦朧黃屋看上去就像幅未乾的油畫，但這不過是企圖抓住一閃即逝的繩索。

迪克試著歇歇——不久後在家裡還會有一番掙扎，他或許得坐上老半天，重新跟她說明天地萬物。「精神分裂患者」恰如其名，有著分裂的人格——妮可時而是凡事不需他人多做解釋，時而則是他人**無從**做任何解釋。必須要以積極肯定的堅決態度對待她，讓通往現實的道路永遠保持暢通，並讓遁逃的道路更加難行。但瘋狂的狡獪、善變，就好似無孔不入的水能滲透、漫溢、繞過堤防。這需要許多人聯合起來共同對付。他感覺這一次必須讓妮可自我療癒；他要等待她想起之前幾次發病，並感到深惡痛絕。疲憊下，他計畫著他們要重拾一年前放寬的嚴謹生活規範。

他開上了一處山坡，這是通往診所的捷徑，當他踩緊油門駛上與山腰平行的直線短道時，車子猛然朝左偏移，又猛然轉右，車子傾斜得只以兩輪著地，妮可的尖叫聲灌進迪克耳中，他用力推開緊抓著方向盤那瘋狂的手，將車打直，車卻又再次轉向，衝出路面，穿過低矮樹叢，又一陣左搖右傾，最後以九十度斜角撞上一棵樹後慢慢停下。

孩子們驚叫不已，妮可又是尖叫又是咒罵，並伸手要抓迪克的臉。迪克先想到的是車身的傾斜程度，但無法估量，於是扳開妮可的手臂，從高起的那面爬出車外，再把孩子抱出來，接著看清楚車身的位置穩定。在繼續動作前，他先站在那兒發抖喘氣。

「你……！」他怒喝。

她狂笑不止，無愧無懼，滿不在乎。任何人目睹這景象都絕對想不到她就是肇事者，她笑得像是個躲過了些小懲罰的孩子。

「你嚇壞了，對吧？」她指責他：「你想要活命！」

她說得如此鏗鏘有力，處於震驚狀態的迪克也懷疑是否有為自己感到害怕——但見到孩子們緊繃著臉，來回望著父母兩人，真讓他想把她那張獰笑的假面碾成肉醬。

他們正上方有間小旅館，沿著蜿蜒的道路要走半公里，不過直接爬坡上去只有一百碼；枝葉茂密的山坡上可瞧見旅館的側邊房。

「牽著桃普希的手，」他對拉尼爾說：「像這樣，緊緊抓好，然後爬到那山坡上——看到那條小路了嗎？到了旅館後，跟他們說『戴佛家的車壞了』，一定請個人馬上下來。」

拉尼爾不確定發生了什麼事，但察覺到前所未有的陰鬱，於是問道：

「那你怎麼辦，迪克？」

「我們留在這裡顧車。」

他們出發時，兩個小孩都沒看母親一眼。「到上面過馬路要小心！兩邊都要看！」迪克在他們身後喊道。

他和妮可互相直視對方，兩雙眼睛就像同間屋子裡隔著庭院相對、亮晃晃的兩扇窗。然後她拿出一個粉盒，照著裡面的鏡子，撫平兩鬢的頭髮。迪克目送孩子往上爬了一會兒，直到他們半途隱沒在松林間，接著他繞車走了一圈，檢查受損情況，計畫著該如何把車弄回路面上。泥地上可見車子跌跌撞撞、橫衝直闖超過一百英呎的痕跡。他滿腔暴烈的憎惡感，不過卻不像是憤怒。

幾分鐘後，旅館老闆跑了下來。

「我的老天！」他驚呼：「怎麼會這樣，你們開太快嗎？真幸運呀！要不是那棵樹，你們就滾下山去了。」

老闆埃米爾穿著寬大的黑圍裙，圓滾滾的臉上淌著汗，趁著他在場，迪克以實事求是的態度向妮可示意要幫她下車。於是她從較低的那面跳下車，在斜坡上一個踉蹌，跪了下去，再站起身。她瞧著兩個男人試圖移動車子，臉上露出不屑的神情。迪克連這種態度也欣然接受，說道：

「妮可，去跟孩子們一起等。」

她離開後，他才想起她曾說要喝白蘭地，而上面的旅館就有——他跟埃米爾說別管車子了，還是等司機和大車來將它拖到路面上，他倆便匆匆趕往旅館。

16.

「我想離開一陣子，」他跟法蘭茨說：「一個月之類的，能多久就多久。」

「有何不可，迪克？我們原本的協議就是如此，是你堅持要留在這兒。如果你和妮可……」

「我不想帶妮可同行。我想獨自離開。上次那件事真是讓人吃不消——要是我一天能睡上兩個小時，那就是老天顯靈了。」

「你想要有個真正清心寡慾的假期呀。」

「應該是『無憂無慮』的假期。聽著，如果我去柏林參加精神病學大會，你能設法保持平安無事嗎？這三個月來她很正常，也喜歡她的看護。老天，你是世上我唯一能拜託這事的人了。」

法蘭茨哼了一聲，思量著自己是否真靠得住，能永遠為他合夥人的利益著想。

隔週迪克開車到蘇黎世機場，搭上大飛機前往慕尼黑。飛機轟隆直衝藍天時，他只覺麻木，意識到自己有多麼疲累。浩瀚誘人的平靜悄悄襲來，他拋開了病人的病情，任憑引擎大聲作響、機師決定去向。醫學大會的會議他連一場都不打算出席——會議情況完全可以想像，布魯勒和年長的福勒爾發表新的小冊子，他在家裡還比較好消化；以拔掉病人牙齒或灼扁桃腺來治療早發性痴呆的那個美國人要發表他的論文，他的論點會受到半帶嘲笑的重視，唯一的原因就是美國是個如此富裕強大的國家。還有其他來自美國的代表——紅髮的史瓦茲一臉聖人樣，以無比的耐心在兩個世界間騎牆觀望；以及許許多多滿臉鬼祟、唯利是圖的心理醫師，來出席一部分是為了提高他們的地位，由此在可恥的執業過程中大撈一筆，另一部分則是為了掌握似是而非的新奇論調，好納入他們慣用的話術中，極盡混淆所有的價值觀。現場也會有憤世嫉俗的拉丁人，及一些來自維也納的佛洛伊德信徒。其中最能言善道的想必是偉大的榮格，他溫和、精力過人，遊走在人類學森林和學童的精神官能症等議題之間。起初大會將帶有美式風格，形式和儀式近乎扶輪社大會，接著歐洲較團結的生猛活力會突圍而出，最後美國人會打出他們的王牌，宣布龐大的贈予和捐款、嶄新的大型醫院和培訓學校，歐洲人在這數字之前會臉色發白，落荒而逃。不過他不會在場目睹這一切。

飛機繞過奧地利福拉爾貝格州的阿爾卑斯山區，迪克俯瞰著村落，感到一陣牧歌式的愉悅。視線所及總有四到五個村莊，每一個都圍繞著一座教堂聚集。從遠處望著大地，一切顯得如此簡單，就像用洋娃娃與玩具兵玩著殘酷的遊戲一樣簡單。這就是政治家、指揮官以及所有退休人士看待事物的方式。不管怎樣，這是紓解壓力的好方法。

一個英國人隔著走道跟他說話，可是他近來對英國人有些反感。英國就像個狂歡過頭、樂極生悲的有錢人，事後藉著跟家人一個個單獨談話想要彌補，而家人都很清楚他顯然只是想重拾自尊，以奪回過去享有的權力。

迪克帶著機場所能取得的雜誌：《世紀雜誌》、《電影雜誌》、《畫報週刊》及《飛頁週刊》，不過，想像著自己到村落裡跟鄉下人握手似乎更有趣。他坐在教堂中，一如坐在父親於水牛城的教堂，周圍全是星期天必定要漿得直挺挺的衣著。他在令人愉快的教堂中聆聽著近東的智慧，聽著耶穌被釘上十字架、死亡、埋葬，並再次為了坐在後排長椅的女孩而煩惱該投五分或十分錢到捐獻盤裡。

那位英國人閒聊了幾句，忽然向他借雜誌，而迪克很樂意借出，自顧自地想起前方的旅程。穿著澳洲長纖維羊毛衫，他就像披著羊皮的狼，心想著尋歡作樂的世界——永恆不變的地中海，香甜的陳年土壤在橄欖樹間結塊；薩沃納附近的農家女，臉龐青澀紅潤，顏色一如加了彩飾的彌撒經書。他會一把抓住她，將她拐過國界……

……可是過了邊界他就會拋棄她——他得繼續前往希臘的島嶼，陌生港口渾濁的海水、岸上不知所措的女孩、流行歌曲中的月色。迪克的部分心智是由童年俗麗的記憶所組成。然而在那稍嫌雜亂的廉價雜貨店中，他設法維持住微弱棘手的智慧之火不滅。

17.

湯米・巴本是個王者，是個英雄——迪克在慕尼黑的瑪麗恩廣場碰巧遇見他，在一間會有小賭徒在掛毯般的厚墊上擲骰子的那種咖啡館裡。空氣裡充滿陰謀算計，以及甩紙牌的聲音。

湯米在一張桌前發出軍人式的笑聲：「哇—啊——哈—哈！哇—啊——哈—哈！」他照

例不太喝酒；仗著一身是膽，朋友對他總是敬畏三分。最近他頭蓋骨有八分之一的區域才被華沙的外科醫生移除，頭皮下正在癒合，咖啡館裡最瘦弱的人只要拿條打了結的餐巾一揮，也能要他的命。

「……這位是齊立契夫親王……」這是一名飽經風霜、滿頭灰白的五十歲俄國人；「……這是麥基本先生……以及漢南先生……」後者是個黑眼睛黑頭髮、充滿活力的傢伙，一個小丑；他立刻就對迪克說：

「我們握手之前有件事要先說清楚——你跟我姑媽胡搞是什麼意思？」

「什麼，我……」

「你聽見我說什麼了。你來慕尼黑到底想幹什麼？」

「哇—啊——哈—哈！」湯米大笑。

「你自己沒有姑媽嗎？為什麼不去跟她們胡搞？」

迪克也笑了，那人隨即轉換攻擊方式：

「我們別再提什麼姑媽了。我怎麼知道這整件事不是你編出來的？你在這裡完全是個陌生人，跟人相識不到半小時，便對我說起你姑媽的無稽之談。誰知道你懷著什麼鬼胎？」

湯米又笑了，且和藹卻堅決地說：「夠了，卡萊。坐吧，迪克——近來可好？妮可好嗎？」

他對每個人都不是很喜歡，對他們的存在也不太放在心上——他完全放鬆，隨時準備應戰，正如任何在比賽中擔任第二線防守的優秀運動員，大多數時間真的都在養精蓄銳，而次一級的選手只是假裝在休息，實則處於持續不斷且自我摧毀的神經緊張中。

漢南沒有完全就此打住，他移動到身旁一架鋼琴，彈起和弦，每次望向迪克時臉上就浮現一股怨恨，嘴裡不時嘀咕：「你的姑姑，」然後在行將結束的尾調中說：「我可沒說姑姑，我說的是褲褲。」

「嗯，近來可好？」湯米重複問：「你看起來不……」他努力尋找適當的字眼，「……不像以前那麼意氣風發，那麼一派瀟灑，你懂我的意思。」

這話聽起來根本像在指責他精力衰退，令人惱火。迪克正準備反唇相譏，評論一下湯米和齊立契夫親王穿的那身奇裝異服，剪裁和圖樣古怪得可以在星期天上比爾街[20]閒逛了——解釋隨即送上。

「我看見你在打量我們的衣服，」親王說：「我們才剛從俄國出來。」

「這是波蘭御用裁縫做的，」湯米說：「千真萬確——是畢蘇斯基[21]的私人裁縫。」

「你們在旅行？」迪克問。

他們笑了出來，親王同時還使勁拍著湯米的背。

「對了，我們在旅行。沒錯，周遊列國。我們遊遍了整個俄羅斯帝國。一路浩浩蕩蕩。」

迪克等待著解釋。結果是麥基本先生給了簡短的說明。

「他們是逃出來的。」

「你們在俄國作了囚犯？」

「是我。」齊立契夫親王解釋，一雙枯黃的眼睛盯著迪克，「不是囚犯，但是在逃亡。」

「你們出來時有碰上很多麻煩嗎？」

「有一些。我們在邊界留下三具紅軍警衛屍體。湯米留下兩具……」他像法國人那樣舉起兩根手指，「我留下一具。」

「這我就不懂了，」麥基本先生說：「他們為何要反對你離開呢？」

漢南從鋼琴前轉過身，對其他人眨著眼睛說：「老麥認為馬克思主義者就是上過聖馬可中學的人。」

這是最合乎傳統的逃亡故事——一名貴族藏匿於過去的僕人身邊九年，並在國營麵包店

20 美國田納西州曼菲斯市市中心一條歷史悠久的大街，餐廳與藍調俱樂部林立，假日也多有慶典及戶外表演，吸聚大批人潮。

21 Józef Klemens Pisudski（1867-1935），波蘭政治家，時任波蘭的領導人及獨裁者。

工作；在巴黎的十八歲女兒認識了湯米．巴本……敍述過程中，迪克認定實在不值得為這個乾癟癟的過去遺老而斷送三條年輕性命。問題回到湯米和齊立契夫是否有感到害怕。

「當我冷的時候，」湯米說：「我冷的時候總是覺得害怕。打仗時只要一冷我就會怕。」

麥基本站起身。

「我得走了。明早我要開車載太太和孩子……還有保母，到因斯布魯克去。」

「我明天也要到那裡去。」迪克說。

「哦，是嗎？」麥基本驚呼：「那何不跟我們一道去？我開的是帕卡德大轎車，只有我老婆、孩子跟我坐……還有保母……」

「我沒辦法……」

「當然她並非真的保母。」麥基本有些可憐地望著迪克，作結道：「事實上，我老婆認識你的大姨子，貝比．華倫。」

迪克不打算盲目地隨便答應。

「我已經答應要跟另外兩個人同行了。」

「噢，」麥基本臉一垮，「好吧，那就再見了。」他解開繫在鄰桌的兩隻純種鋼毛犬，隨後離開。迪克想像擁擠的帕卡德轎車搖搖晃晃開往因斯布魯克，上面載著麥基本夫婦、他們的孩子和行李、狂吠的狗——以及那位保母。

「報紙上說他們知道是誰殺了他，」湯米說：「不過他的親友不想讓事情見報，畢竟是發生在一間非法的祕密酒吧裡。你怎麼看？」

「這就是所謂的家族名譽。」

漢南在鋼琴上彈了個響亮的和弦，吸引人注意。

「我不相信他早期的東西能流傳下去，」他說：「就算撇開歐洲人，也有十來個美國人能寫得不遜於諾斯。」

迪克這才明白他們在聊的是艾貝．諾斯。

「唯一的差別是艾貝先寫出來了。」湯米說。

「我不同意，」漢南堅持，「他之所以會有傑出音樂家的美名，是因為他酒喝得太多，他的朋友們總得想辦法幫他開脫……」

「艾貝．諾斯發生什麼事？他怎麼了？惹上麻煩了嗎？」

「你沒看今天早上的《紐約先驅報》？」

「沒有。」

「他死了，在紐約一間非法酒吧被人毆打致死。他還設法爬回了紐約壁球與網球俱樂部才斷氣……」

「**艾貝・諾斯**？」

「對，沒錯，他們……」

「**艾貝・諾斯**？」迪克立起身子，「你確定他死了？」

漢南轉向湯米，說道：「他不是爬回壁球與網球俱樂部——是哈佛俱樂部。我敢肯定他不是壁網球俱樂部的會員。」

「報紙上是這麼說的。」湯米堅持。

「一定是弄錯了，我很確定。」

「**在非法酒吧被人打死**。」

「壁網球俱樂部大部分的會員我剛好都認識，」漢南說：「肯定是哈佛俱樂部沒錯。」

迪克站了起來，湯米也起身。齊立契夫親王從滿腦子胡思亂想中驚醒，跟著他們一道離開，他或許在想自己能逃出俄羅斯的機會到底有多大，這思緒在他心中已盤據如此之久，恐怕不是馬上能擺脫。

「**艾貝・諾斯被人打死**。」

前往旅館的路上，迪克簡直心神恍惚。半路中湯米說：

「我們在等一個裁縫師做好幾套西裝，才好到巴黎去。我要去做股票經紀，如果穿這樣現身是沒人會要我的。你國家的每個人都在賺大錢。你真的明天就要走？我們甚至連跟你吃頓晚餐都不行。親王似乎有個老相好在慕尼黑，他打電話給她，但人家已經過世五年了，我們要跟她兩個女兒共進晚餐。」

親王點點頭。

「早知道也許可以幫戴佛醫生安排一下。」

「不了，不了。」迪克趕緊說。

他睡得沉，醒來時一列悲戚的隊伍慢慢行過窗前。長長的人龍中，有人身著軍服，頭戴熟悉的一九一四年鋼盔；有粗壯男子穿著長禮服戴大禮帽；有中產階級、有貴族、有平民。這是一個退伍軍人團體，正要到陣亡將士墓前獻花。隊伍緩緩前行，昂首闊步中盡顯已逝去的榮光、過往的奮鬥、遺忘的悲痛。一張張面孔不過掛著制式的憂傷，但迪克一時間痛哭失聲，哀悼艾貝的死，以及自己十年前的青春年華。

18.

他在黃昏時抵達因斯布魯克，先將行李送到旅館，然後步行到鎮上。落日餘暉中，神聖羅馬皇帝馬克西米利安一世的雕像高高在上呈跪姿祈禱，下方則圍繞著他的銅製送葬隊；四名耶穌會見習修士在大學花園裡踱步誦經。古時圍城、聯姻、週年慶的大理石紀念物快速於暮色中隱沒，他喝了有香腸切片的豌豆濃湯、皮爾森淡啤酒，回絕了有「奧地利皇帝煎餅」之稱的可怕甜點。

儘管群山環抱，但瑞士遠在千里之外，妮可也在遠方。稍晚天色已暗，在花園散步時他帶著疏離的態度想著她，愛著她最好的那一面。他記得有次草地潮濕，她匆匆向他跑來，露水浸透了薄薄的拖鞋。她踩在他的鞋上緊緊依偎，並抬起臉龐，像攤開的書頁一樣展示。

「想想你有多麼愛我，」她耳語：「我不求你永遠這樣愛我，但求你記住，在我靈魂深處將永遠留有今晚的這個我。」

可是迪克為了自己的靈魂而離開，並且開始思考這點。他已失去了自我——說不出是哪一刻，或哪一天，或哪一週，或哪一年失去的。曾經凡事在他手裡都迎刃而解，就算是最複雜的方程式，也跟他最輕微的病人其最簡單的疑難雜症一樣容易解決。在他於蘇黎世湖畔的岩石下發現如花綻放的妮可，及與蘿絲瑪麗相遇的那一刻之間，他犀利的才智漸漸鈍了。

看著父親在貧窮的教區奮鬥，讓他本質上並不貪婪的天性中卻有種對金錢根深蒂固的渴望，對安全感而言不是什麼健康的需要——跟妮可結婚時，他感覺到前所未有的自信，完全的自主；然而他也如一個小白臉被吞噬，莫名其妙讓自己的武器被鎖進了華倫家的保險箱。

「早知該立個歐式的財產分配協議；不過事情還沒結束。我已經浪費了八年在教有錢人做人最基本的常識，可是我還沒完。我手上還有太多王牌沒打。」

他在淡黃色的玫瑰花叢及潮濕芳香、無法辨識的蕨類苗圃間閒蕩。就十月而言，天氣算暖和，但已涼得要穿上厚花呢外套，領口也用小鬆緊帶繫住。一個人形脫離黑色樹影閃現，他知道是剛剛從旅館大廳出來時擦身而過的女子。此刻所見的每個漂亮女人都會讓他墜入愛河，不管是遠方她們的身形，抑或牆上她們的投影。

她背對著他，臉朝向鎮上的燈火。他擦了根火柴，聲音她肯定聽見了，卻依然動也不動。

——這是邀請嗎？還是根本沒注意？他已經脫離單純的慾望和其滿足之世界很久了，既笨拙又拿不定主意。據他所知，在偏遠溫泉地漫遊的人們之間或許有某種暗號讓他們快速找到彼此。

——也許接下來該由他有所表示。互不相識的孩子會對笑，然後說：「來玩吧。」

他走近一些，那人影朝一旁移動。他可能會像年輕時聽說過的無賴推銷員一樣碰一鼻子灰。面對未經調查、未經解剖、未經分析、未經解釋的局面，他的心臟怦怦作響。他忽然轉身離開，在此同時，那女孩也打破投在身上如飾品的黑色葉影，踩著穩健卻堅定的步伐繞過一張長凳，走上返回旅館的小徑。

隔天早上，迪克同一名嚮導與另外兩個人前去攀登比爾卡峰。通過最高處的牧地，擺脫牛鈴聲後，頓覺心曠神怡——迪克很期待在登山小屋過夜，享受自身的疲憊，享受嚮導的指揮，感受默默無聞的樂趣。可是到了中午，天色轉黑，下起凍雨和冰雹，山雷陣陣。迪克和另一名登山者想繼續，但嚮導拒絕。他們惋惜地掙扎回到因斯布魯克，明天從頭來過。

在空蕩蕩的餐廳裡吃了晚飯、喝完一瓶濃烈的當地葡萄酒後，他感覺興奮，卻不知為什麼，直到他開始想起那花園。他晚餐前曾在大廳跟那女孩擦肩而過，而這次她看了他一眼，眼帶讚許之意。這卻讓他不斷發愁：為什麼？過去全盛時期我只要開口，大把美麗女子唾手可得，為什麼現在才要這麼做？在我的慾望只剩幻影殘片的這時候？為什麼？

他繼續推進他的想像——古老的禁慾主義及實際上的生疏占了上風：老天，我乾脆回蔚藍海岸，跟珍妮絲・凱瑞卡曼托或威伯海希家那個女孩上床好了。難道要為了些廉價易得的東西而自貶身價？

可是他仍感到亢奮，於是離開迴廊，上樓回房思考。身心獨處招來寂寞，寂寞又招致更多的寂寞。

他在樓上來回踱步想著這事，並將他的登山服鋪在微熱的暖氣上加速乾燥。他又收到妮可的電報，還沒拆開，她的電報每日與他的行程相伴。他在晚飯前遲遲不拆——也許是因為花園那事。這是封自水牛城發出，經蘇黎世轉寄的越洋電報。

「令尊今晚安詳辭世。荷姆斯。」

他震驚得感到一陣強烈的抽搐，抵抗的力量在體內積聚，接著通過腰腹及喉嚨滾滾湧上。他將電文再讀了一遍，頹然坐到床上，張嘴瞪眼，最先浮現的是父母去世時那過時孩子氣的自私念頭：失去了這生命中最早、最有力的保護，對我將會造成什麼影響？

返童的幼稚心境過去後，他仍在房內徘徊，不時停下來看看電報。荷姆斯名義上是父親的助理牧師，可是實際上這十年來都是教區的主事者。他是怎麼死的？年老力衰——他七十五歲，已經活了很久。

迪克對他孤孤單單地過世感到悲哀——他的妻子和兄弟姊妹都先他離世；維吉尼亞州有房遠親，但他們很窮，無法到北方，電報還得由荷姆斯簽發。迪克愛他的父親——一次又一次以父親大概會怎麼想或怎麼做，當成自己下判斷的依據。迪克是在兩個年幼的姊姊夭折幾個月後出生，父親顧忌這對迪克母親可能造成的影響，為免他被慣壞，於是成了他道德上的嚴師。雖然家道中落，然而自己確實不負父親期望。

夏天時父子倆會一同走到市中心，去將鞋擦亮——迪克穿著漿挺的帆布水手服，他父親總是一身剪裁漂亮的牧師服——父親對他英俊的小兒子十分得意。他告訴迪克自己對人生所知的一切，不多但大部分都真實、簡單，是他神職生涯範圍所及的處世之道。「我初任牧師時受派到一個陌生的城鎮，有次走進一間擠滿人的屋子，搞不清楚哪位是女主人。幾個認識的人朝我走來，但我沒理他們，因為我瞧見房間對面有位頭髮花白的女士坐在窗邊。我走過去跟她自我介紹。自此之後我在那個鎮裡結交了許多朋友。」

父親那麼做是出於善意——他對自己堅信不疑，深深具備著撫養他長大的兩名寡婦所具有的自尊，相信沒有什麼更勝於「善良的本性」，以及榮譽、禮貌、勇氣。

父親總認為妻子留下的小筆財產屬於兒子，因此迪克就讀大學和醫學院時，他將這筆錢每年分四次開支票寄給了迪克。在鍍金年代，像他這種人會被粗暴地斷定：「確實是個紳士，不過沒什麼幹勁。」

……迪克請服務生送了份報紙上來。他仍在擺著電報的寫字桌前來回踱步，並選擇了一艘回美國的船班。然後他打電話到蘇黎世找妮可，等待接通時他想起了許多事，但願自己一直都如原本期望的那麼良善。

19.

整整一小時，迪克沉浸在父親去世的深刻傷痛中。故國壯麗的大門，紐約港，在迪克眼中都顯得既悲哀又輝煌。不過一上岸這種感覺就消失了，不管在街道上、旅館中，或載著他先去水牛城，再連同父親遺體一道南下維吉尼亞州的火車上，迪克都再也沒有這種感覺。區間列車踉蹌駛入威斯特摩蘭郡低矮樹叢遍布的黏土地時，他才感覺比較能融入周遭環境。在車站他見到自己認識的一顆星，一輪冷月在切薩皮克灣上閃耀；也聽見馬車刺耳的輪子轉動聲、可愛傻氣的說話聲，及有著悅耳印地安名、遲緩而古老的河流那輕輕流淌的水聲。

隔天他父親於教堂墓園下葬，和百來位戴佛家族、多爾西家族及杭特家族的人比鄰長眠。能讓他四周有親戚圍繞相伴，倒也相當合宜。鮮花撒落在未壓平的褐土上。如今迪克在這裡已了無牽掛，也相信自己不會再回來了。他跪在硬實的土地上。這些亡者他全都認識，他們閃爍的藍眼睛、飽經風霜的臉龐、瘦削精悍的身軀，以及十七世紀林木茂密的黑暗新大陸所孕育的靈魂。

「再見了，我的父親……再見了，我的先輩們。」

來到有著長頂蓋的輪船碼頭，人就像處在一個已不屬於此，卻尚未達彼的中間地帶。煙霧瀰漫的黃色拱頂下迴蕩著呼喊聲，充斥著貨車隆隆行駛聲、旅行箱沉重的拖行聲、起重機刺耳的嘎嘎聲，以及頭一波大海的鹹味。儘管時間充裕，人們還是行色匆匆；過去、北美大陸，皆在身後；未來是船側那亮晃晃的入口；而暗淡騷動的通道正是太過混亂的現在。

上了跳板，眼前的世界便會自動調整，窄縮起來。人成了比安道爾還小的國家裡的公民，對凡事都不再確定。在乘務長桌前的人們就像客艙一樣奇形怪狀，這些旅客和其友人的眼裡都滿是輕蔑。接著是響亮淒厲的汽笛聲、預示要出發的震動，船跟人的思緒皆隨之運轉起來。碼頭和其上的臉孔一一掠過，有段時間船就有如意外脫離它們的斷片；臉孔變得越來越遙遠，聲音全聽不見，碼頭沒入水岸的一片模糊之中。港口水勢迅速朝大海流去。

亞伯特．麥奇斯科也隨船出海，被報紙標示為船上最珍貴的貨品。麥奇斯科正當紅。他的小說拼貼模仿了同時代最優秀人士的作品，這本領小看不得；此外他還具有某種天分，能將借來的東西加以軟化和簡化，許多讀者便是著迷於這種輕鬆淺顯，讓他們易於跟從。成功讓他進步也讓他謙虛，他很清楚自己的能耐——知道自己比許多更有才華的人多了幾分耐力，而他決心要好好享受自己掙來的成功。「我什麼成就都還沒有，」他會這麼說：「我不認為自己真有什麼才華。不過如果我繼續嘗試，或許可以寫出一本好書。」此話不假，再不牢靠的跳板也曾有人在上面做出精彩的跳水動作。過去數不清的冷嘲熱諷已成往事。甚至可以說，他的成功在心理上實奠基於那次和湯米．巴本的決鬥，雖然已逐漸淡忘此事，但他的確是在那次決鬥中重新創造了新的自尊。

第二天，他認出了迪克．戴佛，先試探性地瞄著他，接著親切地上前自我介紹並坐了下來。迪克將手上的書擱到一旁，聊了幾分鐘後才發現麥奇斯科的改變，那種討人厭的自卑感消失了，跟他聊天變得很愉快。麥奇斯科顯得「博學多聞」，所知領域比歌德還廣──聽著他將無數粗淺拼湊的觀點當作自己的見解，還真有趣。他們熱絡起來，迪克和他們夫婦一起吃了幾頓飯。麥奇斯科夫婦曾受邀和船長同桌，可是卻帶著初養成的架子對迪克說他們「受不了那幫傢伙。」

薇奧蕾現在派頭十足，一身名牌設計品，著迷於一些有教養的女孩十幾歲時就知悉的小小發現。她原本確實可以從她在博伊西市的母親身上學到這些，但她的靈魂是沉悶地孕育於愛達荷州的小電影院裡，沒有時間理會她的母親。現在她有了「歸屬」──跟其他數百萬人平起平坐──她很快樂，儘管當她變得過分天真時仍會遭丈夫喝止。

麥奇斯科夫婦在直布羅陀下船。隔天晚上在那不勒斯，迪克乘巴士從旅館到火車站時，結識了兩個女孩及其母親這不知所措、可憐兮兮的一家三口。他在船上就見過她們。一股無可抵禦，想要伸出援手或受到仰慕的慾望襲來：他為她們帶來些許歡樂；試著請她們喝酒，愉快地看她們漸漸重拾該有的自負。他假想著她們是這樣是那樣，自行編織著情節，卻又喝得太多無力維持這些幻想，而從頭到尾這母女三人只是認為碰上了天上掉下的好運。隨著夜色將盡，列車搖晃吐氣地通過卡西諾和佛羅西諾內，他跟她們漸行漸遠。在羅馬車站經歷怪異的美式道別之後，迪克前往奎里納爾酒店，感覺自己有些筋疲力盡。

在櫃檯他突然眼一瞪頭一抬，彷彿酒力發作，胃壁發熱，血氣直衝腦門——他見到了一直想見的人，那個他橫越地中海就想一見的人。

同時間蘿絲瑪麗也看到了他，還沒想起他是誰就先打了招呼；她吃驚地回頭再看了一眼，然後撇下同行的女孩，趕緊走過來。迪克挺直身子，屏住氣息，轉身面對她。看著她穿過大廳，渾身上下美麗無瑕，就像匹抹了黑籽油、馬籠上了亮漆的幼馬，讓他一下子驚醒。可是一切都來得太快，他什麼都無法做，只能盡全力隱藏自己的疲憊。面對她一派天真的自信，他勉強擺出一個虛假的姿態，像是在說：「世界上這麼多人——**竟會**在這裡遇見你。」

她戴著手套的雙手搗上他置於櫃檯的手，「迪克……我們正在拍《壯哉羅馬》……至少我們認為是如此；我們隨時可能離開。」

他使勁看著她，試著讓她有點不自在，她就不會那麼仔細地觀察他沒刮鬍的臉、隔夜皺巴巴的衣領。幸運地，她在趕時間。

「我們很早開工，因為十一點就會起霧——兩點打電話給我。」

進入房間，迪克鎮定下來。他請櫃檯中午來電喚醒他，然後脫下衣服，倒頭呼呼大睡。

他睡過頭，沒接到電話，不過還是在兩點醒來，神清氣爽。他打開行李，將西裝和髒衣服送洗，接著刮鬍子，泡了半小時澡，吃了早餐。太陽已漸沉入民族街，他拉開門簾讓陽光透進來，老式銅環叮噹作響。等待西裝熨好的同時，他在《晚郵報》上讀到：「辛克萊．路易斯[22]在小說《華爾街》中剖析了美國一個小鎮的社會生活。」然後他試著去想蘿絲瑪麗。

起先他腦袋一片空白。她年輕又有魅力，但桃普希也是如此。他猜她過去四年有過幾個情人，也愛過他們。嗯，你永遠無法確切知道自己在他人生命中究竟佔據多少空間。然而從這片迷惘中，愛慕之情逐漸浮現——最好的交往就是明知阻礙重重，卻仍想要維持一段關係。往事漸漸回流，他想緊緊摟住她珍貴身軀中動人的一往情深，直到將其完全包覆，與他融為一體。他試著歸結所有可能吸引她之處——比起四年前少了許多。十八歲看三十四歲也許懵懵懂懂如霧裡看花；但二十二歲看三十八歲就一清二楚。況且，先前邂逅時，迪克正處於情感的顛峰；自從那時開始他的熱情便逐步衰退。

服務員將衣物送回後，他穿上白襯衫配硬領，戴了一條綴有珍珠的黑色領帶；另有一顆同樣大小的珍珠穿在閱讀眼鏡的繫帶上，於下方一吋處隨意擺盪。睡飽後，他的臉恢復連年

22 Sinclair Lewis（1885-1951），美國第一位獲得諾貝爾獎的作家，一九二〇年出版代表作《大街》（Main Street），文中義大利報紙誤植為《華爾街》，作者或有提醒經濟大蕭條為此故事時代背景之意。

夏天在蔚藍海岸曬出的紅棕色，為舒展筋骨他還在椅子上雙手倒立，直到身上的鋼筆和硬幣都掉了出來。三點他打電話給蘿絲瑪麗並受邀上樓。雜技動作讓他一時頭暈目眩，於是到酒吧點了杯琴通寧。

「嗨，戴佛醫師！」

只因蘿絲瑪麗在這間酒店，迪克立刻想起這人是柯利斯·克雷。他仍是一副自信滿滿、諸事順遂的老樣子，那突出的大下巴也沒變。

「你知道蘿絲瑪麗也在這兒嗎？」柯利斯問。

「我碰見她了。」

「我本來在佛羅倫斯，聽說她來到這兒，所以上禮拜就下來了。你絕對想不到這個小媽寶，」他修飾了一下言詞，「我是說她這麼小心翼翼被撫養長大，如今則是個老練世故的女人了——你懂我的意思吧。相信我，一堆羅馬男孩已是她的囊中物了！沒騙你！」

「你在佛羅倫斯唸書？」

「我？當然，我在那兒唸建築。我星期天就回去——留下來是為了看賽馬。」

迪克費了番功夫制止他將那杯酒算到他在酒吧記的帳上，那帳單密密麻麻活像股市行情表。

20.

迪克走出電梯，循著一條曲折的走廊前進，最後拐向一扇透出光線的門，門後隱約傳來說話聲。蘿絲瑪麗身穿黑色睡衣；午餐桌仍在房裡；她正在喝咖啡。

「你仍是那麼漂亮，」他說，「甚至比以前還更漂亮一些。」

「你要喝咖啡嗎，年輕小夥子？」

「很抱歉我今天早上太不像樣了。」

「你那時看起來是不太好……現在好了吧？喝咖啡嗎？」

「不用了，謝謝。」

「你又恢復精神了，我今天早上有點嚇到。我媽下個月會來，如果劇組還沒走的話。她老問我在這裡有沒有見過你，好像以為我們住隔壁似的。我媽一直很喜歡你——她總覺得你是我應該要認識的人。」

「嗯，很高興她還惦記著我。」

「哦，她記得，」蘿絲瑪麗跟他保證：「惦記得可頻繁了。」

「我時不時會在電影中看到你，」迪克說：「有次我去看《掌上明珠》，全戲院就我一個觀眾！」

「現在拍的這部片裡我有個很棒的角色，只要沒被刪剪。」她穿過他背後，經過時觸碰到他的肩膀。她打電話請人撤走桌子，然後坐到一張大椅上。

「我遇見你的時候只是個小女孩，迪克。現在我是個女人了。」

「我想聽聽關於你的一切。」

「妮可可好——還有拉尼爾跟桃普希都好嗎？」

「他們都很好。他們常提起你……」

電話響起。她接電話時，迪克翻閱著兩本小說——一本作者是埃德娜．費伯[23]，另一本是亞伯特．麥奇斯科。服務生進來收拾餐桌；少了餐桌，穿著黑色睡衣的蘿絲瑪麗似更顯形單影隻。

「……我有訪客……不，不是很熟。我還得去服裝公司試衣服，要花不少時間……不，現在不行……」

桌子消失似乎讓她感覺放鬆許多，蘿絲瑪麗對迪克微笑——那笑彷彿表示他們倆一同設法擺脫了世間所有煩惱，現在平靜地置身於他們自己的天堂中……

「搞定了。」她說：「你知道嗎，先前一整個小時我都在準備迎接你？」

但是電話再度響起。迪克起身，將帽子從床上移到行李架上，蘿絲瑪麗驚慌地用手遮住話筒。「你不是要走了吧！」

「不是。」

電話講完後，他試著將斷續的下午拼湊在一起，説道：「我現在期待從他人身上得到些養分。」

「我也是。」蘿絲瑪麗同意。「剛打來的那人説曾認識我的一個遠房親戚。想想看居然有人用這種理由打電話來！」

她現在將燈光弄暗，為了情調——不然還有什麼原因不讓他將她看個清楚？他對她送出的話語有如信件，彷彿脱口後要過些時間才傳到她耳裡。

「坐在這兒挨著你，很難克制住不親吻你。」於是他們在地板中央激情擁吻。她推開他，回到自己的椅子上。

不可能在房裡只是這樣一直調情下去，不是進就是退。電話再次響起時，他晃進臥室，躺到她的床上，打開亞伯特・麥奇斯科的小説。過不久，蘿絲瑪麗進來坐在他旁邊。

「你有最長的睫毛。」她説。

23 Edna Ferber（1885–1968），美國女作家，曾獲普立茲獎，多部作品曾改編為音樂劇及電影，代表作包括《So Big》、《Show boat》、《Giant》。

「我們現在回到了中學畢業舞會。在座的有蘿絲瑪麗．霍伊特小姐，是位睫毛迷……」

她吻他，他拉倒她，兩人並肩躺著，一直吻到雙方都喘不過氣為止。她的氣息年輕、熱烈、令人興奮，雙唇微微皸裂，但嘴角柔嫩。

他們和著衣四肢交纏，他的手臂和背脊奮力扭動，她的喉嚨和胸脯掙扎起伏，此時她低聲說：「不要，現在不行……這些事要一步步來。」

他克制地將自己的激情推到心靈的角落，用手臂托起她柔弱的身軀，舉到離他半英呎高處，輕聲說道：

「親愛的——沒有關係。」

他向上望時她的臉變了，其中蘊涵著永恆的月光。

「如果最後是你，那也算是善惡有報。」她說完扭身離開他，走到鏡子前，用手攏了攏弄亂的頭髮。過一會兒，她拉了張椅子到床邊，撫著他的臉頰。

「把你的事老實告訴我。」他要求。

「我一直都跟你實話實說。」

「某種程度上是如此——但全都兜不起來。」

他們倆都笑了，可是他鍥而不捨。

「你其實是個處女嗎？」

「才──不──是！」她唱著：「我跟六百四十個男人上過床了──如果這是你想要的答案。」

「這不關我的事。」

「你要拿我當心理學案例研究嗎？」

「看你是個完全正常的二十二歲女孩，生活在一九二八年，我猜你已談過幾次戀愛了。」

「全都──失敗收場。」她說。

迪克不相信她。他無法判定她是刻意要在他們之間建立障礙，還是企圖要讓最終的臣服更顯得意義非凡。

「我們去蘋丘公園走走吧。」他提議。

他將衣服抖直，撫平頭髮。時機來了又不知不覺溜走。三年來迪克一直是蘿絲瑪麗用來衡量其他男人的理想典範，而他的形象也不免被放大失真。她不要他像其他男人，然而他卻有同樣殷切的索求，好似想要取走她身上的一部分，放在口袋裡帶走。

走在天使和哲人、羊男和流泉圍繞的草地上，她緊挽著他的手臂，不時稍稍調整，好似要找到最舒適的姿態，因為將永遠這麼依偎下去。她摘了根細枝折斷，卻發現沒什麼彈性，忽然瞧見迪克臉上浮現她想見到的神情，便牽起他戴著手套的手親了親。接著她孩子似的在他面前蹦蹦跳跳，直到他笑了出來，她也笑了，他們開心地玩了起來。

「我今晚不能跟你出去，親愛的，因為很早就跟人有約了。但是若你願意早起，我明天就帶你去拍片現場。」

他獨自在旅館吃晚餐，早早上床睡覺，隔天六點半在大廳跟蘿絲瑪麗碰面。車裡，坐在他身旁的她在晨曦下顯得清新耀眼。他們穿過聖塞巴斯提亞諾城門，沿著亞壁古道開，最後來到一處龐大的古羅馬廣場布景，比原本的廣場還要大。蘿絲瑪麗將他交給一位男士，帶著他四處參觀這巨大的場景：一道道拱門、一排排座位，以及鋪滿沙的競技場。她正在拍攝的場景是一間基督徒囚犯的禁閉室，不久迪克他們也來到現場，看尼科特拉——又一位前途光明的瓦倫蒂諾[24]接班人——在十幾位女性「囚徒」面前昂首闊步擺姿勢，她們塗著睫毛膏的眼睛憂鬱而嚇人。

蘿絲瑪麗穿著及膝的羅馬束腰外衣現身。

「仔細看，」她低聲跟迪克說：「我想聽你的意見。每個看過毛片的人都說……」

「什麼是毛片？」

「就是把前一天拍好的片段先沖洗出來看。他們說這是我頭一次展現出性感的魅力。」

「我沒注意到。」

「好大膽子！但我說真的。」

穿著豹皮的尼科特拉殷勤地和蘿絲瑪麗說話，而電工正和導演討論些事情，態度咄咄逼人。最後導演粗暴地推開對方的手，抹了抹汗涔涔的額頭，而迪克的嚮導此時說：「他的癮又犯了，真是！」

「誰？」迪克問，但那人還沒來得及回答，導演便快步走向他們。

「誰的癮犯了——你自己的癮才犯了。」他氣急敗壞地對迪克說，彷彿是面對著陪審團。「每次他犯了癮，總以為其他人也是這樣，真是！」他又怒視了嚮導一會兒，然後拍拍手說：「好了——大家各就各位。」

這簡直像是拜訪一個鬧哄哄的大家庭。有個女演員走近迪克，跟他聊了五分鐘，以為他是最近剛從倫敦來的一位演員，一發現認錯人她便嚇得落荒而逃。劇組大部分人員面對外界不是自覺高高在上，就是矮人一大截，不過以前者居多。他們是英勇又勤奮的一群人，在一個十年來只知娛樂的國家裡，他們被捧上了天。

拍攝工作在光線變得迷濛時結束——這光線對畫家來說絕佳，但對攝影機來說卻比不上

24 Rudolph Valentino（1895-1926），義大利出生的美國男演員，默片時期的當紅巨星，也是當時性感的象徵，有「拉丁情人」的稱號。

加州明朗的天空。尼科特拉跟著蘿絲瑪麗走到車旁，並對她耳語了幾句——她面無笑容地看著他，說了聲再見。

迪克和蘿絲瑪麗在凱撒城堡共進午餐。這是間富麗堂皇的餐廳，設在高坡上的別墅裡，俯瞰著不知經歷多少歲月摧殘的古羅馬廣場遺跡。蘿絲瑪麗喝了杯雞尾酒和一點葡萄酒，迪克則喝得痛快，不滿的情緒都煙消雲散。之後他們開車回旅館，兩人都滿臉通紅、飄飄欲仙，處於一種亢奮的寂靜中。她想被占有，也如願以償，始於海灘上的幼稚迷戀終於得到實現。

21.

蘿絲瑪麗另有晚餐之約，是劇組一名成員的慶生派對。迪克在旅館大廳遇上柯利斯·克雷，不過他想獨自用餐，便謊稱在怡東酒店跟人有約。他跟柯利斯喝了杯雞尾酒，心中隱約的不滿具體化為焦躁不耐——他不再有藉口逃避診所的工作了。這與其說是一時熱戀，不如說是段浪漫回憶。妮可才是他的女人——她太常令他感到失望惱怒，但終究還是他的女人。跟蘿絲瑪麗在一起的時光是自我放縱——跟柯利斯在一起則是毫無意義加上無聊透頂。

在怡東酒店門口他碰見了貝比・華倫，她那雙美麗的大眼睛驚訝又好奇地瞪著他，看上去就跟彈珠沒兩樣。「迪克，我還以為你在美國耶！妮可跟你在一起嗎？」

「我是取道那不勒斯回來的。」

他手臂上的黑紗提醒她說道：「請節哀順變。」

兩人免不了要共進晚餐。

「把所有情況都告訴我。」她要求。

迪克將自己這版本的事實說給她聽，貝比聽了直皺眉。她發現必須找個人將自己妹妹天翻地覆的生活歸咎於他。

「你認為多姆勒醫生對她的治療從一開始就正確嗎？」

「治療方式已經沒有太大差異了——當然你會試著找到對的人來處理特殊病例。」

「迪克，我不是自認可提供什麼建議，或自以為有多懂，但你不覺得改變一下環境或許對她有些好處——離開那種滿是疾病的氛圍，像其他人一樣在正常世界裡生活？」

「但是你極力鼓吹開這間診所的，」他提醒她：「是你跟我說永遠不會對她感到真正放心，除非……」

「那是因為你們那時候在蔚藍海岸過著隱居的生活，住在山上遠離所有人。我不是要你們回到那種生活。我指的是，比如說，去倫敦。英國人是世界上最和諧的民族了。」

「才不是。」他不同意。

「他們是。我很瞭解他們的。我的意思是，在倫敦找個房子度過春季，對你們來說或許會很不錯──我知道塔博特廣場有間可愛的小屋可以租，家具齊全。考慮看看，去跟神智清楚、心理健全的英國人一起生活。」

她差點繼續把所有一九一四年老掉牙的宣傳辭令都跟他講一遍，要不是他哈哈一笑說：

「我最近在讀一本麥克．阿倫[25]的書，要是書裡……」

她揮揮沙拉匙將麥克．阿倫掃到一旁。

「他只會寫些墮落的人。我指的是貨真價實的英國人。」

隨著她就如此將她的朋友們打發掉，取而代之浮現在迪克腦海的景象，就只有充斥在歐洲小旅館裡一張張疏離、冷漠的面孔。

「當然這不關我的事。」貝比重申，作為重新進逼的開場白，「可是讓她一個人留在那種環境裡……」

「我去美國是因為父親過世了。」

「我知道，也向你致意了。」她撥弄著項鍊上的玻璃葡萄，「但是現在有**那麼多錢**，做什麼都綽綽有餘，應該要用來把妮可治好。」

「先說，我無法想像自己住到倫敦去。」

「為什麼不行？你應該也可以在那裡工作，跟在其他任何地方沒什麼兩樣。」

他往後一靠，望著她。就算她曾察覺過去那不堪的真相——妮可真正的病因——她肯定也已決心對自己否認到底，將其塞回滿是灰塵的壁櫥中，如同她錯手買下的那些畫一樣。

他們到烏庇亞餐廳繼續談，此時柯利斯．克雷來到他們桌旁，逕自坐下。一個頗有才華的吉他手在堆滿酒桶的地窖裡隨興大聲彈奏著軍歌〈號角響起〉。

「可能我並不適合妮可。」迪克說：「不過她八成還是會嫁給我這類型的人，一個她認為可以倚賴的人——無限期地。」

「你認為她跟別人在一起會比較快樂？」貝比突然把心思大聲講了出來：「這當然可以安排。」

她見迪克笑彎了腰，才意識到自己的話有多荒謬。

「噢，你懂我的意思，」她跟他保證：「千萬別以為我們不感激你所做的一切。我們也

25 Michael Arlen（1895–1956），亞美尼亞籍作家，一九二零年代住在英國，也以諷刺英國社會的小說成名。

知道你吃了不少苦……」

「拜託喔，」他抗議：「要是我不愛妮可，情況可能就不是這麼回事了。」

「但你確實是愛妮可的吧？」她驚慌地追問。

柯利斯現在逐漸聽明白他們在講什麼了，迪克迅速轉移話題：「說點別的吧……比如說，聊聊你自己。你為什麼不結婚？我們聽說你原本跟佩利爵士訂了婚，就是那位……」

「啊，沒有啦，」她變得忸怩閃躲，「那是去年的事。」

「你為什麼不結婚？」迪克硬是打破砂鍋問到底。

「我不知道。我愛的男人一個死於戰場，另一個甩了我。」

「說來聽聽。跟我講講你的私生活，貝比，還有你的想法。你從來不說——我們談的總是妮可。」

「兩個都是英國人。我認為這世上沒有其他類型比得上第一流的英國人，不是嗎？就算有，我也還沒遇見。這個男人……哎，說來話長。冗長的故事很討厭，對吧？」

「可不是！」柯利斯說。

「哎，怎麼會——好故事我就喜歡。」

「那是你的本事，迪克。你只要簡單一個句子，或四處插上幾句話，就能讓一群人熱絡起來。我認為那是很了不起的才能。」

「那只是些小手段。」他溫和地說。這是他第三次否定她的看法了。

「當然我喜歡禮數、形式——我喜歡凡事井然有序，而且規模要隆重盛大。我知道你大概不喜歡，但你得承認，這顯示了我個性穩重。」

迪克甚至懶得反駁。

「我當然知道有人會說貝比．華倫在歐洲東奔西跑，不斷追逐新鮮感，卻錯過了生命中最美好的事物。但我的想法正好相反，我才是少數真正在追求最美好事物的人。我認識這個時代最有趣的一些人。」她的聲音在另一陣尖細的吉他曲調中變得模糊，但她提高嗓門蓋過去，「我很少犯什麼大錯……」

「……只犯非常大的錯，貝比。」

她注意到他眼中滑稽的神色，於是改變話題。他們倆似乎不可能有任何共識。不過他還是挺欣賞她某些特質，送她回怡東酒店時嘴上連連恭維，令她滿面生光。

隔天蘿絲瑪麗堅持請迪克吃午餐。他們來到一間曾在美國工作的義大利人開的小餐館，吃了火腿、蛋和鬆餅。之後，他們回到旅館。迪克發現自己並不愛她，而她也不愛他，只是這反而讓他對她的激情有增無減。現在他知道自己不會再進一步介入她的生活，於是在他眼中她成了陌生女子。他猜想許多男人說自己陷入愛河時，指的也不過就是如此——而非靈魂狂野的沉淪，所有色彩全都混雜浸染成一種難以名之的色調，就像當初他對妮可的愛。某些關於妮可的念頭，如想到她會死、會深陷內心的黑暗、會愛上其他男人，都會讓他生理上感到不適。

尼科特拉在蘿絲瑪麗的客廳裡喋喋不休說著某件工作上的事，蘿絲瑪麗暗示要他離開時，他幽默地抗議，並對迪克頗為傲慢地眨了眨眼才走。電話照例響起，蘿絲瑪麗拿著電話講了十分鐘，迪克越來越感不耐。

「上樓到我的房間去吧。」他建議，而她同意了。

她橫躺在一張大沙發上，頭枕著他的膝；他以手指撥弄著她美麗的瀏海。

「讓我再對你好奇一下？」他問。

「你想知道什麼？」

「關於男人的事。我只是好奇，不能說是好色。」

「你是指我遇見你之後相隔了多久？」

「或者之前。」

「噢，才沒有。」她吃了一驚，「之前從沒有過。你是我頭一個喜歡的男人，現在仍是我唯一真正喜歡的男人。」她想了想。「大概是一年後吧，我想。」

「是誰？」

「哦，就一個男人。」

他對她的閃爍其詞毫不放鬆。

「打賭我可以說個八九不離十：第一段關係不怎麼令人滿意，之後有段很長的空窗期。第二段關係好一點，可是你一開始就沒愛上那個男的。第三段關係還可以……」

他折磨著自己繼續講：「接著你有了段真正的戀情，最後卻因無法承受其重量而告吹，而到了這時候，你漸漸開始害怕自己將拿不出什麼來給予最終愛上的那個男人。」他感覺自己越講越像重回維多利亞時代。「後來又有五六次露水情緣，直到現在。很接近了吧？」

她被逗得哭笑不得。

「簡直大錯特錯，」她說。這話讓迪克鬆了口氣。「不過總有一天，我會找到一個人，全心全意愛他再愛他，永遠不讓他離開。」

此時他的電話響了，迪克認出是尼科特拉的聲音，要找蘿絲瑪麗。他用手掌摀住話筒。

「你想跟他說話嗎？」

她走向電話，嘰哩咕嚕快速說起了一連串義大利語，迪克一句也聽不懂。

「打電話費事，」他說：「現在已過四點了，而我五點有個約。你乾脆去找尼科特拉先生玩吧。」

「別傻了。」

「那麼我覺得我在這裡的時候，你就該撇開他。」

「很難。」她突然哭了起來。「迪克，我真的愛你，我從沒像這樣愛過任何人。可是你又能給我什麼？」

「尼科特拉又能給誰什麼？」

「那不一樣。」

——因為年輕人自然吸引年輕人。

「他是個西班牙佬！」他說。他嫉妒得發狂，他不想再受傷害。

「他只是個孩子，」她抽抽噎噎地說：「你知道我是先屬於你的。」

他聽了便伸手抱住她，但她疲倦地將身子往後鬆；他就這樣摟著她一會兒，好似慢板舞曲的結尾；她雙目緊閉，頭髮有如溺水的女孩垂散在後。

「迪克，讓我走吧。我這輩子從沒感覺這麼混亂過。」

當無可理喻的嫉妒開始淹沒了讓她覺得自在的體貼溫柔與通情達理等特質，他成了隻粗暴的紅雀，而她本能地抽身而出。

「我要知道真相。」他說。

「那好吧。我們經常在一起，他想娶我，但我不想嫁。怎麼樣？你期望我怎麼做？你從沒要求我嫁給你。難道要我永遠跟柯利斯・克雷那種蠢蛋廝混？」

「你昨晚跟尼科特拉在一起？」

「你管不著。」她啜泣，「對不起，迪克，你管得著。唯有你和母親是我真正在乎的人。」

「那尼科特拉呢？」

「我怎麼知道？」

她已變得難以捉摸，就連無足輕重的話也另藏深意。

「就像你在巴黎時對我的感覺？」

「跟你在一起我感覺自在快樂。在巴黎時不一樣。不過你永遠弄不清自己過去的感受。對吧？」

他站起身，開始拿出晚上要穿的衣服——如果得將世間所有的苦痛與憎恨都帶進心裡，那他就不會再愛她了。

「我不在乎尼科特拉！」她宣稱：「可是我明天得跟著劇組前往利佛諾。噢，為什麼非得發生這種事不可？」一波新的淚水湧上，「太遺憾了。你為什麼要來到這裡？為什麼我們不能保有回憶就好？我感覺自己像是在跟母親吵架。」
他開始著裝時，她起身走到門邊。
「我今晚不會去參加派對。」這是她最後的努力，「我會跟你在一起。反正我也不想去。」
情潮再次開始湧動，但他退卻了。
「我會在我的房間裡。」她說：「再見，迪克。」
「再見。」
「唉，遺憾，真是遺憾。唉，太遺憾了。這到底是怎麼回事？」
「我也納悶很久了。」
「可是為什麼要把我拖下水？」
「我想我成了瘟神，」他緩緩說道：「我似乎不再帶給人們快樂了。」

22.

晚餐後，奎里納爾的酒吧裡有五個人。一名義大利高級交際花坐在高腳椅上不斷跟酒保攀談，酒保只是厭煩地以「是……是……是」回應；還有一位膚色不深、派頭很大的埃及人，孤身一人但對那女子敬而遠之；以及兩個美國人。

迪克向來對周遭環境十分敏感，而柯利斯．克雷則過得渾渾噩噩，最強烈的印象也會在早已退化的記憶裝置中消散，所以迪克講著，他就如坐春風地聽著。

下午的事讓迪克精疲力竭，他把氣出在義大利當地人身上。他環顧酒吧，好似希望有個義大利人聽見他說的話，並因此被激怒。

「今天下午我跟我的大姨子在怡東酒店喝茶。我們占到最後一張桌子，兩個男人走過來，看看四周，找不到空位。於是其中一個人走到我們面前，說：『這張桌子不是保留給歐西尼公爵夫人的嗎？』我回說：『桌上沒標示。』他說：『但我認為這是保留給歐西尼公爵夫人的。』我根本懶得理他。」

「他後來怎樣？」

「他走掉了。」迪克在椅子上轉了轉身，「我不喜歡這裡的人。有天我在一家店前才離開蘿絲瑪麗兩分鐘，一名警官就開始在她面前走來走去，還推帽致意。」

「我不知道。」柯利斯過了一會兒說：「我情願待在這裡，好過在巴黎每分每秒都有人想扒你的口袋。」

他興致正好，任何掃興的事他一概反對。

「我不知道，」他堅持，「我並不討厭這裡。」

迪克喚起幾天來銘記在腦海的景象，仔細凝視。步行前往美國運通公司，經過民族街上香氣四溢的糕點店，穿過骯髒的地下道登上西班牙階梯，在賣花攤子和詩人濟慈過世的屋子前，他的精神為之昂揚。他只在乎人；對於地方，除了天氣以外他很少多加注意，要直到實質的事件為地方添上了色彩才會改觀。羅馬是他對蘿絲瑪麗的夢終結之處。

一名大廳服務生走進來，交給他一張字條。

「我沒去參加派對。」上面寫著：「我在房裡。我們明天一早就動身前往利佛諾。」

迪克將字條連同小費遞給服務生。

「跟霍伊特小姐說你找不到我。」他轉向柯利斯，提議去糖果盒夜總會。

他們對坐在吧檯的那位風塵女子打量了一番，給予她職業所需最低限度的關注，她則明目張膽地回視。他們穿過空無一人的大廳，裡面備感壓迫地掛了重重帷幔，滯悶的皺摺裡積著維多利亞時代留下的灰塵。他們向夜間門房點頭致意，門房則以夜班員工特有的苦澀卑屈姿態回禮。接著他們坐上計程車，行駛在冷冷清清的街道上，穿過潮濕的十一月夜晚。街上見不到女人，只見黑色大衣扣到脖子的蒼白男人們，三五成群站在冰冷的石頭路肩旁。

「老天！」迪克嘆息。

「怎麼了？」

「我在想今天下午那個男的，他說：『這張桌子是保留給歐西尼公爵夫人的。』你知道這些老羅馬家族是什麼嗎？是群土匪。羅馬帝國分崩離析後，強佔廟宇和宮殿，魚肉百姓的就是他們這些人。」

「我喜歡羅馬。」柯利斯不為所動，「你何不去看看賽馬？」

「我不喜歡賽馬。」

「可是所有的女人都會去……」

「我知道自己不會喜歡這裡的任何東西。我喜歡法國，那裡人人都自認是拿破崙——而這裡人人都自以為是基督。」

來到糖果盒夜總會，他們下到一間鑲著壁板的歌舞廳，在四面冰冷的石頭間顯得無可救藥地虛幻。一支無精打采的樂隊演奏著探戈舞曲，十多對男女散布在寬敞的舞池中，跳著那些精巧細緻，讓美國人覺得礙眼的舞步。侍者過剩，幾個忙碌的人就能營造出的擾攘喧騰也無從產生；整個場面在活潑的形式下，籠罩著一股等待著什麼的氛圍，等待著舞蹈、夜晚、維持局面穩定的各種力量，俱皆終結。這種氛圍保證了敏感的顧客不管想尋求什麼，在此肯定都找不到。

這對迪克來說再清楚不過。他四下張望，盼望目光能捕捉到些什麼，好讓自己能持續個一小時的是興致而非想像。但什麼也沒有，於是過了一陣子，他只好轉回去面對柯利斯。他已經跟柯利斯說了些最近的想法，對這位聽眾的記性之差和反應之鈍感到厭煩。跟柯利斯聊了半小時之後，他明顯感到自己元氣大傷。

他們喝了一瓶義大利氣泡酒，迪克變得蒼白且有些聒噪。他把樂隊指揮喚到桌邊，那是個巴哈馬黑人，自負又惹人厭，沒幾分鐘兩人便吵了起來。

「是你要我坐下的。」

「沒錯，我還給了你五十里拉，不是嗎？」

「好，好，好。」

「好了，我給了你五十里拉，沒錯吧？然後你又跑來要我再多打點賞！」

「是你要我坐下的，不是嗎？不是嗎？」

「我要你坐下，但也給了你五十里拉，不是嗎？」

「好啦，好啦。」

黑人氣呼呼地起身走開，讓迪克的情緒更加惡劣。不過他瞧見房間對面有個女孩正對著他笑，周圍蒼白的羅馬身影瞬間全都退縮成謙卑得體的遠景。那是個年輕英國女孩，有頭金髮和一張健康漂亮的英國臉蛋。她又對他一笑，他明白其中的邀請之意，情慾上的欲迎還拒。

「依我的瞭解，這牌很容易打。」柯利斯說。

迪克起身穿過房間走到她面前。

「跳支舞吧？」

與她同坐的中年英國男子以近乎道歉的語氣說：「我就快要走了。」

迪克因興奮而清醒，跳著舞。他發現女孩令人聯想起英國所有美好的事物；她清亮的聲音彷彿在講述著四面環海的安全花園之故事，而當他身子後仰看著她時，口中說出來的全都是真心話，誠懇得連他的聲音都在打顫。她答應等目前的護花使者一走，就過來跟他們同坐。那英國男子迎接她回座時又再三道歉陪笑。

回到自己的座位，迪克又點了一瓶氣泡酒。

「她看起來像是某個電影明星，」他說：「我想不起是誰。」他急躁地扭頭回望。「奇怪她怎麼還不過來？」

「我蠻想進電影這一行的。」柯利斯若有所思地說：「我應該要繼承父親的衣缽，但我沒多大興趣。在伯明罕的辦公室坐上二十年……」

他的聲音抗拒著物質文明的壓力。

「太大材小用了？」迪克說。

「不，我不是這個意思。」

「是，你就是。」

「你怎麼知道我是什麼意思？如果你這麼熱愛工作，怎麼不去掛牌行醫？」

這下子迪克弄得兩個人都不愉快，不過他們同時也已喝得迷迷糊糊，沒多久就全忘了。

柯利斯要離開，兩人友好地握手。

「好好想想。」迪克一本正經地說。

「想什麼？」

「你心裡有數。」是關於柯利斯繼承父親衣缽的事——真是恰到好處的建議。

克雷消失無蹤。迪克喝完他那瓶酒，然後又跟英國女孩跳了支舞，在舞池裡以狂放的回轉和堅毅果斷的步伐，征服了自己不聽使喚的身體。最不尋常的事情忽然發生——他跟那女孩跳著跳著，音樂停止，而她已不知去向。

「你有瞧見她嗎？」

「瞧見誰？」

「跟我跳舞的那個女孩。忽然不見了。一定還在這屋裡。」

「不行！不行！那是女廁。」

他站在酒吧吧檯前。那兒還有另外兩個男的，但他想不出方法可以攀談。他可以告訴他們關於羅馬的一切，以及科隆納和哥塔尼家族殘暴的崛起，可是他知道以這作為開場白會有些唐突無禮。雪茄櫃檯上的一排玩偶突然掉到地上，一陣騷動隨之而來，他隱約感覺自己就是肇事者，於是回到歌舞廳，喝了杯黑咖啡。柯利斯走了，英國女孩也走了，除了回旅館帶著壞心情躺上床，似乎沒有別的事可做。他付了帳，取了帽子和大衣。

街溝和崎嶇的卵石縫隙裡全是汗水；來自羅馬平原的蒸騰水汽，力竭的文化所留下的汗水，玷汙了清晨的空氣。四名計程車司機圍住他，小眼珠在黑眼圈中骨碌碌打轉。其中一個直往他臉上湊，他狠狠將其推開。

「到奎里納爾酒店多少錢？」

「一百里拉。」

六塊美金。他搖搖頭，出價三十里拉，已是白日車資的兩倍，但他們整齊劃一地聳聳肩，掉頭走開。

「三十五里拉外加小費。」他堅定地說。

「一百里拉。」

他脫口說起英語。

「就半英哩要那麼貴？了不起給你四十里拉。」

「喔，不行。」

他疲憊不堪，拉開一扇車門就坐了進去。

「奎里納爾酒店！」他對倔強地站在車窗外的司機說：「收起你臉上那副冷笑，載我去奎里納爾酒店。」

「啊，不要。」

迪克下車。糖果盒夜總會門口有個人在跟計程車司機們講理，那人現在想跟迪克解釋他們的態度；其中一個司機又逼上前來，比手劃腳、態度強硬，迪克一把將他推開。

「我要去奎里納爾酒店。」

「他說要一百里拉。」那充當翻譯的人解釋。

「我知道。我會給他五十里拉。給我滾開。」最後一句是對那又逼上前的強硬司機說的。那人看著他，輕蔑地呸了一口唾沫。

整個星期來炙烈的煩躁一股腦湧上迪克心頭，化作電光火石般的暴力，此乃他祖國光榮的傳統手段——他上前賞了那人一巴掌。

他們一擁而上，恐嚇咒罵、揮舞手臂，想要圍毆他但近不了身——迪克背靠著牆，笨拙地出拳，臉上帶著一點笑。這場裝模作樣的架打了幾分鐘，要衝不衝，軟綿綿的拳頭胡亂揮打，在門前來來回回僵持不下。接著迪克失足跌倒，某處受了傷，但又掙扎著爬起來與人扭打成一團。隨後兩方突然被分開，有新的聲音、新的爭論出現，不過他氣喘吁吁倚著牆，並為自己難堪的處境感到憤怒。他看出沒有人同情他，可是他無法相信自己有錯。

他們要去警察局調停此事。有人撿回了他的帽子，某人輕輕攙著他的臂膀，於是他跟計程車司機大步轉過街角，進入一間空蕩蕩的營房，憲警在一盞昏暗的燈下無所事事。

一張辦公桌前坐著一名隊長，那個制止打鬥的多事者跟他講了一長串義大利語，不時指指迪克，還聽任計程車司機插進來爆出幾句簡短的咒罵與譴責。隊長開始不耐煩地點頭。他舉起手，七嘴八舌的陳述在最後幾聲亂叫後平息。然後他轉向迪克。

「會說義大利語嗎？」

「不會。」

「法語呢？」

「會。」迪克怒目而視說。

「那聽好，回奎里納爾酒店去，懶鬼。聽著，你喝醉了。司機要多少就給多少。明白嗎？」

迪克搖頭。

「不，我不要。」

「我只付四十里拉。這夠多了。」

「什麼？」

隊長站了起來。

「聽著！」他盛氣凌人地吼道：「你喝醉了，還打司機，像這樣這樣……」他手激動地朝空揮了幾下，「我沒把你關起來就不錯了。他說多少就多少——一百里拉。回奎里納爾酒店去。」

迪克備感屈辱而火冒三丈，回瞪著他。

「好吧。」他盲目地轉身往門口走——面前斜著眼點著頭的是那個帶他來到警局的人。

「我會回去，」他嚷道：「但要先收拾這小子。」

他走過盯著他看的憲警，來到那張咧著嘴笑的臉孔前，一記沉重的左拳打在下顎邊。那人應聲倒地。

有那麼一刻，他帶著野蠻的痛快居高臨下看著那人——然而正當心頭一凜，第一絲疑慮劃過時，世界已天旋地轉；他被警棍擊倒，拳頭和靴子一聲聲兇猛地落在他身上。他感覺自己的鼻子如木瓦破裂，眼珠猛地抽搐，好似用橡皮筋彈回了腦袋裡。有根肋骨在鞋跟一踩下斷了。他一時失去了知覺，被扶坐起來、手腕也被手銬猛力銬上時，他才恢復意識。他不自覺掙扎起來。那個被他擊倒的便衣警官站在那兒，用手帕輕擦著下巴，看有沒有流血；他走到迪克面前，擺好姿勢，拉回手臂，一拳將迪克打倒在地。

迪克一動不動地躺著，此時一桶水潑在他身上。他的一隻眼睛模糊地睜開，發現自己被人抓著手腕拖行過一片血色的朦朧，並認出其中一位計程車司機那半人半鬼的臉。

「去怡東酒店。」他虛弱地喊道：「告訴華倫小姐。兩百里拉！華倫小姐。兩百里拉！喔，你這卑鄙的……你這該死……」

他仍被拖行過一片血紅色朦朧，哽咽啜泣，拖過略顯不平整的地面，進入某個小空間，被一把扔在石地上。人出去，門匡啷一聲關上，留下他獨自一人。

23.

凌晨一點，貝比・華倫還躺在床上讀著馬里恩・克勞佛[26]一本古怪沉悶的羅馬故事；接著

26 Francis Marion Crawford（1854–1909），出生於義大利的美國作家，最知名的作品是一系列以義大利為背景的小說。

她走到窗前俯瞰街景。旅館對面有兩名怪模怪樣的憲警，綳帶似的斗篷加上小丑帽，大搖大擺地從這頭晃到那頭，像是船上來回擺動的主帆，看著他們就讓她想起午餐時熱烈盯著她看的禁衛軍軍官。高大的他帶有鶴立於矮小民族中的傲慢，人生除了高就沒有別的義務了。要是他走過來跟她說：「我們走吧，就你和我。」她會回答：「有何不可？」──至少現在看來是會如此，因為陌生的環境仍讓她飄飄然沒有真實感。

她的思緒從禁衛軍慢慢飄回那兩名憲警，再到迪克身上──她上床熄燈。

接近四點鐘，她被一陣粗暴的敲門聲驚醒。

「來了──什麼事？」

「我是門房，夫人。」

她披了件和式睡袍，睡眼惺忪地站在他面前。

「你那位叫迪佛的朋友出事了。他跟警察起紛爭，他們把他關了起來。他請一輛計程車來通報，司機說他答應要付兩百里拉。」他謹慎地停頓一下以獲得批准，「司機說迪佛先生惹上了大麻煩。他跟警察打了一架，而且傷勢嚴重。」

「我馬上下來。」

她在焦急的心跳聲伴隨下換好衣服，十分鐘後步出電梯進入漆黑的大廳。來報信的司機已經離開，門房再招了一輛計程車，並告訴司機拘留所的位置。行駛途中，車外的黑暗漸漸稀薄消散，還沒完全清醒的貝比在日與夜不穩定的平衡間，感到神經微微緊縮。她開始跟白晝賽跑；有時在寬闊的大道上她取得領先，然而每當推進的動力稍有停頓，陣陣強風便急切地四處狂吹，緩緩逼近的日光又再次出現。車子經過一座嘩嘩響的噴泉，水花在一片巨大的陰影中四濺；接著彎入一條小巷，巷子曲折到兩旁的房屋似乎都扭曲變形了；在卵石上顛簸晃蕩一陣後，車子猛然煞住，只見兩座明亮的崗亭映照著潮濕的綠色圍牆。突然，從一座拱門深處的紫色暗影中傳來迪克的聲音，嘶吼尖叫。

「有英國人在嗎？有美國人在嗎？有英國人在嗎？有沒有……喔，老天！你們這些卑鄙的義佬！」

他的聲音平息，她接著聽見低沉的捶門聲。隨後吼聲又起。

「有美國人在嗎？有英國人在嗎？」

她循著聲音穿過拱門跑進中庭，一時摸不清方向四處兜轉，最後確認呼喊來自一間小警衛室。兩名憲警嚇了一跳站起身，但貝比掠過他們直衝到囚室門前。

「迪克！」她喊道：「出了什麼事？」

「他們弄瞎了我的眼睛，」他嚷著：「他們把我銬起來，然後揍我，該死的……的……」

貝比閃電般轉身，朝兩名憲警跨了一步。

「你們對他做了什麼？」她低聲問，語氣如此嚴厲，還沒真正發火就已令他們畏縮起來。

「我不會說英語。」

她用法語咒罵他們，狂暴大膽的怒氣充塞整個房間，將他們團團包圍，直到他們退避掙扎著想擺脫她強加於身上的種種罪過。「想想辦法呀！想想辦法呀！」

「沒有命令，我們什麼也不能做。」

「好啊。很—好！非常好！」

貝比又一次大動火氣，煎熬得他們直冒汗，忙不迭為自己的無能道歉，並面面相覷，都感覺事情終究出了大紕漏。貝比走到囚室門前，身子倚了上去，動作近乎愛撫，彷彿這樣可以讓迪克感覺到她的存在與力量，並高聲說：「我這就去美國大使館，馬上回來。」最後她目露無盡凶光地朝憲警瞥了一眼，便跑出去。

她乘車直奔美國大使館，抵達後在司機堅持下付清了車資。奔上台階按門鈴時，天還沒亮。按了三次鈴後，一名睡眼惺忪的英國門房才開門。

「我要見大使館的人。」她說：「任何人都好——但要馬上。」

「大家都還沒醒，女士。我們要九點才開門。」

她不耐地揮手將上班時間掃到一旁不理。

「這是要緊事。有個人——一個美國人遭到毒打。現在人在義大利的看守所裡。」

「現在沒人醒著。要到九點……」

「我沒辦法等。他們弄瞎了一個人的眼睛——是我的妹婿，而且還不放他離開。我一定要找個人談——你不明白嗎？你瘋了嗎？還是傻了，光一臉蠢樣站在那兒？」

「我真的無能為力，女士。」

「你非得把人叫醒不可！」她抓住他的肩膀猛力搖晃。「這可是人命關天的事。你不把人叫醒就等著倒大楣了……」

「請把手拿開，女士。」

門房背後的上方飄來名校格羅頓中學貴氣而疲倦的口音。

「發生什麼事？」

門房如釋重負地回報。

「是位女士，先生，她抓著我不放。」他退了幾步說話，貝比則往前擠進門廳。上方樓梯平台處站著一名年輕男子，剛從睡夢中醒來，身上裹著白色刺繡波斯罩袍。他的臉呈現怪異不自然的粉紅色，鮮豔卻無生氣，嘴上還裝著一個像是用來塞口的東西。他一看見貝比就將頭往後退進陰影中。

「什麼事？」他重複問。

貝比把事情告訴他，激動中慢慢向前挨近樓梯。講到一半她才發現那個塞在嘴裡的東西其實是鬍鬚套，而那人的臉上則抹著粉紅色冷霜，不過這倒也與整場夢魘暗暗相符。她激昂地嚷嚷，說他現在該做的就是立刻跟她到看守所，去把迪克弄出來。

「這事挺麻煩。」他說。

「是啊。」她討好地附和。「怎麼樣？」

「這種要跟警方對抗的事。」他的聲音裡浮現一絲受到冒犯的語氣，「恐怕九點之前都愛莫能助。」

「要到九點鐘，」她驚駭地重複：「可是你肯定能做些什麼吧！你可以跟我到拘留所，確保他們不會再傷害他。」

「我們是不准做那種事情的。這種事是由領事館處理。領事館九點會開門。」

他的臉因綁著鬍鬚護套而顯得面無表情，這讓貝比火冒三丈。

「我不能等到九點。我的妹婿說他們弄瞎了他的眼睛——他傷得很重！我得去把他弄出來。還得找個醫生。」她放開了情緒，開始邊說邊氣憤地哭泣，因為她知道激動的情緒比言詞更能得到回應。「你一定得想想辦法。保護遭遇麻煩的美國公民是你的職責。」

可是他是東岸人，鐵石心腸。對她無法理解自己的立場，他耐住性子搖了搖頭，將波斯罩袍拉緊點，往下走了幾階。

「把領事館的地址寫給這位女士。」他對門房說：「把柯拉索醫師的地址跟電話也找出來寫給她。」他轉向貝比，表情就像是被觸怒的基督。「親愛的女士，外交使節團是代表美國政府跟義大利政府往來，與保護美國公民無關，除非國務院有特別指示。你的妹婿違反了這個國家的法律而被關進拘留所，就跟義大利人在紐約犯法也會被關一樣。唯一能放他走的是義大利法院，如果你妹婿被起訴，領事館會提供協助與建議，他們才負責保護美國公民的權益。而領事館要到九點才開門。即便換成是我的親兄弟，我也無能為力……」

「你能打個電話給領事館嗎？」她插話。

「我們不能干涉領事館的事務。等領事九點鐘上班……」

「能給我他住處的地址嗎？」

男子遲疑片刻後，搖了搖頭，從門房手上接過便條遞給她。

「現在恕我失陪了。」

他巧妙地導引她回到門口，有一瞬間紫色晨曦耀眼地灑在他的粉色面罩和托著鬍鬚的麻布囊袋上；接下來貝比便隻身立於門前台階了。她在大使館裡一共待了十分鐘。

正對面的廣場空蕩蕩，只有一個老人拿著尖棍在撿拾菸蒂。貝比很快攔了部計程車前往領事館，但那裡除了三個悲慘的女子在擦洗樓梯外，空無一人。她無從使她們明白自己想要領事的住址——突然間一陣焦慮再度湧上，她衝上車，要司機帶她到拘留所。司機不知道那在哪裡，但藉由「直走、右轉、左轉」幾個單詞，她設法讓他開到了接近的位置，她下了車，在如迷宮般的熟悉巷弄間穿尋。可是那些建築和巷弄看起來都一個樣。從一條小巷中穿出，來到西班牙廣場，見到美國運通公司的招牌，招牌上的「美國」兩字讓她的心為之一振。窗裡有燈光透出，她趕緊穿越廣場，過去推一推門，但門鎖著，裡面的時鐘指著七點。接著她想到了柯利斯．克雷。

她記得他旅館的名字，是一座用紅色絨布包得密不通風的別墅，就在怡東酒店對面。在櫃檯值班的女子不太願意幫忙——她無權打擾克雷先生，也拒絕讓華倫小姐獨自前往他的房間；最後她終於相信這不是幽會偷情那檔事，才陪同貝比前往。

柯利斯光溜溜地躺在床上。他昨晚醉醺醺地回來，被喚醒後，過了片刻才意識到自己一絲不掛。他以過分的謙恭來彌補這番失態。他拿著衣服到浴室匆匆穿上，並喃喃自語：「天哪，她肯定把我全看光了。」一打了幾通電話查出拘留所的地點後，他跟貝比便一同前往。

牢門開著，迪克倒在警衛室的一張椅子上。憲警已經將他臉上的部分血漬洗去，梳理了一番，並意圖遮掩地將帽子戴在他頭上。

貝比站在門口渾身打顫。

「克雷先生會在這兒陪你。」她說：「我要去找領事跟醫生來。」

「好的。」

「乖乖待著就好。」

「好的。」

「我去去就來。」

她乘車到領事館；現在過了八點，她被允許坐在接待室。接近九點領事進來了，疲憊無助的貝比歇斯底里地將事情再說了一遍。領事感到不安，警告她別在陌生城市打架滋事，不過他最在意的還是她應該要先在外面等——她絕望地從他老邁的眼神中讀出，他想盡可能避免捲入這場災禍。邊等待他採取行動，她邊利用時間打電話請醫生去看看迪克。接待室裡還有其他人，好幾個人獲准進入領事辦公室。半小時後，她趁著有人從裡面出來，一把推開祕書闖進房內。

「這太不像話了！有個美國人被打得半死，還被丟進牢裡，而你竟然坐視不管。」

「等一下，這位女士……」

「我等得夠久了。你馬上到拘留所去把他弄出來！」

「女士……」

「我們在美國可也是有頭有臉的人……」她越說嘴上越強硬，「要不是怕家醜外揚，我們可以……我一定會把你對此事的漠不關心上報給有關單位。假如我妹婿是英國公民，那他早在幾個鐘頭前就獲釋了，但你比較關心的卻是警方會怎麼想，而不是你派駐在這裡的職責。」

「女士……」

「戴上你的帽子，立刻跟我走。」

一提到他的帽子，領事就慌了，開始匆忙擦拭眼鏡和翻弄文件。這純屬徒勞：這位美國大女人情緒激動，站在面前盯著他；那橫掃千軍的非理性怒火，曾摧折一個民族的道德良知，讓一整個大陸懾服其下，他實在無力招架。他按鈴召來副領事——貝比贏了。

迪克坐在透過警衛室窗口灑進的滿室陽光中。柯利斯陪著他，還有兩名憲警，他們都在等待有什麼事發生。以剩下一隻眼睛的狹窄視線，迪克還是可以看見那兩個憲警；他們是短上唇的托斯卡納鄉下人，很難將他們跟昨晚的暴行聯想在一起。他跟其中一人要了杯啤酒。

啤酒讓他頭昏眼花，整件事霎時蒙上一層啼笑皆非的色彩。柯利斯以為那個英國女孩跟這禍事有關，但迪克確定她早在事發之前就不見蹤影了。柯利斯仍對華倫小姐看見自己一絲不掛躺在床上這事念念不忘。

迪克的怒氣已經消退了些，並強烈感到此事沒有什麼刑事責任可言。發生在他身上的事太可怕，無論如何都改變不了，除非能完全抹煞，而這又不太可能，他因此感到絕望。從今以後他將成為一個不同的人，在遍體鱗傷的當下，他對未來新的自己有諸多奇異的感覺。這事件具有天意所致、非人能掌控的特質。沒有哪個成熟的亞利安人能從屈辱中受益；當他決定原諒，這事就成了他生命中的一部分，他等於認同了曾令自己蒙羞的事物——如此結果在此案中實在不可能。

當柯利斯提到要追究嚴懲，迪克搖搖頭不發一語。一名尉級憲警走進屋內，服裝筆挺、皮鞋光亮、生氣勃勃，一個人彷彿可抵三個人，警衛看見趕緊跳起來立正。他拾起空酒瓶，對著屬下一連串痛罵。他身上有股新氣象，頭號要務就是要把啤酒瓶弄出警衛室。迪克看看柯利斯，笑了起來。

副領事來了，是個工作過度的年輕人，姓史旺森。他們啟程前往法庭，柯利斯和史旺森走在迪克兩邊，兩名憲警緊跟在後面。這個早晨天色泛黃、霧氣朦朧，廣場和拱廊人聲鼎沸。迪克拉低帽子，帶頭加快腳步，直到其中一個短腿的憲警跑上來抗議。史旺森負責調解。

「我讓你們丟臉了，是吧？」迪克愉快地說。

「你跟義大利人打架很可能會送命。」史旺森怯生生地回應：「他們這次大概會放你走，但如果你是義大利人，肯定會坐上幾個月的牢。不騙你！」

「你坐過牢嗎？」

史旺森笑了。

「我喜歡他。」迪克對克雷聲稱：「他是個討喜的年輕人，給人絕佳的忠告，但我打賭他坐過牢。很可能曾在裡面待了幾星期吧。」

史旺森又笑。

「我的意思是你要小心點。你不清楚這些人的底細。」

「哦，我很清楚他們的底細，」迪克突然氣呼呼地嚷嚷：「他們全是該死的人渣。」他轉身面對憲警，「聽到了嗎？」

「我要在這兒跟你們分手了，」史旺森馬上說：「我跟你的大姨子說了，我會……我們的律師會在樓上法庭跟你會合。萬事小心。」

「再見。」迪克客氣地跟他握手。「非常感謝你。我覺得你很有前途……」

史旺森又笑了笑，旋即恢復那不以為然的官樣表情，匆匆離去。

現在他們進入一處庭院，四面都設有外梯通往樓上的房間。他們通過石板道時，院子裡看熱鬧的人爆出一片不屑、唾棄、倒彩的噓聲，聲音裡充滿憤怒與輕蔑。迪克瞪大了眼睛環顧四周。

「怎麼回事？」他詢問，一臉詫異。

其中一個憲警跟一群人說了幾句，接著聲音便漸漸停息。

他們進入法庭。領事館派來的一名邋遢義大利律師對著法官滔滔不絕，迪克和柯利斯在一旁等候。一個懂英語的人從面對庭院的窗前轉過身，跟他們解釋經過時的鼓譟是怎麼回事——有個弗拉斯卡蒂的當地人姦殺了一個五歲小孩，今天早上就要出庭受審，群眾誤認迪克就是那人。

幾分鐘後，律師告訴迪克他獲釋了，法庭認為他已受到足夠的懲罰。

「足夠的懲罰！」迪克高聲說：「懲罰我什麼？」

「走吧，」柯利斯說：「現在多說無濟於事。」

「但我做了什麼，不就是跟幾個計程車司機打架？」

「他們聲稱你走到一名警探面前，假裝要跟他握手，然後打了他……」

「才不是這樣！我跟他說了要揍他——我並不知道他是警探。」

「最好還是走吧。」律師力勸。

「來吧。」柯利斯抓著他的手臂，一同步下階梯。

「我要發表演說，」迪克嚷著：「我要跟這些人解釋我是怎樣強暴一個五歲小女孩。或許我真的……」

「走啦。」

貝比跟一名醫生在計程車裡等待。迪克不想看她，也不喜歡那名醫生，看他嚴峻的態度就知道是那種最難以捉摸的歐洲類型，拉丁衛道人士。迪克總結了對這場災難的想法，不過沒人想多說什麼。回到他在奎里納爾酒店的房間後，醫生將剩下的血漬和黏汗清洗乾淨，校正他的鼻樑，固定斷裂的肋骨和手指，替小傷口消毒，並懷著希望給眼睛敷了藥。迪克要了四分之一喱的嗎啡，因為他仍十分清醒，神經異常亢奮。服用嗎啡後他便睡著了；醫生和柯利斯離開，貝比陪著他直到英國療養院的一名看護抵達。這是艱苦的一夜，但她有種滿足感，心知無論迪克過去的記錄如何，只要他還有一點用處，現在她們面對他都占有道德上的優勢了。

BOOK 3

1.

凱特．桂格歐若維斯夫人在自家宅院的小徑趕上丈夫。

「妮可還好嗎？」她委婉地問；不過她開口時上氣不接下氣，可見在她奔跑時心裡就已懸著這個問題了。

法蘭茨驚訝地看著她。

「妮可沒病。你怎麼會這麼問，親愛的？」

「你這麼常去看她……我以為她一定是病了。」

「我們進屋再談。」

凱特溫順地同意。法蘭茨的書房位在醫院行政大樓，而孩子們跟家庭教師在客廳裡，於是他們上樓到臥室。

「抱歉，法蘭茨。」凱特在他還來不及開口前先說：「原諒我，親愛的，我沒權利說那種話。我知道自己的職責而且引以為傲。但是妮可跟我有點處不來。」

「同巢之鳥要齊心協力。」法蘭茨怒喝，發覺這語調無法適切表達他的情緒，於是重複了一遍命令，並加進停頓和經過深思熟慮的抑揚頓挫；他的恩師多姆勒醫生就是藉此讓最陳腔濫調的話也能顯得意味深長「同巢——之——鳥——要**齊心協力！**」

「這我懂。你從沒看到我對妮可有任何失禮。」

「我看你缺乏常識。妮可是半個病人——她可能一輩子都會帶點病人的特質。迪克不在的時候，我有責任照顧她。」他猶豫了一下；有時為了好玩，他會刻意對凱特隱瞞一些消息。「今天早上收到羅馬拍來的電報。迪克之前染上了流行性感冒，明天會啟程回家。」

凱特這下放心了，改以比較客觀的口吻繼續原先的話題：

「我覺得妮可的病沒有人們想得那麼嚴重——她只是利用病情當作行使權力的工具。她應該去演電影，就像你喜歡的那個諾瑪．塔瑪芝[1]——那是所有美國女性會覺得快樂的地方。」

「你吃諾瑪．塔瑪芝的醋，一個電影裡的人？」

「我不喜歡美國人。他們自私自利，**自私**！」

「你喜歡迪克吧？」

「我喜歡他。」她承認，「他不一樣，會替別人著想。」

——諾瑪．塔瑪芝也是，法蘭茨對自己說。諾瑪．塔瑪芝除了美麗的外表之外，必定是個高尚尊貴的女人。一定是他們強迫她演些愚蠢的角色。能認識諾瑪．塔瑪芝這種女人肯定

1 Norma Talmadge（1894–1957），美國默片時期的著名女星。

會是莫大的榮幸。

凱特早忘了諾瑪．塔瑪芝，這個有天晚上他們在蘇黎世看完電影開車回家時，還曾讓她大吃飛醋的活潑影像。

「……迪克是為了妮可的錢而娶她，」她說：「那是他的弱點——你自己有天晚上也這麼暗示。」

「這話太惡毒了。」

「我是不該這麼說。」她收回。「像你說的，我們應該如同巢之鳥和睦相處。可是這並不容易，尤其每次妮可總表現出……她總會稍稍往後退，好像在屏住呼吸……好像我很**難聞**似的！」

凱特觸及了一項重要事實。她大部分的工作都自己動手，而且節儉，很少買衣服。光是一名美國女店員每個晚上都要洗兩套換下的內衣，肯定也會注意到凱特身上散發著些許前一天的汗味，一種近似於讓人想起無止盡勞動與腐朽的阿摩尼亞味道。對法蘭茨來說，這味道跟凱特頭髮散發的濃厚深色氣味一樣自然，他同樣都不會察覺；但妮可生來就討厭保母替她梳妝打扮時手指散發的味道，對她而言，這是種只能加以忍耐的冒犯。

「還有她的孩子也是，」凱特繼續說：「她不喜歡讓他們跟我們的孩子一起玩……」但法蘭茨已經聽夠了：

「住口……這種話會危害到我的工作，我們這間診所可是用妮可的錢開的。我們去吃午飯。」

凱特意識到她這番發洩並不明智，不過法蘭茨最後這話提醒了她，有錢的美國人不止一個，而一個星期後，她對妮可的反感有了新的說法。

事情起於他們替迪克接風而招待戴佛夫婦的晚宴。等不及戴佛夫婦離去的腳步聲在小徑上完全停息，凱特便關上大門對法蘭茨說：

「你看到他那黑眼圈了嗎？他可真是去放蕩了一趟！」

「輕點聲兒，」法蘭茨要求，「迪克一回來就跟我說了。他在橫渡大西洋的船上打拳擊。美國旅客經常在這些船上打拳擊。」

「誰會相信？」她冷笑，「他有隻手臂一動就痛，太陽穴上還有未痊癒的傷痕——你可以看得出來那邊的頭髮被剪掉了。」

法蘭茨沒注意到這些細節。

「怎麼樣？」凱特質問：「你覺得這種事情對診所有好處嗎？今晚我聞到他身上有酒味，他回來之後我就聞到過好幾次了。」

她把話放慢以配合其將要表達的嚴重性：「迪克不再是個認真的人了。」

法蘭茨晃著肩膀上樓，擺脫她的窮追猛打。在臥室裡他轉過身面對她。

「他毫無疑問是最認真最優秀的人。近年來在蘇黎世取得神經病理學學位的人之中，迪克是公認最優秀的——我永遠也比不上。」

「可恥！」

「這是事實——不承認才可恥。碰到高度複雜的病例我都會去找迪克。他的著作在那個領域仍是典範——不信去任何一間醫學圖書館問問。多數學生都以為他是英國人——他們不相信美國人能寫出如此縝密的著作。」他邊從枕頭下抽出睡衣，邊用居家的口吻抱怨道：「我不明白你為什麼會這麼說，凱特……我還以為你喜歡他。」

「可恥！」凱特說：「你才是腳踏實地、埋頭苦幹的人。這就像龜兔賽跑——而在我看來，兔子就快要跑不動了。」

「呿！呿！」

「那好吧。不過這是事實。」

他張開手掌在空中迅速往下一壓。

「停！」

結果是他們像辯論雙方交換了意見。凱特內心承認自己對迪克太嚴苛，畢竟她欽佩他，對他敬畏三分，而他又一直這麼讚賞和理解自己。至於法蘭茨，一旦凱特的想法有時間滲入腦海，他此後便再也不相信迪克是個認真的人了。久而久之，他更打從心底相信自己從未覺得他認真過。

2.

迪克將自己在羅馬的橫禍刪減一番後告訴妮可——在他的版本中，自己是一番好心去搭救一個酒醉的朋友。他相信貝比·華倫不會多嘴，因為他已描繪過真相會給妮可帶來多麼災難性的後果。然而，相較於此事對他揮之不去的影響，這一切都只是小問題。

他的反應是拚命投入工作之中，以至於法蘭茨想跟他拆夥也找不到引發爭執的依據。真正的友誼不經過一番撕心裂肺的痛苦是不會一下子毀掉的——於是法蘭茨讓自己日益深信，迪克在理智和情感上如此高速橫衝直闖，引發的震盪讓他難以平靜——兩人的這種反差原本在他們的關係中還被視為是優點。所以，為了粗製濫造個藉口，什麼理由都可以拿來利用。

然而到了五月，法蘭茨終於頭一次找到機會埋下決裂的伏筆。有天中午，迪克蒼白疲憊地走進他的辦公室坐下，開口說：

「唔，她走了。」

「她死了？」

「心臟停了。」

迪克筋疲力盡地坐在最靠近門邊的椅子上。連續三個晚上他都守在那個自己漸漸愛上、渾身疙瘩的無名女藝術家身旁，形式上是要調配腎上腺素劑量，但實際上是要盡其所能為她前方的黑暗投進一絲微光。

半能體會他的心情，法蘭茨很快提出意見：

「是神經梅毒。我們做的所有梅毒血清檢測結果都一樣。脊髓液……」

「別提了，」迪克說：「哦，老天，別再提了！如果她那麼在意自己的祕密，寧願帶進墳墓，那就隨它去吧。」

「你最好休息一天。」

「別擔心，我會的。」

法蘭茨有了契機；他正在寫電報給那名女子的兄弟，此時抬起頭問道：「或者，你想做點小旅行嗎？」

「現在不想。」

「我不是指渡假。洛桑那邊有個病人。我整個早上都在跟一個智利人講電話……」

「她真他媽勇敢，」迪克說：「還撐了那麼久。」法蘭茨同情地搖搖頭，迪克盡力振作。「抱歉打斷你。」

「這只是讓你轉換一下環境——情況是一個父親無法處理他兒子的問題——但父親沒辦法將兒子弄過來，他希望有人能過去。」

「什麼問題？酗酒？同性戀？你說在洛桑……」

「樣樣都有一點吧。」

「我會去。有錢賺嗎？」

「還不少哩。大概要待兩到三天，那孩子如果需要看管就把他弄來這裡。無論如何，你放輕鬆，慢慢來，半公事半消遣。」

在火車上睡了兩小時後，迪克感覺煥然一新，帶著愉快的心情去會見帕卓·圭丹·里爾先生。

這類會面都大同小異。往往家屬歇斯底里的程度在心理學上就跟患者的病情一樣有趣，這次也不例外：帕卓·圭丹·里爾先生是個頭髮灰白的英俊西班牙人，氣宇軒昂，看上去就是一副有錢有勢的樣子。他在三世酒店的套房裡怒氣沖沖地來回踱步，像個醉婦般無法自制地說著兒子的事。

「我束手無策了。我的兒子墮落至極。他在哈羅公學就墮落了，去到劍橋國王學院還是墮落。他墮落得無可救藥。現在還酗酒，敗壞得越來越明顯，而且醜聞一樁接一樁。我什麼都試過了——我跟一個醫生朋友擬了個計畫，讓他們一起去西班牙周遊一圈，每天晚上都給法蘭西斯科注射春藥，然後兩人一起上高級妓院——頭一個星期看似有效，結果卻是一點用也沒有。最後，上個禮拜，就在這房裡，確切地說是在那間浴室……」他指著那裡，「……我要法蘭西斯科脱掉上衣，拿鞭子抽他……」

他氣力放盡，坐了下來。迪克開口：

「那太傻了——西班牙之旅也不會有用……」他努力克制心中湧起的竊笑——有名望的醫生居然會參與如此外行的實驗！「……先生，我得先說，這類病例我們無法提供任何保證。酗酒方面，我們通常可以做到某種程度的改善——只要有適當的配合。首先要做的是跟那孩子見見面，得到足夠的信任，找出他對這件事真正的看法。」

——他跟那男孩同坐在露台上，男孩大約二十歲，帥氣而機警。

「我想知道你的態度。」迪克說：「你有覺得情況越來越糟嗎？有想要改善嗎？」

「我想有吧，」法蘭西斯科說：「我很不快樂。」

「你覺得這是因為酗酒，還是因為反常？」

「我想酗酒是後者造成的。」他保持嚴肅了一會兒——突然一股抑制不住的淘氣浮現，他笑了起來，說道：「沒用的。在國王學院我就以智利皇后聞名。那趟西班牙之旅——唯一的效果是讓我一看到女人就噁心。」

迪克嚴厲地打斷他。

「如果你對這種亂七八糟的生活樂在其中，那我幫不了你，這是在浪費時間。」

「不，我們談談……其他醫生我大都不屑一顧。」這孩子頗有幾分男子氣概，現在卻扭曲地用來積極抵抗自己的父親。不過他眼中有同性戀者在討論這問題時典型的調皮神色。

「這種事怎樣都得偷偷摸摸，」迪克跟他說：「你一輩子都會浪費在這上面，還得面對其後果，你將不會有時間或精力去從事其他正當社交活動。如果你想面對這世界，就得開始控制自己的色慾——而首要之務就是會激發慾望的酒精……」

他不假思索地說著，因為十分鐘前就已放棄了這個案子。他們又愉快地聊了一個小時，聊到男孩在智利的家以及他的抱負。迪克從未如此近距離以非病理學的角度去理解這類人——他猜想正是這種魅力讓法蘭西斯科能如此倒行逆施，而對迪克來說，魅力一直是種超越個人的獨立存在，不論是表現在今早於診所過世的可憐人那近乎瘋狂的英勇，或是眼前這位迷惘的年輕人在單調的老故事中所注入的無畏優雅。迪克試圖將之分解成夠小的碎片，以便收存——心知人生的總體與局部斷片在性質上可能大不相同，而且也知道四十多歲的生活似乎只能從一個個片段去觀察了。他對妮可和蘿絲瑪麗的愛，他跟艾貝·諾斯、湯米·巴本在戰後這破碎世界的友誼——在這些交往中，各種人格壓了上來，貼得如此之近，最後那些人格成了他的一部分——這裡面似乎有種不是全盤接受就是一概不取的必然；彷彿他的餘生註定要背負著某些人的自我，那些早先結識、早先愛上的人，唯有他們自身得到圓滿，他才能圓滿。這其中還涉及些許的孤獨寂寞——被愛是那麼容易，愛人是如此艱難。

他和年輕的法蘭西斯科坐在露台上時，一個過去的幽靈飄進他的視野。一名高大的男性怪異地擺動著身軀，脫離灌木叢，猶豫不定地朝迪克跟法蘭西斯科走了過來。一時間，他在一片生氣盎然的景色中顯得如此難堪，迪克幾乎沒注意到他——隨後迪克站了起來，邊茫然地握手，邊心想：「天啊，我麻煩大了！」並拚命回憶著這人的名字。

「戴佛醫師，對吧？」

「哎呀呀……鄧佛瑞先生，沒錯吧？」

「羅亞·鄧佛瑞。我曾有幸在你那美麗的花園吃過一頓晚餐。」

「當然。」迪克試圖澆熄鄧佛瑞先生的熱情，於是切入無人情味的年代問題：「那是一九……二四……還是二五……」

他繼續站著，不過一開始顯得靦腆的羅亞・鄧佛瑞，對交際的熱情卻不落人後；他以輕浮、相熟的態度跟法蘭西斯科說話，但後者也對他不齒，和迪克同樣想以冷落打發他走。

「戴佛醫生——在你離開前我有件事想說。我從沒忘記在你家花園的那一晚——你跟你太太真是親切。對我來說那是一生中最美好、最快樂的回憶之一了。我總認為那是我所參加過最有格調的一場聚會。」

迪克繼續如螃蟹般側身朝旅館最近的門退去。

「很高興你留下這麼愉快的回憶。現在我得去見……」

「我瞭解，」羅亞・鄧佛瑞語帶同情地繼續說：「聽說他來日不多了。」

「誰來日不多？」

「也許我不該講的……不過我們的醫生是同一個。」

迪克停下腳步，驚愕地看著他。「你在說誰？」

「怎麼，是你的岳父……也許我……」

「我的**什麼**？」

「我想……你的意思是我是頭一個……」

「你是說我的岳父在這兒，在洛桑？」

「咦，我以為你知道……我還以為你在這兒就是為了這個。」

「哪個醫生在照顧他？」

迪克在筆記本上草草寫下名字，告辭趕到電話亭。

東榭醫師有空，可以立刻在家中跟戴佛醫師見面。

東榭醫生是個年輕的日內瓦人；剛開始他還怕會失去一個有利可圖的病人，不過迪克再三保證後，他便透露華倫先生的確來日不多了。

「他才五十歲，可是肝已經停止自我修復了；促發因素是酗酒。」

「對治療沒有反應？」

「病人什麼也不能吃，只能吃流質食物……我預估三天，或者最多一星期。」

「他的大女兒華倫小姐知道他的情況嗎？」

「依他的意願，除了男僕沒人知道。是到了今天早上，我才覺得非告訴他不可……他聽了很激動，儘管從發病開始他就抱著非常虔誠且認命的態度。」

迪克想了想：「唔……」他慢慢做出決定，「不管怎樣，我會負責家屬這邊的意見。不過我想他們會希望會診。」

「悉聽尊便。」

「那我代表他們，請你找湖區最知名的醫生來——日內瓦的赫爾伯格。」

「我也想到赫爾伯格。」

「同時，我在這裡至少要待上一天，會跟你保持聯繫。」

那天晚上，迪克去找帕卓．圭丹．里爾先生，兩人好好談談。

「我們在智利有大批資產……」老先生說：「我兒子大可好好管理它們。不然我也可以安排他進入巴黎十多個企業中的任何一個……」他搖著頭，在窗前來回踱步，窗外春雨洋洋，連天鵝都樂得不找掩蔽。「我唯一的兒子呀！你能帶他走嗎？」

這名西班牙人忽然跪在迪克腳下。

「你能治好我唯一的兒子嗎？我相信你——你可以把他帶走，治好他。」

「不可能光憑這些就把一個人送進精神病院，就算可以我也不會這麼做。」

西班牙人站了起來。

「我太性急了……我是逼不得已……」

下樓到大廳時，迪克在電梯裡遇見了東樹醫師。

「我正要打到房間找你。」後者說：「我們可以到露台上說話嗎？」

「華倫先生去世了嗎？」迪克問。

「他還是一樣——會診安排在明天早上。同時他想見他的女兒——也就是你老婆——想見得不得了。看來兩人間似乎有過一些不愉快……」

「我全都知情。」

兩位醫生相對而視，各有所思。

「你何不先跟他談談，再做決定？」東樹提議：「他會走得很安詳——就只是不斷虛弱衰退下去。」

迪克勉強答應。

「好吧。」

德弗羅．華倫在和帕卓．圭丹．里爾先生那間同樣大的套房裡安詳地衰弱——這家飯店有許多房間住著落魄的富人、亡命之徒、受吞併而失去王位的小國君主，他們靠著鴉片衍生物或安眠藥過活，永遠聽著好似避不開的收音機，播放著古老罪惡的粗俗旋律。歐州的這個角落與其說吸引人前來，不如說是不加以多問地接納了他們。幾條路線在此交會——要前往山裡的私人療養院或結核病休養中心的人，在法國或義大利不再受歡迎的人，都聚集於此。

房間裡黑朦朦的。有位面容聖潔的修女在照顧病人，病人瘦骨嶙峋的手指在白色床單上撥弄著一串念珠。他依舊英俊，跟迪克說話時聲音帶著獨特的粗重喉音。東樹醫師留下他們倆離開。

「人到了生命盡頭會明白很多事。到了現在，戴佛醫師，我才瞭解到底是怎麼一回事。」

迪克等著。

「我不是個好人。你一定知道我沒什麼權利再見妮可一面，然而有位比你我都更偉大的人物說要寬恕、要慈悲。」念珠從他軟弱的手上滑落，滾過平滑的床罩，掉到地上。迪克替他撿了起來。「要是能跟妮可見上十分鐘，我會心滿意足地離開人世。」

「這不是我自己可以決定的。」迪克說：「妮可不是很堅強。」他已有定見，但故作遲疑。「我可以跟我的事業合夥人商量看看。」

「你的合夥人怎麼說我都接受……就這樣吧，醫師。我得跟你說，我對你的虧欠實在太多……」

迪克迅速起身。

「我會請東樹醫生告訴你結果。」

他從自己房間撥電話到楚格湖畔的診所。轉接許久，凱特在她自己家裡接起電話。

「我想找法蘭茨。」

「法蘭茨在山上，我也準備要過去——有什麼需要我轉達的嗎，迪克？」

「跟妮可有關——她父親在洛桑這邊快死了。告訴法蘭茨，跟他說很重要，並請他從山上打給我。」

「我會的。」

「跟他說三點到五點，還有七點到八點，我都會在飯店房間裡，之後請人到餐廳找我。」

說明這些時間的同時，他忘了囑咐別告訴妮可：等他想起來時，電話已經斷線。當然，凱特理當明白這點。

……凱特搭車上山時並沒有打算將電話的事告訴妮可。荒涼的小山上野花遍布，隱風陣陣，冬天病人會被帶上來滑雪，春天則來爬山。下火車時，她看見妮可正領著孩子們有規則地玩鬧嬉戲。凱特走近，手臂輕輕搭上妮可的肩膀，說道：「你對小孩真有一套——夏天務必多教教他們游泳。」

他們玩得渾身發熱，妮可反射性地抽身躲開凱特的手臂，雖是下意識，但不免顯得無禮。凱特的手尷尬地撲了個空，隨即也令人遺憾地在言詞上做出反應。

「你以為我要抱你嗎？」她厲聲問：「只不過是迪克的關係，我剛跟他通了電話，很遺憾……」

「迪克出了什麼事嗎？」

凱特赫然意識到自己的錯誤，但傻話已出口，當妮可不斷追問：「……那你遺憾什

麼？」她別無選擇只能回答。

「不關迪克的事。我得先跟法蘭茨講。」

「**肯定**跟迪克有關。」

她一臉驚恐，連帶使得身旁的戴佛家小孩臉上也浮現驚慌。凱特無計可施地說：「你父親在洛桑病了——迪克想跟法蘭茨談這件事。」

「他病得很重嗎？」妮可盤問——此時法蘭茨正好帶著他在醫院那副精力充沛的樣子走過來。謝天謝地的凱特將剩下的難題丟給他——但大禍已鑄成。

「我要去洛桑。」妮可宣布。

「等等，」法蘭茨說：「我不確定這是否明智。我得先跟迪克通電話。」

「那我會錯過下山的火車，」妮可抗議：「然後也趕不上三點從蘇黎世開出的那班車！要是我父親快死了，我一定得……」她讓話懸在半空，怕它成形。「我非走不可。我得去趕火車了。」話還沒說完，她便已經朝著正停在光禿山頂上、噴著氣鳴著笛的一列平板車跑去。途中回過頭喊道：「法蘭茨，如果你打給迪克，跟他說我馬上就到！」……

……迪克在飯店房間裡讀著《紐約先驅報》，這時身輕如燕的修女闖進來——同時間電話也響起。

「他死了嗎?」迪克懷著希望問修女。

「先生，他不見了……他走掉了。」

「怎麼**會**?」

「他走了……他的僕人和行李也都不見了!」

真是難以置信。一個病成那樣的人居然爬起來走掉了。

迪克接起法蘭茨打來的電話。「你不該跟妮可說的。」他不滿地說。

「是凱特告訴她的，的確非常不明智。」

「我想是我自己不好。事情搞定前絕不能跟女人說。不管怎樣，我會去接妮可……喂，法蘭茨，這裡剛發生了最古怪的事——那老傢伙從床上爬起來走了……」

「什麼?你說什麼?」

「我說他走了，老華倫——他走掉了!」

「但這有什麼好奇怪的?」

「他本來被斷定會死於多重器官衰竭……這下竟起床走掉了，我猜是回芝加哥去了……我不知道，看護現在人在這兒……我不知道，法蘭茨——我也才剛聽說……晚點再打給我。」

他花了將近兩個小時追查華倫的行蹤。病人在早晚班看護交接之際，找到機會溜到酒吧，在那兒灌了四杯威士忌；他用一張千元大鈔付清旅館費用，還吩咐櫃檯將該找的錢寄給他，便揚長而去，推測是回美國。迪克和東樹最後一搏衝到車站想截住他，結果只是讓迪克錯過了妮可；當他們終於在酒店大廳碰面，她似乎瞬間累垮了，緊抿的嘴唇讓迪克感到不安。

「爸怎麼樣了？」她詢問。

「他好多了。看來他身上還保存了相當多的精力。」他說得吞吞吐吐，不想一下子嚇到她，「事實上，他起床走掉了。」

他想喝一杯；因為追趕行動耗掉了晚餐時間，於是領著困惑不解的她往餐廳走，坐上兩張皮製安樂椅，點了一杯威士忌蘇打和一杯啤酒，接著繼續說：「照顧他的醫師預判錯誤或之類的……等一下，我自己根本都還沒時間把事情想清楚。」

「他**走了**？」

「他搭晚班的火車到巴黎去了。」

兩人靜靜坐著。妮可流露出一股龐大而悲慟的冷漠。

「這是本能。」迪克終於開口：「他真的快死了，但他設法重新找回了生命的律動——他不是第一個臨終又迴光返照的人——就像一座老時鐘——你知道，搖一搖，不知怎的出於純粹的慣性又開始走了起來。現在你的父親……」

「噢，別說了。」她說。

「他的主要動力是恐懼，」他繼續說：「他害怕了，於是跑走。他很可能會一直活到九十歲……」

「拜託別再說了，」她說：「拜託別……我受不了了。」

「好吧。我來這裡看的那個小惡魔無藥可救，我們不如明天就回去吧。」

「我不明白你為什麼非得……碰上這些事不可。」她衝口而出。

「哦，你不明白？有時候我也不明白。」

她將一隻手按在他的手上。

「噢，真抱歉，我不該那麼說的，迪克。」

有人搬了一台留聲機進酒吧，他們便坐在那兒聆聽〈彩繪娃娃的婚禮〉這首歌。

3.

一週後的某個早上，迪克在辦公桌前駐足看信時，發覺外面格外喧嘩：病人馮・孔恩・莫里斯正要出院。他的雙親是澳洲人，正將他的行李猛地扔進一輛大型豪華轎車。拉迪斯勞醫生站在他們旁邊抗議，但他的態度對老莫里斯激烈的舉止完全起不了作用，年輕病人則置身事外地冷眼旁觀著自己的行李上車。此時迪克醫生走了過來。

「這是不是太突然了點，莫里斯先生？」

莫里斯先生見到迪克時吃了一驚——他紅潤的臉和上衣的大方格圖案好像電燈似的一明一暗。他走近迪克，一副要揍他的樣子。

「我們早該走了，還有跟我們一起來的人也是。」他開口，並暫停喘了口氣，「早該走了，戴佛醫師。早就該走了。」

「到我的辦公室談可好？」迪克提議。

「我不去！我會跟你談，但我可不想再跟你以及你這地方扯上關係。」他對著迪克搖手指。「我剛剛才在跟這位醫生講，我們白白浪費了時間跟金錢。」

拉迪斯勞醫生動了動身子表達微弱的反對，顯露出斯拉夫人曖昧的閃躲態度。迪克從來不喜歡拉迪斯勞。他設法引導激動的澳洲人沿小徑朝他辦公室的方向走，想說服他進去，可是那人搖搖頭。

「就是你，戴佛醫生，**你**就是問題所在。我去找拉迪斯勞醫生，是因為找不到你，戴佛醫生，而桂格歐若維斯醫生又要到傍晚才會來，我可不願意等。不，先生！我兒子告訴我真相後，我一分鐘也等不下去。」

他來勢洶洶地逼近迪克，迪克保持雙手放鬆，好在必要時將他放倒。「我兒子是來這裡治療酗酒的，而他跟我說在你的氣息中聞到了酒味。沒錯，先生！」他快速嗅了一下，顯然沒成功。「還不止一次，馮．孔恩說他兩次聞到你呼吸中有酒味。我跟我太太一輩子都滴酒不沾。我們把馮．孔恩交給你治療，而一個月內他竟兩次聞到你身上有酒味！這算哪門子的治療？」

迪克猶豫著；莫里斯先生頗有可能在診所車道上大鬧一場。

「莫里斯先生，畢竟有些人是不會為了你的兒子，而放棄他們視為食物的東西……」

「但你是醫生，老兄！」莫里斯憤怒地吼道：「工人喝啤酒，那是他們的不幸——但你在這裡是要治療……」

「這太誇張了。你兒子來這裡是因為竊盜癖。」

「背後的原因又是什麼？」那人幾近尖叫：「是喝酒——喝得昏天黑地。你知道酒是什麼顏色嗎？是黑色！我的叔叔就是因為喝酒被吊死的，你聽見沒？我的兒子到療養院來，而醫生竟然渾身酒臭！」

「我必須請你離開。」

「你請我！我們**本來**就要走了！」

「如果你能克制點，我們可以告訴你到目前為止的治療結果。而既然你有這種感覺，我們自然也不願收你兒子這個病人……」

「你敢跟我說克制？」

迪克喚拉迪斯勞醫生過來，說：「麻煩你代表我們向病人及家屬說再見好嗎？」

他向莫里斯微微欠身，走進他的辦公室，在門後直挺挺地站了一會兒。他看著他們開車離去，粗俗的雙親與愚鈍墮落的兒子——不難想見這家人在歐洲四處招搖，以其愚昧無知和大把鈔票欺凌比他們優秀的人。不過車子消失後，迪克開始思索對這件事自己究竟應負多大責任。他每餐都會配紅酒，睡前也會來一杯，通常是熱蘭姆，有時候下午會小酌一點琴酒——琴酒是最不容易留下味道的。他每天平均喝下半品脫的酒，身體無法完全代謝。

打消為自己辯解的念頭，他在桌前坐下，像開處方那樣寫下一份生活守則，要把他的飲酒量減半。醫生、司機和新教牧師身上絕不能有酒味，畫家、股票經理人、騎兵隊長才可以；迪克只怪自己太不謹慎。但事情並非就此打住，因為半小時後，在阿爾卑斯山渡了兩週假，神清氣爽的法蘭茨駛上車道，急著重返崗位的他人還沒到辦公室便迫不及待投入工作了。迪克在他的辦公室跟他碰面。

「埃佛勒斯峰怎麼樣？」

「照我們的速度，本來是大可以攻頂的。我們有想過。一切如何？我的凱特好嗎？你的妮可好嗎？」

「家裡一切安好。不過老天呀，法蘭茨，我們今天早上有個很難堪的場面。」

「怎麼？發生什麼事？」

法蘭茨先打通電話回家，而迪克在房內來回踱步。法蘭茨話完家常後，迪克說：「莫里斯家的男孩被帶走了——還起了點爭執。」

法蘭茨開朗的臉垮了下來。

「我知道他離開了。我在前陽台遇見了拉迪斯勞。」

「拉迪斯勞怎麼說？」

「只說小莫里斯走了，詳情你會跟我說。是怎麼回事？」

「就是那些常見的沒頭沒腦的理由。」

「那孩子是個惡魔。」

「他是個麻木不仁的患者，」迪克附和：「總之，我到的時候，那父親已將拉迪斯勞修理得像個殖民地順民一樣。你覺得拉迪斯勞怎麼樣？我們要留他嗎？我會說不要——他沒什麼擔當，似乎什麼都應付不了。」迪克在實情的邊緣猶豫著，轉身走開一些，好給自己一點空間重新措詞。法蘭茨靠坐在桌緣，仍穿著麻布風衣和旅行手套。

「那男孩對他父親告的其中一狀，就是你傑出的合夥人是個酒鬼。那男的是個禁酒狂，而他兒子似乎在我身上發現一絲餐酒的氣味。」

法蘭茨坐了下來，咬著下唇沉思。「你可以找時間再慢慢跟我說。」他最後說。

「何不就現在？」迪克提議：「你一定知道我是最不可能酗酒貪杯的人。」他和法蘭茨眼神炯炯盯著對方，四目相對。「拉迪斯勞讓那傢伙那麼激動，我只有招架的份。這事本來可能會當著其他病人的面發生，你可以想像在那種情況下要替自己辯護有多難！」

法蘭茨脱掉手套與大衣，走到門口跟祕書說：「別打擾我們。」回到房裡，他一屁股坐到長桌前，翻弄著信件。但凡人們擺出這種姿態，很少是在思考，而是在尋找適當的偽裝，好說出接下來要說的話。

「迪克，我很清楚你是個相當節制、理性的人，即便我們對飲酒這事的看法不完全一致。不過是時候了……迪克，我必須坦白說，我好幾次注意到你在不該喝酒的時候喝了酒。其中必有因。何不考慮再去渡個清心寡慾的假？」

「是無憂無慮。」迪克下意識地糾正他。「離開對我來說不是解決的辦法。」

他們兩個都有點惱火，法蘭茨是氣他才回來就搞得烏煙瘴氣。

「迪克，有時候你不太用常識。」

「我永遠搞不懂常識在複雜的問題上有何意義——除非這表示全科醫師動手術會比專科醫師還來得好。」

眼前的情況讓他湧起一股壓倒性的反感。解釋、和好——這不是他們這年紀擅長的事——最好還是讓古老真理的破碎回音在耳中繼續迴蕩。

「這樣下去不行。」他突然說。

「嗯，我也有同感。」法蘭茨承認：「你的心已經不在這計畫上了，迪克。」

「我知道。我想退出——我們可以商量個辦法，將妮可的錢逐步撤出。」

「這我也想好了，迪克——我已預期到會有這麼一天。我可以找到其他資助，或許年底你就能把錢全部撤走。」

迪克原本沒打算這麼快下定論，也沒料到法蘭茨早已默默準備好拆夥，然而他還是感到如釋重負。他早就不無絕望地感到，他這一行的道德已瓦解淪喪，了無生機。

4.

戴佛一家人將回到蔚藍海岸，那是他們的家。他們已再次租下黛安娜別墅作為夏日居所，其他時間就在德國溫泉勝地和法國教堂小鎮間往來，每個地方總會開心地待上幾天。迪克寫了點東西，沒什麼特別的條理；這是人生中的一段蟄伏等待期，不是等待妮可的健康，旅行中她似乎生氣勃勃；也不是等待工作，僅僅就只是等待而已。為這段時期賦予意義的是兩個孩子。

迪克對他們的關注隨著年齡日益增加，他們現在分別是十一歲和九歲了。他設法越過雇傭直接管教他們，主要原則是強迫和威脅孩子都不足以取代長時間、小心地照看，要隨時查核、平衡、總結他們的説法，以便建立起一定程度的責任感。他變得比妮可更瞭解他們，各國葡萄酒下肚、心情大好時，他還會陪他們盡情聊天玩耍。他們帶有那種憂鬱的魅力，近乎哀傷，是早早懂得不可恣意哭笑的孩子所獨有；他們顯然不會讓情緒走向極端，而是安於簡單的生活規範和賜予他們的單純樂趣。他們過著西方世界古老家族的經驗中認為可取的單調生活，受教養長大，而非放任自我展現。譬如，迪克就認為最有助於培養觀察力的方法，莫過於強制保持緘默。

拉尼爾是個難以捉摸的男孩，有著超乎常人的好奇心。「唔，爸爸，要多少隻博美狗才能打敗一頭獅子？」這是他拿來煩擾迪克的典型問題。桃普希好應付些，她九歲，非常漂亮，細緻得跟妮可如同一個模子打造出來——之前迪克對此還有些擔心，最近她變得跟其他美國孩子一樣強健。他對他們兩個都很滿意，但從來不會明說，違反規矩時則絕不寬貸——「不在家學好禮貌，」迪克說：「就等著外面世界用鞭子教訓你，這免不了要受傷。我何必要在乎桃普希是否『崇拜』我？把她養大又不是要做我老婆。」

對戴佛家來說，今年夏天和秋天另一個特別的地方是他們手頭很寬裕。因為賣掉了診所的股份，還有美國土地開發的收益，現在錢多到讓他們光是花錢及照看所買的商品就要耗費不少心神。他們旅行時的排場看上去極其驚人。

就拿他們到波札諾拜訪兩星期，火車緩緩進站時的場面為例：車還在義大利邊界，臥鋪車廂就開始忙亂起來。保母的女僕和戴佛夫人的女僕從二等車廂過來幫忙搬行李和牽狗。貝盧娃小姐負責手提行李，將幾隻西里漢㹴犬交給一位女僕，再把一對獅子狗交給另一位。一個女人未必是心靈匱乏才在身邊養那麼多寵物——也可能是興趣過於旺盛，而除了短暫的發病期間，妮可都能將牠們照顧得很好。再看看他們為數眾多的大件行李——眼前貨車車廂就要卸下四只衣箱、一只鞋箱、三只帽箱、兩個帽盒、一箱僕人的行李、一個攜帶式檔案櫃、一個藥箱、一個酒精燈箱、一套野餐用具、四副收在套裡的網球拍、一台留聲機、一台打字機。這家人及其隨從留用的空間中還散布著另外兩打手提包、背包及包裹，每件都編了號，就連手杖盒上也有個標籤。這樣在任何車站月台上，所有東西都可以在兩分鐘內清點完畢，再依照「輕裝旅行清單」或「重裝旅行清單」，有些東西寄存，有些東西隨身；清單時常修訂，貼在金屬飾邊的牌子上，收在妮可的皮包裡。這套系統是她小時候與日漸衰弱的母親一起旅行時設計出來的，跟軍團後勤官要張羅三千人的伙食和裝備所用的系統異曲同工。

戴佛一家前呼後擁下了火車，走進早早積聚於山谷的薄暮中。村民們以敬畏的目光看著這批人下車，跟詩人拜倫百年前在義大利旅行所引起的反應如出一轍。招待他們的是明蓋蒂伯爵夫人，前名瑪莉．諾斯。這趟變身歷程始於紐華克一間位於裱褙店樓上的房間，最後以奇特的婚姻作結。

「明蓋蒂伯爵」全然是教宗賜予的頭銜——瑪莉丈夫的財富是來自於他在亞洲西南地區所擁有和管理的錳礦場。他的膚色還沒淺到能在梅森—迪克森線[2]以南搭乘臥鋪車廂；他有著橫跨北非到亞洲一帶的卡拜爾—柏柏爾—薩巴—印度人血統，比起港口的各色混血面孔，他更容易博得歐洲人好感。

當這一東一西兩個王公貴族般的家庭在車站月台碰面，一比之下，戴佛家的排場似乎有如拓

2 美國賓夕法尼亞州與馬里蘭州之間的一條分界線，原是英國殖民時期為解決領地糾紛，由英國測量家梅森與迪克森兩人測繪。美國內戰期間成為北方自由州與南方蓄奴州的界線，並進而衍伸成南北文化差異的分野。

荒者般簡樸。東道主夫婦身旁跟著一位持杖的義大利管家、四名纏頭巾騎摩托車的侍從，還有兩名面紗半掩的女性恭敬地站在瑪莉身後，對著妮可行額手禮，突如其來的動作嚇了她一跳。

對瑪莉和戴佛一家來說，這樣的招呼有些滑稽，瑪莉略帶歉意、輕蔑地笑了笑；然而在介紹丈夫的亞洲頭銜時，她的聲音卻為之一揚，驕傲而響亮。

在房間裡換裝準備用晚餐時，迪克和妮可互相擠眉弄眼故作驚嘆：這些有錢人想以民主作風自居，私底下卻醉心於炫富擺闊。

「小瑪莉．諾斯很清楚自己要什麼，」迪克透過滿嘴刮鬍泡喃喃地說：「經過艾貝的調教，現在又嫁給了一個活佛。要是歐洲哪天落入布爾什維克黨手裡，她不定還會變成史達林的新娘呢。」

妮可在化妝盒前抬頭四下望了望。「迪克，說話當心點，行不行？」但她笑了。「他們可有型了。軍艦都會對他們鳴砲或致敬什麼的。瑪莉在倫敦坐的還是皇家車。」

「好。」他答應。聽見妮可在門口問人拿別針，他喊道：「不知道能不能來點威士忌；我感覺到山上的涼意了！」

「她會去張羅。」不久妮可對著浴室門喊道：「是有來車站的其中一個女人，她把面紗拿掉了。」

「瑪莉跟你説她的生活怎麼樣?」他問。

「沒説什麼——她對上流社會感興趣,問了我很多關於家族世系之類的事情,我是一問三不知。不過,新郎似乎在另一段婚姻生了兩個膚色很深的小孩——其中一個患了一種無法診斷的亞洲疾病。我得警告孩子們。這聽起來怪怪的。瑪莉應會明白我們的感受。」她站在那兒擔憂了一會兒。

「她會理解的。」迪克安撫她,「那孩子很可能臥病在床。」

晚餐時迪克跟胡珊攀談,他曾在英國公學就讀。胡珊想知道股票跟好萊塢的事,而喝了香檳後浮想聯翩的迪克跟他説了些荒誕不經的故事。

「幾十億?」胡珊追問。

「是幾萬億。」迪克拍胸脯保證。

「我還真沒想到……」

「好吧,或許是幾百萬。」迪克讓步,「旅館每個房客都分配到一批妾侍——或相當於妾侍的女子。」

「除了演員跟導演之外,其他人也有?」

「每一個房客都有——連巡迴推銷員也不例外。當然,他們想送十幾個人選來讓我挑,但妮可不答應。」

他們回到自己房間，四下無人時，妮可責備他：「為什麼要喝那麼多酒？為什麼要在他面前用西佬這種字眼呢？」

「抱歉，我是要說吸菸。不小心口誤了。」

「迪克，這一點也不像你。」

「再次對不起，我已經不怎麼像自己了。」

那天夜裡，迪克打開浴室一扇窗，面對著城堡裡一處狹窄的管狀天井，灰暗如鼠，不過此刻迴蕩著悲戚古怪的樂音，聲如長笛般哀怨。兩個男人正用某種東方語言，或充滿「K」和「L」音的方言在吟唱——他探身出去，但看不見他們；誦聲明顯帶著濃厚的宗教意味，疲憊又漠然的他讓他們替自己祈禱，但除了不要在與日俱增的憂鬱中迷失自我外，還能祈禱什麼，他也不知道。

隔天，他們到一處林木稀疏的山腰上打鳥，這些骨瘦如柴的鳥是鷓鴣略遜一籌的遠親。打獵活動有點模仿英國人的做法，卻找了一群沒經驗的趕鳥人幫忙，迪克只好直對著天上開槍以免誤傷他們。

回來的時候，拉尼爾在他們房裡等著。

「爸爸，你說如果我們接近那個生病的男孩，就要馬上跟你說。」

妮可霍地轉身，立刻警覺起來。

「……是這樣，媽媽，」拉尼爾轉向她繼續說：「那個男孩每天晚上會洗澡，今天晚上他剛好在我之前洗，我得用他的洗澡水，那水是髒的。」

「什麼？什麼意思？」

「我看見他們把東尼抱出浴缸，然後他們叫我進去洗，而水是髒的。」

「但是……你洗了嗎？」

「洗了，媽媽。」

「老天爺！」她對著迪克驚叫。

他質問：「為什麼露西安娜不幫你換洗澡水？」

「露西安娜不會弄。那是個古怪的熱水器——會自己冒出水來，昨晚還燙到了她的手臂，她很怕那東西，所以都是那兩個女人其中的一個……」

「你現在就進這裡的浴室再洗一次。」

「別說是**我**說的。」拉尼爾在門口說。

迪克進去在浴缸裡灑上硫磺粉；帶上門後，他對妮可說：

「要嘛我們去跟瑪莉說說，不然最好就離開這裡。」

她同意，他接著說：「人們總認為自己的小孩肯定比別人的乾淨，而且有病也比較不會傳染。」

迪克進房間給自己倒了杯酒，隨著浴室流水聲的韻律大口嚼起餅乾來。

「跟露西安娜說她得學會用熱水器……」他建議。就在此時，那個亞洲女人出現在房門口。

「伯爵夫人……」

迪克招手要她進來，然後關上門。

「生病的小男孩好一點了嗎？」他和顏悅色地問。

「是的，好多了，不過仍經常起疹子。」

「真可憐——我替他難過。不過你要知道，我們的孩子不能用他的洗澡水。這絕對不行——我相信你的女主人要是知道你做出了這種事，肯定大發雷霆。」

「我？」她似乎大吃一驚，「哎，我只不過是看到你的女僕不太會用熱水器，就跟她說明，並把水打開而已。」

「但有病人用過後，你一定要把水完全放乾，並把浴缸清洗一遍。」

「我？」

那女人一時哽住，深吸了一口氣，抖著身子一聲抽泣，隨即衝出房間。

「她可不能拿我們當對抗西方文明的犧牲品。」他冷酷地說。

當天晚餐時，他決定這趟拜訪非縮短不可。對於自己的家鄉，胡珊似乎只知道有很多山，還有些山羊及牧羊人。他是個含蓄的年輕人——要引他暢所欲言需要一番真心誠意的努力，而這種精力迪克現在只保留給自己的家人。飯後不久，胡珊便留下瑪莉和戴佛夫婦先離開，但舊有的融洽已然破裂——他們之間橫陳著一塊不安的社交場域，而瑪莉就要強行攻占了。九點三十分，瑪莉接到一張便條，讀了後便站起身，迪克感到鬆了一口氣。

「請恕我失陪。我丈夫準備出發去趟短期旅行——我得去幫忙他。」

第二天早上，僕人才剛送來咖啡，瑪莉就緊跟著進入他們房間。她已梳洗打扮好而他們還沒，看起來她已起床有段時間了。她的臉因急怒攻心而緊繃著。

「說拉尼爾用髒水洗澡是怎麼回事？」

迪克開口要抗議，卻被她打斷：

「你們命令我丈夫的妹妹去清洗拉尼爾的浴缸又是怎麼回事？」

她直挺挺地瞪著他們，他們則像人偶似的呆坐在床，身上壓著餐盤。兩人一同驚呼：

「他的**妹妹**！」

「你們竟然命令他其中一個妹妹去洗浴缸！」

「我們沒有……」他倆異口同聲地說道：「……我是對外傭說……」

「你是對胡珊的妹妹說。」

迪克只能回答：「我以為她們兩個是侍女。」

「跟你說過了，她們是希妹敦。」

「什麼？」迪克下了床，披上睡袍。

「前天晚上我在鋼琴那邊跟你解釋過了。別跟我說你醉得聽不懂。」

「你那時候說的是這事嗎？我沒聽到開頭。我沒聯想到……我們壓根沒把事情連到一起，瑪莉。好吧，我們能做的就只有當面跟她道歉了。」

「當面道歉！我跟你們解釋過，當家族裡最年長的成員……年紀最大的那個結婚時，那麼，兩個最年長的姊妹就會自動獻身成為希妹敦，做他妻子的女隨侍。」

「昨晚胡珊離家就是因為這個嗎？」

瑪莉遲疑，隨後點點頭。

「他非走不可——他們全都走了。為了面子必須如此。」

現在戴佛夫婦倆都起床換衣服；瑪莉繼續說：

「洗澡水又是怎麼一回事？這屋裡怎麼可能會發生這種事！我們來問問拉尼爾。」

迪克坐在床緣私下對妮可打了個手勢，暗示她應該接手。此時瑪莉走到門口，用義大利語吩咐一個僕人。

「慢著，」妮可說：「我不同意。」

「你們指責我們，」瑪莉以一種從沒對妮可用過的語氣回應：「我有權弄清楚。」

「我不允許把孩子帶過來。」妮可把衣服像鎖子甲般披上身。

「沒關係，」迪克說：「把拉尼爾帶來。我們把浴缸這事弄個清楚——看看是真是假。」

拉尼爾在精神和肉體上都還未打理好，望著大人們一張張憤怒的臉。

「聽著，拉尼爾，」瑪莉質問：「你怎麼會認為自己的洗澡水是有人用過的？」

「儘管說。」迪克補了一句。

「水是髒的，就是這樣。」

「從你在隔壁的房間是不是聽不見放新水的聲音？」

拉尼爾承認有此可能，但也重申他的論點——水是髒的。他有些嚇到，試著鼓起勇氣：

「不可能有放水，因為……」

他們追問他：

「為什麼不可能？」

他穿著和服式小睡袍站在那兒，激起了雙親的憐憫，也更激起瑪莉的不耐——他接著說：

「水是髒的，裡面都是肥皂泡沫。」

「你不確定自己在說什麼的時候……」瑪莉開口說，但妮可打斷了她。

「別說了，瑪莉。要是水裡有髒泡沫，理所當然會認為水是髒的。他父親交代他要來……」

「水裡不可能有髒泡沫。」

拉尼爾眼帶責備地看著出賣他的父親。妮可抓住他的肩膀轉過身子，送他離開房間；迪克笑了一聲打破緊張局面。

隨即，笑聲彷彿勾起了往事，召回了舊日情誼，瑪莉猜想著自己跟他們已有多疏遠，並用和緩的語氣說：「小孩子總是這樣。」

她想起了過去，心底益發不安。「你們若因此離開就太傻了——胡珊反正本來就要出去一趟。你們終究是我的客人，只是無意中弄錯了這件事。」可是迪克被這拐彎抹角的說法和「弄錯」這字眼惹得更為光火，於是轉身開始收拾行李，並說：

「對兩位年輕小姐實在不好意思。我願意跟來這裡的那位道歉。」

「誰叫你在鋼琴前不注意聽！」

「那誰叫你變得這麼該死的無趣。我已經盡力聽了。」

「別說了！」妮可勸他。

「多謝恭維，」瑪莉忿忿不平地說：「再見，妮可。」她走了出去。

到了這種地步，瑪莉當然不會親自送行；由總管家安排他們起程。迪克留了封正式的短簡給胡珊和他妹妹。除了走別無他法，但他們所有人，尤其是拉尼爾，心底都不舒服。

「我還是要說，」拉尼爾在火車上仍堅持己見，「那洗澡水是髒的。」

「行了，」他父親說：「你最好把這事忘掉——除非你想要我跟你斷絕關係。你知道法國有條新法律容許跟小孩斷絕親子關係嗎？」

拉尼爾樂得哈哈大笑，於是戴佛家又合而為一了——迪克懷疑這種復合還能再重演多少次。

5.

妮可走到窗前探身出去，看看露台上越來越激烈的爭吵是怎麼回事。四月的陽光照在廚娘奧古絲汀那聖徒般的臉上，映出一片粉色，而落在她醉手揮舞的屠刀上則藍光閃耀。自從二月他們回到黛安娜別墅後，她就一直在這裡工作。

因為有片雨篷阻擋，她只能看到迪克的頭，以及他手上那根有著青銅圓把的沉重手杖。屠刀與手杖，兇狠地對峙著，活像競技場中的三叉戟與短劍對決。迪克的聲音先傳到她耳裡：

「……不在乎你喝多少做菜的酒，可是讓我發現你在猛喝夏布利特級莊園白酒……」

「你敢跟我說喝酒！」奧古絲汀揮舞著刀嚷嚷：「你自己隨時隨地都在喝！」

妮可對著雨篷喊：「發生什麼事，迪克？」他以英語回答：

「這老女人快把上等葡萄酒喝光光了。我正要開除她——至少正在努力。」

「天哪！哎，別讓她那把刀劃到你。」

奧古絲汀往上對妮可搖著手裡的刀。她那張上了年紀的嘴猶如兩顆交錯的小櫻桃。

「我要說，太太，如果你知道你先生在他的小屋裡，喝酒喝得跟個工人似的……」

「閉上嘴，滾出去！」妮可打斷她，「我們要叫警察了。」

「**你**要叫警察！我兄弟就是警察！就憑你——一個討厭的美國人？」

迪克用英語對妮可喊：

「把孩子們帶出屋外，等我搞定這件事。」

「……可惡的美國人，跑到這兒來喝光我們最好的酒。」奧古絲汀以村婦的嗓音尖聲吼道。

迪克採取更強硬的語氣。

「你馬上給我走！該付的工資我會付。」

「你當然要付！我告訴你……」她兇猛地揮著刀逼近，迪克連忙舉起手杖，她見狀衝進廚房，回來時手上除了切肉刀還多了一把短斧。

情勢不妙——奧古絲汀是個強壯的女人，只有冒著傷到她的危險才能逼她繳械——而要是傷到了法國公民，後面還有嚴重的法律糾紛在等著。迪克想唬唬她，便對著妮可喊：

「打電話到警察局。」然後面對奧古絲汀，指著她手中的武器，「光憑這就可以逮捕你。」

「哈—**哈**！」她兇惡地狂笑，不過卻不再靠近。妮可打電話報警，得到的回應竟近似奧古絲汀狂笑的回聲。她聽見含糊的嘟囔及四處傳話的聲音——電話隨即突然斷線。

回到窗前，她朝下對迪克喊：「多給她一些錢吧！」

「要是我能到電話那邊就好了！」看起來行不通，於是迪克投降了。先是給她五十法郎，後來又因為迫不及待想將她弄走而加到一百法郎，奧古絲汀於是棄守防線，撤退時還連珠砲般轟了一連串：「渾蛋！」她非要等到姪子來幫她抬行李才肯離開，迪克小心翼翼地在廚房附近等候，聽見軟木塞砰一聲拔起，但也不去計較了。沒再發生什麼麻煩——她姪子抵達時連聲道歉，奧古絲汀歡天喜地地跟迪克道別，並朝上對著妮可的窗子喊道：「再見，太太！祝你好運！」

戴佛夫婦晚餐到尼斯吃馬賽魚湯，用岩魚和小龍蝦燉煮而成，大量番紅花調味，再搭配一瓶冰鎮夏布利白酒。他對奧古絲汀的離去表示遺憾。

「我一點都不覺得遺憾。」妮可說。

「我覺得遺憾——然而卻又恨不得把她推下山崖。」

這些日子來他們敢放開來談的不多；緊要關頭難得找到適當的字眼，該說的總是遲了一步，來不及再傳達給對方了。今晚奧古絲汀掀起的風波將他們從各自的幻夢中搖醒；喝著熱辣的香濃魚湯及冰涼的乾口白酒，他們打開話匣子。

「我們這樣下去不行。」妮可表示：「還是可以？你覺得呢？」迪克一時感到驚愕，沒有否認。她繼續說：「有時候我覺得是我的錯——是我毀了你。」

「所以我已經毀了，是嗎？」他和藹地問。

「我不是這個意思。但是你以前總想創造些什麼——現在似乎只想將它們打爛。」

用這麼直接的字眼批評他讓她不安——而他持續的沉默更使她驚恐。她猜想在那沉默背後，在那對嚴厲的藍眼珠後面，及對孩子那近乎不自然的關注之後，有什麼正在醞釀。他會一反常態大發雷霆，令她詫異——他會突然洋洋灑灑地連番數落某個人、某個種族、某個階級、某種生活方式、某種思考模式。彷彿有個難以捉摸的故事正在他內心自行演繹，只有在它時不時衝破表面浮現時，她才能揣測故事的內容。

「說到底，這樣下去對你有什麼好處呢？」她問。

「可以知道你一天比一天健朗。知道你的病情依循報酬遞減的法則發展。」

他的聲音彷彿從遠方傳進她的耳朵，像是在說些冷僻學術性的東西；她驚慌地呼喊：「迪克！」並將手伸過桌面去抓他的手。迪克反射性地將手抽回，補充道：「這得全盤考量，不是嗎？不是只有你一個人的問題。」他再覆住她的手，以過去密謀找樂子、惡作劇、占便宜、逗人開心的快活聲音說：

「看到那邊那艘船了嗎？」

那是高汀的動力遊艇，安然停泊在波瀾微興的尼斯灣上，不靠真正的航行就持續進行著浪漫之旅。「我們現在就去問問船上的人他們過得怎麼樣。看看他們是否快樂。」

「我們跟他又不熟。」妮可反對。

「他一直力邀我們去。貝比認識他——她差點就嫁給他了，是吧……不是嗎？」

他們租了艘汽艇從碼頭駛出時，已是夏日薄暮，燈光突然沿著「邊緣號」的纜索一盞盞亮起。當他們橫靠遊艇側邊時，妮可的疑慮再次升起。

「他在開派對……」

「那只是收音機的聲音。」他猜。

有人招呼他們——一個高大白髮、身穿白色西裝的男子低頭望著他們，喊道：

「這不是戴佛夫婦嗎？」

「唷呵，邊緣號！」

他們的船移到舷梯下；登船時，高汀彎下龐大的身軀攙扶妮可一把。

「剛好趕上晚餐。」

一支小樂隊正在船尾演奏。

「只要你開口，我就屬於你——但在此之前，別要我守規矩……」

高汀颶風般的雙臂不用接觸就將他們吹到了船尾，妮可對來到這兒更加後悔，也對迪克更加不耐。當迪克還在工作，而她的健康不適合四處走動時，他們對這些尋歡作樂一直採取敬而遠之的態度，於是有了拒人於外的名聲。隨後幾年裡，陸續來到蔚藍海岸的新人們將此解讀為他們暗地裡並不受歡迎。儘管如此，既已採取了此種立場，妮可便覺得不該為了一時的放縱而輕易妥協。他們穿過主交誼廳時，看到前頭諸多人影似乎在圓形船尾的幽暗燈光下跳舞。這是迷人的音樂、不熟悉的燈光、環繞周遭的水影所造成的幻覺。實際上，除了幾個忙碌的服務生，其他賓客都閒坐在沿甲板弧線而設的長沙發上。只見一件白、一件紅、一件顏色難辨的洋裝，以及幾個男士胸口露出的筆挺襯衫，其中一位脫離他人上前自我介紹，引得妮可難得開心的一聲輕呼。

「湯米！」

妮可無視他一本正經的法式吻手禮，直接將臉頰貼上他的臉。他們坐下，或該說是一起躺臥在古羅馬式長椅上。他英俊的臉龐黑得失去了深棕色時那種賞心悅目，卻又沒有黑人那種泛藍的美——就只是像張陳舊的皮。被未知的太陽曬出的異國氣息、陌生土壤所滋養的強健體魄、因許多捲舌方言而顯得笨拙的口齒、習於面對古怪恐慌的自在反應——這些都讓妮可著迷不已並覺得安心——在見面的那一刻，她的心神躺進了他的胸懷，越走越遠……隨後自我防衛的本能再現，她退回自己的世界，泰然自若地跟他交談。

「你看起來就像電影裡的那些冒險家——不過你為何得離開這麼久呢？」

湯米．巴本看著她，不太明白，卻心生警覺，眼眸裡閃爍著光彩。

「五年了，」她以沙啞卻並非想模仿什麼的喉音繼續說：「**實在**太久了。你難道不能只殺個一定數量的人就回來，呼吸一會兒我們的空氣嗎？」

在她珍貴的陪伴下，湯米迅速讓自己歐化。

「但對英雄好漢來說，」他說：「我們需要時間，妮可。我們不能只幹些小小的英勇事蹟——而是得幹出轟轟烈烈的大業。」

「跟我說英語，湯米。」

「跟我說法語，妮可。」

「可是意味不同——說法語你可以既英勇又壯烈，同時不失尊嚴，這你清楚。但是用英語說得英勇壯烈就免不了會帶點可笑，這你也心知肚明。那樣一來我會占點優勢。」

「可是說到底……」他突然輕笑幾聲，「就算講英語，我一樣是英勇無比。」

她假裝驚嘆得暈頭轉向，但他一點都不害臊。

「我只知道在電影裡看到的東西。」他說。

「一切就跟電影演的一樣？」

「電影拍得不算太差——現在這個羅納．考爾門[3]——你看過他關於北非軍團的那幾部片嗎？拍得還真不賴。」

「非常好，那我以後去看電影時，就知道你正在過什麼樣的生活了。」

妮可說話時，注意到一名嬌小、白皙、漂亮的年輕女子，頭髮亮麗帶著金屬光澤，在甲板燈光下幾乎呈現綠色。她一直坐在湯米的另一邊，或許之前正跟他或他們旁邊那人聊天。她顯然曾獨占湯米，現在則放棄了博得他注意的希望，表現出所謂的有失風度，氣沖沖橫越新月形甲板。

「畢竟，我是個英雄。」湯米半開玩笑、若無其事地說：「我有過人的勇氣，通常來說，就像頭獅子那樣，像個喝醉的人那樣。」

妮可等著他自吹自擂的回音在他自己腦海中平息——她知道他八成從沒講過這樣的話。接著她看看四周的陌生人，發現照例都是些極度神經質的人，假作鎮靜，喜歡鄉村只因為痛恨城市、痛恨自己已然定調的聲音……她問道：

「穿白色衣服的女人是誰？」

「剛坐我旁邊那個？是卡洛琳・希布利畢爾斯女士。」——對面傳來她的聲音，他們聽了一會兒：

「那男的是個無賴，不過是隻條紋貓。我們曾通宵對賭百家樂，他還欠我一千瑞士法郎。」

湯米笑說：「她現在是倫敦最缺德的女人——每次我回到歐洲，就有新一批來自倫敦的缺德女人。她是最新的一個——不過我相信現在還有另一個人跟她不相上下。」

妮可再瞥了一眼甲板對面那女人——她瘦弱、有結核病相——難以想像那麼窄的肩膀、那麼細的手臂能高舉墮落的旗幟，這沒落帝國的最後一面軍旗。她的樣貌比較像約翰・海爾

3 Ronald Colman（1891–1958），英國演員，奧斯卡最佳男主角得主。

德[4]筆下平胸的摩登女郎，而非戰前為畫家和小說家做模特兒的那類高挑慵懶的金髮女子。

高汀走了過來，盡力壓低他那龐大塊頭所發出的共鳴，只是他的意志仍像透過巨型擴音器傳送出來。妮可雖然仍不太情願，還是接受了他反覆重申的意見：晚餐後邊緣號就將即刻前往坎城；就算他們已吃過晚餐，再塞點魚子醬跟香檳總是不成問題的；而不管怎樣，迪克現在已經打電話給人在尼斯的司機，請他將車開回坎城，停在聯盟咖啡館前面，好方便戴佛夫婦取車。

他們移往餐廳，迪克被安排坐在卡洛琳．希布利畢爾斯女士旁邊。妮可看見他平時紅潤的臉失去了血色；他正以武斷的語調說話，妮可只聽到零星片段：

「……對你們英國人來說無所謂，你們正在跳死亡之舞……印度兵守在殘破的堡壘裡，我是說印度兵守在門口，堡壘裡則在尋歡作樂什麼的。那綠色的帽子，壓扁的帽子，沒有未來的。」

卡洛琳小姐簡短回應著他，不時穿插著作結的「什麼？」、模稜兩可的「的確！」、令人沮喪的「恭喜呀！」，其中總隱含著欲來的山雨，可是迪克對這些警訊顯得不以為意。他忽然發表了一番格外激烈的言論，妮可沒聽清楚內容，但瞧見那年輕女子臉色變得陰沉緊繃，並聽見她厲聲回答：

「他人終究是他人，朋友終究是朋友。」

他又得罪人了——他就不能把嘴閉上久一點？多久？到死為止。

船上樂隊（據鼓上所示名叫「愛丁堡散拍音樂學院爵士樂團」）裡一名金髮的蘇格蘭年輕人，在鋼琴前用丹尼・迪弗[5]那種單音聲調，搭配自彈的低音和弦，開始唱了起來。他歌詞咬字極其精準，彷彿已難以忍受地銘刻在腦海裡。

「有位年輕女士自地獄來，
聽到門鈴聲便跳起來，
因為她壞——壞——壞，
她聽到鈴聲便跳起來，
地獄來（砰砰）

4 John Held（1889–1958），美國漫畫家，一九二〇年代在雜誌插畫上描繪的年輕世代形象被認為引領了整個時代的風潮，也形塑了大眾對爵士年代的印象，其中包括短髮平胸、衣著寬鬆、勇於享樂的時髦女性。

5 英國作家吉卜林一首同名詩中的主角，詩中描述此英國士兵在印度因罪被絞死。

地獄來（咚咚）
有位年輕女士自地獄來……」

「這什麼鬼？」湯米低聲跟妮可說。

坐在他另一邊的女孩提供他解答：

「是卡洛琳·希布利畢爾斯寫的詞，他寫的曲。」

「真是幼稚！」湯米在下一首詩歌開始吟唱時咕噥，暗示著這位神經質女士進一步的嗜好，「聽起來像是在朗誦拉辛[6]呀！」

至少在表面上，卡洛琳小姐並未注意自己作品的演出。妮可再瞥了她一眼，發現自己被打動了，不是因為她的個性或人格，而純粹是從態度衍生出的一股力量；妮可心想她不好惹，當大夥起身離席時，這看法也獲得證實。迪克仍坐在位子上，臉上一副古怪的神情；接著爆出一句極其愚蠢的話。

「我不喜歡這些吵死人的英國式耳語，通通在含沙射影。」

已經半走出房間的卡洛琳小姐此時轉身朝他走去；她以低沉清晰、刻意讓所有人都聽見的聲音說：

「這是你自找的——汙衊我的同胞，汙衊我的朋友瑪莉．明蓋蒂。我只說一件事，有人看到你在洛桑跟一群不三不四的人混在一起。那算是吵死人的耳語嗎？還是只是吵到**你**了？」

「這還不夠大聲，」迪克說，只是遲了點，「原來我其實是個惡名昭彰的……」

高汀用他的大嗓門蓋過了迪克的話：

「好了！好了！」並用他有力的身軀催逼著賓客繼續往外走。轉出艙門時，妮可看見迪克仍坐在桌邊。她氣那女人荒誕不經的說詞，同樣氣迪克帶她來到這兒，自己又醉得迷迷糊糊，口無遮攔地冷嘲熱諷，最後落得丟人現眼——更讓她懊惱的是，她知道是自己先觸怒那個英國女人的，因為她一來就霸占了湯米．巴本。

過了一陣子，她見迪克站在過道上，顯然已完全清醒，在跟高汀說話；接著有半小時她在甲板各處都見不著他，於是放下手邊用繩子跟咖啡豆玩的一種複雜馬來遊戲，跟湯米說：

「我得去找迪克。」

晚餐後遊艇就一直西行。迷人夜色順著船兩側流過，柴油引擎柔聲運轉，妮可來到船頭時，一陣春風突如其來吹亂了她的頭髮，見迪克站在旗杆旁的角落裡讓她湧起一股強烈的焦

6 Jean Racine（1639–1699），法國十七世紀知名劇作家。

慮。他認出她時聲音平靜地說：

「夜色挺美。」

「我很擔心。」

「哦，你會擔心？」

「噢，別那樣說話。只要能幫上你任何一點小忙，我都會開心不已的，迪克。」

他轉過身去，面朝覆蓋在非洲上空的那片星光。

「我相信那是真的，妮可。而且有時候我相信幫的忙越小，你會越開心。」

「別這麼說……別說這種話。」

白色浪花捲起粼粼水光，拋回璀璨的夜空，他的臉在此光線下顯得蒼白，出乎她意料地沒有一絲惱怒的痕跡。那張臉甚至顯得超然。他的目光慢慢聚焦在她身上，像是望著一枚準備要移動的棋子；他以同樣緩慢的方式抓住她的手腕，將她拉近。

「你毀了我，是嗎？」他溫柔地問：「那我們兩個都毀了。所以……」

她嚇得打冷顫，將另一隻手也交給他握著。好吧，她會跟他走——在完全接受和徹底放棄的那一刻，她再次鮮明感受到夜色之美——好吧，那就……

——然而迪克意外地放開了她，轉過身嘆息。「哎！哎！」

淚水淌過妮可的臉——此時她聽見有人走近；是湯米。

「你找到他了！妮可還以為你跳船了，迪克。」他說：「因為那個英國小賤貨辱罵你。」

「在這景致下跳船倒也不錯。」迪克溫和地說。

「可不是？」妮可趕緊附和：「我們去借救生衣來跳下去吧。我認為我們該做些驚人之舉。我覺得我們一直以來都太拘束了。」

湯米瞅瞅這個又望望那個，想在夜色中瞧出一點端倪。「我們去問問那位啤酒女士[7]該怎麼做——她應該知道最新潮的玩意兒。而且我們應該要記住她那首歌〈有位年輕女士自地獄來〉，我要翻譯成法文，讓它在賭場流行起來，大賺一筆。」

「你富有嗎，湯米？」他們折回船尾時，迪克問他。

「照目前的情況看來算不上。我對股票經紀這行感到厭倦，就離開了。不過我有些不錯的股票交由朋友幫我管理。一切都滿順利的。」

「迪克越來越富有了。」妮可說。回應時她的聲音開始打顫。

後甲板上，高汀已用他的巨掌搧動三對男女跳起舞來。妮可和湯米也加入其中。湯米提

7 英語姓氏畢爾斯的發音與啤酒近似。

到：「迪克似乎喝不少。」

「只適量地喝。」她忠心耿耿地說。

「有些人能喝，有些人不能。迪克明顯是不能喝的人。你應該叫他別喝了。」

「我！」她驚駭地高呼：「**我**去跟迪克說他該做什麼或不該做什麼！」

他們抵達坎城港口時，迪克雖謹言慎行，仍然意識模糊、昏昏欲睡。高汀扶他下到邊緣號的快艇上，卡洛琳小姐大動作地挪動自己的位置。在碼頭上，他禮貌過頭地鞠躬道別，有那麼片刻還想送她幾句辛辣的諷刺，可是湯米的肘骨頂進他臂膀的柔軟處，他們便朝汽車停放處走去。

「我開車送你們回家。」湯米提議。

「別麻煩了——我們可以叫計程車。」

「我很樂意，只要能供我住一晚。」

迪克在後座保持沉默，直到經過了胡安灣的黃色石柱，接著是胡安萊潘永不止息的狂歡，那裡的夜晚洋溢著樂音與多國語言的嘈雜。當車子轉上通往塔姆村的山路，車身一斜，他突然坐直起來，慷慨激昂地說道：

「一個典型迷人的……」他結巴了一下，「……一個強硬的……讓我暈頭轉向的英國女人。」然後他便安然入睡，不時對著柔和溫暖的黑夜滿足地打個嗝。

6.

隔天早上，迪克早早進入妮可的房間。「我一直等到聽見你起床才過來。不用說，我對昨晚的事感到很抱歉——不過就別再事後檢討了吧？」

「我同意。」她冷冷地回答，把臉轉向鏡子。

「是湯米載我們回家的？還是我在做夢？」

「你知道是他。」

「似乎是這樣，」他承認，「因為我剛剛聽到他在咳嗽。我去看看他。」

她在他離開時感到高興，因為這幾乎是她此生頭一次見到——他那永不犯錯的可怕本領似乎終於棄他而去。

湯米在床上翻個身醒來，準備喝牛奶咖啡。

「還好嗎？」迪克問。

當湯米抱怨喉嚨痛時，他趁機擺出專業姿態。

「最好喝點漱口藥水之類的。」

「你有嗎？」

「說也奇怪，我沒有——也許妮可有。」

「別打擾她。」

「她起來了。」

「她怎麼樣？」

迪克緩緩轉身。「你以為我喝醉了，她就會死掉嗎？」他的語氣輕快，「妮可現在是……喬治亞松木做的，是除了紐西蘭鐵梨木之外，已知最硬的木頭……」

妮可下樓時聽見對話的結尾。她知道，一直以來都知道，湯米愛她；她也知道他因此不喜歡迪克，而迪克在他自己意識到之前就已察覺，並對這男人的單戀積極做出反抗。想到這裡，一股純粹的女性滿足感瞬間油然而生。她在孩子的早餐桌前俯身對保母交派指示，而此時樓上正有兩個男人掛念著她。

稍後在花園中，她覺得快樂。她不希望有任何事發生，只希望情況懸而不決，兩個男人將她在彼此心中拋來拋去；她已經很長一段時間沒有真正存在了，即便是被當作一顆球。

「真不錯，兔子們，是不是……是嗎？嘿，小兔子……嘿，就是你！這是不是很好？啊？還是你覺得聽起來很奇怪？」

那隻兔子除了甘藍菜葉外幾乎沒有其他體認，鼻頭猶豫地動了幾下，表示同意。

妮可繼續在花園裡的例行工作。她將剪下的花放在指定地點，好讓園丁等會兒拿進屋。

來到海堤邊，她突然想找人聊天，可是沒有對象可聊，於是她停下來思考。對另一個男人動心的念頭讓她有些吃驚——可是別的女人也有情夫——我何嘗不可？在這美好的春日早晨，男性世界的禁忌消失了，她心花怒放地思考著，風吹動髮梢，直到她的頭也隨之擺動。別的女人有過情夫——昨晚讓她屈從於迪克到死也無妨的力量，現在卻讓她對著春風不住點頭，滿足而快樂於一個道理：我又有何不可？

她坐在矮牆上俯瞰大海。但從另一片寬闊洶湧的幻想之海中，她已撈出某個具體實在的東西，置於她其他的戰利品旁邊。要是她精神上不需要永遠跟迪克齊心，如同他昨晚所表現的那樣，那她一定還有別的存在價值，而不只是他腦海中的一個影像，註定要繞著獎章的周圍無止盡地打轉。

妮可特地選這段牆坐，因為此處懸崖漸漸融入一片斜坡草地，上面還有個受人精心照顧的菜園。她從枝椏間看見兩個男人扛著耙子和鐵鍬，正用夾雜尼斯和普羅旺斯腔調的方言交談。受他們的言詞和動作吸引，她捕捉到一些內容：

「我在這裡上了她。」

「我把她帶到那片葡萄藤後面。」

「她不在乎——牠也不在乎。就是那條神聖的狗。總之，我在這裡上了她……」

「你帶耙子了嗎？」

「你自己不是拿著，你這蠢蛋。」

「好啦，我才不在乎你在哪裡上她。打從十二年前結婚之後，我就沒感受過女人的胸部貼在我胸膛上的滋味，直到那一晚。而你現在跟我說……」

「但聽我說，那隻狗……」

妮可透過枝葉看著他們。他們的談話似乎沒什麼大不了——一件事對甲好，另一件對乙好。然而她無意中聽到的是個男人的世界；回屋的路上她又變得舉棋不定。

迪克和湯米在露台上。她穿過兩人進到屋裡，拿出素描板開始畫湯米的頭。

「手從不閒著——就像穿梭不停的紡紗桿。」迪克輕鬆地說。他的臉上仍無血色，使得茶色的鬍渣都顯得跟他雙眼一樣通紅，如此情形下，他怎麼還能說得如此稀鬆平常？她轉向湯米說：

「我總能找到事做。我以前還有隻活潑可愛的波里尼西亞小猩猩，跟牠一玩就好幾個小時，直到人們開始說一些粗鄙不堪的玩笑話……」

她堅決將目光避開迪克。不久後他藉故進屋裡——她見他幫自己倒了兩杯水，於是態度更加強硬起來。

「妮可……」湯米剛開口，卻自行中斷清了清嗓子。

「我去拿些特製的樟腦油膏給你。」她提議：「是美國製的——迪克很信任它的功效。我馬上回來。」

「我真的得走了。」

迪克出來坐下。「信任什麼？」她拿著罐子返回時，兩個男人都沒動，不過她推測他們剛很起勁地聊了些閒話。

司機等在門口，手上的袋子裝著湯米昨晚換下的衣服。見到湯米穿著借自迪克的衣服，讓她興起一股悲傷、錯誤的感覺，好像湯米買不起這種衣服似的。

「你到旅館後，把這抹在喉嚨跟胸口上，然後把味道吸進去。」她說。

「嘿，哎，」湯米下樓梯時，迪克嘀咕道：「別把整罐都給了湯米——這得從巴黎訂——這裡沒有貨了。」

湯米回到聽得見他們說話的範圍，三個人站在陽光下，湯米站在車子正前方，好似一彎身就能將整輛車揹起來。

妮可步下台階。

「拿好，」她說：「這可是非常稀有的。」

她聽見迪克在身旁變得靜默下來。她挪開一步，揮著手，看汽車送走湯米和那罐特製樟腦油膏，接著她轉過身準備接受教訓。

「沒必要那麼大方，」迪克說：「我們這裡有四個人——這些年來只要有人咳嗽……」

他們相互對視。

「我們總可以再弄到一罐的……」接著她畏縮了，隨即跟著他上樓。他躺在自己的床上，一言不發。

「要替你把午餐送上來嗎？」她問。

他點點頭，繼續躺著不動，兩眼直瞪著天花板。她滿腹疑慮地去吩咐準備午餐。回到樓上，她朝他房裡張望——那對藍眼睛有如探照燈，直射向黑暗的天空。她在門口站了一分鐘，心知自己對他犯下的罪過，有點不太敢走進去……她伸出手好似要摸摸他的頭，但他像是多疑的動物轉開了身子。妮可再也無法忍受這種情況，像個廚房女傭般驚慌失措跑下樓，憂懼著樓上那個受創的男人不知將何以維生，而她卻還得繼續在他瘦弱的胸膛上吸取枯竭的養分。

一週後妮可就忘了她對湯米閃現的情愫——她對人沒什麼記性，很容易就就忘了他們。不過六月第一波熱浪來襲時，她聽說他在尼斯。他寫了封短箇給他們倆——她在陽傘下連同其他屋裡拿出來的信件一併拆閱。讀完後她將信拋給迪克，而他則將一封電報回擲到她的海灘褲膝頭：

親愛的明日抵達古斯惜母未同行盼見到你們。

蘿絲瑪麗

「我很樂意見到她。」妮可冷冷地說。

7.

然而她隔天早上跟迪克前往海灘時又提心吊膽起來，生怕迪克正盤算著什麼孤注一擲的解決辦法。自從在高汀遊艇上的那晚開始，她已意識到發生了什麼事。她正處於微妙的平衡點上，一邊是保證永遠安穩無虞的舊立足點，另一邊是迫在眉睫的縱身一躍，跳下去之後她的血肉組成必然為之改變，而她尚不敢正視此事。迪克和她自己的形影變幻莫測、捉摸不定，就像捲入一場奇異舞蹈中的幽靈。幾個月來，每個字句似乎都藏有弦外之音，又很快會在迪克決定的情境下獲得解答。雖然這種心理狀態或許是較有希望的——長年單純的生活讓她早先因病受到抹殺的部分天性得到復甦，而迪克尚未察覺到這一點。這不是他的錯，單純是因為沒有一個人的天性能完全展開，讓另一個人瞭解——但還是令人感到不安。兩人關係中最不愉快的一點是迪克與日俱增的冷漠，目前的實際表現就是酗酒貪杯；妮可不知道她將被摧毀或是赦免——迪克的聲音流露著虛假，混淆了整件事；她猜不出在緩緩鋪展開的曲折地毯上，他下一步會做出什麼舉動，也不知道當縱身一躍的時刻到來，又會發生什麼事。

至於之後可能發生的事，她倒不掛慮——她猜想將會如釋重負，眼前重見光明。妮可天生就是要改變、要高飛，金錢就是她的鰭與翼。新的狀態無非就像是隱藏在家庭轎車車身下多年的賽車底盤，終究要掀開它原始的面貌。妮可已經可以感覺到清風拂過——她怕的是離別時的痛苦，以及痛苦降臨前那陰鬱的過程。

戴佛夫婦分別穿著白色泳衣和白色泳褲來到海灘上，在膚色對比下那白極其顯眼。妮可見戴佛在眾多陽傘混雜的形狀和陰影間，東張西望地搜尋孩子們，此時他的心思暫時不在她身上，不再緊緊抓著她，於是她置身事外地看著他，判定他尋找自己的孩子不是要提供保護，而是尋求保護。他怕的很可能是這片海灘，像是一個被罷黜的統治者偷偷探訪昔日的宮殿。她變得厭惡他那談笑風生、彬彬有禮的世界，忘了許多年來這是唯一對她敞開的世界。讓他自己瞧瞧——他的海灘，現在已被庸俗品味糟蹋得面目全非；他可以在這兒搜索一整天，過去自己在海灘周圍豎立如中國長城的邊界，現在是一塊石頭都找不到了，更不用說老朋友遺留的足跡。

一時間，妮可對此感到難過；猶記得他從陳年垃圾堆裡耙出的玻璃，記得他們在尼斯小街買的水手褲和運動衫——這些服裝後來改用絲綢製作，還在巴黎時裝設計師間引起一陣風潮；記得那個單純的法國小女孩爬上防波堤像鳥兒般高喊：「嘿唷！嘿唷！」；還有晨間的例行活動，安靜悠閒地面向大海與陽光——他許許多多的創建，在如此短短幾年裡已被埋沒得比沙還深……

如今游泳的地方成了一個「俱樂部」，不過就像其所代表的國際團體，很難說有誰會被拒於門外。

迪克跪在草蓆上四下尋找蘿絲瑪麗時，妮可又硬起了心腸。她沿他的視線望去，搜索過各式新器材、水上鞦韆、吊環、活動浴室、浮塔、前晚宴會的探照燈、白色配上無數老掉牙車把圖案的現代風格小吃亭。

水上差不多是他最後尋找蘿絲瑪麗的地方，因為很少有人還會在那片藍色天堂中游泳，只有幾個小孩和一個愛現的旅館服務生，那服務生還會從五十呎高的岩石上做出引人注目的跳水動作，成為早晨的一個亮點——古斯酒店大部分的客人要到下午一點，才會脫掉遮掩鬆弛身材的睡衣，帶著宿醉短暫地泡泡水。

「她在那邊。」妮可說。

她看到迪克的目光跟隨著蘿絲瑪麗的軌跡，從一座浮台移到另一座；不過從她胸口滾出的一聲嘆息，是五年前遺留下來的。

「我們游過去跟蘿絲瑪麗說說話吧。」他提議。

「你去吧。」

「我們一起去。」她對他的決定掙扎了一會兒，最後還是一起游了出去，藉著跟在蘿絲瑪麗後面的那群小魚追蹤她，小魚們被她迷惑得昏頭，以為她是魚鉤上閃亮的假餌。

妮可待在水裡，迪克則爬上浮台到蘿絲瑪麗身旁，兩人濕答答地坐著聊天，一副從來沒相愛或觸碰過彼此的樣子。蘿絲瑪麗很美——她的青春對妮可是種衝擊，不過可喜的是她比這位年輕女孩稍稍苗條一些。妮可繞著小圈游，耳聽蘿絲瑪麗說得興致勃勃、歡欣鼓舞、滿懷期待——比五年前更有自信了。

「我想念母親，不過她會在巴黎跟我碰面，約星期一。」

「五年前你來到這裡，」迪克說：「那時你真是個有趣的小傢伙，還穿著飯店的浴袍！」

「這你都記得！你總是記得很清楚——而且都是些美好的事。」

妮可看出諂媚的老把戲又開始了，於是潛入水下，再浮出時聽見：

「我要假裝現在是五年前，而我又成了十八歲的女孩。你總是能讓我感到一些……你知道的……某種……你知道……某種快樂——你和妮可都是。我感覺你彷彿還在那邊的沙灘上，在其中一座陽傘下……你們是我認識最棒的人，或許永遠都是。」

游開時，妮可發現迪克心頭的陰霾已稍微消散，開始跟蘿絲瑪麗嬉戲起來，展現他往日拿手的交際本領，一件如今已失去光澤的藝術品；她猜只要再喝上一兩杯，他就會在吊環上為她表演自己的絕活，吃力地完成過去輕而易舉的動作。她注意到今年夏天，他頭一次避開高空跳水。

後來，當她穿游在一個個浮台間時，迪克趕了上來。

「蘿絲瑪麗的一些朋友有艘快艇，就是那邊那艘。你要玩滑水板嗎？我想會很有意思。」

她想起他曾經可以在板子末端的椅子上倒立，於是便像縱容拉尼爾那樣任由他去。去夏他們在楚格湖就曾玩過那好玩的水上遊戲，迪克還在板上將一個兩百磅的男人撐到肩上，再站起來。不過，結婚時女人都為丈夫的才華傾心，而之後，雖然表面上或許還繼續裝作欽佩，心裡卻自然而然不為所動了。妮可甚至連裝都不裝，儘管口頭上仍會對他說：「好。」和「是的，我也這麼認為。」

不過，她知道他有點疲憊，全是因為蘿絲瑪麗令人興奮的青春近在眼前，才促使他要奮力展現──她曾見過他從新生的子女身上獲取同樣的鼓舞，而此時她冷酷地想著不知道他會不會出盡洋相。戴佛夫婦比船上其他人都年長──年輕人都恭敬有禮，但妮可感覺他們暗暗在想：「這兩個老傢伙到底是誰呀？」她懷念迪克能輕易掌控局面、搞定一切的天賦──他現在全神貫注在即將要嘗試的事上。

快艇在離岸兩百碼處減速，其中一名年輕人從船緣平跳入水，游向胡亂轉動的滑水板，將其穩住，慢慢爬上去跪著，然後隨著船加速站了起來。他身子向後仰，費勁地擺盪腳下輕盈的板子，劃出緩慢而令人屏息的弧線，從一側滑到另一側，並在弧線盡頭騎上船尾拖曳的側浪。最後他正對著汽艇的尾波放掉繩索，維持片刻平衡，然後一個後空翻入水，像尊光榮的雕像沒入水中，快艇掉頭回去接他時，才又露出一顆不起眼的腦袋。

輪到妮可時她拒絕了；接著蘿絲瑪麗俐落穩健地滑了一趟，仰慕者們紛紛發出滑稽的歡呼聲。其中三個爭先恐後地爭奪將她拉上船的榮耀，他們七手八腳之下讓她的膝蓋跟臀部都在船側碰傷了。

「輪到你了，醫生。」掌舵的墨西哥人說。

迪克跟最後一位年輕人從船側跳下水，游到滑板邊。迪克要嘗試他舉人的花招，妮可則露出輕蔑的笑容等著瞧。如此刻意展現體能給蘿絲瑪麗看是最讓她惱火的。

兩個男的滑了很長一段距離找到平衡後，迪克屈膝一跪，將後頸置於另一個人的跨下，從兩腿間抓住繩索，慢慢開始起身。

船上的人目不轉睛，都看出他遇到了困難。他單腳跪著，這招的要領是兩腳要同時一口氣從跪姿站直。他休息了一會兒，然後臉一縮心臟一緊，使勁上舉。

滑水板狹窄，那年輕人儘管不到一百五十磅重，卻還是很難保持重心，笨拙地抓著迪克的頭。當迪克使出背上最後一絲力氣站直身子，板子卻往側邊一滑，兩人雙雙跌入海中。

蘿絲瑪麗在船上驚呼：「真棒！他們差一點就成功了。」

但是他們回到落水處時，妮可等著看迪克臉上的表情。正如她所料，他臉上滿是惱怒，因為才兩年前這動作他還做得輕而易舉。

第二次他更加小心。他先稍微抬身測試負重的平衡，再穩穩跪下；然後，低哼一聲：「嘿咻！」開始站起來——可是還沒能完全站直，雙腿就突然一彎。他在落水時用腳將滑水板踢開，以免打到兩人身上。

這次小雀鱔號折返時，所有乘客都看得出他在生氣。

「可以讓我再試一次嗎？」他踩著水喊道：「我們剛剛差點就成功了。」

「當然。請便。」

妮可看他臉色發白，便警告他：

「你不覺得已經夠了嗎？」

他沒回答。原本的搭檔倒覺得夠了，讓人拖上船舷，駕船的墨西哥人自告奮勇接替。

他比前一個人重。隨著船逐漸加速，迪克趴在板上休息片刻。接著他鑽到墨西哥人身下，抓好繩索，全身肌肉收縮，試著起身。

他站不起來。妮可見他變換姿勢，再次奮力往上抬，但搭檔的體重完全落在他肩頭的那瞬間，他變得動彈不得。他再試了一次——抬起一吋、兩吋——妮可也跟著他用力，感覺自己額上的汗腺大張——後來他只求站穩腳步，接著啪的一聲再度跪倒，兩人翻落水中，迪克的頭險些被滑水板打到。

「快回去！」妮可對駕駛大喊；就在開口時，她見到他沒入水中，不禁一聲驚呼。不過他又浮了起來，仰躺在水面，重如城堡的墨西哥人游過去協助。船似乎過了好久才抵達他們那兒，但當他們終於來到船邊，妮可見迪克精疲力盡、面無表情地浮在水面上，孤伶伶與海天為伴，她的驚慌頓時變為鄙視。

「我們幫你上來，醫生……抓住他的腳……好了……現在一起……」

迪克坐著喘氣，眼神空洞。

「我就知道你不該試。」妮可忍不住說。

「他前兩次耗費太多力氣了。」墨西哥人說。

「總之這太傻了。」妮可堅持。蘿絲瑪麗識相地一言不發。

過了一分鐘，迪克緩過呼吸，喘著說：「剛剛我連個紙娃娃都舉不起來。」

一陣噗哧輕笑緩和了因他失敗所引起的緊張氣氛。迪克在碼頭下船時備受所有人關注。但是妮可很生氣——他現在做的每件事都令她生氣。

她跟蘿絲瑪麗同坐在一支陽傘下，迪克則去小吃亭喝一杯——過一會兒帶了雪利酒回來給她們。

「我生平的第一杯酒就是跟你喝的。」蘿絲瑪麗說，一時興起又補了句：「哦，我真高興看到你，並且**知道**你沒事。我還擔心……」話沒講完她就換了個說法，「情形也許不是這樣。」

「你聽說我正在逐漸墮落嗎？」

「噢，不是。我只是……聽說你變了。而我很高興能親眼確認那不是真的。」

「是真的，」迪克回答，在她們身旁坐下，「改變從很久以前就開始了……不過一開始看不出來。內在精神瓦解後，外在舉止還會保持原樣一段時間。」

「你有在蔚藍海岸執業嗎？」蘿絲瑪麗連忙問。

「這裡會是發現潛在研究樣本的好地方。」迪克對著金黃沙灘上成群亂轉的人們四下點點頭，「上好人選眾多。注意到我們的老朋友亞伯拉罕太太正在瑪莉·諾斯女王跟前扮演公爵夫人嗎？別嫉妒——想想亞伯拉罕太太得手腳並用在麗池酒店長長的後樓梯上爬多久，還要吸進多少地毯的灰塵呀。」

蘿絲瑪麗打斷他的話。「那真的是瑪莉．諾斯？」她看著一個女人朝他們晃蕩過來，後面跟著一小隊人馬，那些人表現得好似早已習慣他人的注目。他們走到相距十呎的地方時，瑪莉閃爍的目光稍稍朝戴佛夫婦瞥了瞥，是那種相當不得體的睨視，清楚讓對方知道自己被視而不見，而不論是戴佛夫婦或蘿絲瑪麗．霍伊特，這輩子都不曾允許自己用這種眼神看待任何人。當瑪莉發覺蘿絲瑪麗在場，於是改變初衷走過來時，迪克覺得很好笑。她親切熱誠地跟妮可寒暄，不帶笑容地朝迪克點點頭，彷彿他有傳染病似的——於是他諷刺地鞠躬回敬——此時她正跟蘿絲瑪麗打招呼。

「我聽說你到了這裡。會待多久？」

「待到明天。」蘿絲瑪麗回答。

她也看到了瑪莉是怎樣撇開戴佛夫婦來跟自己說話，因此基於道義冷淡以對。不，晚餐恕她無法奉陪。

瑪莉轉向妮可，她的態度友好之餘摻雜著憐憫。

「孩子們好嗎？」她問。

此時他們正好走過來，妮可傾聽他們的要求，是希望她推翻保母對游泳的一項規定。

「不行，」迪克代她回答：「保母怎麼說就怎麼做。」

妮可同意必須支持授予保母的職權，因此拒絕了他們的請求，而瑪莉——舉止活像安妮塔・盧斯[8]筆下的女主角，只會放馬後砲，實際上連訓練一隻法國貴賓狗都不會——為此直盯著迪克，彷彿他明目張膽地霸凌弱小，罪無可逭。迪克被瑪莉這番惹人厭的表現激怒，用嘲弄的口吻關心道：

「你的孩子……還有他們的姑姑好嗎？」

瑪莉沒回答，離開前先同情地伸出一隻手摸了摸拉尼爾那不情願的腦袋。她走了之後，迪克說：「想想我為她浪費了那麼多時間。」

「我喜歡她。」妮可說。

迪克的憤懣令蘿絲瑪麗感到詫異，她總認為他是能寬容一切、體諒一切的人。她突然想起聽說了什麼關於他的閒話。在船上跟一些國務院的人聊天時——這些歐化的美國人已達到了某個位置，讓人難以說他們屬於任何一個國家，至少不屬於任何強權，但或許可以說屬於一個由類似公民組成的巴爾幹式國家——有人提起了名聞遐邇的貝比・華倫，並說到貝比的妹妹嫁給一個

8 Anita Loos（1889–1981），美國小說家、劇作家，最知名的作品是喜劇小說《紳士愛美人》（Gentlemen Prefer Blondes）。

放蕩的醫生，白白糟蹋了自己。「他到哪裡都不再受歡迎了。」那女人說。

這話讓蘿絲瑪麗深感不安，雖然她無法想像戴佛夫婦的生活會跟這種無聊流言滿天飛的社交圈有任何關係，卻隱然聽出有股帶著敵意、精心組織的輿論正在流傳，令她難以釋懷。「他到哪裡都不再受歡迎了。」她想像迪克登上一棟官邸的門階，出示名片，然後管家告知：「我們不再歡迎你了。」接著，沿大街一路被無數大使、公使、代理公使館的無數管家告知同樣的話……

妮可在想要怎樣才能脫身。她猜迪克受了刺激機警起來後，會漸漸變得更加迷人，讓蘿絲瑪麗有所回應。果然，他立刻開口試圖和緩先前不討喜的言論：

「瑪莉人還好——她發展得很不錯。但要繼續喜歡那些不喜歡你的人很難。」

而蘿絲瑪麗也不出意料之外，靠向迪克輕聲說：

「喔，你人真好。我想任何人都會原諒你的，不論你對他們做了什麼。」她隨即感覺到自己的熱忱侵犯到了妮可的權益，於是看著他們倆正中間的沙地說：「我想請教你們兩個對我最近拍的電影有何感想——如果你們看過的話。」

妮可沒說話，她看過其中一部，沒什麼想法。

「我來花幾分鐘跟你說說，」迪克說：「讓我們假設妮可跟你說拉尼爾病了，現實生活中你會怎麼做？一般人會怎麼做？他們會**演**——包括表情、聲音、言詞——表情會流露憂傷，聲音會顯示震驚，言詞會表達同情。」

「是的——我瞭解。」

「但是在戲劇中，並不是這樣。在戲劇裡，最好的女丑角都是藉由誇大正常情緒反應建立起名聲的——不論是恐懼、愛或同情。」

「我懂。」其實她並不太懂。

抓不到頭緒，妮可越來越感到不耐，迪克則繼續說：

「女演員的危險就在於反應。讓我們再次假設有人跟你說：『你的愛人死了。』現實生活中你很可能會崩潰，但在舞台上你是要娛樂觀眾——觀眾自己可以做出『反應』。起初，女演員要跟著台詞走，接著必須讓觀眾的注意力回到她身上，而非停留在被謀殺的中國人或不管什麼東西上。所以她必須有些出乎意料的表現。如果觀眾覺得這角色強硬，她就要表現得柔弱——如果他們覺得她柔弱，她就要強硬。你要完全跳脫角色——你明白嗎？」

「不太明白，」蘿絲瑪麗承認，「跳脫角色是什麼意思？」

「你做出意想不到的事，直到將觀眾的注意力從客觀事實巧妙誘回到自己身上。然後你再不知不覺溜回角色中。」

妮可再也受不了。她霍地站起來，完全不打算掩飾自己的不耐。蘿絲瑪麗幾分鐘前就已隱隱有所察覺，此時為緩和氣氛轉向了桃普希。

「你長大後想當個演員嗎？我覺得你肯定會是個好演員。」

妮可故意瞪著她，用她祖父那種緩慢而清晰的聲調說：

「絕對不可以把這種想法灌輸到別人家小孩的腦袋裡。記住，我們對他們或許有截然不同的規畫。」她猛然轉向迪克。「我要開車回家。我會派米榭爾來接你和孩子們。」

「你有好幾個月沒開過車了。」他反對。

「我還沒忘記怎麼開。」

妮可瞧也沒瞧蘿絲瑪麗一眼便離開遮陽傘，後者的臉上正有著激烈的「反應」。

她在浴室換上寬鬆衣褲，表情仍硬得像塊飾板。不過當她轉入兩旁松樹成拱的道路時，氣氛為之一變——松鼠飛躍枝頭，微風拂動樹葉，雞鳴劃破遠方空氣，陽光在一片靜止中悄悄滲散，然後海灘的嘈雜聲遠去——妮可放鬆下來，感覺鮮活愉快；她的思緒如好鐘一般清晰——她有種大病痊癒、如獲新生的感覺。隨車子沿她已遊蕩多年的曲徑回到山上，她的自我開始像朵鮮豔的玫瑰般綻放。她厭惡那片海灘，痛恨那些自己得像行星般圍繞著迪克這顆太陽的地方。

「嗯，我差不多痊癒了，」她想：「我其實可以獨立自主，不需要他。」她像個快樂的小孩，等不及想趕快實現，並隱約知道是迪克計畫好要讓她獨立的，於是一回到家她便立刻躺到床上，給人在尼斯的湯米．巴本寫了封挑逗的短信。

不過那只是白天——接近傍晚，精力不可避免地衰退，她的興致隨之低落，如箭的氣勢在暮色中也飛不了多遠。她擔憂迪克心中不知在想什麼；她再次感到他目前的行為下暗藏著某個計畫，而她害怕他的計畫——這些計畫向來運作良好，自有其含括一切的邏輯，妮可無從插手。她不知怎的早已將思考交付給他，就連他不在的時候，她的每個行為似乎也會自動受他的喜好左右，因此現在她感覺自己的意志不足以與他抗衡。然而她必須思考；她終於看清那可怕的幻想之門上面的號碼，那讓人逃避卻其實無路可逃的入口；她知道對她而言，現在與未來最大的罪過就是自我欺騙。這是個漫長的教訓，但她學到了。你得要思考——不然就是等著別人替你思考，並剝奪你的權力，扭曲和約束你的天性，教育和淨化你。

他們吃了一頓平靜的晚餐，迪克喝了不少啤酒，在昏暗的屋子裡興高采烈地跟孩子們玩。後來，他彈了幾首舒伯特的歌及美國來的爵士新曲，妮可則以刺耳又甜美的女低音在他肩頭哼唱。

「感謝爸—爸
感謝媽—媽
感謝你們彼此相遇……」

「我不喜歡這首。」迪克說，一邊翻過那頁。

「哦，彈吧！」她大聲說：「難道我下半輩子碰到『爸爸』這字眼都要迴避？」

「……感謝那晚拉車的馬！

感謝你們倆都有一點醉……」

稍晚他們與小孩坐在摩爾式的屋頂上，觀看下方海岸邊相隔甚遠的兩家賭場施放煙火。彼此這樣空心相對，既孤獨又悲哀。

第二天早上，妮可從坎城購物回來，發現迪克留了一張字條，說他獨自開小車去普羅旺斯幾天。正當她讀著字條時，電話響了——是湯米．巴本從蒙地卡羅打來的，說收到了她的信，正要開車過來。她歡迎他來訪，同時感覺到話筒上留有自己嘴唇的餘溫。

8.

她洗了澡，抹了乳液，全身再塗上一層粉，同時腳趾在浴巾絨毛上蹭踩。她仔細觀察自己腰腹的線條，想著這美好纖細的身軀再過多久就要開始鬆垮下垂了。大概再過六年，但現在還行——事實上，我不比認識的任何人差。

她沒有言過其實。現在的妮可跟五年前的妮可在肉體上唯一的差別，單單只是她不再是個少女了。不過她受夠了現今崇尚青春的風氣，電影裡盡是無數黃毛丫頭的面孔，乏味地扮演著擔負重要智慧與工作的角色，不免令人對青春感到一絲嫉妒。

她穿上多年前買的第一件及踝連身裙，虔誠地用香奈兒十六號香水在身上畫了個十字。湯米一點鐘駕車抵達時，她已經打扮得像座精心修剪的花園。

能有這種機會多好，再次受愛慕，假裝有個祕密情人！她已經失去了漂亮女孩生命中最不可一世的兩年歲月——現在她感覺這是在彌補；她招呼著湯米，好似他是拜倒在自己裙下的眾多男人之一，穿過花園走向大遮陽傘時，她是走在前面而非與他並肩。十九歲和二十九歲的迷人女性同樣擁有開朗的自信；相反地，子宮拉警報的二十多歲女性卻無法吸引外在世界圍著她打轉。十九歲是目空一切的年紀，相當於年輕的軍校生，而二十九歲就像征戰過後昂首闊步的戰士。

不過，十九歲女孩的自信來自於享之不盡的殷勤，二十九歲的女人卻是靠更微妙的東西滋養。心懷渴望，她們明智地選擇開胃酒；心滿意足，則享受餘韻無窮的魚子醬。幸運地，兩種情況下她們似乎都不會預料到接下來的歲月中，她們的直覺將經常因恐慌、因害怕停滯不前或害怕繼續前進，而受到蒙蔽。在十九歲或二十九歲的當口，她們都相當確信前景一片大好。

妮可不要任何曖昧的精神戀愛——她要一場「風流韻事」；她要改變。她明白，照迪克的思維，投身一樁沒有感情同時危害到所有人的放縱之中，從膚淺的觀點來看實在是件下流的事。而另一方面，她把當前的情況歸咎於迪克，並真心認為這樣的實驗或許有治療上的價值。整個夏天她都看著人們任憑誘惑擺布，卻沒有遭到任何懲罰，讓她大受激勵。此外，儘管不想自欺，但她還是傾向認為自己不過是在摸索，隨時可以抽身……

輕便陽傘下，穿著白色帆布衣的湯米伸出手臂一把將她攬住，轉過身來拉近，直視著她的眼睛。

「別動，」他說：「現在開始我要好好看看你。」

他的頭髮有些香氣，白色衣服有淡淡的肥皂味。她的雙唇緊閉，沒有笑容，兩人就只是對看了一陣子。

「喜歡你所看到的嗎？」她低聲問。

「講法語吧。」

「很好，」於是她用法文再問一遍：「喜歡你所看到的嗎？」

他將她拉得更近。

「你的一切我看了都喜歡。」他猶豫了一下，「我以為自己很熟悉你的臉，但看來有些東西是我不知道的。你什麼時候開始有了雙白賊的眼睛？」

她掙脫開來，又驚又怒，以英語高聲說：

「這就是為什麼你想說法語嗎？」男管家端來雪利酒，於是她壓低音量，「好讓你能攻擊得更加精準？」

她將小屁股用力往銀布椅墊上一坐。

「我這裡沒有鏡子。」她又操起法語，但語氣果斷，「假如我的眼神變了，那是因為我又恢復健康了。健康或許讓我找回了真正的自我——我猜我祖父是個賊，我有賊的遺傳，所以囉。這有滿足你那理性的腦袋嗎？」

他對她在講什麼似乎摸不著頭腦。

「迪克呢——他要跟我們一起吃午飯嗎？」

她見他問得無心，於是對這話產生的影響一笑置之。

「迪克去旅行了。」她說：「蘿絲瑪麗．霍伊特來了，他們倆不是在一起，就是他被弄得心煩意亂，要躲到別處去痴想她。」

「你知道嗎，你還真有點複雜。」

「噢，沒有。」她急忙向他保證：「沒有，我真的沒有……我只是……我只是集合了眾多簡單的人於一身。」

馬呂斯端來甜瓜和冰桶，妮可不由自主地想著自己白賊的眼睛，沒有回應：這男人呀，是個要費勁敲開的堅果，可不是已敲碎了讓你撿果肉吃就行。

「他們為什麼不讓你保持自然狀態就好？」過了一會兒，湯米問：「你是我所認識最戲劇化的人。」

她沒有答案。

「都是些馴服女人的把戲！」他嗤之以鼻。

「任何社會都有某些……」她感覺迪克的幽魂在肘邊提詞，但她在湯米話裡的弦外之音中平靜下來：

「我曾用暴力讓許多男人乖乖就範，但對多數女性我可不會這麼幹。尤其是這種『溫柔』的欺凌——這對誰有好處？對你，對他，或任何人？」

她的心雀躍起來，然後又感到虧欠迪克而黯然消沉。

「我想我有……」

「你有太多錢了。」他不耐煩地說：「這是癥結所在。迪克比不上。」

甜瓜撤走時，她思索著。

「你覺得我該怎麼做？」

十年來她頭一次受到丈夫以外的人支配。湯米說的每句話都將永遠成為她的一部分。

他們喝著那瓶紅酒，輕風拂動松針，午後舒適的暖陽在格紋餐桌布上灑下炫目的斑點。

湯米來到她身後，將手臂擱在她的臂膀上，緊扣住她的手。他們臉頰相觸，接著是嘴唇，她喘息著，一半是對他的激情，一半是訝異情慾那股突如其來的力量……

「你能將保母跟小孩打發到其他地方待一個下午嗎？」

「他們有鋼琴課。反正我也不想待在這裡。」

「再吻我。」

稍晚，驅車前往尼斯途中，她想：所以我有雙白賊的眼睛，是嗎？那好吧，寧可做清醒的賊子也好過發瘋的清教徒。

他的一番話似乎為她免除了所有罪過與責任，她以全新的方式看待自己，感到一陣喜悅的快感。新的願景出現在眼前，許許多多男人的面孔，沒有一個需要她去服從或甚至去愛。

她深吸一口氣，扭動身體聳聳肩，然後轉向湯米。

「我們**非得**去你在蒙地卡羅的飯店不可？」

他嘎吱一聲急煞住車。

「不用！」他答道：「而且，天哪，我從沒像此刻這麼快樂過。」

他們已經通過尼斯，沿著藍色海岸開始走上半山腰的濱海公路。此時湯米急轉回海岸邊，奔往一座不太突出的半島，停在一間濱海小旅社後面。

可觸及的現實讓妮可心驚了半晌。櫃台前有個美國人在沒完沒了地跟職員爭論匯率。湯米填寫住宿登記時，她在一旁徘徊，外表鎮靜內心卻難受——他用真名，她用假名。他們的房間是地中海樣式，近乎簡陋，還算整潔，在海面刺眼的光線下顯得陰暗。最單純的愉悅——最樸素的地方。湯米點了兩杯白蘭地，門在侍者身後關上，他坐在唯一一張椅子上，黝黑、帶疤、英俊，眉毛捲翹拱起，一個好戰的妖精，一個真誠的撒旦。

沒等喝完白蘭地，兩人突然移動到一塊，站著擁抱；接著他們坐到床上，他親吻她結實的膝蓋。她像是被斬首的動物，微微掙扎了一下，卻仍慢慢忘卻迪克，忘卻自己新生的白賊眼睛，忘卻湯米本人，越來越深深沉浸在此時此刻。

……他起身打開百葉窗，查看下面為何越來越喧鬧。他的身軀比迪克黝黑和強壯，一股股糾結的肌肉反射著光澤。他暫時也忘了她——幾乎就在兩人肉體分開的那一瞬間，她就預見事情將跟預想的大為不同。她感到無以名狀的恐懼凌駕於不管是歡樂或悲傷的一切情緒之上，如同穿透暴風雨的雷鳴那般無可逃避。

湯米謹慎地在陽台上觀望後回報。

「我只看到有兩個女人在下一層的陽台上。她們坐在美國搖椅上搖來搖去，談論著天氣。」

「發出那麼多噪音？」

「那些噪音是從她們下面某個地方傳來的。你聽。」

「哦，遙遠南方的棉花鄉

旅館破，生意差

掉頭吧……」

「是美國人。」

妮可在床上雙臂一攤，直瞪著天花板；身上搽的粉已汗濕成一片乳狀。她喜歡這房間空無長物，還有頭上蒼蠅飛舞的嗡嗡聲。湯米將椅子拉到床邊，掃落上面的衣服坐了下去；她喜歡輕盈洋裝和涼鞋與他的帆布衣混雜在地板上的樣子。

湯米審視著她那橢圓形的雪白軀幹，跟棕色的四肢與腦袋突兀連接在一起，煞有介事地笑說：

「你就像個新生兒。」

「還有對白賊眼睛。」

「我有辦法對付。」

「白賊眼是很難對付的——尤其是芝加哥產的。」

「我知道所有南法農家的老祕方。」

「吻我，湯米，吻嘴唇。」

「這真是很美式作風。」他說，不過照吻不誤。「我上次到美國時，有些女孩會用嘴唇把你撕開，也把她們自己撕開，直到臉上一片紅，嘴唇四周都血跡斑斑為止——不過也就僅只於此。」

妮可撐起一隻手肘。

「我喜歡這房間。」她說。

「我覺得有點簡陋。親愛的，我很高興你等不及到蒙地卡羅。」

「怎麼會簡陋？哎，這是個很棒的房間，湯米——就像塞尚和畢卡索畫裡那些光禿禿的桌子。」

「我不知道。」他沒打算弄懂她的話。「又是那吵鬧聲。老天，發生謀殺案了嗎？」

他走到窗邊，再次回報：

「似乎是兩個美國水兵在打架，一堆人在旁邊鼓譟。他們是從你們停在近海的那艘軍艦上來的。」他拿塊毛巾圍住身子，走到陽台更外面。「他們帶了妓女。這我聽說過——軍艦開到哪，這些女人就跟著他們到哪。不過都是些什麼女人呀！照理講憑他們的薪水應該可以找些更好的女人吧！為什麼都是些俄國軍官的女人！為什麼盡找些芭蕾舞女！」

妮可很高興他見識過這麼多女人，因此「女人」這字眼本身對他來說已沒什麼意義；只要她的內在勝過那隨處可見的肉體，她就能掌握住他。

「打他要害！」

「呀—啊—啊—啊！」

「嘿，叫你切右邊！」

「上呀，杜米特，你這小子！」

「**呀—呀！**」

「**呀—耶—耶！**」

湯米轉身回房。

「這地方似乎沒什麼好待的了，同意嗎？」

她同意，不過穿上衣服前兩人再一陣擁抱，讓這地方又有段時間似乎足以和任何豪宅媲美……

終於穿好衣服後，湯米驚呼：

「**天哪**，樓下陽台那兩個坐在搖椅上的女人動也沒動過。她們打算要聊到天荒地老。她們來這裡節省的渡個假，而美國所有的海軍跟歐洲所有的妓女都破壞不了她們的假期。」

他緩緩走過來圈住她，用牙齒將連身裙的肩帶叼到定位。接著外面一聲巨響劃破空氣：

喀啦——砰！是戰艦召回的信號。

現在，他們窗下真的是一團混亂——因為船準備啟航前往尚未宣佈的海岸。侍者用激昂的嗓音報帳與催款，引來咒罵與抵賴；擲來的鈔票面額太大，找的錢太少；醉倒的人被攙扶上船，海軍憲兵急促的命令聲切過嘈雜人聲。第一艘接駁船離岸時，一片哭泣、眼淚、尖叫、承諾，女人在碼頭上擁向前，邊呼喊邊揮手。

湯米見到一個女孩從下方陽台衝出來揮舞著手帕，他還沒來得及看清搖椅上那兩個英國女人是否終於屈服，承認她的存在，他們自己的房間就響起了敲門聲。門外，激動的女聲迫使他們同意開門，發現走廊上是兩個女孩，年輕、纖瘦、粗俗，與其說她們迷失不如說是尚未被找到。其中一人抽抽噎噎地哭著。

「可以在你們的陽台上揮手送別嗎？」另一人用熱情的美語懇求：「可以嗎，拜託？跟男朋友揮揮手？可以嗎，拜託。其他房間都鎖住了。」

「很樂意。」湯米說。

女孩們衝到陽台上，立刻飆出響亮的高音蓋過了底下的喧囂。

「再見，查理！查理，看**上面！**」

「打電報到尼斯來！」

「查理！他沒看到我。」

其中一個女孩突然掀起裙子，扯下自己的粉紅色內褲，並撕成一片相當大的旗子，然後邊尖聲喊著：「班！班！」邊瘋狂揮舞。湯米和妮可離開房間時，那旗子還在藍天下飄揚。哦，你可看見記憶中肉體的溫柔顏色嗎[9]？此時軍艦的船尾也升起了星條旗與之較勁。

他們在蒙地卡羅新的海灘賭場吃晚餐……更晚些他們到博利厄一處白色月光映照的露天洞

9 此句乃諧仿〈星條旗之歌〉（即美國國歌）的開頭第一句。

穴中游泳，灰白卵石圈著波光粼粼的一潭水，面對著摩納哥及燈火隱約的芒通。她喜歡讓他帶到這兒，欣賞東邊的景色，領略風與水所展現的新奇花樣——一切就跟他們彼此的關係一樣新鮮。她象徵性地橫陳在他面前，就彷彿他將她從大馬士革擄走，置於馬鞍頭，一路來到了蒙古大草原。迪克教她的所有東西時時刻刻都在消散，而她也越來越接近原初的自我，那個在她過去的世界中莫名繳了械的原型。在月光下與愛意糾纏的她欣然接受情人的無法無天。

他們一同醒來，月亮已經落下，涼氣襲人。她掙扎起身，詢問時間，湯米回答大約三點鐘。

「那我得回家了。」

「我以為我們會在蒙地卡羅過夜。」

「不行。家裡還有保母跟小孩。我得在天亮前溜進去。」

「都依你。」

他們泡了一下水，他看她在發抖，便用毛巾迅速幫她擦乾。上車時兩人的頭髮還濕漉漉，皮膚清新泛紅，都不情願打道回府。他們所在的地方很明亮，湯米親吻她的時候，她感覺他對自己白皙的臉頰、雪白的貝齒、沁涼的眉頭，以及摩娑著他臉龐的玉手，皆無可自拔。仍習於迪克的作風，她等著接受一番解釋或品評，但什麼也沒等到。疲倦又愉快地確定什麼也不會發生後，她便沉進座位中打起瞌睡，直到車子的聲音改變，感覺他們正爬上通往黛安娜別墅的山路時才清醒。在大門口，她幾乎是不假思索地跟他吻別。她踩在小徑上的腳步聲改變了，花園裡的夜籟也突然不復以往，不過她仍舊很高興回到家。這天以一種斷斷續續的步調行進，儘管心滿意足，她卻還不習慣這種緊繃的狀態。

9.

隔天下午四點鐘，一輛專跑火車站的計程車停在大門前，迪克下了車。事情來得突然，妮可從露台跑去迎接他，氣喘吁吁地竭力控制好自己。

「你的車呢？」她問。

「留在亞爾。我不想再開了。」

「看你的字條我以為你少説會去個幾天。」

「我碰上了寒冷的北風，還下了些雨。」

「還開心嗎？」

「跟任何遠走高飛的人一樣開心。我載蘿絲瑪麗到了亞維儂，在那兒送她上火車。」他們一起走到露台，他放下提袋。「我在字條上沒跟你説，怕你會胡思亂想。」

「你真貼心。」妮可現在覺得比較鎮定了。

「我想弄清楚她是否有料——唯一的辦法就是單獨見她。」

「那她……有料嗎？」

「蘿絲瑪麗沒長大。」他回答：「或許這樣也比較好。你都做了些什麼？」

她感覺自己的臉像兔子般抽動。

「我昨晚去跳舞……跟湯米．巴本。我們去了……」

他皺起眉頭，打斷她的話。

「不用跟我細說。你做什麼都不要緊，我只是不想知道得太明確。」

「也沒什麼好知道的。」

「行啦，行啦。」接著他像離開了一星期似的問道：「孩子們好嗎？」

屋裡電話響起。

「如果是找我，就說我不在。」迪克邊說邊迅速轉過身，「我在工作室還有事要做。」

妮可等到他的身影消失在水井後面，隨即進屋接起電話。

「妮可，你好嗎？」

「迪克在家。」

他哼了一聲。

「到坎城來跟我碰面。」他提議：「我有話跟你說。」

「我沒辦法。」

「跟我說你愛我。」她沒說話，只對著話筒點頭；他重複道：「跟我說你愛我。」

「噢，我是啊。」她向他保證：「但現在沒辦法做什麼。」

「當然有辦法。」他不耐地說：「迪克明白你們之間已經完了——很明顯他已經放棄。他還能指望你怎麼做？」

「我不知道。我必須……」她制止自己說出：「……等到我能跟迪克開口。」改作結語：「我會寫信，且明天會打電話給你。」

她頗為自得地在屋內徘徊，陶醉於自己的成就。她是個禍害，而這令人感到滿足；她不再是只能在圍欄裡捕獵的獵人。昨日數不盡的細節浮現在腦海——這些細節開始讓她淡忘對迪克的愛仍清新無瑕時所共度的類似時光。她開始輕視起那份愛，感覺它從一開頭就染上了感情用事的色彩。女人投機取巧的記憶讓她幾乎想不起在結婚前的那一個月，跟迪克在世界各個隱密的角落占有著彼此時自己的感受。她昨晚也出於同樣的原因對湯米撒謊，對他發誓自己從來沒有如此徹底、如此完全、如此絕對地……

……接著又對這一時的背叛、對如此滿不在乎地貶低自己過去十年的生活感到懊悔，她轉身走向迪克的聖所。

她悄悄走近，看見他在小屋後，坐在崖壁邊一張躺椅上。她默默看了他一會兒。他在思考，正完全處在自己的世界中，隨著臉上細微的動作，眉毛或揚或落，眼睛時瞇時睜，嘴唇一開一闔，雙手比畫揮舞，她知道他正在內心一層一層編織著自己的故事，獨屬於他，與她無關。他一度握緊拳頭向前傾身，臉上也一度流露出痛苦與絕望的表情——表情消逝後那痕跡仍殘留在他眼裡。這幾乎是她此生頭一次為他感到難過——要一個曾精神受創的人為一個健全的人感到難過，實在不容易，儘管妮可常口口聲聲說是他引領自己回到了曾經失去的世界，實際上卻把他當成一股用之不竭、不會疲乏的精力來源——在她忘了曾糾纏自己的那些苦惱時，也一併忘了自己帶給他的苦惱。她現在已不再受他控制了——他知道嗎？或者這全是他有意為之？她為他感到難過，一如她有時會為艾貝．諾斯和他那不光彩的命運難過，會為無助的嬰兒和老人難過。

她走上前，伸出一隻手臂摟住他的肩膀，頭貼著頭說：

「別難過。」

他冷冷地看著她。

「別碰我！」他說。

她困惑地退開一段距離。

「抱歉，」他茫然地接著說：「我剛正在思考自己對你的看法……」

「何不在你的書裡加個新的類別？」

「我已經想到了──『超越精神病與精神官能症之外──』」

「我不是來惹你不愉快的。」

「那你來**幹嘛**，妮可？我不能再為你做些什麼了。我正努力挽救自己。」

「免得被我傳染？」

「這職業讓我有時不得不和有問題的人接觸。」

這羞辱讓她氣哭了。

「你是個懦夫！你自己把人生搞砸了，卻想怪在我頭上。」

他沒回話，而她開始感受到他的才智過往所具備的那種催眠能力，有時發揮起來並沒有強大的力量，卻總是包裹著一層又一層的真理，她無法掙脫甚或破壞。她再次與其搏鬥，用她那雙漂亮的小眼睛、系出名門的旺盛自傲、剛萌芽的移情別戀、多年來日積月累的怨恨來對抗他；她能與他抗衡的還有財富，以及深信向來不喜歡他的姊姊此刻會支持她；此外也想到他的冷嘲熱諷為自己樹立了多少新敵人，她的機靈狡猾對上他好酒貪食下的遲鈍，她的健康美麗對上他日漸衰敗的體能，她的肆無忌憚對上他的道德規範——為了這場精神的戰鬥，她甚至連自己的缺陷都用上了——拿起舊鐵罐、瓦盆、瓶子，所有能盛裝她那些已贖償的罪過、惡行、錯誤的空容器，英勇無畏地奮戰。忽然之間，兩分鐘不到她就取得了勝利，毋須謊言或託辭，她對自己做出了交代，從此永遠切斷了那份束縛。然後她平靜地啜泣，雙腿虛弱地走向那終屬於她的家。

迪克一直等到她走出視線，接著將頭前傾倚在矮牆上。病例結束。戴佛醫生自由了。

10.

那天夜裡兩點鐘，電話鈴聲吵醒了妮可，她聽見迪克在隔壁房間那張他們所謂的不眠之床上接起電話。

「是，是……不過您是哪位？……是的……」他的聲音驚醒過來，「能讓我跟她們其中一位講話嗎，警官？她們兩位都是名聲極其顯赫的女士，憑她們的關係，可能會引起最嚴重的政治糾紛……這是事實，我向你發誓……很好，你等著瞧。」

他起床，釐清狀況的同時，他心知自己一定會出面處理——往日那致命的討喜，那強悍的魅力，都隨著「用我！」的呼喊聲湧了回來。他得去處理這件自己一點也不在乎的事，因為受人愛戴早已成了他的習慣，或許就從他意識到自己是沒落家族中最後的希望那一刻開始。回到蘇黎世湖畔的多姆勒診所，一個幾乎同樣的情況，清楚自己的力量，他做出了抉擇，選了奧菲莉[10]，選了甜美的毒藥一口飲下。他尤其渴望自己勇敢和慈善，然更有甚者，他渴望被愛。過去一直如此。而在他掛上電話，話機那悠緩古老的一聲叮噹響起時，他明白到，未來也將永遠會是如此。

久無聲息。妮可喊道：「什麼事？誰打來的？」

迪克一掛上電話便開始換衣服。

「是昂蒂布警察局——他們拘留了瑪莉．諾斯跟那個希布利畢爾斯。發生了很嚴重的事——那警官不肯跟我說。他一直說『沒出人命——不是車禍』，卻暗示其他任何壞事都有可能。」

「怎麼會打給**你**呢？聽起來很奇怪。」

「她們得找人保釋，以保住顏面；而只有在濱海阿爾卑斯省擁有產權的人才能做擔保。」

「她們臉皮還真厚。」

「我不介意。不過我得去酒店接古斯……」

10 Ophelia，莎士比亞著名悲劇《哈姆雷特》中的女主角。

他離開後，妮可清醒了一陣子，想著她們究竟犯了什麼罪，隨後再次進入夢鄉。剛過三點迪克進屋時，她完全清醒地坐起來，問道：「怎麼樣？」彷彿是在對夢裡的人說話。

「是個非常離奇的故事……」迪克說。他坐在她床腳處，描述自己怎樣把老古斯從昏睡中叫醒，要他把收銀機裡的錢都拿出來，再一同前往警局。

「我不想幫那個英國女。」古斯抱怨。

瑪莉．諾斯和卡洛琳小姐穿著法國水手服，躺在兩間昏暗牢房外的長椅上。後者一副不列顛人義憤填膺的神態，時刻期待著地中海艦隊會為她興師馳援。瑪莉．明蓋蒂則陷入驚慌與崩潰——她真的是一下撲向了迪克腹部，彷彿那是最親近的聯繫點，抱著哀求他想想辦法。在此同時，局長向古斯解釋事情原委，古斯勉勉強強地聽著每個字，一面適當地對警官的敘事才能表示讚許，一面還要展現出完美僕人的風範，對故事絕不大驚小怪。「那只是鬧著玩，」卡洛琳小姐輕蔑地說：「我們假裝成休假的水手，勾搭上兩個傻女孩。她們在出租公寓害怕了起來，把場面弄得很難看。」

迪克嚴肅地點點頭，看著石頭地板，像個懺悔室裡的神父——他掙扎著是要冷冷嘲笑她，還是賞她五十下鞭子外加兩星期只准吃麵包和水。卡洛琳小姐的臉上不見任何罪惡感，只有對膽小的普羅旺斯女孩和愚蠢警察的憤恨，這讓迪克感到困惑；不過他早就斷定某些階層的英國人是憑著凝聚於一身的反社會精神過活，相形之下，紐約那些令人作嘔的人物，不過像是冰淇淋吃多了消化不良的小孩。

「我非得在胡珊聽說這事前離開不可。」瑪莉懇求，「迪克，你總能擺平事情——一向都可以。跟他們說我們會直接回家，跟他們說無論多少錢我們都願意付。」

「我才不付。」卡洛琳小姐倨傲地說，「一先令都不給。我倒很樂於知道坎城的領事對此會怎麼說。」

「不行，不行！」瑪莉堅持，「我們今晚一定要離開。」

「我來想想辦法。」迪克說，並補上一句：「不過花錢肯定是免不了的。」他看著她們彷彿她們是無辜的，但心知絕非如此，他搖搖頭說：「這麼多瘋狂事可幹，偏偏挑這個！」

卡洛琳小姐沾沾自喜地笑著。

「你是個精神病醫生，沒錯吧？你應該可以幫助我們——古斯更**是非幫不可！**」

此時迪克走到一旁跟古斯老先生討論打聽到的事。事情比表面上看來還嚴重——她們勾搭的其中一個女孩出身有名望的家族。家人非常氣憤，或者裝作很氣憤，必須跟他們達成和解才行。另一個是港口的流鶯，比較容易打發，法國有法律可以定罪，會判入獄或至少公開驅逐出境。除了這些麻煩，還有當地從外國僑民身上獲益的居民，以及為伴隨而來的物價上漲氣結的居民，兩派之間對外國人容忍程度的差異日益擴大。古斯總結了情況後，交給迪克處理，迪克則找警察局長商量。

「你知道法國政府希望鼓勵美國人來旅遊——以至於今年夏天巴黎甚至有道命令說不得逮捕美國人，除非犯了最嚴重的罪。」

「這夠嚴重了，老天爺。」

「但聽我說——你看過她們的身分證吧？」

「她們沒帶。她們什麼也沒有，就兩百法郎跟一些戒指。連可以用來上吊的鞋帶都沒有。」

迪克得知沒有身分證明便放心了，繼續說道：

「那位義大利伯爵夫人仍是美國公民。她是……」他盛氣凌人地慢慢說出一連串謊言：「約翰．洛克菲勒．梅隆的孫女。你聽過他嗎？」

「聽過，喔老天，當然聽過。你以為我是井底之蛙嗎？」

「除此之外，她還是亨利．福特勛爵的姪女，跟雷諾與雪鐵龍汽車公司都關係密切……」他覺得最好就此打住。可是他誠摯的嗓音開始對局長起了作用，所以他繼續說：

「逮捕她就好比逮捕了一位重要的英國皇室成員。這可能意味著——戰爭！」

「可是那個英國女人呢？」

「我正要說。她跟威爾斯親王的弟弟訂了婚——也就是白金漢公爵。」

「她將會是個很優雅的新娘。」

「現在，我們準備給……」迪克快速計算，「每個女孩各一千法郎——還有額外的一千給那個『正經』女孩的父親。此外，還有兩千法郎交由你斟酌處理……」他聳聳肩，「分配給執行逮捕的警察、出租公寓的經營者等人。我現在拿五千元給你，希望你立刻協調處理，讓她們能用類似妨礙安寧之類的罪名保釋。然後不管要繳多少罰款，我明天都會派專人當面送交法官。」

局長還沒開口，迪克就從他的表情看出一切沒問題了。他猶豫地說：「我還沒登錄，因為她們沒有身分證明。我得瞧瞧……把錢給我吧。」

一個小時後，迪克和古斯將兩個女人送到美琪酒店。卡洛琳小姐的司機還睡在她那輛敞篷車上。

「記住，」迪克說：「你們各欠古斯先生一百美金。」

「好的，」瑪莉同意，「我明天會給他支票——還有些謝禮。」

「我不給！」他們全都嚇了一跳，轉向卡洛琳小姐，而她現在完全恢復了，一副理直氣壯的自傲模樣。「整件事簡直太過分了。我可從來沒有授權你給那些人一百美金。」

小古斯站在車旁，雙眼霎時噴出怒火。

「你不還我錢？」

「她當然會還。」迪克說。

突然間，古斯過去在倫敦做餐廳雜役時受虐的記憶一古腦爆發出來，他穿過月光走到卡洛琳小姐跟前。

他對著她飆出一連串痛罵，當她帶著冷笑轉身走開時，他趕上一步，飛快用小腳朝那最馳名的目標一踹。卡洛琳小姐猝不及防，像個中彈之人揮舞著雙手，穿著水手服的身子呈大字形趴在人行道上。

迪克的聲音切斷了她的暴怒：「瑪莉，要她安靜下來！不然你們兩個十分鐘內都會被銬上腳鐐！」

回旅館的路上，老古斯一言不發，直到他們經過胡安萊潘賭場，裡面仍傳來陣陣如泣如訴的爵士樂音；此時他才嘆口氣說：

「我從沒見過這樣的女人。我結識過這世上許多知名交際花，對她們我往往相當敬重，但像這樣的女人我還從來沒見過。」

11.

迪克跟妮可習慣一起上髮廊，在比鄰的房間分別理髮和洗頭。妮可聽得到迪克那邊傳來髮剪的喀擦聲、數零錢聲，還有幾聲「好了」和「對不起」。迪克回來的隔天，兩人就一起上髮廊，在電扇吹拂的香風中剪髮洗頭。

卡爾登酒店的窗戶如同諸多地窖門，在夏日中仍固執地緊閉著。一輛車從酒店前經過，湯米・巴本就在車上。妮可短暫瞥見了他的表情，沉默寡言若有所思，而在見到她的那一瞬間，睜大眼睛警覺起來，再再令她心神不寧。她想跟著他一道走。和理髮師共處的那一個小時，似乎同屬於她生命中無數虛度的光陰——又是一間小牢房。那位女理髮師穿著白制服，微微滲著汗珠的紅唇和飄散的花露水味，令她回想起許多護士。

隔壁房間的迪克在披著圍巾、滿臉刮鬍泡沫的情況下打盹。妮可面前的鏡子照出男士部與女士部之間的過道，她見到湯米走進來，急轉進入男子部，驚得坐了起來。她心裡湧上一陣竊喜，知道就要攤牌了。

她聽到開頭的隻言片語。

「哈囉，我想跟你談談。」

「……要緊的事？」

「……要緊的事。」

「……完全沒問題。」

不一會兒迪克便走到妮可的小間來，毛巾下那張匆匆抹乾的臉顯出怒意。

「你的朋友情緒很激動。他要跟我們倆一起談談，所以我答應趕快把事情做個了結。跟我來！」

「可是我的頭髮……才剪了一半。」

「別管了——跟我來！」

她惱怒地叫那瞪眼望著的理髮師拿掉毛巾。

她跟著迪克走出旅館，感覺自己衣著邋遢又容貌不整。湯米在外面欠身親吻她的手。

「我們到聯盟咖啡館去。」迪克說。

「只要不被打擾的地方就行。」湯米同意。

時值盛夏，坐在枝葉成拱的樹下，迪克問道：「你要喝點什麼，妮可？」

「檸檬汁。」

「我要半杯啤酒。」湯米說。

「黑白牌威士忌加蘇打水。」迪克說。

「沒有黑白牌的。我們只有約翰走路。」

「行。」

「她——並不——活潑好動

可是私底下

你應該試試……」

「你太太不愛你，」湯米驟然說：「她愛我。」

兩個男人互相對視，臉上表情奇異地乏力。在這種情形下，男人間也難以有什麼交流，因為他們的關係是間接的，取決於眼前的女人他們各自占有或將要占有多少，因此他們的情緒是通過她那分裂的自我往來，如同通過信號不佳的電話線路一樣。

「等一等，」迪克說：「給我一杯琴酒加蘇打水。」

「好的，先生。」

「好，繼續講吧，湯米。」

「我看得很清楚，你跟妮可的婚姻已經走到盡頭。她受夠了。我等了五年才等到這一天。」

「妮可怎麼說？」

他倆都瞧著她。

「我變得很喜歡湯米，迪克。」

他點點頭。

「你不再喜歡我了，」她說下去，「一切都只是習慣。蘿絲瑪麗出現後，一切都變了。」

湯米不想聽這些，馬上插話：

「你不瞭解妮可。就因為她生過病，你總是把她當病人看待。」

他們忽然被一個糾纏不休、面貌可憎的美國人打斷了，他在兜售剛從紐約運抵的《先驅報》和《紐約時報》。

「我什麼都有，老兄，」他說：「來這兒很久了嗎？」

「閉嘴！走開！」湯米喝斥，然後對迪克說：「沒有哪個女人會忍受這種……」

「老兄，」那美國人再度打斷他們，「你們以為我是在浪費時間——可是很多人並不這麼想。」他從皮夾裡掏出一張灰色剪報——迪克一見便認得，上面畫著無數美國人提著一袋袋黃金從輪船蜂擁而下。「你們認為我不會分到一杯羹？嗯，我會的。我只是從尼斯來看環法自行車大賽。」

湯米以兇惡的一聲「滾開」，將那人趕走時，迪克認出他是五年前曾在聖天使街上跟自己搭訕的人。

「參加大賽的自行車什麼時候到這裡？」迪克在他身後問。

「隨時就到，老兄。」

那人最終愉快地揮手離去，湯米又轉向迪克。

「她跟著我會比跟你更加充實。」

「說英文！你這個『充實』指的是什麼？」

「充實？跟我在一起會擁有更多的幸福。」

「你們彼此還不熟悉。但妮可跟我已經共同擁有過很多幸福了，湯米。」

「家人之愛。」湯米輕蔑地說。

「如果你和妮可結婚，難道就不是『家人之愛』嗎？」越來越大的喧鬧聲迫使他暫時打住。不久人行道上出現了蜿蜒的一排人，接著三五人慢慢集合成一大群人，不知在哪裡睡完午覺的人都冒了出來，在路邊列隊。

小夥子們騎著自行車風馳而過，一輛輛汽車擠滿配戴精緻流蘇的運動員在街上滑行，高音喇叭嘟嘟響著，宣布大賽隊伍即將到來。沒人注意的廚師們穿著內衣出現在餐館門口，此時路口轉彎處一支自行車隊進入視野。最前面是獨行的紅衫車手，在漸漸西斜的陽光中專注自信地奮力前進，穿過不絕於耳的尖銳歡呼聲。接著是並列的三名車手，穿著滑稽丑角式的褪色運動衫，腿上結著塵土與汗水形成的黃色斑塊，臉上毫無表情，眼皮沉重，顯得疲累無比。

湯米面對迪克，說道：「我認為妮可想要離婚——我猜你不會阻撓吧？」

又有超過五十輛車的集團在領先群後面蜂擁而至，綿延超過兩百碼；有幾個車手面帶微笑，有點不自在，還有些顯然精疲力竭，大多數則是冷淡而疲倦。接著一群跟在車手後面的小孩跑了過去，再來是幾個不服輸的掉隊選手，最後還有一輛小卡車載著發生意外和認輸的傻瓜。他們三人回到桌邊。妮可希望迪克採取主動，但他似乎滿足地光坐在那裡，以他刮了一半的臉對著她那洗了一半的頭。

「你跟我在一起不再感到快樂了，不是嗎？」妮可繼續說：「沒有我，你可以重拾你的工作——不用為我操心，你可以把工作做得更好。」

湯米不耐煩地動了動身子。

「說這些真是白費唇舌。妮可現在和我相愛，就是這麼回事。」

「那好吧，」迪克說：「既然一切都塵埃落定，我們就回髮廊去吧。」

湯米想要挑起爭端：「有幾件事……」

「妮可和我會把事情談妥，」迪克公正地說：「別擔心——我原則上同意，妮可和我瞭解彼此。要是能避免三方討論，比較不會搞得不愉快。」

湯米不情願地接受了迪克的說法，可是那無法抗拒的種族天性讓他就是想占些便宜。

「話先講清楚，從現在開始，」他說：「我就是妮可的保護人，直到一切細節商定為止。雖然你繼續和她同住一個屋簷下，但是若有任何不軌行為，我一定唯你是問。」

「我從不自討沒趣。」迪克說。

他點了點頭，朝飯店髮廊走去；妮可眼神呆滯地目送他。

「他還蠻講理的。」湯米承認，「親愛的，今晚我們可以在一起嗎？」

「可以吧。」

所以事情就這麼發生了——沒什麼戲劇性場面；妮可覺得自己被看透了，明白自從樟腦油膏那件事起，迪克便已料到了一切。然而她也感到快樂與興奮，連原本打算把事情跟迪克全盤托出的那一點古怪心願也迅速消散。但她的眼睛還是盯著他離去的身影，直到那化作一個小點，和夏日人群中的其他小點混雜在一起才罷休。

12.

迪克離開蔚藍海岸的前一天，一直跟孩子們待在一起。他已不再年輕，不再對自己滿懷美好的期望與夢想，所以他想要好好記住他們。他告訴孩子們，這個冬天他們將去倫敦跟阿姨住，很快他們就會來美國看他。沒有他的同意不得辭退保母。

他很欣慰自己對小女孩付出了那麼多——對男孩就比較不確定——他對自己有什麼能給予這老往身上爬、老黏著不放、老往胸口鑽的小夥子，總有點忐忑不安，可是，跟他們道別時，他真想把他們美麗的小腦袋揪下來，緊緊抱上幾個小時。

他擁抱了六年前為黛安娜別墅闢出第一片花園的老園丁；他吻了服侍孩子的普羅旺斯女孩，她跟隨他們將近十年了，她跪下直哭，直到迪克將她扶起來，並給了她三百法郎。妮可還沒起床，這是事前協議好的——他留了字條給她，也留了字條給貝比·華倫，她剛從薩丁尼亞島回來，借住在這裡。迪克打開一瓶他人所贈，瓶身有三呎高，容量十夸脫的白蘭地，喝了一大杯。

然後他決定把行李留在坎城火車站，到古斯海灘去看最後一眼。

那天上午妮可和她姊姊來海灘時，海灘上只有一群孩子們組成的先遣部隊。白熾日頭高懸，與亮白天空融為一體，在無風的日子中烈焰灼灼。侍者往酒吧裡搬送冰塊；一位美聯社的美籍攝影師在不穩的遮陽傘下擺弄他的器材，每當傳來走下石階的腳步聲便迅速抬頭覷望。他預期的目標因為通宵作樂，才剛於清晨服下安眠藥，正在飯店漆黑的房間裡補眠。

妮可一踏上海灘便瞧見迪克，沒穿泳裝，坐在高處一塊岩石上。她馬上縮回更衣帳蓬的陰影中。不一會兒，貝比來到她身邊，說道：

「迪克還在那兒。」

「我看見他了。」

「我想他或許會識相地走掉。」

「這是他的地方——某種程度而言，是他發現了這裡。老古斯總是說他的一切都是拜迪克所賜。」

貝比平靜地看著她妹妹。

「我們當初應該讓他專注在自己的單車之旅的。」她說：「人一旦超出自己的能力範圍便會不知所措，不論擺出多麼迷人的虛張聲勢都一樣。」

「迪克做了我六年的好丈夫。」妮可說：「那段日子裡，因為他我沒有受過一分鐘痛苦，他總是盡其所能不讓我受任何傷害。」

貝比微微揚起下顎說：

「他學的就是這個。」

姊妹倆默默坐著；妮可疲倦地想著事，貝比則在考慮是否要嫁給最近一個為了錢跟她求婚的人，此人是如假包換的哈布斯堡王朝後裔。她並不是很認真在想。她的戀情早已有著一種共通性，隨著她日漸枯竭，這些戀情作為聊天話題的價值還勝過戀情本身。她的情感只有在訴說時才擁有最真實的存在。

「他走了嗎？」過了一會兒，妮可問：「我想他的火車是中午開。」

貝比張望了一下。

「沒有，他到更上面的露台那裡了，在跟一些女人說話。反正現在人這麼多，他**不需要**看見我們。」

其實，她們離開帳篷時，他已經瞧見她們了，並緊盯著她們，直到她們又消失為止。他和瑪莉．明蓋蒂坐在一起，喝著茴香酒。

「你來幫助我們那晚，完全就像從前的你，」她說道：「只除了最後，你對卡洛琳的態度很可怕。你為什麼不一直那麼好？你是辦得到的。」

迪克感覺難以置信——自己居然淪落到讓瑪莉．諾斯來跟他說教了。

「你的朋友們依舊喜歡你，迪克，可是你一喝酒就對人口無遮攔。今年夏天，我大部分時間都花在為你辯護上了。」

「那是艾略特博士的一句經典名言。」

「是真的。沒人在乎你喝不喝酒……」她遲疑了一下，「連艾貝喝得最兇的時候，也從沒像你那樣得罪人。」

「你們都太無趣了。」他說。

「可是你就只有我們了！」瑪莉高聲道：「如果你不喜歡正派的人，那就去跟不正派的人來往試試，看你有多喜歡！所有人想要的就是開開心心，如果你讓他們不開心，你就是斷了自己的養分。」

「我得到過養分嗎？」他問。

瑪莉此時很愉快，不過她自己並不知道，畢竟她原本只是出於畏懼才陪他坐坐。她再次拒絕一起喝一杯，並說：「酒的背後就是自我放縱。當然，在艾貝的事之後，你可以想像我對酒的感受——畢竟我親眼看著一個好人漸漸變成一個酒鬼……」

卡洛琳．希布利畢爾斯小姐誇張地踩著輕盈快活的步伐，蹦蹦跳跳地下台階。

迪克感覺良好——他已經跑到了時間的前頭，來到一個男人享用完一頓豐盛晚餐後，酒足飯飽的時分，然而他對瑪莉卻只表現出一種細緻、體貼、有所克制的興趣。他的雙眼此刻清澈一如稚子，祈求她的憐憫，同時他感覺那古老的需求悄悄襲來，要說服她自己是世界僅存的男性，而她是僅存的女性。

……然後他就不必去看另外那兩個身影，也是一男一女，一黑一白，在天空下閃著金屬一般的光澤……

「你曾經喜歡我，對不對？」他問

「何止喜歡——我愛你。人人都愛你。只要你開口，任何人都手到擒來……」

「你我之間一直有些什麼。」

她急切地上鉤了。「有嗎，迪克？」

「一直都有——我知道你的煩惱，也知道你多麼勇敢地面對。」可是他內心又開始發出過往那種竊笑，他知道這維持不了多久了。

「我一向認為你知道很多，」瑪莉熱情地說：「對我的瞭解比任何人都多。或許就是因為如此，當我們相處得不太好的時候，我會那麼怕你。」

他的目光親切溫柔地落在她的眼眸，暗示著一股潛藏暗伏的情感；他們的眼神突然交織、纏綿、難分難捨。接著，他內心的笑聲變得如此響亮，似乎連瑪莉都肯定聽見了，於是迪克關上燈，兩人又回到了蔚藍海岸的陽光下。

「我得走了。」他說。他站起時身子晃了一下；他不再感覺良好——血液流速變慢了。

他抬起右手，畫了個十字，在高高的露台上為海灘祈福。幾頂陽傘下的人仰起頭往上看。

「我要去找他。」妮可跪立起來。

「不行，你不能去。」湯米說，硬是將她拉倒。「事情這樣就好。」

13.

妮可再婚後仍繼續和迪克保持聯繫；有些信是談公事，有些則談孩子的事。每當她說——而她也經常這麼說：「我愛迪克，我永遠忘不了他。」湯米總會回：「當然……為何要忘？」

迪克在水牛城開了間小診所，但顯然並不成功。妮可不清楚出了什麼問題，不過幾個月後，她聽說他在紐約州一個叫巴達維亞的小鎮看一般內科，後來又到了洛克波特市行醫。比起其他地方，她意外地聽聞更多關於他在洛克波特市的情況：他常騎腳踏車，很受女性仰慕，而且他桌上總有一大疊紙，據知是針對某個醫學議題的重要專著，幾乎就要告成。普遍認為他彬彬有禮，還曾在一次公共健康研討會中針對毒品議題發表了精彩的演說；可是他後來跟一個在雜貨店工作的女孩糾纏不清，同時還捲入一起醫療糾紛的官司，於是他離開了洛克波特。

此後他再沒有要求將孩子送到美國，當妮可寫信問他是否需要錢時也沒回音。在她收到的最後一封來信裡，他說自己在紐約州的日內瓦市行醫，而她隱隱感覺他已跟某人安頓下來，有人替他操持家務。她在地圖集中查找日內瓦市，發現位於五指湖區的中心地帶，一般認為是個宜人的地方。她喜歡這麼想：或許他正在蓄勢待發，一如當年蟄伏在格利納的格蘭特將軍。他最近一封短簡上蓋的是紐約州霍內爾市的郵戳，跟日內瓦市有段距離，是個非常小的城鎮；無論如何，幾乎可以肯定他就在美國本土的那個區塊，不在這個城，就在那個鎮。

夜未央

Tender is the Night

作　　者：史考特・費茲傑羅／F. Scott Fitzgerald
翻　　譯：劉霽
校　　對：楊惠琪
編　　輯：劉霽
封面設計：小子 godkidlla@gmail.com
版面設計：陳恩安 globest_2001@hotmail.com

出　　版：一人出版社
地　　址：臺北市南京東路一段二十五號十樓之四
電　　話：02-2537-2497
傳　　真：02-2537-4409
網　　址：alonepublishing.blogspot.com
信　　箱：alonepublishing@gmail.com

總 經 銷：聯合發行股份有限公司
電　　話：02-2917-8022
傳　　真：02-2915-6275

二〇一五年五月　初版
二〇一六年九月　二版
定價新台幣四〇〇元
Printed in Taiwan